怪兽宇宙之

神农架野人

张瑞超 —— 著

中国华侨出版社
·北京·

图书在版编目（CIP）数据

怪兽宇宙之神农架野人 / 张瑞超著 .—北京：中国华侨出版社，2018.5

ISBN 978-7-5113-7688-6

Ⅰ.①怪… Ⅱ.①张… Ⅲ.①科学幻想小说－中国－当代 Ⅳ.① I247.5

中国版本图书馆 CIP 数据核字（2018）第 083156 号

怪兽宇宙之神农架野人

著　　者 / 张瑞超

责任编辑 / 高文喆　王　委

责任校对 / 天　元

经　　销 / 新华书店

开　　本 / 787 毫米 × 1092 毫米　1/16　印张 /20　字数 /314 千字

印　　刷 / 三河市华润印刷有限公司

版　　次 / 2022 年 2 月第 1 版第 2 次印刷

书　　号 / ISBN 978-7-5113-7688-6

定　　价 / 52.00 元

中国华侨出版社　北京市朝阳区静安里 26 号通成达大厦 3 层　邮编：100028

法律顾问：陈鹰律师事务所

编辑部：（010）64443056　　64443979

发行部：（010）64443051　　传真：（010）64439708

网　址：www.oveaschin.com

E-mail：oveaschin@sina.com

内容简介

　　二十年前，还是孩子的舟江在神农架旅游的时候，遇到了一个小毛人——红豆。大学毕业前夕，舟江参加了由姜博士组建的探寻神农架野人的科考队，踏上了他梦寐以求的神农架，找寻他生命中的奇迹，生命中的爱人。在神农架，他意外跌入深谷，落在一棵千年古藤之上。由于他的人性激发了古藤内在的灵气，古藤幻化为藤妖，在他危难之际一再出手相助。

　　在神农架，舟江先后遇到了守林人绿果、野人噜噜、红豆以及他们的孩子小鸽子。在科考的伟大目标下，科考队成功地将带有科研信息的芯片植入野人噜噜和红豆体内，并且带回了证实野人存在的影像资料、毛发等物证。不幸的是，科考队回京路上遭遇车祸，所有物证被毁，植入噜噜和红豆体内的芯片也得不到任何信息。第一次探寻野人的科考以失败告终。

　　大学校园里，舟江神秘失踪。姜博士第二次深入神农架找寻舟江和红豆。奇怪的是，科考队的三名队员也先后神奇失踪，而失踪的这些人被红豆带到了千年前的神农架。不久，失踪的这些人又奇怪地各自回到学习、工作的地方，而对于失踪的事情，他们一概不知。

　　为再次研究野人，姜博士带领科考队研制出机器人"神农"。当科考队准备开赴神农架时，"神农"和舟江神秘失踪。姜博士第三次深入神农架，并且对神农架进行粗暴地搜山。他们分别在五个地方布置人马，也先后遭遇了野兽、人狼、驴形狼、蟒蛇的袭击等奇异怪事。人狼、藤妖、野人三者在神农架互为犄角、团结协作，对神农架的来犯之敌进行抵御。在现代科技强大武装力量下，狼王、藤妖、噜噜、红豆先后死亡。而姜博士等人也在与他们的战斗中先后染病身亡。但是，舟江与红豆的孩子——弹生，一个在战斗中遭遇变异的野人，承受来自变异和为母复仇的痛苦，将复仇的火焰烧向人类的城镇。舟江也染上疾病，在告别双亲之后，舟江抱着与妻儿共死的决心奔赴弹生所在的楼顶。弹生最后在父亲亲情的召唤之下，从楼上一跃而下……，而舟江也是一跃而下，追随妻儿而去……

科考队唯一的单身女人黎黎，带着红豆的孩子小鸽子、狼王的遗女杜鹃，在神农架平静地生活。

神农架再次恢复了往日的平静。

Contents / 目录 /

第一章　匆匆一瞥见毛人……………………001

第二章　噩梦缠身……………………005

第三章　一张惊悚照片……………………008

第四章　招募探险志愿者……………………011

第五章　深入丛林……………………015

第六章　邂逅精灵……………………018

第七章　遭遇野蛮……………………022

第八章　遇见神秘女人……………………026

第九章　野人噜噜……………………029

第十章　黑熊发疯……………………034

第十一章　红豆的离奇身世……………………038

第十二章　芯片植入成功……………………043

第十三章　校园暗影出没……………………047

第十四章　重回秘境……………………052

第十五章　追踪……………………057

第十六章　搜山……………………061

第十七章　神秘异境……………………064

第十八章　迷失的时光……………………068

第十九章　大一新生林芝云……………………　072

第二十章　机器人"神农"的诞生………………　074

第二十一章　芝云和"神农"神秘消失………　078

第二十二章　疑团越来越浓…………………　082

第二十三章　神奇催眠术……………………　086

第二十四章　三进神农架……………………　090

第二十五章　野人洞人兽恶战………………　094

第二十六章　雷鸣闪电中的魅影……………　098

第二十七章　人狼大战………………………　102

第二十八章　击穿千年冰冻石………………　106

第二十九章　情陷翠竹亭……………………　110

第三十章　蛟龙困笼…………………………　114

第三十一章　野人噜噜的意外死亡…………　117

第三十二章　"神农架二号"生物制剂………　122

第三十三章　舟江营救博士…………………　127

第三十四章　洞内一日洞外十天……………　131

第三十五章　舟江情别双亲…………………　135

第三十六章　依依惜别情人…………………　139

第三十七章　飞语染病身亡…………………　143

第三十八章　奇异三角地带…………………　147

第三十九章　劫持小鸽子……………………　150

第四十章　千年藤妖缠身……………………　154

第四十一章　青蔓香消玉殒……………158

第四十二章　囚禁于狼堡……………162

第四十三章　营救小鸽子……………167

第四十四章　牢笼里的神秘老者……………170

第四十五章　狼王的由来……………174

第四十六章　进入狼堡……………177

第四十七章　狼堡覆灭……………182

第四十八章　女孩深夜变身为狼……………185

第四十九章　世外桃源……………189

第五十章　机器人"神农"和老鹰……………192

第五十一章　机器人"神农"被炸……………196

第五十二章　不明火球的袭击……………201

第五十三章　天降陨石的失踪……………204

第五十四章　变异人诞生……………208

第五十五章　驴形狼蹄下九死一生……………212

第五十六章　在医院里的日子……………216

第五十七章　神农架再现神秘异人……………219

第五十八章　暗夜里的桥头……………222

第五十九章　与野人交锋……………225

第六十章　盘山路上遇毛巨人……………228

第六十一章　与毛巨人对峙……………231

第六十二章　战争废墟……………235

第六十三章　黎黎的情感……………237

第六十四章　苹果有毒 …………………………… 240

第六十五章　再遇陨石坑 …………………………… 243

第六十六章　男中音是谁 …………………………… 245

第六十七章　双人行进石竹园 …………………………… 248

第六十八章　终于见到了舟江 …………………………… 252

第六十九章　石竹园之夜 …………………………… 255

第七十章　红豆的孩子是变异人吗 …………………… 258

第七十一章　红豆归天 …………………………… 261

第七十二章　爱相随、长相守已不能 ……………… 264

第七十三章　父亲和变异人 …………………………… 268

第七十四章　复仇的火焰再次点燃 ………………… 272

第七十五章　毒杀亲子 …………………………… 277

第七十六章　重回人间，博士去世 ………………… 281

第七十七章　毛巨人得救 …………………………… 285

第七十八章　紫藤花开 …………………………… 289

第七十九章　单身黄金女人 …………………………… 292

第八十章　巨人肆虐城镇 …………………………… 295

第八十一章　踏入人类世界 …………………………… 298

第八十二章　楼顶之上险象环生 …………………… 301

第八十三章　大结局 …………………………… 306

后记 …………………………………………………… 309

第一章　匆匆一瞥见毛人

　　旅游大巴在 209 国道上疾驰，山路崎岖，坡上郁郁葱葱的树木向后飞奔。神农架氤氲在神奇的传说中。深不可测的茂林中，仿佛有一双好奇的眼睛，那是一双野人的眼睛，在悄悄地注视着来来往往的车辆。

　　进入神农架的每一个人都在兴奋地谈论着野人的故事，他们觉得自己就是那个能目睹野人的唯一，是传奇。他们都把目光投向密林深山，希望能像钓鱼一样，凭借自己的神力钓出一个野人，哪怕是一个影子。

　　司机师傅鄙夷地想：都是一群不知天高地厚的城里人，每一个来神农架的人，都觉得自己能有幸见到野人，我在这条路上跑了十年了，连个野人的毛都没看见。野人，传说而已。用不了多久，这些兴高采烈的人，兴奋和好奇就会降至零点，然后呼呼睡去。

　　"这可是真的，是我的一个很远的远房亲戚说的，不过那是五十年前的事了，那个男的早死了。据他自己说，有一天他上山砍柴，下一个小山坡的时候，一脚踩空，叽哩咕噜滚下来，疼得他哎呦哎呦直叫唤。脚扭伤了，还划破了一道口子，那血哗哗地流。他吓坏了，血要是一直流下去，他非死不可。就在他胡思乱想的时候，忽然听背后有窸窸窣窣的声音，你们猜他回头看到了什么？"那些被讲烂了的野人传说，还在车里人与人之间传颂。尤其是那个关于一个男人和一个女野人之间的故事，被李子演绎得神乎其神。添油加醋的描述，更是让人们增加了一睹野人的渴望。李子在讲的时候，站在车的过道中央，举着大手不停地挥舞着，眉飞色舞。

　　"野人！"一个声音大声道，那是正处于变声期的男孩的声音。人们齐刷刷把目光投过去，那是一个眉清目秀的男孩。男孩看到无数双眼睛投射过来，有点不好意思。

　　"还是我们舟江聪明，对，是野人，而且还是一个女野人。"

　　车里顿时"轰"地响起一片笑声，引起骚动。

　　"我的那个亲戚从来没见过野人，只听说过。忽然间一个浑身是棕色毛发，身高两米的怪物，瞪着两个铃铛大小的眼睛，傻呵呵地看着他。他头皮发麻，一下子昏死过去了。"

"吓死了？"一个女孩问。

"让谁碰上谁不得吓死啊！那个女野人把他往胳肢窝里一夹，就高兴地回了山洞。我的亲戚醒过来之后，发现那个女野人抱着他，软绵绵的。他那个害怕呀，就甭提了。第二天，女野人外出寻吃的，用一个大石头堵在洞口不让他出去。"李子讲得唾沫星子乱飞，人们听得浮想联翩。

"哈哈，一场艳遇啊！"

"那个女野人对他挺好，摘来的果子先让他吃，逮来的山鸡肉都让给他，自己啃骨头。结果呀……"李子故意顿了一顿，有人已经邪恶地开始笑了。

"结果一年以后，这个女野人生下了一个小野人。哈哈……"李子自己先不怀好意地哈哈笑起来。车里的人们也都跟着笑起来，有人捂住了小孩子的耳朵。

"每天他在山洞看孩子，女野人出去打猎。等到孩子长到五六岁，有一身力气的时候，他就和孩子一起就把石头从洞口搬开了，然后自己就偷偷地跑了。可是，当他跑到山下时，女野人回来了，看到他逃跑非常气愤，她站在山顶，高举着孩子冲着他哇啦啦大叫，忽然一使劲就把孩子从中间撕开了，冲着他扔过一半来，吓得他连滚带爬跑回了家。"

"啊，孩子被撕成两半了，太凄惨了！"有人唏嘘，想象着那悲惨的场面，不胜疼惜。

"野人太野蛮了，怎么能把自己的孩子撕成两半呢？"似乎那血淋淋的场面就在眼前，每一个人的脑海中都浮现出同一个凄惨画面。

"别讲了，都下去找个地方方便方便。"就在这时，司机师傅打断了李子的讲话。车子在一个开阔地带停了下来。周边一人高的野草随意地长着，高大的树木稀稀拉拉地，这一棵那一棵。山在近处，不断向远处延伸。

"预知后事如何，请听下回分解。同志们，下车！"李子有力地挥舞着胳膊，做出下车的夸张动作。

"啊，真没劲。"有人嘟囔。

"都小心一点，说不定会碰上女野人。"有人开玩笑。

"如果万一被我碰上，我就先合影，后要签名。"有人开始奇思妙想，惹得大家捧腹。

"我送给他手机，日后联系起来方便。"

大家陆续下车，都发挥着各自的想象力，相互打趣。

"都要结伴同行，别让野人掠去做媳妇。"司机师傅调侃道。

"我多希望女野人把我掠去啊！"李子感慨道。又惹起一片笑声。

下了车，三五成群，找地方便。荒郊野外，没有可供方便的厕所，男女分开，各自找一隐蔽场所，在阳光底下做着最光明的事情。

男人们从山坡后面相继走出来，立在车周围，大口呼吸丰富的氧气，有人拿出了烟，他们需要一支烟来消遣眼前的休闲时光。

女人们还躲在某一个角落，尽情释放着长途旅行的疲劳和憋屈。

山间的风，尖尖的，吹在脸上有些疼。

没有人注意到舟江走远了，每一个小孩子都有一颗熊熊燃烧的好奇心。对野人的好奇，让他暂时离开了妈妈，离开了集体。

他感觉到不远处的一棵树后面，有一双眼睛在盯着他。那是什么东西？好奇心促使他走向树林深处。

没过脚面的野草，让他走起路来没有声响。他一步一步，朝着那棵树走去。那是一棵珙桐树，粗大的树干上布满了丰厚的树叶。就在舟江快要靠近的时候，有一条长满棕色毛发的手臂伸了出来，灵巧地钩住树干。舟江呼吸紧促，停下脚步。又有一条同样的手臂从树干的另一面伸过来，环抱住树干。那两条手臂纤细，有一双没有毛发的手，裸露着白皙的肌肤。显然这是一个未成年的生物。

大概就是小熊吧！舟江这样猜测，家里的布绒玩具，种类繁多，猴子、老虎、熊都有，它们给了他最亲密的感受。

"嗨，你好！"舟江低声向树后的生物打招呼。

半张脸从树后探出来。这究竟是一张熊的脸，还是猩猩的脸，或者是狒狒的脸？舟江迅速调动脑海里所有的动物图案，却分辨不出这到底是什么。可以肯定的是，那是一个小生物，处在儿童期，不会对他产生极大的伤害。小生物的眼睛很纯净，深深地陷在眼眶中。

舟江定了定神，继续朝它走去。

那半张脸忽然缩了回去。

舟江立即停住脚步，问道："你是谁？我不会伤害你的。"

然后，他看到了一整张脸，从树后探出来。

是人脸！刹那间，舟江断定那不是熊脸，也不是猩猩的，是和人类很接近的脸。只是耳朵周边和额头上都长满了棕色的毛发，不是很长也不是很短，像女孩子的齐耳短发。

什么人长成这样，还待在山林里？

舟江继续一步步走过去。那双纯净的眼睛里露出一丝害怕的神色。

"别怕。"舟江已经走到了树后。此时，他完全看清楚了，小生物搂着树干，正准备向上爬。看见他过来，马上撒手，站在树边，狐疑地看着他。小生物浑身上下都长着毛发，但双手和脸，以及双脚毛发稀少，几乎没有。嘴巴向前突出。

舟江想起历史教科书上"北京周口店"的人猿。"你是谁家的小孩，怎么长成北京人了？难道这是返祖现象？"

小生物向后退了一步，垂手而立，手臂较长，已经快到膝盖了。它不作答，只是瞪着舟江。

"你不会说话吗？"舟江蹲下身子，和小生物保持同一水平面。

小生物还是不说话，一双眼睛直勾勾地瞪着他，瞪得他心里发毛。他从没见过一个人对他直视这么久，它似乎是一架扫描仪，把他的每一根毛发都要彻底扫描。小生物忽然抬起手臂，指向了舟江手中的东西。舟江低头，原来是自己平时的塑胶玩具——恐龙。他喜欢这些不存在的生物，妈妈为他买了好多，他经常拿来玩。

"你也喜欢恐龙吗？"

小生物的眼睛盯着恐龙玩具，不说话。或者，它根本不会说话。

"你喜欢，就送给你吧！这是霸王龙！"

舟江把恐龙玩具递过去。小生物一把拿过去，然后猝不及防地转身，冲着树林深处跑去。那步伐长度几乎超越了小身子的高度，而且速度极快。舟江心里闪过一丝莫名的疑惑，是什么人奔跑的速度如此之快？就像豹子一样，不是一般的人。

就在这时，大巴方向传来妈妈米荷急急的呼唤声，"舟江，舟江。"

"我在这里。"舟江答应着并站起身，向远处看去，小生物已经消失在密林中。

第二章　噩梦缠身

从神农架旅游区回来的第一个晚上，舟江就开始发高烧，以致沉睡不醒。妈妈米荷误以为孩子劳累过度，也就没在意，结果直到第二天日上三竿，舟江还未醒来，米荷才感到非常奇怪，于是去叫醒他，这才发现舟江额头发烫，找出温度表一试，竟然高达 38.5℃。米荷慌神了，依据以往经验，米荷判定是风寒感冒，于是急忙把感冒退烧药，给舟江服下。

而舟江一直处于半昏迷状态，魂灵游离在身体之外，正置于一处异地山林。茂密的阔叶混交林，漏出点滴阳光，稀稀落落。在阳坡的开阔地带，有一间简易木屋，木屋前是平整的路面，类似农家小院。简朴得有些寒酸。舟江走过去，身子轻飘飘的，似乎身体只剩下了灵魂。从木屋里走出来一个身穿碎花连衣裙的小姑娘。小姑娘闪烁着纯净的眼睛，眼睛深陷在眼眶里。他认出她就是那天在神农架结识的小生物。她不是人，却长了一张人脸，穿着女孩的裙装，她不是猩猩，却长满了毛发。

"你到底是谁？"

"我是红豆。"她的声音稚嫩。

"你是人吗？"

"你不要问了，快走吧！"红豆很是焦急。

"为什么让我走，我想知道这是什么地方？"

"这不是你该来的地方，有些事情不是你应该知道的。"

就在这时，他听到了一个男人沧桑的声音在周边响起："红豆，你在和谁说话？"舟江只听得到声音却看不到人。

红豆猛地推了他一把，"快走！"舟江一个趔趄，跌入黑暗的深渊。他惊恐地大喊："妈妈，救我！"却发不出任何声音。

"孩子，醒醒。"舟江猛地睁开眼睛，正碰上妈妈关切的目光。

"你做噩梦了吗？"

舟江恍惚，"我怎么了？"

"你在喊红豆，还大叫救命，什么梦让你惊恐？"

"我好像被一个人从山上推下来，哦，头疼。"舟江手摸着额头，闭上眼睛。

"孩子，你发烧了！刚吃过药，你忘了吗？"

"记不起来了。"

"好，你再睡会儿吧！睡一觉就好了。"米荷掖掖被子，轻轻走开。

舟江又沉沉睡去。

梦里，他穿越时空，再次来到深山，不一样的是，这次到达的是一个山洞洞口。洞口犹如一头张嘴的怪兽，几乎要把每一个来这里的人或者动物疯狂地吞噬掉。洞口外面，有一块平整的石块，石块周围长着参天大树。舟江站在石块上，向洞中望去。里面幽黑，太阳光线无论直射还是折射，似乎都无法射入洞穴。迟疑很久，最终好奇心战胜了恐惧，他开始向洞中小心谨慎地走去。

移步洞中，大量散光让他逐步适应洞中的昏暗。洞内有一条狭长的石板路，一直向前延伸。他抑制不住内心的狂跳，继续前行。走过十几米长的狭小空间，潮湿的空气和阴冷的寒风扑面而来，一只蝙蝠扑棱着翅膀突然飞出来，吓得他一激灵，不由打了一个寒战。里面或许住着一个怪物，正等着他这顿美餐呢。他手脚一软，拔腿就往回跑。但是猛然发现左侧有一个仅容一人通过的小石洞，他停下脚步凑过去，发现里面隐隐有光亮，一丝温热和一股淡淡的肉香从里面散发出来。他灵巧的小身子很轻易地钻进了石洞，才发现里面豁然开朗，别有洞天。

进入内洞，他惊呆了。有三个人形怪物围坐在地上，中间燃烧着一堆篝火。其中一个手中拿着一根木棍，叉在木棍上的烧鸡，不时流下脂肪油，火苗突地蹿起。另一个正拿着火棍不停地搅动篝火。

尽管舟江蹑手蹑脚，但还是被他们发觉了。他们一起扭过头，舟江这次看清楚了他们的相貌。高额头、深眼窝、嘴巴有一点点前倾，头发呈黑色，长及披肩，前胸后背有栗色毛发，半裸，下身似乎穿着草裙。

其中一个站起身，向他走来。舟江转身想退回，却被那人一把拎了起来。舟江抬头，发现他足有两米高。那人把他扔到火堆旁，舟江的身体感到酸痛，也感到篝火扑过来的高温。

"烤肉吃。"那个人生硬地说。说着开始动手撕扯他的衣服。舟江害怕，用手抵挡。他触摸到那个人毛茸茸的手臂，害怕地撒开手。就在这时，从里面跑出来一个穿裙子的小姑娘，大声说："别动他！"舟江仔细一看，原来是红豆，红豆手里还拿着他送的霸王龙。

"不让你来，你怎么又来了？这不是你该来的地方。"红豆责怪道。

红豆使劲一推舟江，舟江一个跟头，再次跌入黑暗的深渊。

舟江睁开眼睛，他又做了一场噩梦。

高烧了三天，舟江的身体才逐渐好转。三天里，他时常迷糊，分不清白天黑夜，似乎一直在昏睡。他的灵魂到处游荡，去过小时候玩耍的河边，奶奶家里的老院子，也到过学校的课堂，去的更多的地方就是传说中的神农架。

妈妈焦急地守候在他身边，喂他吃药、吃饭、喝水。孩子生病，最担心的就是妈妈。

米荷见儿子病好了，又恢复了活蹦乱跳的样子，这才放下心。

第三章　一张惊悚照片

一头瀑布般的长发，黑色，披在双肩。蓝色玻璃似的眼球放射出迷人的光芒，他有着高高的鼻梁，深陷的眼窝，浓密的眉毛，高出的颧骨，长长的脖颈。双手和脚，不，确切一点是四肢，长满一尺长的毛发，胸前是红色的，像一团火。他擅长跳跃，攀缘峭壁，力大无穷，能轻易提起一只棕熊，会发出"呜啊呜啊"的动人声音。

这个野人形象究竟是真的还是自己杜撰出来的，姜博士也有些搞不清楚。

姜博士坐在宽大的竹椅中，右手夹着一支烟，左手握着一张照片。缭绕房间的烟云，包裹住指尖上的照片。他研究这幅照片已经十年了。照片上浓密的树木之间，闪出一个高大背影。照片有些泛黄，泛着陈旧气息。无论是用放大镜还是高科技手段，他都无法十分确定，照片上的背影究竟是哪一种生物。在云烟的丝丝缕缕缠绕间，那个未知名的生物似乎要跳跃出来。

姜博士闭上眼睛，眼前再次出现一幕幻象。

依然是长发，这次是栗色的，在光线的作用下，近乎迷离。他脑袋很大，几乎要超出两个肩膀宽。眼睛是两个深邃不见底的黑洞，鼻子小的可怜，几乎找不到，一张樱桃小嘴，怎么看都无法与整体协调。上肢毛发短而黑，粗壮如树，下肢瘦小几乎不能承受身体之重。

这是一个什么奇怪的生物？姜博士浑身一激灵，睁开眼睛。照片在手中滑落。

姜博士是古人类研究专家，年逾四十，正处于年富力强的时候。他的头发浓密，间杂几根白发，一副深度眼镜横跨在鼻梁之上，愈加显示出深沉的学究气。姜博士俯身把照片拾起来，他不是很胖，也没有这个年龄应有的啤酒肚，所以弯腰不是很困难。他用手轻轻弹了弹照片沾染的尘土，在这张照片的背后，有一个探险故事。

十年前，一位摄影爱好者黑鹰和一位探险家黑豹，在神农架野外考察中，曾目击到一个怪异身影在树林中悠闲漫步，而且不远处的深林中还有一束极强的光线。两个人同时看到，由于惊异，大脑有几秒钟的空白，很显然是断片了。他们丝毫没有想到用单反相机进行拍摄留下证据，等到回过神时，那个身影眼见就要消失，就在这时，黑鹰眼疾手快按下快门，捕捉到了那个怪物的一鳞半爪。透过放大的影像，怪物的背影一半隐在树后，下身被野草遮掩。圆形的脑袋，摆动一只手臂，身体直立，有无毛发看不清楚。二人极其兴奋，神农架关于野人的传说，一直没有实证，如今他们是第一个能拿出实证的人。就在二人高兴得忘乎所以的时候，黑豹抛出疑问，神农架不但有野人传说，还有外星人的传说，排除是常见野生动物之外，影像上的背影难道就没可能是外星人吗？

在获得重大发现之后，二人又陷入新的思索，照片中的背影到底是野人还是外星人？他们把这一图片发到网上四处传播，以期引起有关专业人士重视，并能解惑。非常遗憾，没有人能判定那究竟是什么。有人认为是棕熊，有人认为是野人，还有人认为是外星人，也有人说什么都不是，幻影而已。众说纷纭，姜博士就是在这种情况下，辗转得到这张照片的。

他是有名的古人类学家，也是一名追踪野人的爱好者。曾经五次深入神农架山林，探寻野人。见过众多目击者，也曾采集到毛发、脚印，但始终没有捕捉到野人的真实面目。科学的严谨性，需要他拿出确凿的实证，没有实证，就没有科学。但是，他始终确信，野人是存在的。在历史长河中，在类人猿向人类进化过程中，自然界特意给人类留下了双胞胎弟弟，给自然界留下了古老的物种，留下了神秘的未知。

野人时而出现，时而沉没，都是自然界发生变化的预警。在找寻野人踪迹失败之后，姜博士给自己找了一个宽慰的理由：野人的自然隐藏说明我们星球的安全性极高，一旦蜂拥而出，那就预示人类将要面临不可预知的灾难。就让野人们在他们的领地里自由地生活吧。姜博士把业余爱好开始转向太空——那些外星人。

在第一次见到图片的一刹那，姜博士的嘴角露出诡异的笑意，可是不久就消失了。原以为就是一张 PS 图片，可是经过反复研究，他发现这是一张真实的照片，随着研究的深入，姜博士越发的迷茫。照片中似人又非人的生物，在强光的幻化下，肋骨隐约可见，树叶的脉络清晰可见，光线绝不是阳光，也不是普通射线。照片似乎是一架核磁共振机器扫描的结果，但它又是彩色的。一段肋骨粗壮，比一米九的东北小伙还要粗大。单凭一张照片不能说明其中的生物就是野人，而一束强光又非自然界之光，匪夷所思啊……

"咚咚"，有人敲门，声音很轻。

"进来。"姜博士的思绪被拉回现实，他不禁在藤椅中摆正了身子。

"博士，神农架传来野人的新消息了！"走进来的是助理黎黎，齐肩的短发衬托着椭圆形的脸庞，一双大眼睛顾盼生辉，但是她不怎么会滥情，也不够风情，所以直到年近三十，还是单身。她属于中等身材，不胖不瘦，不高也不矮。

黎黎递过神农架传来的消息和图片，姜博士接过来，"嗯，有好戏看了！"

湖北神农架，再次传来野人出没的消息，有不止一个村民看见野人的背影和野人啃过的玉米。更为心痛的消息说，竟然有一个到山上采药的帅哥，碰到一个冲他咧嘴喜形于色的女野人，浑身灰白色毛发，胸前坠着鼓囊囊的乳房，还张开怀抱。帅哥从没有见到如此彪悍的女人，一声惊叫，扔掉药筐，狼狈逃窜。回到家躺在床上三天三夜，发烧说胡话，不久惊厥而死。得到这些消息，姜博士重新从资料档案室翻找出这张照片，企图从中发现新的传奇。

消失很久的野人，终于出现了。姜博士盯着照片，看着神农架传来的文件，嘴角露出得意的微笑，"任何生物都不可能成为永久的秘密"。

姜博士把眼光投向窗外，参差不齐的高楼大厦间，他似乎能听到来自远方的呼唤："我来了，你敢吗？"

第四章　招募探险志愿者

随着山林的不断开发，人类的足迹逐渐延伸到人迹罕至的远古深林。

十年间，有不少探寻野人踪迹的志愿者，携带照相机、简易帐篷，披荆斩棘，在神农架不间断地寻觅，始终无果。

当开发山林的机器轰鸣声震动山野，把高大的植被变身为低矮的草原时，那些在此居住上万年的动植物，遭到了灭顶之灾。兔子乱窜，金丝猴哀鸣，飞鸟惊散，它们无处藏身。还频频有人目击野人、野熊出没，以及野人捣毁庄稼，袭击牲畜的行为。

住在山脚下的一户人家，圈养着两头猪和五只羊，有天半夜里突然传来几声凄厉的惨叫和狗的狂吠，等到主人从惊恐中醒来，透过窗户隐约看见身形高大粗壮的一头怪物用力撕扯着颤抖的羊，他们吓得不敢开门，只躲在门后面哆嗦着，透过门缝眼睁睁瞧着血腥的一幕。等到怪叫声逐渐消失，这才提着棍棒战战兢兢小心谨慎打开房门，立时被眼前的一幕惊呆了，地上大片血污四处横流，血点溅得到处都是，爱犬的脖颈有一道深深的齿痕，血迹浸染，两只眼睛空洞，一条腿被撕裂几乎就要掉下来。两只羊一头猪都不见了，剩下的羊和猪血肉模糊，战栗地抖着身子，见到一丝亮光，发出求救的哀鸣。主人家一下子跪在地上大声痛哭。有人说是野人干的，也有人认为是野猪、野熊所为。一时间，一种不祥的预感笼罩在神农架。

开发山林的进程受阻，被迫暂停。

姜博士接到密令，要他尽快组织一支由专家、户外探险家、志愿者、医生组成的队伍，开赴神农架，调查此事。

组建一支精英部队，姜博士首先想到的就是黑鹰和黑豹。他马上让助手黎黎联系十年前照片的拍摄者黑鹰，希望他能加入考察团队。

黑鹰在摄影圈里赫赫有名，经常在各大小摄影论坛驻足流连。他的摄影题材广泛，小的物体，即使一滴水珠也要拍出动态的效果；大的方面，他喜欢拍摄浩渺星空。为了拍出绝佳场景，他会把地点选择在山巅、野外、水边，时间通常选在凌晨，万物熟睡之时。他把星空的宁静用红外线摄像机拍摄出来，那是一种震慑人心的美。十年前，为了拍一组神农架林区的风景，他和另一玩家黑豹，深入神农架腹地，凑巧拍到了野人。这让他们在网上网下狠狠地大火了一把。

十年了，再也没传出野人实证的可靠消息。或许，那天所见到和拍摄到的，真的不是野人。野人真就消失了吗？十年了，黑鹰的心里一直打不开这个结，这让他始终关注着神农架。当神农架再次传出野人袭击家畜的消息时，他的血液再一次沸腾了。

当黑鹰接到黎黎的电话时，心中那就要被熄灭的火苗腾的又燃了起来，这是一个上天赐予的机会，无论如何他都要抓住。黎黎问起黑豹，希望黑豹也能参加，黑鹰沉默许久才黯然地说："黑豹前年就死了。他不顾家人反对，要征服他心中的珠穆朗玛峰，一去未回。他永远地留在了珠峰。"

黑鹰在电话那头叹了口气，"只留下妻子和孩子。"

黎黎在电话那头也陪着哀叹一声："真是不幸！"

黎黎将考察团队有关资料通过邮件发给他，同时告诉他，此事要绝对保密，不得声张，哪怕是对妻子。黑鹰自然明白。

第二个人选，要找一位具有冒险精神不甘于寂寞的全能医生。没有哪个医生愿意暂时放弃医院的工作，跟随他们到一个荒无人烟的地方。姜博士很是犯难，到哪里去找这么合适的人呢？就在姜博士苦于找不到人选的时候，他患上了风寒感冒，晚上遛弯时，就顺便溜到了社区黄大夫诊所。黄大夫，那可是一个十项全能的选手，能说会吹，内外妇儿无所不通。个子不高，眼睛细小，一笑起来只剩一条缝了；脑门亮光光；敦实的像个庄稼汉。还没等姜博士坐稳了，温度计就伸过来，命令道："试体温。"姜博士笑笑接过体温表放在腋下。

"黄大夫，整天这么忙活，也不想到外面的世界看看？"

"哪有工夫，你看满屋子的人。"黄大夫在药柜边上正为病人拿药，头也不抬地说。一个妇女抱着两三岁的孩子站在旁边，那孩子的小手放在嘴里，眼泪还在眼角挂着。

"想不想去神农架玩玩？"姜博士试探地问。

"那地方太刺激了，听说有一个野人把一个男人吓死了。我就不信，野人不也是人吗，有什么可怕的？"黄大夫不抬头。

"你敢去吗？"

"博士，你把那个敢字去掉。"

哈哈，姜博士心里一阵狂喜。

"给我体温表，啊，37度5，低烧，吃个药多喝水就好了。"

姜博士拿完药，把黄大夫拉到一边，把他的计划悄悄说给他。

黄大夫沉吟半晌，点点头，说要和妻子商量，给他考虑两天。黄大夫的妻子来自乡下，大字不识一箩筐，却精明强干，身材说不上窈窕，却也可人，样貌也就是普通人。别看是糟糠之妻，黄大夫对妻子却是言听计从。妻子自然不同意黄大夫去什么神农架，但抵不住黄大夫甜言蜜语糖衣炮弹，也就勉强答应。妻子半是玩笑半是认真地说，"出去嘚瑟快活吧，整个小野人回来，看我不把它煮了吃！"

后来，黄大夫那里，姜博士又去了两趟，就说定了。

第三个人选，是联合社区派出所，找了一位军人出身的民警，有一身的好功夫，身体魁梧健壮，就是有点哈哈哒哒，外号：马大哈。

最后这个人，比较难找。姜博士让助手黎黎拟了一条招聘启事，在大学校园广泛传播。

"本科研所因暑假期间外出考察，现招聘一名志愿者，全权负责事务性工作。条件如下：男，爱好广泛，会开车，善于野外劳作。性格阳光开朗，任劳任怨，有意者请与黎黎联系。"

围在宣传栏的同学们都笑着说，"亲，这哪是招志愿者，好像是比武招亲。"

还真就有上钩的，其中就包括大四学生舟江。

一晃十年过去，当初那个青涩少年已经成为一名大学生了。舟江只不过好奇，就报了名，可是他非同寻常的体魄、勇往直前的冒险精神、阳光开朗的性格，当然还帅到掉渣，尤其笑起来还有一对可爱的酒窝，是学校有名的帅哥，让黎黎和姜博士一眼就相中了。

舟江的女朋友秋水，在得知舟江报名并被录取的时候，非常气愤。"你若是参加，你就不要回来了。"秋水如同她的名字一样，清澈、温柔，属于那种小家碧玉的感觉，但是也压抑不住内心的愤怒。

"就一个暑假，我就当免费旅游了。多好的事情，别人想去还去不了呢！"舟江笑着挠秋水的胳肢窝。

秋水一把推开舟江，"你去了，我怎么办？你把我一个人孤零零的扔在学校……"说着，秋水嘤嘤地哭起来。

"我每天给你打电话、发短信，俗话说，距离产生美嘛。两情若是长久时，又岂在朝朝暮暮。"舟江顿了顿，"再说，你不是暑假想回老家吗？你回来的时候，我也就回来了。"

舟江轻柔地揉着秋水的面颊，"呦，我们秋水哭起来就是一枝带雨的梨花啊！"

"去你的！"秋水笑开了。

"你想要什么，我从神农架给你捎回来。可是，要野人那就不给了。"舟江也笑起来。

"你真坏，你被野人吃了，我才放心呢。"秋水嗔怪地说。

"真的吗？……"两个人又恢复了甜蜜。

第五章　深入丛林

　　为了更好地完成科学考察任务，姜博士特地聘请专家学者对队员们进行一周的训练。训练科目包括野外生存，如何在野外规避丛林危险，如何自救，如何宿营；包括详细了解神农架的地形、气候、动植物；如何操作红外摄像机，如何通过电脑获取红外摄影资料；在面临动植物危险的时候，如何应对；如何将这次考察的医疗技术用在野人身体等诸多问题。

　　一周下来，舟江深刻地体会到，这是一次任务艰巨、危险重重、考验智力、体力以及生存技能的挑战。他体内旺盛的荷尔蒙和对探险极大的热情，撩拨得他每日就像打了鸡血一样，情绪高昂，在和队友辩论学习中显得异常兴奋，他对即将到来的考察，充满了极大的渴望。在这些队员中，舟江年龄最小、热情最高，这一切都被姜博士看在眼里。他经常用赞许的目光悄悄注视着舟江，而舟江却丝毫不察。

　　一周后，姜博士率领队员舟江、助手黎黎、黄大夫、马大哈，由黑鹰开着一辆大众越野，车上配备了导航仪、红外摄影机、电脑、野外宿营的一系列用品，兴致勃勃地准备出发。可事有凑巧，马大哈的母亲病重住院，去不了，于是就剩下了五个人。

　　一路上，姜博士眯着眼似睡非睡储备体力，黄大夫和舟江活跃气氛，相互打哈哈，黑鹰和舟江两个人相互交替开车。黎黎是唯一的女人，不到三十岁，不苟言笑，是一个地道的黄金剩女。恰恰就是有一个女人的存在，让一群雄性荷尔蒙时刻处于激奋和牵制中。这与爱情无关。

　　三天后，一行五人顺利到达神农架，房山县野人经常出没的地方。

　　密林氤氲，深山掩藏神奇。奇山异水，此时对他们来讲不是可供玩耍的旅游胜地，而是攻克一项科技难题的宝库。

　　越是接近神农架，越是无暇欣赏沿途美景。再美的景色都是过眼烟云，无法留住他们躁动的心。舟江第二次来到这里，这里的风光勾起了往事，在过往的记忆中，他还依稀记得那个丛林中的小生物，那个拿了他霸王龙的小女孩，或许，他会碰上她，碰上她的概率很小，却是让他无名的热血沸腾。

黑鹰已经不是第一次来这里了，神农架的美丽以及和黑豹在丛林的奇遇，让他怀念黑豹，同时也希望能再次邂逅野人，解开深思已久的秘密。

姜博士几乎是故地重游，对神农架不再新鲜好奇。一路上他神乎其神地讲述在神农架的遭遇，听得黎黎和黄大夫充满了敬佩向往之情。从来没到过神农架的黎黎和黄大夫，对于未知的神秘神农架，幻想着一切可能发生的事情，这极大地激发了他们对原始森林的好奇。

原始森林中无路可走，仅靠两条腿行进，双肩挎包，包中有生存的食物，救命的药物，防身的刀子，露营的帐篷等。黑鹰比别人还多了摄影设备。本来，姜博士不同意黎黎跟队进入深山，一个女人面临的困难远比男人要多得多，有的时候，还可能成为麻烦。这当然也不排除从关爱的角度。但是，黎黎是一个倔强刚强的女孩，她执意要参加，不愿意放弃一次探险的机会。其他几个男人，也不反对，毕竟男女搭配，干活不累，有一个女人的调剂，这群男人们会保持旺盛的战斗力。

刚开始深入森林的时候，五个人有说有笑，气氛友好轻松。黎黎经常大叫，不是看见稀有的花，就是瞧见到处溜达的各种小虫子，黄大夫拿着小虫子放肆地扔在舟江怀里，舟江调皮地再去逗弄黎黎，惹得几个男人开怀调侃。

随着向腹地延伸，几个人的步履开始沉重，话也少了。黎黎娇喘吁吁，无意识地经常把手搭在舟江肩膀，稍作休息。舟江也乐得做一回黎黎的后盾。黄大夫瞅准机会，就凑在黎黎身边，扶着她、搀着她，而黎黎却一脸不屑的样子。"你别在我身边蹭来蹭去的，我喜欢的是舟江。"眼睛向舟江瞥去，舟江只是傻呵呵地笑着。

在森林中行进了两天两夜，也没有任何实质性的发现。偶尔会发现头上飞过的鸟，山中跑的兔子、野鸡，树上缠绕的蛇，除此之外，没有发现任何有关野人的气息。

姜博士提醒大家，要做好长期探险的准备。大家默默点头。

第三天上午，打头阵的姜博士体力下降，终究赶不上年轻人。黑鹰常年在野外奔走，早就磨砺出一副刀枪不入的好身板。舟江和黑鹰用棍子在前面开路，后面跟着姜博士，落在最后面的就是黄大夫和黎黎。

山坡陡峭，山路弯弯，几步之遥就是不知名的山崖。正在走着，舟江停下脚步擦了擦脸上的汗水，把眼光投向深林。突然他看到一个黑影闪过前面的深林，舟江惊叫一声："有人！"

众人听得舟江大叫，都愣住了，连忙凑上来，顺着舟江的目光搜寻过去。森林深处的树叶晃动了几下，恢复了死寂。

舟江不由分说，大踏步向前跑去，后面的人连忙跟上。

舟江的步伐太快了，没几分钟就把姜博士等人甩在身后。

姜博士有些着急："黎黎快跟上！"

还没等姜博士话音落地，只听得舟江又一声惊叫"啊"，前面树林一阵晃动，紧接着一阵石块哗啦啦下滑的声音。

"不好，舟江出事了！"姜博士等人心情极为紧张，脚下的步子也快了起来。

前面是一处悬崖，松树斜斜扭扭地长在边上，乱石乱草被踩得凌乱不堪。悬崖深处是深不可测的绿色深林，一眼望不到边际。

舟江不见了！

"舟江掉下去了吗？"黎黎喘着粗气问。

姜博士心情沉重，默然不语。

第六章　邂逅精灵

　　舟江悠悠醒来，睁开眼睛就看到了珙桐树的叶子，浓密的叶子一层层遮住头上那片小得可怜的天空。舟江动动身子，发觉自己还能动，于是挣扎坐起来，身子却像秋千一样不住地摇晃，他这才发现自己是掉到了一棵树藤上，相互缠绕的藤蔓和叶子托住了他，才不至于摔断胳膊腿。他四周看了看，很安静，静得只听见自己搞出的轻微动静，静得让自己害怕。四周都是高大的冷杉树，被藤蔓无规则地缠绕，自己离地有一米多高。粗大的藤蔓像麻花一样拧在一起，他粗略地估计了一下，古藤或许有上百年了，一种远古的气息深深地透过来。

　　"手机呢？背包呢？"舟江在古藤上摇晃着四处寻找，发现背包掉在不远处的草地上。舟江挣扎着从古藤上下来，向背包疾步走去。忽然，他听到一种窸窸窣窣的声音，就在前面，他马上抬头、回头，突如其来的惊愕让他再也无法挪步。他看到了什么？他看到了苦苦寻觅中的野人！是野人，没错，他们这次科考的终极目标就是他——野人。野人就在他面前，事先演练千百遍的相遇，就这么猝不及防地发生了。一时间，舟江呆在那里，不知所措。按照训练时的要求，要进行拍照取证，但是舟江身边没有任何可以进行拍照的，哪怕是一部手机。野人就在他面前，和他在图片上看到的不完全一样。同样是身材高大，眼前的他要挺拔威猛得多；和人有着相同的面部，却露出一股令人胆战心惊的表情。

　　野人向他走来，舟江站立不动，他怕了。野人越走越近，舟江感觉到他的高大，身上还散发出一股难闻的体味。自己一米八的个头在同龄人中也是佼佼者，但是在他面前，舟江必须要仰起头才能看到他的眼睛。凭借自己的个头和三拳两脚，绝不是他的对手。舟江机智转身向刚才的古藤攀爬上去。他不敢回头看，他怕一回头，野人已经到达身后，然后抓住他，像扔铅球一样，甩手扔出去。他拼命向上爬，爬得越高安全性越大。

　　他不但爬到了原先的位置，而且又向上爬了一米多。舟江停下来，低头向四周看去，野人消失了，连同他的背包一起不见了。他的睡袋、粮食、照相机等器材都没了。舟江一下子泄气了，坐在树藤上平复情绪，胡思乱想。眼看就要到手的野人，就因为自己胆小而错失机会，不知道还有没有可能再次见到野人。姜博士是要实证的，在科学面前，不能有半点猜疑。即使是他真的目睹野人，拿不出实证，谁又会相信呢？

背包没有了，可以御寒的睡袋和用于充饥的压缩饼干，都没有了，难道小命要交代在深山野林吗？舟江心寒。

"手机！"舟江猛然发现还有手机，手机乖乖地躺在草地上。于是他高兴起来，连忙爬下树去，找到手机。急不可耐地打开，还好，还能用。遗憾的是，没有信号，电量也不多了，只剩下一格，向队员求救，已经不可能。解救舟江的只有他自己。

看看夕阳就要落山，寒气上升，动物们要出来觅食。舟江决定待在树上，在那棵救命的古藤上安歇一晚了。舟江也要充当一次野人。

山间的夜晚，黑咕隆咚，不知名的小生物，为了觅食在周边爬来爬去。他感到黑暗的恐惧和来自黑暗中未知的危险。恐惧的心情让他极为焦虑，他调动所有的感官去感知森林中的一切，只要有一点风吹草动，他就胆战心惊，疑心是什么动物在窥视着自己。过度的焦虑让他感到很累。为了减缓压力，他开始小声为自己唱歌，先从最简单的《学习雷锋》开始唱，歌声让他自己都感觉很是难听，却是减压减少恐惧最好的方式。不久，他逐渐适应了林中的黑暗，反过来安慰自己，难得有这样一个宁静的原始夜晚，让他从城市的高度文明中，回归人类最初的原始状态。适应了原始森林的黑暗，他懂得了火和火带来的光明的意义，那是夜的黑对光明、温暖的渴望。

手机不能开机，否则电池一旦用尽，一个人在森林就没法生存。他抬头从层层树叶间遥望星空。点点星辰，都是有生命力的天体，此时那么亮，那么近，似乎伸手可触。能温暖他内心的只有夜空的星星了。他想起了心爱的秋水，秋水在做什么呢？

秋水，正坐在电脑前，一遍遍翻看和舟江的照片，翻看手机里舟江给她的短信。可是，有两天没收到舟江的短信了。秋水愤恨地想，怕是被野人缠住了。恨总归恨，可她还是担心他的安全。

她想他，相思之苦，默默回味。

山里的夜晚，冷得超出了舟江的承受能力。他不得不缩成一团，让自己像猫一样蜷缩在树藤的怀里取暖。

舟江身体的温度，传递到树藤的每一根神经上。

虽然不敢睡，但是半夜里，舟江还是被一阵阵睡意侵袭，他睡着了。

梦里，一青衣女子，长发垂肩，偎依在身边，眼含笑意。他感到她的温度，温凉。

"你醒了？"女子为他呈上一盘野果，"饿了吧？"

女子嫣然一笑，宛如一弯明月照亮了在黑暗中的他。舟江抓起果子狼吞虎咽，他似乎饿了很久。

吃到一半，他忽然停下来，心里寻思"荒山野岭的，哪来的女子，莫非是妖精？"舟江一怔，心想就算是妖精，先吃饱了再说。

"你到这里来，难道就不害怕妖魔鬼怪吗？"

"不怕，我一身正气，妖魔近不了身。"

"那你来这儿有什么事吗，我可以帮助你！"

"就你？"舟江不屑。

青衣女子宽容地笑了，"你不信？"

"连我一个大男人都难以做到的事情，你一个小女子能行？"舟江拿了一个果子递给青衣女子，"你也吃一个吧！"

女子用手一挥，舟江手里的果子和盘子里的果子一瞬间消失不见。舟江张大嘴巴怔在那里。

青衣女子转身就走。

"不要走，我信了！"舟江急忙阻拦。

女子的笑容和一盘的果子，重新又回来了。

"我来这里是寻访一位故人。可是你为什么要帮我呢？"舟江主动招供。

"我在这里居住了一千多年，千年的天地日月精华储存在我体内，因你的阳刚之气和温热的体温，触发了我体内的灵气，于是我幻化为和你一样的人形。"

"啊，我还碰上仙女了！"舟江不置可否地大笑起来，女妖、仙女可不是一般人能碰上的。

"你不信也就罢了！"青衣女子斜倚藤蔓佯装恼怒。

"既是仙女，那你对这一地带很熟悉了？"

"当然！"

"我要寻找一个叫红豆的，你认识吗？"

"红豆？她来无踪去无影，非一般人能找得到。"青衣女子用手撩拨了一下头发，极具性感，这让舟江心里莫名地动了一下。"怎么，你会认识一个山里的女神？"

"不认识，在梦里见过！"舟江含糊答道。

"我在梦里见过你，哈哈哈……"青衣女子轻启朱唇咯咯笑起来。

玲珑的声音让舟江有些不好意思，"你有什么办法找到红豆吗？"

女子拿出三颗绿色的花生大小的豆子。"豆子虽小，但是在你需要我的时候，就吃掉一颗，你就会有意想不到的收获，记住，你只有三颗。"

舟江看着手里的豆子，"你到底是谁？"

"青蔓，一个精灵。"

女子消失了。只剩下冷冷的空气。

舟江打了一个寒战，醒了。回想梦中的一切，似乎真实地发生过。他的手中果真有三颗圆鼓鼓的豆子，虽然在黑夜无法看清豆子的形状，他分明想象出豆子的真实。毫无疑问，那不是梦，那是刚刚发生的事。他在深夜的大山里，遇上了一个叫青蔓的女子。这似乎只有在《聊斋》中才有的奇事，现如今让他碰上了。舟江心潮澎湃，不能自已。

过了许久，他才双手合十，心生感恩之情。

第七章　遭遇野蛮

　　黎明前夕的暖色，经由林间浅雾渲染得更加迷离奇幻。第一次做林中野人，还巧遇奇女子，这番奇遇，使得舟江早晨心情极好。

　　舟江轻轻拍拍身边的古藤，"谢谢你给了我一个温暖的夜晚。"他抚摸着千年古藤粗糙的枝蔓，"你们都是有生命力的精灵，给予这片森林神奇。"

　　似乎有风微微吹过，古藤身上的叶子沙沙作响，犹如一曲轻灵的轻音乐。或许那就是来自青蔓的回答。

　　舟江很享受，享受来自大自然的微风、晨曦、古藤的轻音乐。

　　深深吸一口林间丰富的清新空气，舟江满足地离开古藤，向前走去。走过一条狭窄的峡谷，峡谷的景色被晨晖熏染得葱葱郁郁。脚下的箭竹和野草，打湿了脚面，舟江感到阵阵凉意。

　　辗转走出峡谷，是一片开阔的石坪。满山遍野的箭竹和杜鹃自由地生长着，不知名的鸟儿群飞群落，叽叽喳喳激荡着峡谷里的静谧。

　　坐在一块怪石边，舟江悠闲地欣赏着石坪美景。正在这时，一股难闻的熟悉味道从后面传过来。不用回头，舟江的第六感觉告诉他，是昨天的野人。舟江悄然俯身捡起一块小石头。

　　一只毛茸茸的手臂搭在右肩。舟江迅速拿起石头向身后砸去。

　　野人敏捷闪过，站在舟江对面。舟江摆好出拳架势，准备和野人一战。这次，舟江看清楚了面前的野人，浑身棕色长毛，下身围着一件草裙，眼睛深陷在眼眶中，眼里投射出迷茫。脚掌很大，没有穿鞋子。

　　"来吧，我们较量一下。"

　　野人不作声。

　　舟江试探性地出拳，野人也不理会。舟江四处查看地形，发现地上还有一两块石头。于是俯身想再次拾起石块，却发现野人迅疾地朝他冲过来，还没等他拿起石头，野人已经如旋风一样到了眼前，而且一巴掌打在舟江脸上，舟江一个跟头踉跄着后退。大脑一片空白，晕了过去。

　　野人用一只手提起舟江，撂在后背，用肩膀扛着大踏步向前走去。

舟江很快醒过来，却发现自己双手双脚被一些麻绳捆得结结实实。而那个野人正背对着他，生起一个火堆。火冒出烟雾，像是林间的炊烟。"莫非是要把我烤熟再吃吗？"舟江害怕了。这时候，他发现他背包里的东西散落一地。照相机外面的塑料保护壳扔在一边，饼干、牛肉干的包装也被打开。他的睡袋伸展开来，平铺在草地上。

"嘿，你也让我烤烤火吧！"

野人转过身，看看他，依然不作声。

不远处野草丛忽然有声响，舟江扭过头还未看清楚是什么，野人"唰"的一下，不知扔出去什么物件，打着旋，"嗖"的一声，准确无误地打在草丛中。只听一声尖叫，原来是一头野猪，吓得逃窜了。

野人走过去，拾起一件东西，舟江方才看明白，原来是一个呈直角的胳膊粗的树杈，上面的树皮已被磨光，露出白生生的树干。

"哥们，你真能干！"舟江讨好地说。

"你不好好在家待着，跑到深山野林来干什么？"野人终于说话了，语速很慢，一字一顿地说。野人不说话，舟江还觉得很正常，野人一开口说话，反而把他吓了一跳。

"我有任务。"舟江的声音小了许多。

野人瞥了他一眼，"为了找野人？"

舟江惊异，"你知道？"

"你找到了吗？"

"找到了。"舟江心里说，"找的就是你！"

"神农架没有野人，你找不到的。"野人手里拿着一条血淋淋的羊腿，或者是什么动物的腿，向他走过来，"吃完了，你就走吧，这不是你待的地方。"

说着，野人麻利地解开舟江身上捆绑的麻绳。舟江接过野人的生肉，迟疑地看着他，"这能吃吗？"虽然在训练课上，教师讲到在野外除了有毒的东西，什么都可以充饥，包括野生动物的生肉，但舟江还是无法接受。自打从娘胎出来，一直吃熟食，肚子和思维惯性一时间还接受不了生食。

"能吃，绿色环保。"野人不再理他，自顾自啃另一条腿。啃肉的姿势像极了动物园中的大猩猩。大猩猩、类人猿的基因和人类有99%的相似度，但就是1%的不同，又让大猩猩和类人猿与人类有着天壤之别。

舟江吃不下。他从裤兜里，摸出一粒豆子，那是青蔓送给他的。偷偷放在嘴里，轻轻咀嚼。像口香糖一般柔滑有韧性，甜味一丝丝化开来，顿时充满着清香。

舟江不知道将要发生什么，但是极其希望青蔓立即出现，能帮助他将面前的野人制服。

他的希望随着豆子逐渐变小而开始破灭，因为什么也没有发生。那个青蔓是梦，他怎么可能相信一个稀奇古怪的梦呢？可就在豆子完全化开，化作身体的一部分时，突然从深林中，像青蛇一样，窜出两条粗蔓，飞速向野人冲去，一眨眼的工夫，粗蔓就把野人缠绕起来，如同一个身着绿色藤蔓的怪物。而舟江自己也感到身上活力倍增，伴有一点儿狂躁的感觉。

野人哇哇地大叫，发出浑浊的声音，舟江听不清他说什么。

舟江哈哈大笑，他朝野人走去，高兴地站在他面前，"你知道吗，我们一直在寻找野人，几千年了，都找不到，今天让我找到了。"

野人停止大叫，定定地看着他，"你昨天遇见青蔓了？"

"好像是，遇见一个青衣女人。"

"我只听说过，这么多年行走山林，却从来没有遇见过，你小子真走运！"

"野人，你跟我走吧，我带你去你从没有去过的地方。"

"不，我不去。"

舟江掏出手机，又想去拿照相机。就在他转身的时候，他忽然发现野人表情非常痛苦，有些不对劲。等他仔细看时，野人从嘴里喷出一口鲜血，鲜血散在绿色的青藤上，青藤慢慢枯萎、干瘪，忽地脱落掉在地上，野人自由了。

舟江傻眼了。

说时迟那时快，野人一骨碌爬起来，扑倒在舟江身上，用刚才的麻绳又把舟江捆了起来。

舟江懵了。

"小子，你只知其一不知其二，青蔓送你的神豆，能化作蔓藤帮你渡过难关，却不知只需一滴鲜血就能化解。"

"可是，你是怎么知道的？"

野人抬头望望天空，看看大山，目光深邃，"这是我的家，我的家我最熟悉。"

"你放了我吧，我不带你走还不行嘛？"

野人拿脚踹他，然后走到草地上，把散落一地的东西，包括睡袋，很利落地收拾到背包中，搭在肩上，向林中走去。只为他留下几件御寒的衣服。

"你走了，我怎么办？你把我放了！"舟江冲野人的方向大喊，野人不回应，不回头，直到消失。

剩下舟江一人在野外，手脚被捆绑住，如不及时解开就会危险重重，而且还饥肠辘辘。

蚂蚱在草尖扑腾翅膀，在阳光底下跳跃，大个蜘蛛正忙着吐丝结网。远处的草丛又有了轻微的声响，舟江的心，紧张起来。

一条绿色的青蛇，向他游来。触碰到的野草不断晃动着，眼见绿蛇就爬到他面前，舟江闭上眼睛，狂喊："青蔓！"

第八章　遇见神秘女人

一阵清风拂过脸颊，一丝轻纱落在肩上，轻轻地、痒痒地摩挲着他的双肩。舟江睁开眼睛，一袭青裙，一头秀发，一副窈窕的身材，正背对着他，玉手轻扬，对着地上的绿蛇说，"走吧！"

舟江听声音，原来是青蔓。

"青蔓，你可来了。"

青蔓转过身，白天的日光，让他看清楚了青蔓的五官。五官玲珑，小巧雅致，清丽灵秀。

"是绿果让我来的。"青蔓轻启朱唇。

"绿果是谁？"

"是我们的守林人，他来这里七八年了。"青蔓解开舟江身上的麻绳。

"他怎么知道我处在危难之中呢？"舟江不解。

"就是他把你扔在这儿的。"舟江眼前浮现出野人高大的身躯，"他难道不是野人？"

"当然不是，你以为到了神农架就能见到野人，太天真了。"青蔓接着说，"如果我知道你让我对付的就是绿果，你把三个神豆都吃了，我也不会现身帮你。"

舟江明白了，原来他自以为找到的野人，其真实身份是人，而且是常年守候在森林的守林人。他有些失望，非常地失落。

"你能找到野人，对吗？"舟江瞪着一双渴望的眼睛。

"你已经没有危险了，从哪里来回哪儿去！"青蔓没有回答他的话，然后和她的声音一起莫名其妙地消失了。

"青蔓，青蔓……"舟江大声呼喊，丛林没有回应。现在，又只剩下舟江一人了。

方圆几百公里的原始森林，究竟隐藏着多少不为人知的秘密？

舟江已经失踪一天了，姜博士暂时把任务目标转移到寻找舟江的事上。四个人各自背着背包神经紧张地四处寻找，生怕掉队，也生怕错失舟江。

黄大夫跟在黎黎身后，"美女，你走慢一点，小心别被树枝毁容，那就嫁不出去了。"黎黎不理他,也不搭话,回头就给了他一棒槌。"妹子还是挺厉害的女汉子。"

黄大夫和黎黎一组,姜博士和黑鹰相互照应,在树林里转了一天,连舟江的影子也没找见。

黑鹰说:"这样找下去,野人和舟江都耽搁了,还是照原计划行事。"姜博士不同意,"野人就是不找,也要找到舟江,活要见人,死要见尸。"

黎黎在下坡时,扭伤了脚,不能前行。姜博士决定就地扎营,稍作休整。黄大夫终于可以有了接近美女的机会,打开医用药箱,利用上药的机会,嬉皮笑脸大献殷勤。黎黎脚疼,不愿意黄大夫摸摸索索的,却毫无办法,就拿话吓唬他:"你要是敢有非分之想,看我不剁了你的手!"

"你剁了我的手,谁给你上药呢?你舍得我还舍不得呢!"

姜博士让黑鹰跟他一起考察附近地形,并在野人极有可能出现的地方安放红外摄像机。摄像机被胶带绑在树上,用树枝和叶子稍稍覆盖,隐藏在隐蔽之处,希望第二天有所收获。

舟江心存侥幸地寻找绿果掉在草地上的东西,除了那几件御寒衣服,还真的让他找到一些,一把水果刀,一盒医用器械和药品,还有几包牛肉干。舟江宝贝似的揣在怀里,狼狈地嚼着牛肉干。他打开手机向高空搜寻信号,非常遗憾,依然没有。

舟江无奈,只有继续前行。他用水果刀削尖了一些树枝,插在地上,树枝头上打个弯指向他走的方向,这是给姜博士也是给自己做一个路标,或者说是记号。每隔几米,他就留下一个记号。

在做这一切的时候,他能感觉到有一双眼睛在不远处盯着他,他仔细寻找,却又一无所获,或许就是自己高度紧张而出现的幻觉吧。

如果不是重任在身,放开身心在原始森林,远离城市,远离是是非非,做一个沐浴在纯净阳光、深林里最单纯的人,一个纯粹的自然人,一个身心自由的人,在今天实在是高大上的奢侈。

有清泠泠的水声,透过树林的间隙,清脆地传过来。舟江发现了一条清澈的溪流,在峡谷林间潺潺而流。他像一个顽皮的孩子,蹦跳着来到小溪边,久违了,童年。他欢欣雀跃,似乎回到童年时代。水在岩石上分流,形成精致的水纹,在阳光下波光粼粼。"真是太美了!"他用手撩拨起水花,感觉着清凉、舒爽。

"啊——"，舟江不由自主冲着山林高声长啸。

这番长啸，引起了一种动物的骚动。一群猴子正在自己的领地玩耍，舟江的声音，让猴群感到强烈的不安。站岗放哨的猴子向猴群发出警告的信息，猴王沉吟片刻，迅速集结所有雄性猴子，向舟江的方向包抄过去。它们悄无声息，隐蔽在树林中。浓密的树叶很好地将它们隐藏。

舟江沉浸在自我陶醉中。全身放松的状态，让他感觉不到即将到来的危险。

就在接近舟江的时候，猴王停下脚步，观察前面敌情，见只有舟江一人，于是发出进攻的口号，一声长啸震破山林。猴子们得令，分别从树上、地上、草丛中，发出高声急促的声音，一起以迅雷不及掩耳的速度，向河边的舟江冲去。

正在戏水的舟江，突然听到猴子的聒噪声，抬头看到一群猴子向他急冲冲而来，似乎要和他决斗。

舟江一看情形不对，回头就朝岸上逃跑。一边跑一边回头看。只见猴群张牙舞爪跃过小河，还在不停地"嗷嗷"地追他。

舟江拼命向前跑。枝条噼里啪啦打在脸上身上，打在哪里哪里生疼。就是这样他也不敢停下，速度也不敢减慢。幸亏自己经常锻炼，跑起来不是很费力，但猴子的呼叫声，他还一直听得到。

就在这时，突然从旁边蹿出一个女人，一手拉住他，向另一个方向跑去。他踉踉跄跄地跟着她左拐右拐，拐进了一个山洞的洞口，才停下来。

舟江气喘吁吁，坐在石头上大口喘气。而那个女人，却没有像他那样的喘气，也不说话，转身就要离开。舟江扬起手，喘息着说，"别走，我还没谢谢你呢。"

那人不回头，似乎没听见，依旧走开。

舟江这才看清楚，那是一个女人俏丽的背影，也是一头秀发，颜色是橙色的，一件宽大的橙色衣裙摇摆着，一眨眼，就消失在森林中。

不是青蔓，绝对不是她，青蔓是不会轻易出现的。那么，是谁呢？也不是黎黎，黎黎梳着略显精干的短发。

这也太奇怪了，救了他，却不让知道是谁？做好事不留名的雷锋精神，都发扬到原始森林中了，太邪门了！不管怎样，他逃过了一场猴子们惊心动魄的追赶。

第九章　野人噜噜

舟江环视洞口周围，洞口很大，里面幽深充满未知的神秘；洞外是平整的石坪，周围杂草丛生。舟江忽然有一种似曾相识的感觉，却又实在想不起在哪里见过。

短暂休息之后，舟江进入洞中查看。地面上有干透的野果壳，说明有人或者动物来过，山洞不是很宽敞，但可以当作临时休息之所。洞中的地面上堆积一些干透的野草和落叶，似乎是某些生物的睡觉之地。或许这就是护林人居住之所，但并没有什么特殊味道。

舟江在草窝里坐下来，饥饿也随之而来。他撕开牛肉干包装袋，用手捏了一小块吃，牛肉干的热量很大，只要能满足身体需要就行。他不能一下子吃完，必须留下备用的。吃了一点感觉不是很饿，然后就躺在草窝里休息。

舟江想起了姜博士，"不知道姜博士在哪儿，他们一定急坏了。"

姜博士没有拔营前行，因为黎黎脚伤未好，就留下黄大夫照顾黎黎，自己和黑鹰继续在附近寻找舟江和野人的线索。

舟江在山洞中休息之后打算继续前行。就在他起身走到洞口的时候，他忽然发现洞外站着一个怪物，他身高两米多，浑身上下都是毛，双手过膝，身子前倾，看面部，额头和嘴巴都突出。舟江一时间愣住了，毫无疑问，这才是真正的野人。他看上去相当健壮，样子也比较凶恶。

舟江没有半点害怕的意思，他偷偷将神豆含在嘴里咀嚼。

对面的野人，用双手拍打胸脯，并发出阵阵吼声。野人在向他示威。

舟江明白这应该就是他的地盘，野人要赶他走。

神豆像糖果一样化开的时候，只见两条青藤从深林伸出，迅速将野人捆绑起来，野人猝不及防倒在地上，嘴里哇啦啦地大叫。

舟江笑起来，踏破铁鞋无觅处，野人得来不费功夫。他走到野人面前，蹲下身子，左右端详。他的皮肤粗糙黝黑，没裸露的地方都是毛发，身上有股怪味。野人的双眼迸发出愤怒的目光，突出来的大嘴巴似乎是要吃了他。

"哥们，辛苦了！"舟江拍拍野人的肩膀。野人扭动着肩膀身子，扭曲的野人脸让舟江心情大好，"我太幸运了，野人被我找到了！"心里在想着姜博士如果知道是他第一个发现野人实体的，不知道他的脸上是忌妒还是兴奋？

舟江摸出一个小药盒，刚想打开，忽然觉得背后一阵冷风。

舟江回头。一个女人站在面前，他丝毫没有发觉她是怎么来的，就像是青蔓的突然现身。可是那身橙色衣裙分明不是青蔓，而是刚才救他的女人。这次仔细看过去，这女人似乎不完全是人，个头很高，几乎能和他相当，因为她裸露的胳膊和腿上也长满了细长的毛发，样貌像是蒙古人种，眼睛凹陷，颧骨突出。他一时间不能断定这是什么人，于是，舟江忙把药盒装好。

"放了他！"女人厉声命令道。

"是你！"舟江听到声音非常欣喜，"刚才没来得及谢谢，你就走了。"

女人不搭话，径直上前，要去解开野人身上的青藤。

"慢！"舟江把手阻挡在女人前面，他看到她深陷的眸子清澈明亮，似乎还有一种不能言说的羞涩。"这是我要进行科研的项目，不能放他。"

女人使劲推开他，"你，你不该来这儿！"女人的力气比他一个男人似乎还要大，女人的话舟江有些不懂。

不过，舟江感觉到自己的力气也在增长，每次吃掉神豆之后，他的力气就大增。舟江不甘心，于是又去阻止那个女人。女人已经解开了一半的青藤，被捆的野人也顺势把自己解放出来。

舟江没能阻止。"他是野人，你为什么要救他？"

"他是噜噜，在这里他是自由的，而不是你寻找的对象！"女人争辩道，她的眼里有一种读不懂的东西。

野人把青藤折断摔在地上，瞪着凶恶的眼神，朝舟江猛扑过来。舟江出于自我保护，后退一步，然后出拳。一拳打在野人身上，野人一怔，又是一个猛扑，两个人，确切地说一个人和一个野人，打了起来。

"都住手！"女人大喝一声，一把拉开噜噜，对舟江喊道，"快走，从哪儿来回哪儿去，这不是你待的地方。"

舟江顾不得拿掉在地上的牛肉干，转身大步跑开。

跑到离他们很远的地方，舟江坐在树下，一边大口喘着粗气，一边回忆着刚才发生的一切。

那个女人不一般，个头足有一米八，和他差不多。样貌有些奇怪，但还是漂亮。她说的那句话，很熟悉，却想不起是怎么回事。她给人的感觉很奇怪，似乎与他相识。

郁闷，舟江实在想不通，这个女人究竟属于哪一边呢？

那个女人和野人没有再追来。舟江开始寻思接下来该怎么办？

"让我从哪儿来回哪儿去，可是我现在已经找不到回去的路了。自己也快要变成野人了。"舟江打算就在森林中住下来，一直到找到姜博士为止。为了适应原始森林的生活，他要学会吃野果喝泉水，学会野外生存。

一连几天，姜博士和黑鹰一无所获。

在红外相机拍摄的影像中，只发现了两种让人尖叫的动物，一个是鹿母子，相互偎依着优雅地在镜头前面走过；另一个是一头黑熊，它把头凑近了红外相机，使劲地吸鼻子，那笨拙的可爱小样，惹得黎黎大叫，"它太可爱了！"就连不苟言笑的姜博士，脸上也露出微笑。

"黎黎，它要是真站在你面前，就不知道谁是最可爱的了。哈哈。"黄大夫笑着说。"这要是发到网上肯定能火。"黑鹰无论何时都想着他的摄影论坛。

"黑鹰，你十年前的照片是在这里拍的吗？"姜博士问黑鹰。

"博士，这错不了，确确实实是在这里。当时我和黑豹都吓傻了，否则拍下的照片还会清晰一些。"

"我来过五次，除了一些毛发、粪便，连野人的影子都没见着。但是我相信，在人类进化的历史上，应该存在野人这个阶段。非常可惜，一直找不到实证。"姜博士露出忧郁的神色。

白天，舟江在深山老林里一个人孤单地寻觅，找野果充饥，寻找野人留下的足迹，寻找丢失的姜博士团队。几天下来，舟江胡子长长了，衣服也脏了，身体也瘦了。晚上，像猫一样住在树上，他攀爬高树的能力增加了几倍，原先他是不会爬树的，而现在能像猴子一样轻松地爬到高树上去。他感觉自己已经融入森林，彻头彻尾地变成一个野人。多少次，他憧憬着能在深山盖一间茅屋，过着世外桃源般的闲适生活，没有手机、没有电视、没有一切与世间联系的现代化工具，把自己放进与世隔绝的原始时代，过着一箪食简单至极的生活，如今他的梦想实现了，参天的冷杉是他的伴侣，小鸟为他歌唱，溪水淙淙。可是，当真这样了，他却觉得实在是孤独寂寞，他多么希望能见到一个人，哪怕是护林人，就是野人也行，能跟他说句话，否则他连说话也会忘记的。他想家了，想妈妈做的红烧肉，想秋水迷人的大眼睛。

绿果来了。他还是身着那件黑熊的毛皮衣服，走起路来很轻盈，面相平和，有一种仙风道骨的感觉。他看到了舟江在流泪。

"我送你出去吧！这里不适合你。"绿果坐在舟江身边。

舟江欠了欠身子，"你来了，谢谢你。"

"一个城市人，是无法在森林里生存的。我在这里生活了七八年，已经完全适应了。"绿果说起话来，语速非常慢。

"你为什么要在这里生活？"舟江不解。

"小时候家里穷，我经常到山里采蘑菇、草药拿去卖，对山林很熟悉，也很喜欢。我喜欢小鸟每天唱歌，喜欢小鹿撒欢。后来父母相继去世，我就住进了森林，和这里的小动物们结成朋友。我救过受伤的鹿、小白熊、金丝猴。"说到这儿，绿果脸上浮现出幸福的笑容。"它们现在都是我的朋友，我已经离不开它们了。"

"这里确实有野人，是吗？"

绿果看了他一眼。"没有，如果有，那我就是。你看我身上的长毛，不是和野人一样吗？"

不错，绿果刚出现的时候，就是一身长毛，和野人长得像极了。"对，我一开始就是把你当作野人了。"

绿果在胸前解开扣子，舟江疑惑地看着他，看着他把一件皮草从身上脱下来，露出光滑的肌肤。呃，那身长毛原来只不过是一件皮草。

"这是一头死去的黑熊，我把它做成了衣服。"舟江明白了。

"我前两天，遇见了一个女人和一个叫噜噜的人，它们都是些什么人呢？"

"女人是红豆，噜噜是她丈夫。它们还有一个孩子。"

啊，听到这儿，舟江懵了。红豆，这个名字似乎是烙在生命中的，不知多少次这个名字毫无预兆地出现。只要提到这个名字，他的心就莫名其妙欢跳。他想起小时候在神农架与红豆的奇妙相遇，那时候她还是一个小女孩，后来在梦里不断出现，依然一副小女孩的模样，今天有人告诉他，他之前见到的那个女人就是红豆，这怎么可能呢？他喃喃自语："住在森林里的人还真不少，他们也因为生活贫穷才来到这里的吗？"

"不是，它们世世代代都住在这里！"绿果意味深长地说。

"啊？"舟江愈发糊涂了。是的，第一次见红豆就是在神农架，难道那个女人真的是红豆？

“你走吧，我现在就送你。”绿果站起身。

“不，我不走，我还有任务没完成。”舟江也站起身。

“你们所谓的任务，会毁了森林的。”绿果说完转身走了。

看着绿果消失在丛林中，舟江疑惑自己是不是做错了。“一定要拿到野人存在的证据。”舟江对自己说。舟江又想到红豆，眼前依然浮现那个羞涩的小女孩，穿着碎花裙子，那双清澈的眼睛，那个梦中的女孩和今天见到的红豆怎么也无法重合，她们怎么可能是同一个人呢？这不可能！

第十章　黑熊发疯

这片远古森林在沧桑和寂静的外表下，隐藏着多少不为人知的秘密？奇特的动植物一起构成了神农架林区的神秘感。舟江时常隐蔽在树上，仔细地观察着林中一切。他发现森林其实一点都不平静。金丝猴为争夺领地和配偶，不断上演你争我夺的战争，小则在两个雄性之间，大则在两个种群之间。他感受着森林里精彩的故事，他觉得自己爱上了这片森林。

姜博士还在寻找野人和舟江，他相信他们就在某一个地方，等着他去发现。

半个月过去了。舟江从头到脚，几乎全面沦陷为野人了。他坐在高高的树杈上，垂下两条长腿，悠闲地品尝野果，眼睛和耳朵密切关注着森林里的动态。他能够像猿猴一样轻易地爬上十多米高的冷杉树，眼观六路、耳通八方。离开人世间没多久，他似乎已经忘记了现代生活中的浮华，现在的他很是享受当下的生活。

忽然，不远处的草丛剧烈地晃动，里面还发出某种动物的怪叫，而在它后面，似乎又有什么神秘动物在追捕。

凭借动物的叫声，舟江判断出应该是一头熊，白色或者黑色，一时无法判断。后面跟踪的动物，舟江还不能判定。是护林人？还是姜博士，抑或是附近打猎人？

舟江每一根神经都开始紧张起来。

怪叫声越来越近，舟江看清楚了，是一头黑熊，呜哇怪叫，急速奔跑着，所到之处，树枝野草全被践踏折断。它是被追捕，还是发现了什么，像疯了一样。而在它后面，竟然是红豆。她穿的依然是那件橙色衣裙，似乎被撕裂了些。红豆手里拿着一根木棍，朝着黑熊奔去。黑色的长发飘扬起来，一种飘逸的感觉，一幅很美丽的画面。舟江在树上远远地看着，竟然看的有些痴了。

黑熊跑到了舟江的树下，抬头望见了舟江，情绪更加激动起来。它起劲地拍打着树干，发出可怕的声响。如果舟江站在树下，似乎会被吞下去。

"哥们，你要是有能耐就上来。"舟江无不得意地说。现在的他对森林中的黑熊、野猪已经感觉不到害怕。

黑熊力量足够大，树木被拍打的不停摇晃，树叶哗啦啦作响，舟江若不是牢牢抓住大树，几乎被摇下去。黑熊疯狂的样子可怕极了，究竟是谁把它惹恼了？

红豆已经追到树下，离黑熊只有几步之遥。"不要闹了，黑子，冷静下来。"红豆冲黑熊说。

　　"呵，黑熊能听懂你的话，笑话。"舟江抱住大树耻笑红豆。

　　"若不是你们人类破坏大量的树木，黑熊能这样生气吗？"红豆抬头。

　　"别你们人类人类的，就好像你不是人一样。"从树上望下去，红豆就像是一个小女孩，脑海中突然闪现出第一次在神农架遇见的那个小生物，有种似曾相识的感觉。舟江自己怔住了。

　　"我不是人！"红豆一字一顿地说。

　　"哈哈，天下还有这样说自己的，接下来你该说'我是神'。"回过神来的舟江在树上放肆地笑起来。来到森林，这是他第一次开怀大笑，还是在这样一种情况下。

　　黑熊听到舟江在和红豆对话，它似乎更疯狂了。突然它转身冲红豆咆哮，并扑过去。眼看红豆有危险。舟江止住大笑，他紧张了，他忙把最后一颗神豆放进嘴里快速地咀嚼。红豆开始紧张地向后退，"黑子，你怎么了，你不认识我了吗？"红豆也做好了迎战的准备。

　　就在黑熊朝着红豆猛扑过去的时候，神奇的一幕再次出现，两根粗壮的青藤从天而降，将黑熊一圈圈紧紧缠绕，黑熊"扑通"一声跌倒在地，嘴里还不停地发出呜呜的大叫。

　　红豆抬头看着舟江，水汪汪的大眼睛里包含着责怪："你怎么把它绑起来了？"

　　舟江从树上爬下来，站在红豆面前，"你难道不谢谢我吗？是我救了你。"

　　红豆的眼睛清澈明亮。他的记忆终于苏醒，"我们曾经见过面，对吗？"

　　"对，就是前几天，我帮你逃脱了猴群。"

　　"不，时间还要早。"

　　"你记错了，之前我从来没有见过你。"红豆说着走到黑熊身边，温柔地抚摸着黑熊，"小家伙，怎么这么大脾气，你还想伤害我吗？"黑熊呼哧呼哧地喘着粗气，眼睛里喷射出火焰。

　　"和一头熊说话，你太神了！"

　　"是，我能和森林里的每一种动物甚至植物对话，我懂得它们的语言，你不懂。"

　　"那你告诉我，这个小家伙为什么生气，甚至要攻击你？"

　　"事实就是，你们人类用机器砍伐树木，破坏了黑熊的家园，它没有了自己的家，难道还不生气吗？"

"这……"舟江无话可说。他想起来之前姜博士告诉他，神农架正在砍伐森林大搞开发。

"尤其是看到了你，它就把怨愤发泄到你身上。可是你在高处，它的野性无法控制，所以就冲我来了。"

"难道民间关于野人破坏庄稼闯进农民家中的说法是错的，不是野人而是熊？不可能啊，熊和野人，有很大的区别，人们不会不认识呀？"

红豆站起身，"回去吧，熊还是野人，你都不要管，给我们留下一方净土吧！"此时黑熊慢慢安静下来。红豆说完，把青藤解开一半，连拉带推，把黑熊带走了。

红豆的话，意味深长，舟江不禁陷入沉思中。

姜博士科考团队在一次探寻中，误入一条蚂蟥横生的河流。姜博士听当地导游说过，神农架有几处蚂蟥滋生的河流，如果碰上，当地人都十分惶恐。蚂蟥生活在池塘、河流、湿地等处，常叮咬在人的皮肤上吸血，人感觉不到痛，开始像头发刺皮肤一样，然后有点痒，到后来被咬的地方血流不止，容易造成伤口感染。这次遭殃的是走在前面的黑鹰，当他发现浸在水里的裤子上趴着滑溜溜的蚂蟥时，黑鹰发出一声大叫，"有蚂蟥！"四个人不约而同发现了脚下的蚂蟥。黎黎惊恐地大叫，跳起来向岸上跑去。黄大夫和姜博士急忙把黑鹰从河流里拉出来，发现所有人的胶鞋鞋面和裤子上，都有几条蚂蟥起劲地叮在上面，让人心生寒意。

几个人纷纷拍打身上的蚂蟥。黄大夫让每个人查看腿上是否也有蚂蟥，因为蚂蟥侵入性很强，咬伤之后，人感觉不到疼痛。四个人把裤子撸起来，每个人几乎都被蚂蟥叮咬了。黎黎看着扭动的蚂蟥，惊恐地大叫，她吓得几乎要晕过去了。黄大夫说："用风油精洒在蚂蟥身上，它一会儿就会自动掉下去，千万别硬拽。""或者用打火机用火烤。"

黄大夫从药盒中取出酒精和碘酒，为每个人敷药。经历了蚂蟥风波，姜博士决定不再前行，找一处干燥地带就地扎帐篷，平复大家的情绪。一时间，气氛有些沉闷。

"这点小事，就都吓坏了？"黄大夫对黎黎说，其实也是说给大家听的，"我干门诊的时候，啥没见过。夏天喝啤酒的多吧，你们知道吗，被啤酒炸伤的有的是。有天晚上十二点了，突然有人砸门，我刚躺下，起来一看，一个男人左手手掌全是血，鲜嫩的肉外翻着。我让他们去医院，他们嫌贵不去，让我给他缝伤口。我二话不说，清洗干净伤口，点了几滴麻药，用缝衣针像缝衣服一样把撕开的肉缝起来。"

"什么，你用缝衣针？"黎黎大叫。

黄大夫笑了，"给你说笑话呢，怎么可能用缝衣针。用的是医用针，大号小号都有，就像钓鱼钩一样。"

"难道你不怕吗？"黎黎兴趣很浓。

"刚开始是怕呀，又是血又是肉，血淋淋的，时间长了也就习惯了。"黎黎拿敬佩的眼神看着黄大夫，认真地听他说。

"我也算是身经百战的了，哪个地方没去过，什么事情没遇见过，唯独这蚂蟥是第一次。"黑鹰说。他黑黝黝的脸上显出一种劫后余生的幸运。

姜博士查看地形之后，"明天换一条路线吧，就是有点远。"

"没事，我们只要做好防御措施就应该没问题。"黑鹰在还坚持。

"我们上网查查怎么对付蚂蟥？"黎黎建议。"不错。"黄大夫支持。

经过查询，最好的办法就是用泡过烟的水洒在身上，就可以避免蚂蟥叮咬。

"好，就这么办吧！"姜博士最后拍板。

第十一章　红豆的离奇身世

浓密的树林和奇特的地理环境造就了神农架多变的气候。天忽而一阵急雨，忽而放晴，时常发生。来到这里半个多月了，舟江算是领教了什么是"孩儿脸——说变就变"。潮湿的空气，凝聚成白色的云雾，云海和林海交相呼应，只有在密林中，他才体会到大自然的神威。只有那些经年生活在原始森林的动植物，才能在大自然的神奇中孕育和繁殖。这就不难理解红豆说的，她懂得森林中植物和动物的语言。舟江觉得即使不去追踪野人，能在森林里过一段纯粹的原始生活，既是丰富了人生阅历，也净化了人的内在心灵。生活如此简单，就是活着，活着就是最大的挑战和乐趣。

舟江很是幸运，在危难之际，得到了千年古藤之灵气，这才具有高攀大树的本领，身体轻盈，活力无限，能让他摘野果充饥，能在树上躲避猛兽，否则，他难以在危机四伏的远古森林中独自生存。绿果真是不简单，一个人在林中独来独往，不说危险，就是那难耐的孤独感，有时就会吞噬掉一个人。

红豆一家，究竟是怎样的家庭？为什么噜噜的长相和行为，像大猩猩或者古猿的多，而像人的地方少呢？为什么红豆的模样偏向人类的多一些，也带一点野味？为什么在梦里经常梦到她，总是有似曾相识的感觉，有见到她的渴望？

住在树上的舟江，思绪不停地在林间、绿果、红豆之间跳跃，诸多疑问萦绕心头。

下雨的时候，他就躲到附近山洞里。神农架的山洞颇多，开阔一点的可以容纳上百人，较狭窄一点的仅能容纳几人。

多雨的天气，蚊虫疯狂地排着队叮咬，让舟江陷入一场来势凶猛的疾病中。高烧、孱弱、无力、头疼，他只好蜗居在巢穴中，无奈地等着上天的裁决。他一人孤零零地躺在山洞中，胡思乱想让他几乎陷入绝境。他想妈妈，想那个温暖的家。在他生病的时候，妈妈会倒一杯热水递到他手中，为他熬一锅香喷喷的小米粥，外加两个鸡蛋。想一想都是那么幸福！现在无依无靠的困顿，让他产生死亡的恐惧。他无力地睁开眼睛，"妈妈，请原谅我不能为你尽孝，原谅我的年少轻狂，总是与你吵架，惹你生气。"泪水毫无预知地流下来，他想到了最可怕的死亡。

他时而清醒时而迷糊，不知是在梦里还是在现实中。

迷迷糊糊中，他感觉到有一双温暖的手托起他的头，把他揣在发烫的怀里。感觉是妈妈米荷来了，妈妈的爱，久违了。他似乎是在梦中，梦见妈妈疼爱的目光，梦见妈妈牵着他的手。

一股清凉的山泉水，滴入干渴的嘴唇。有人爱有人疼，原来如此幸福。他心底渐渐升起一股暖意，把逼近的死亡驱逐。

舟江就这样任性地享受着妈妈般的温暖，体内的求生欲望逐渐战胜了疾病。

不知何时，舟江醒来。醒来的他感觉到自己是在某人怀里。是一个女人的怀里，他分明能感觉到女人柔软的乳峰，温暖着他的身子。这是谁？是秋水吗？不是，她不会来深山野林。他动了动身子，酸痛。

他慢慢睁开眼睛，看到了一张熟悉的脸庞，棱角分明，是红豆！惊讶冲击着他，他想立即挣脱红豆的怀抱，身子却瘫软无力，只是动了动又躺下去，躺在红豆的怀里。偎依在一个女人的怀里，和她那么近，没有距离。舟江瞬间被击倒，他很是贪恋这个奇异女人的怀抱。

"你醒了？"红豆睡眼惺忪。她低下头，下颚几乎要碰到舟江的头，眼睛直视无碍地温柔地看着他。她把手放在舟江额头，舟江能感觉到她的呼吸、她的温度。"嗯，不烧了。"那声音听起来就像是一只唱歌的小鸟。

"怎么是你？"舟江恍惚。

"傻瓜，为什么不是我？"女人的声音轻柔，女人的眼神温柔，像小锤敲打在他心上。

舟江顿时像一个女人一样羞涩，"你，你在这儿守了一夜？"

"是，我在这里经过，发现你病了，于是喂你水，还有驱寒的草药。我以为你会死的，你这副小身板经不起折腾。"

舟江心里说，这是人们梦寐以求的艳遇吗？即使感冒发烧也心甘情愿啊！他几乎躺在女人的怀里，不愿意起身。

"红豆，能问你一个问题吗？"舟江寻找话题，也想解开心中的疑问。

"那看你问什么？"

"噜噜是什么人？我觉得他的样子很奇怪。"

"噜噜不是人！"舟江一听，突然想起那天红豆也说自己不是人。

"不是人，是啥？"舟江满腹疑虑。

红豆刚想回答，就听洞口传来"咚咚"的声音，似乎有生物来了。舟江挣扎着从红豆的怀里起来。不知是谁这么不知趣，打扰了他的温柔乡。

"噜噜——"红豆把舟江放在一边，站起身喊道。噜噜随声走进来。舟江诧异。

噜噜直直朝舟江走来，目露凶光。红豆撞墙住噜噜，"你想干什么？"

噜噜拍打着胸脯，嘴里呜啦呜啦地叫着。一手挡开红豆，一手拎起舟江。舟江病刚好，元气尚未恢复，身体无半点力气。他连还手的能力都没有。红豆毕竟是一女人，她未能抵挡住噜噜，被推倒在一边，长发散乱着。此时，噜噜已经把舟江拎在手里，就像一只小兔子一样轻松。

"放下他！"红豆大声高吼，而且愤怒扭曲了一张清丽的脸庞。或许是从来没见过红豆发疯的样子，噜噜一时间怔住了。

红豆上前解救下舟江，双手搀扶起舟江，让他坐在一旁。

噜噜突然哇啦哇啦大吼，疯子一样跺脚拍打胸脯。

红豆站在噜噜和舟江之间。红豆像一面墙给了舟江稳健的安全感。"不要伤害他，他是我的朋友。"红豆声音严厉，在舟江听来却很动听。

噜噜似乎只会利用动物的语言，嘴里发出的根本不是人类语言。舟江听来类似愤怒的小鸟用鸟语在发怒。他一句也听不懂。他想到掌握一门外语是多么重要。

"你走，我一会儿就走。"红豆说着把噜噜向外拉去。舟江看见了噜噜眼中燃烧的怒火。

噜噜被红豆轰走，叽哩咕噜的声音逐渐消失在森林中。

红豆折身转回，对有气无力的舟江说，"你能让青蔓来吗？"

舟江吃惊，"为什么让她来？"

"青蔓是传说中一枝千年古藤，我们谁也不知她在哪里。她深厚的灵气已经能让她幻化成形，遇人是人形，遇物则是物形，不是谁都有遇到她的福气。而你，遇到了青蔓，那你必定与她有缘。在你危难之际，她会出手相助的。"

舟江想到青蔓送给他的三颗神豆，"她送给我三颗神豆就是帮助我的，我都用完了，不知道她还能出现吗？"

红豆叹了口气，"你太轻率了，不懂得珍惜，为什么不留下一颗呢？"

"只要神豆在，就能找到青蔓，现在是不可能了。"

"没她，有你也行啊！"舟江调侃道。

"好吧，等你身体好些，我来送你出山。"

"不，我不能出去。"

"你必须走，你一个人是无法在森林里生存的。"

"不是有你在吗？"舟江笑了。

红豆低下头，"我们不是一类人。"

"难不成你还是野人一族的，或者外星人？"

"明天我再来看你。"红豆低头转身走开，她的身影有些惆怅。

山洞恢复了平静，孤独寂寞弥漫过来，重新包围了舟江。山洞又剩下他一个人了。刚才有红豆温馨的时光，成为一种可供咀嚼的回忆。

姜博士一行人在行进中发现了一根根树枝做成的路标。黑鹰欣喜，"这肯定是舟江留下的。"姜博士仔细查看，露出赞许的笑容，"跟着路标走！"一行人沿着舟江做的记号一路前行，他们心中都燃起了希望。

舟江的山洞，寂静再次被打破，这次来的是绿果。

"就知道你躲进山洞了。"绿果一脸的严肃，他似乎是不会笑的，似乎也不会怒。

"你会掐算吗？"

"这片森林我太熟悉了，何况我也没有走远。没发现你在树上。"

舟江竖起大拇指，"哥们，你厉害，谢谢你。"

"你能讲讲红豆吗？"舟江心中的疑惑，想从绿果这里得到答案。

绿果叹了一口气，"我可以给你讲，但你必须保证不要伤害她。"

"不会的，我怎么会伤害我的救命恩人呢？"

绿果慢慢地讲了一个故事："附近一个村庄，村口住着一个跛子，娶了一个耳聋的女人，女人长得很秀气，为人和善。可是结婚没半年，人们看见她被野人抓走了。当时她已经有身孕了。跛子跟疯了一样，天天上山寻找，胡子邋遢，没个人形。半年过去了，跛子也没找到媳妇，就死心了。但是，他开始变得孤僻，竟然一个人离开村庄搬到森林里去了。直到后来，他从森林里领回一个毛孩，浑身上下都是毛。人们都说是一个小野人，跛子也不辩解，给毛孩穿上衣服，当自家孩子养着。这个孩子就是红豆。"

"啊，"舟江惊异地喊出声。"红豆到底是不是野人？"

绿果继续自顾自地说，"红豆来的时候有五六岁，怕见生人，经常躲在家里，喜欢上山。虽然穿上衣服，可是她会爬树，吃生肉，吃生菜，不像一个人。时间久了，红豆学会了说话，还能帮着爸爸干活。跛子挺高兴的。可惜，红豆十多岁的时候，跛子得病死了。红豆没人照顾，她又钻进了森林，一心一意当起了野人。

在森林里，遇见了噜噜，噜噜就是她丈夫，他们有了一个孩子。"

"噜噜是什么人？"

"噜噜是地地道道的野人！"

"啊？"舟江再次惊讶地喊出声。

"不可思议，一个人和一个野人……"舟江的心里酸酸的。

"你是不是还要抓野人呢？"

"你错了，我们不是抓他们，而是为了证实野人的存在，并考察他们的生存状况。"

"我听不懂，如果你要是对他们不利，别怪我把你扔进山沟里喂熊。"

舟江笑了。一个计划从心里开始酝酿。

第十二章　芯片植入成功

舟江渴望红豆的到来，比任何时候都渴望。有时候，他也想起秋水，只是一瞬间，现在他似乎更加思念的是红豆，想念红豆温暖的怀抱。毕竟，那个繁华的城市在远方，他现在身处原始森林，这里的一切牵动他每一根神经，稍不留意，他就有可能陷入困境。

红豆来了。

一抹橘黄，轻盈地闪过。舟江立时兴奋起来，"你可来了，想死我了。"

话一说出口，舟江忽然意识到自己有些失态。

红豆站在洞口，看到舟江兴高采烈的样子，一怔。忽而转身向洞外走去。

舟江连忙追了出去。

"我这不盼着你能来吗！你来了，就可以帮我走出森林呀。"

红豆怔怔地看着他，"你想通了？想走了？"

"是，这不正是你希望的吗？"

一丝疑惑，掠过红豆的内心。

"但，我有一个愿望，不知你能不能答应我。"

红豆递给舟江两个苹果，"饿了吧，吃饱了再说。"

"给我的吗？"舟江惊喜地看着红豆。

"不给你，还能给谁啊！"红豆瞥了他一眼，俯身坐在草地上。舟江也坐下来笑着说，"就是，只有你想着我！"他边吃边看着红豆，"真好吃"。

"临走之前，我想和噜噜和好，我不想让噜噜误会我。"

红豆把目光从远方收回，定定地看着他，突然笑了。

红豆笑起来，像一枚弯月，很是明亮。舟江觉得有一弯明月照在了他的心海。

"噜噜脾气暴躁，你还是不要见他了，我把你的好意转达给他吧！"

"这怎么能行，不见他怎么可能表现我的诚意呢？"

"他不会来的，如果真的来了，他会把你打垮，你不是他的对手。"

"我是和他做朋友，又不是做敌人。你就帮个忙吧！"

"我下午再过来，你做好走的准备。"红豆站起身，消失在朝阳温暖的橘色光环中。舟江恍惚，那是谁，天使一般降临在寂静的森林，来到他身边，把一份温馨送给他。

舟江呆呆的，一种莫名的失落感，紧紧地包围住他，不能呼吸。

过了许久，仿佛一个世纪。"舟江！"一声热切的呼唤从身后传来。难道红豆又回来了？

舟江急忙回头。"哇，真的是你啊！"黎黎惊喜地大喊。

"啊，黎黎，姜博士，你们可来了！"舟江惊呼，张开手臂向他们冲去。没想到黄大夫挡在黎黎前面，"啊，你还是抱我吧！"几个人哈哈大笑起来。

历尽艰难险阻之后的再次相聚，让每个人倍感亲切。他们相互询问并讲述在森林中的奇遇。

姜博士说："你小子大难不死必有后福啊！还让你找到了野人。真厉害！"

舟江神秘地说，"下午我们就可以实施密谋已久的计划了。"

"是真的吗？"所有人都睁大了眼睛，感到不可思议。

几个人连忙把脑袋凑在一起，商量着如何实施计划。他们的心情都异常激动，尤其是姜博士，他的梦想马上就要实现了，他似乎看到自己站在讲台上兴致勃勃地发表发现野人的成果。但是他也担心，若不是野人，那岂不是竹篮子打水一场空吗？不过总比没找到强。其他几个人也都很兴奋，马上就要见到想了千百遍的野人，这真是振奋人心啊！

他们期待下午的到来，每一分钟都是那么难熬。

红豆和噜噜一前一后的来了。

黎黎和黄大夫藏在洞外的石头后面，眼睁睁看着红豆和噜噜，黎黎的嘴张得老大。她这是第一次见到这么可怕的人，红豆还像个人，可是噜噜简直就是一个怪物。浑身上下都是毛发，身高两米以上。黄大夫悄悄地说，"舟江没骗我们，真的是野人啊！"

"嗯，还真是！"黎黎小声回答。

舟江从山洞中迎出来，"红豆，你来了。"

红豆停住脚步，回头看了一眼噜噜。噜噜龇着牙，眼里冒出一股怒火。"噜噜"，红豆喝道，"不要闹，不是跟你说好了吗，他是朋友。"

"噜噜，我们做朋友吧！"舟江向噜噜伸出了手。

噜噜一怔，忽地冲上前去，一把抓住舟江的胳膊，嗷嗷地大叫。

红豆也上前揪住噜噜，"噜噜，他是想和你握手，不是和你打架。"但是，红豆未能拉住噜噜。噜噜和舟江扭打在一起。舟江怎么能是一个野人的对手呢。

黎黎吓坏了！黄大夫也吃了一惊。正不知道该如何是好的时候，姜博士和黑鹰从洞中现身。

红豆看到有生人，大叫："噜噜快走！"说着就拉住噜噜想走。

噜噜一看到有生人出现，变得更加愤怒，他嘴里狂吼着，用力地撕扯着舟江，舟江的嘴角流出鲜血，衣服被撕破。姜博士和黑鹰也遭到噜噜不同程度的袭击，他们感到野人力气非凡。

黄大夫也顾不得黎黎马上冲上前去。以迅雷不掩耳之势，揪住红豆，将一支针剂打入红豆的胳膊。红豆察觉有样，转身一巴掌打倒了黄大夫，黄大夫一个趔趄，咕噜咕噜滚到了一边。

而此时，姜博士和黑鹰已经控制住噜噜，大喊："黎黎快点！"

黎黎被眼前一幕吓坏了，听到姜博士的喊话，才回过神来，马上飞奔出来，麻利地将一支针剂打入了噜噜的胳膊。

就在这当儿，红豆一阵晕厥，昏倒在地。

"倒了一个！"黑鹰掩饰不住兴奋。

渐渐地，噜噜也失去了知觉。众人把红豆和噜噜抬到一边，舟江和黄大夫也都缓过神来。

"马上手术。"姜博士命令道。

黄大夫和黎黎、黑鹰马上进入到准备状态。

"千万不要给红豆……"舟江挣扎着说。此时的舟江已经遍体鳞伤，躺在地上捂住肚子大口喘着粗气。可是这时候没人听他的，他们正忙着实施计划。

"这野人体味真重，好难闻啊！"

"野人的毛真长，把它装好，回去做检查。"

黑鹰拿着照相机，发挥自己的特长，从不同角度拍摄野人，以及黄大夫和黎黎做手术的过程。

他们按照事先的计划，有条不紊地进行，分工明确，又合作默契。

舟江躺在地上，眼望蓝天。几缕白云悠悠地变换姿态，听着战友们忙碌的声音，想着半个月来的惊险经历，觉得这一切就要结束了。

黄大夫挑了一块大个的集成芯片，准备给红豆做手术。姜博士看了一眼黄大夫手中的芯片，"你换一块吧，这一个给我！"

"这还有什么不同吗？"黄大夫不屑地说。

姜博士不再言语，拿起另一块芯片给黎黎，开始给噜噜植入。

半个小时后，黎黎直起腰，手里的手术刀上还粘着鲜红的血，"好了，任务圆满成功。"姜博士的嘴角露出得意的微笑。

舟江歇了半晌，好在没有大碍，只是一点皮外伤，全身有些酸痛。他一步一挨地走过来，发现红豆和噜噜的右胳膊上各自有一道伤口。

"啊，不是不给红豆植入芯片吗？你们怎么能这样！"舟江有些愤怒。

"别管了，活儿都做完了。我们赶紧走吧，要不然他们醒了，我们就走不了。"黑鹰收拾起医药箱，黄大夫正用白色的绷带擦拭手上的血迹。

黎黎拽着舟江，舟江恋恋不舍地看着躺在地上的红豆。红豆紧闭双眼，像是熟睡一般。"不行，不能给红豆植入芯片。"

舟江跑到红豆身边，发疯地摇着红豆的胳膊。他要把红豆身上的伤口剥开。黄大夫一把抓住他，"别动她，伤了她，她可能永远都醒不过来了。"

舟江有些伤心，停下手，抚摸着红豆的脸，"对不起"。他低下头，突然发现红豆的裤兜露出一件东西。

舟江轻轻拽出来，那是一个霸王龙，一个玩具。一刹那，舟江的心咚咚地跳起来，霸王龙，这不是十年前他给那个女孩的吗？难道红豆，红豆就是十年前的女孩，那个在梦中出现的女孩！

舟江傻了。

黑鹰和黄大夫不由分说连拉带拽着舟江，舟江挣扎着，"不要拽我，我不要红豆成为试验品。"

姜博士猛地一击，打在舟江头上，舟江脑袋嗡地一下，昏过去了。

第十三章　校园暗影出没

回来的路上，舟江一直忧郁着。他不能从神农架与红豆的相遇回到现实。孩童时代遇到的小姑娘，梦中出现的女孩，今天在神农架又神奇的出现，这让他怎能平静？黎黎看在眼里疼在心里，默默地关照着他。舟江浑然不觉。开车的艰巨任务就落到黑鹰和黄大夫身上。

姜博士开心极了，重大的科技难题马上就要解决了，野人的重大发现也要成为轰动世界的新闻，这一切太令人兴奋了。他在第一时间把好消息透露给妻子静红，他要让妻子和他一起分享。静红在电话那头，语气中掩饰不住的兴奋。是否要召开新闻发布会，姜博士还没拿定主意。他决定通过电脑再跟踪观察一段时间，充分了解野人的生活，而不是仅靠几根头发和照片，他想拿出大量的证据，来证实自己的科学理论，那将是一个震惊世界的结论。

然而，一件意外的发生，让姜博士懊悔不已。

高速公路上，由于太疲劳，黑鹰驾驶的越野车，在一个打盹的工夫，急速冲撞上了路边栏杆。在黎黎的惊叫声中，每个人都意识到危险来临，一阵惊惧席卷了每一个人，但为时已晚。巨大的冲击力，让所有的安全气囊都打开，坐在前排的黄大夫和黑鹰，由于惯性使然，冲向前挡风玻璃，额头被撞伤而且还被碎玻璃划破，鲜血顺着额头流下来。后面的姜博士、黎黎、舟江的腿部都受到不同程度的挤压。更可怕的是，后面一辆车来不及刹车，撞上了汽车尾部，使得每个人的伤情加重。汽车也完全变形。

生死劫难。

医院里，四个人都躺在病床上，除了舟江。车祸发生的一幕让每一个人心惊胆战，好长时间不能从惊悸中回过神来。黑鹰腿部骨折，黎黎的胳膊骨裂，姜博士的腰部肌肉挫伤，只有黄大夫和舟江还好。或许，是舟江经历过野人的殴打，也或许是青蔓的神力，在车祸发生的那一刻，舟江自身产生一股强大的力量，保护着他，他几乎没有硬伤，就是情绪上有些影响。

看着一个个哎吆吆的，哼哼唧唧的。舟江忙前忙后，照顾了黎黎，又照顾黑鹰和姜博士。

姜博士情绪低落，"完了，都完了。"从发生车祸以来，他就不停地重复这句话。

就在刚才，在他被抬下车的时候，还特地到后备厢查看背包，背包挤碎了，心也随着挤碎了。背包被挤成馅饼，相机录像机全毁了，那些拍摄野人的照片也都毁了，他只盼着野人的毛发还能完好无损。后来，被现场赶来的交警告诉他，物品零落了一地，他要的野人毛发已经找不到了。

还好，他们在红豆和噜噜体内植入的芯片，能通过电脑跟踪，了解他们的动向，这是姜博士唯一感到欣慰的。

两天后，姜博士一行五人，急忙打开电脑，搜寻噜噜和红豆的行踪。奇怪的是，红豆和噜噜根本联系不上，在网络上搜不到他们的任何信息。

究竟是哪里出现了问题？姜博士百思不得其解。他一下子从即将成功的巅峰，滑落到失败的谷底，十分沮丧。其他人也不知如何是好。

舟江在电脑前坐了一天了，始终得不到红豆和噜噜的任何信息。对于红豆，他更多的是担心，担心她无缘无故的失踪。

他们人虽然离开了神农架林区，但是心还留在那里。他们在犹豫，是否再次回到原地，重新寻找野人，重新把芯片植入野人体内。他们在等待，等待一线希望，等待姜博士的裁决。

没有实证，仅凭一张嘴，姜博士是无法向科学界宣布野人的真实存在。从一个学术人的角度出发，他要再次回到原点，重新进行科考。可就在这时，他接到科研所的电话，让他们收队返回。

无奈，他们坐火车返程。返程的路途，没有了原先轻松愉快的气氛。

回京后，每个人又都回到了原先的位置。在车站挥泪告别，黎黎抱住舟江给予一个热情的拥抱，而黄大夫也抱住黎黎不撒手。近一个月的时间，让他们建立了纯真的友谊。

舟江回来了，同学和朋友们无一不好奇，连连向他开玩笑："去了这么久，怎么没有带回一个小野人？"

舟江没一丝笑容，面带忧郁，"哥烦着呢，都别捣乱！"无情地拒绝了同学们的友好，他把自己关在宿舍，沉溺在悔恨中。

同学们很是疑惑，又都很知趣地离开了。

有月的夜晚，舟江无法入眠。常常坐在窗边，望着孤月发呆，在神农架遇见红豆的情景一遍一遍地上演。不知道被植入芯片的红豆怎样了，她会不会受伤？

为什么没有她的信息？

就连与秋水通电话，他都心不在焉，这让电话那头的秋水怀疑舟江出现了问题。

舟江回来后的几个星期后，一件怪异的事情发生了。并且迅速在校园中传播，一种不安的气氛到处蔓延。

有一个男生深夜回校，走到操场的时候，他隐约看到月光模糊的树影中，有一个女人的身影，长发飘飘，倏然而过。他心下骇然，大着胆子问："是谁？"

那身影飘然不见。来无踪去无影，只留下各种猜疑。

另一个男生也是在回宿舍的时候，骑着自行车，优哉游哉。路上遇到一个女人，高个、长头发、橘色衣裙，似乎是影子，没有实体的感觉。小路上一闪就不见了。

更令人惊异的是一个男生夜晚被莫名袭击，醒过来的时候，发现自己躺在一片草地上。据说，他是被一个女人在背后袭击的，没看清楚模样，只感觉个头很高，出手迅速如同闪电。

于是，学生们纷纷猜测，校园中出现了不知名的女鬼，专门追寻帅哥。男生们表面上表现得很是欣喜和期待，宁做花下鬼也风流，甚至有的人很狂野地想象女鬼勾魂的魅力。女孩子们都说这些男生看聊斋想狐狸精都想疯了。其实，男生私下里还是很害怕的，晚上都是结伴出行。

更是令人惊悚的是，夜半时分，有人上厕所，在昏暗的灯光中，会发现窗外有女人的影子飘过，那可是二楼以上呀。吓得之后上厕所都要叫上同伴。

这样惊恐的事情，过了几天，反而又消失了。男生们嬉笑着说，"说不定是哪个人搞出的噱头。"

生活又恢复了平静。

舟江有所耳闻，只当是传闻罢了。但是，他也未能幸免，一天夜里，他便真的遭遇了传闻中的女鬼。

有月，对面高楼灯光隐隐。无法安眠，舟江就来到走廊，在窗边安静独享窗外月。

月亮清寒，静美。

静谧的夜晚，他常常情不自禁地神回原始森林，回味那里的一切，想念红豆。想念红豆明亮清澈的眼睛，想到她温暖的怀抱，想起和她在一起的分分秒秒点点滴滴。偶尔，他也想到青蔓，那个精灵的女子。世间没有鬼神，若有，也一定是人变幻的。他会想到秋水，回来后，他给秋水打电话、发短信，诉说在森林里的奇遇，跳过红豆那一节，专讲那些让秋水尖叫的事情，但是他不觉得开心。秋水还在老家度假，过一段时间才能回来，她说，恨不能马上就见到他，他不说是也不说不是，这让秋水很是奇怪。

他睡不着，不知道被植入芯片的红豆和噜噜怎样了，会不会死掉呢？他不想让红豆卷入这场无尽的科考或者说是试验中，红豆，十年前的女孩，他还把她当作森林中的小动物，还送给她玩具。十年间，她总会在午夜的梦里没有任何预兆的出现。十年后，在神农架奇遇红豆，她已然是一位陌生女子，确切地说，一个半是野人半是人的奇异家伙，他不希望她有任何闪失。他会奇怪，不过就是这样一个家伙，为什么会让他如此上心。他怀疑自己爱上了红豆。舟江使劲摇摇头，"不可能，我怎么会爱上一个野人，太奇葩了！"于是，他便努力去想念秋水，一开始还是秋水的脸庞，不过几秒钟就切换成红豆。

越是想忘掉一个人，越是忘不掉。

姜博士始终没消息，关于红豆、噜噜、野人，似乎都消失了。

"唉，"舟江长叹一声。

就在这时，他猛然感觉到窗外有人，又觉得不可能，这是三楼，什么人能在三楼的窗外呢，而且依稀还是一个女人，那就一个可能，他碰上传说中的女鬼了。舟江不怕，自从拥有了青蔓的三颗豆子，他比一般人拥有不可言说的神力，有时候连他自己都很吃惊。

他想看看，到底是何方妖怪，敢于在这里出现。

舟江打开窗户，一个女人和他打了一个照面，天呐，他真的遇见女鬼了吗？

"你是谁？"舟江尽量让自己镇静。

"是你吗，舟江？"

一个清脆而低沉的声音从女人的方向传来。

舟江几乎不能自已，这是谁的声音，如此耳熟？

灯光昏暗，看不清面孔。

舟江把手伸出去，"你到底是谁，不要装鬼吓唬人，我可不吃这一套。"

"真的是你！我找了你好久！"

一双温热的手搭在了舟江的手掌。舟江手上一使劲，那女子很轻盈地从窗外跳过来，站在舟江面前。

这次，舟江看清楚了。

……

第二天，舟江宿舍的同学们发现，他一宿未归。没有任何信息留下。他们还以为他有什么事出门了，但是手机、衣物都在，好像舟江失踪了。

一周了，依然没有舟江的任何消息。通过学校监控，他们奇怪地发现，舟江似乎在和一个人对话，却看不到那人的影子，然后像风一样消失了。

舟江确实失踪了。

第十四章　重回秘境

舟江奇异失踪的消息，在网络高速发达的社会，迅速席卷整个高校。秋水远在家乡，也得知这一惊人消息，她顿时瘫软，各种不妙的猜疑，接踵而来。有泪水无声滑过脸颊，凭借女人的直觉，她觉得舟江出事了。她决定提前回校，但是遭到父母的坚决反对。秋水沉浸在悲哀之中。

姜博士和黎黎也闻知舟江失踪的消息，一丝不安掠过内心，他们同时感到，此事的怪异或许与野人有关，但是又不能肯定。黎黎心情异常沉重，俏丽的脸上表现出浓重的牵挂，她怎么也不能相信，活蹦乱跳的小伙子会瞬间消失。姜博士马上拿起电话向神农架的学生韩晖询问，神农架林区是否有奇异事件发生，韩晖很快反馈回来，暂时平安无事。姜博士和黎黎更是疑惑了，怀疑舟江的失踪与神农架有着千丝万缕的关系。

韩晖，在神农架科研室工作，一个二十岁出头的愣头青。本科生，是姜博士的得意弟子，在校的时候经常给博士捣乱，却深得博士的欢习。曾经几次陪同博士一同考察神农架，最近这一次却因母亲生病无缘科考野人，颇感遗憾。

舟江在监控镜头中的失踪，非常怪异，没有任何痕迹，他就像一阵风一样，忽地就不见了。

姜博士决定重回神农架，或许，在那里能找到野人踪迹以及舟江失踪的信息。黎黎点点头，她同样认为，舟江的失踪与红豆或者青蔓有关，那是一个神奇的地方，发生什么奇怪的事情都有可能。姜博士看着黎黎有些憔悴的脸庞，使劲地吸了一口烟，喷出一团迷雾。黎黎在眼前模糊成一个影子。

黄大夫自告奋勇前往，他乡下的老婆身手不凡，在他离家的一段时间里，竟然把社区门诊打理得井井有条，打针输液处理类似的感冒小毛病，还挺厉害。这让黄大夫又生出了重回神农架的想法，神农架依然是他的一个梦想，更何况他也与姜博士和黎黎建立了深厚的感情，几日不见如隔三秋。

黑鹰妻子突发脑血栓，他不得不在家照顾患病的妻子。

姜博士带着黎黎和黄大夫乘飞机抵达神农架，前来迎接的韩晖和玉荣早已等候多时。玉荣，一个矮胖的女孩，接近粗壮的感觉，疯疯癫癫，和韩晖同处一个科室，平时两个人打打闹闹，争吵没完。韩晖，整个一帅哥，黎黎初次见到他的时候，心还莫名其妙的狂跳了几下，早已经过了花痴的年代，但是看到如此养眼的帅哥，她还是心动了一下。不过，她很快调整心跳，莞尔一笑，用一种工作式的普通微笑，向韩晖和玉荣投射过去。黄大夫看在眼里，差点笑出声。他们一同前往神农架，向上次的神农架腹地深入。

汽车在路上飞驰，姜博士心里五味杂陈。两周前，他们就在这里发现了野人踪迹，并且成功将芯片植入野人体内，如果不出现意外，他们将会掌握野人的所有行踪。但是，这一切无缘无故成为泡影。

黎黎一直牵挂着舟江的安危。或许，她能在这里找到舟江。

黄大夫很兴奋，第二次到神农架，虽然没有了神秘感，但是重回故地的感觉，让他感到一切都是那么熟悉。

韩晖和玉荣将在这次行动中，为他们提供一切物质上的支持。

在森林扎营的第一个夜晚，两个女人——黎黎和玉荣挤在一个帐篷里。另外三个男人一人一顶帐篷。有玉荣做伴，黎黎的心情比第一次好多了，两个人小声说着私密话，虽然也近乎失眠，但总能小憩一会儿。

夜晚，森林漆黑一片，很是安静。第一次在森林中宿营，玉荣很是不习惯，尽管做了充分的准备，可依然不能适应黑如墨汁的夜。黎黎告诉她，如果长时间待在漆黑的环境中，你会爱上它，睡得很安稳。玉荣掩饰心中的脆弱，大声地说："小意思啦，我是天不怕地不怕的孙悟空！"胖嘟嘟的脸上现出不自信的模样，黎黎只是笑笑，不说话。

三个男人都是那种躺下就能立马入睡的汉子，不久，寂静的夜里，传来匀称的呼吸声。

半夜里，似睡非睡的玉荣被一阵窸窸窣窣的声音惊醒。侧耳倾听，似乎是有人在帐篷外走动。一时无法判断是谁，玉荣心里紧张，一骨碌坐起来，把黎黎弄醒了。

"你听，外面有人。"玉荣小声说。

黎黎听了一会儿，确实有人在帐篷外走来走去，好像围着帐篷转圈，声音时远时近，有时候，还轻敲她们的帐篷，发出"嗒嗒"的声音。

"谁？"黎黎厉声喝道。玉荣忙把身子往黎黎身上靠了靠，黎黎能感觉到玉荣的身子在发抖。"别怕，有我呢！"

"当然不怕，我是谁，是……"玉荣说着就断了话，她在细听外面的声响。

没有应答。

"黄大夫，姜博士……"黎黎冲外面高声大喊，声音在黑洞般的夜里格外响亮。

外面的帐篷中开始亮起灯光。只是很微弱。

声音开始嘈杂起来，黄大夫听到黎黎惊恐的声音，连忙起身，"怎么了？"

姜博士、韩晖也都迷迷瞪瞪地起来了，"大半夜的不睡觉，都吵什么呢？"

黎黎听见众人都起来了，也和玉荣拉开帐篷，探出身子。

"我们刚才听到有人敲我们的帐篷，还听见有人在走动。"玉荣答道。

"我没有起来呀，正做美梦呢！韩晖是你吗？"黄大夫问韩晖。

"我开车累了一天了，躺下就跟死猪似的。"韩晖伸了一个懒腰。

众人把目光投向姜博士。姜博士心下疑惑："我也没起来呀，那是谁？"

"该不会是什么野兽吧！"

"不会，黑熊或者猴子之类的轻易不会靠近人类。"

"难道是鬼？"

"世界上哪有什么鬼，若有鬼也是心里的。"

"那就是听错了，黎黎、玉荣回去好好睡觉，明天还有更艰难的路程呢。别大惊小怪的。"姜博士心中不悦，女人真是麻烦。

小小风波不了了之。各自回到帐篷，也都没有了睡意。各人想着自己的事情，闭目养神。森林又恢复了安静。

或许是真的听错了。黎黎和玉荣回想着刚才，两个人的疑惑并没有打消。反正是睡不着了，于是两个女人说起了悄悄话，都是闺房里的秘密。

不知过了多久，安静的森林里，帐篷周围又都想起了窸窸窣窣的声音，有生物走动的脚步声音，有敲帐篷的"嗒嗒"声音。声音在黑夜里此起彼伏，响得真真切切。这次，黎黎和玉荣屏住呼吸，静静地听着，不敢说话，她们确信外面真的存在某种东西，黑熊或者野猪。

其他三个男人，在睡梦中，也渐渐听到了不明生物的声音。原来是真的，不是听错了，是真的有什么东西在外面。

可是究竟是什么东西呢？凭经验，姜博士认为绝不是一般的生物。

姜博士把防身利刃拿在手里，轻轻拉开帐篷一角，在黑暗的森林中，他发现有两个发光的东西在不停地晃动。他沉静地观察着，两个发光的东西时而上时而下，围着帐篷，晃晃悠悠地移动。

姜博士拉开大帐篷，悄悄爬出来，手持利刃，向亮光蹑手蹑脚走去。

还未走到，亮光忽然消失了。

姜博士意识到有危险，大声喊道："都别睡了，快起来！"

帐篷里的灯光都亮起来。众人都惊恐地从帐篷中钻出来。

他们一手短刀，一手拿微型手电筒，四处探照。

"找找看，看看有什么东西？"

五个人互相紧跟在一起，把帐篷周围找了一个遍，什么异常情况也没发现。"你们都听到了吧！"

"是，我听到了，好像不是咱们的人。"

"好像是什么动物。"

黎黎和玉荣吓得一个抓住黄大夫，一个拽住韩晖，几乎是花容失色。

"别怕，有我们呢！"

找了一阵子，没什么可疑情况。姜博士就命令大家再次回到帐篷中睡觉。黎黎和玉荣吓得不敢回帐篷，黄大夫和韩晖一个劝黎黎，一个劝玉荣，劝了好久，两个女人才回了帐篷。

这一夜折腾了两次，谁还能睡得安稳？将近黎明的时候，每个人才小睡了一会儿。

早晨，众人都起晚了。最先醒来的是姜博士。姜博士第一件事情就是再次拿着刀，在帐篷外巡视。

阳光照在参天的树木上，投下长长的影子。四座小帐篷像小面包一样安放在草地上，很安静地熟睡。

姜博士仔细查看周围。他发现昨晚上的篝火木堆，灰烬已经散落得到处都是。很显然，有某种动物来过。帐篷上，还有一行用木炭写的文字，歪歪扭扭的字迹，"别来烦我"。姜博士看着这几个字，若有所思。扔在地上的木炭一头被烧成黑炭，有被抹过的痕迹。

黄大夫也起来了。他来到姜博士面前，也发现了这几个字。两个人对视"谁写的？"

"走，再查查。"姜博士和黄大夫心情沉重，开始更加仔细地勘察周围，就连稀疏的小草和高大的树上，都不放过。

结果，他们无功而返，什么也没有查到。

早餐时候，气氛有些沉闷。还是姜博士打破僵局，"没什么事情，以后大家都小心就是。说不定是野人和咱们开的玩笑。"

"我真想看看野人长什么样子。"玉荣笑了起来。气氛很显然又开始活跃起来。

"还用看嘛，真是的，看看你自己不就知道野人长什么样子了！"韩晖用眼斜着玉荣调侃道。

玉荣柳眉倒立："可恶，昨晚上，野人怎么没把你吃了？"

哈哈……

吃过早饭，他们继续向森林深处出发。

第十五章　追踪

反反复复折腾了一宿，谁都没有睡好，精神倦怠、眼皮浮肿，五个人都略显疲惫，尤其是玉荣一双大熊猫眼，让整个人黯淡下来。

五人仓促拔营，继续出发。黎黎和玉荣两个女人的脚步显然慢了许多，一步一挨，原来叽叽喳喳的，现在忽然都哑巴了。爱贫嘴的黄大夫也没有了往日的神采，跟在黎黎身后，默默走路。士气低落，姜博士意识到如此下去，将会对整个队伍不利。于是，亮开嗓子高吼起来："山丹丹花开花又落……"，清越的陕西小调激荡着林间树木，树上忙碌的蚂蚁、小甲虫吓得都藏了起来。

黎黎和玉荣相互对视一笑，黄大夫在后面乐了，"我说今天怎么没小鸟凑热闹呢，原来是怕了博士，哈哈……"

有博士带头，几个人开始轮流唱着自己喜欢的歌，气氛活跃多了，心情也随之变得愉快起来。

中午，稀稀落落淋了一阵小雨。森林里的小雨说来就来，衣服没有完全打湿就又走了，似乎是捉弄他们。幸好每个人都穿着防风防雨的冲锋衣，对这点小雨丝毫不在意。

天色近黄昏，姜博士等人又开始扎好帐篷，准备宿营。

夜晚燃起篝火，篝火映红了帐篷和每个人的脸颊，炊烟袅袅。热气腾腾的一锅清汤面冒着热气，飘着采集的几棵青菜，众人吃得津津有味。像这样像模像样的晚餐，在野外是很奢侈的。万不得已情况下，是不得动用的。这一天，真的很疲劳，姜博士才松口给大家做一顿热乎乎的饭。大多数情况下，要依靠野外采集给养。

晚上，姜博士决定让男人轮流值班，观察敌情。女人则要负责安心入睡。以此保证夜晚安全。

一夜安睡，似乎没有异常事情发生。

第二天一早，姜博士发现韩晖不在。韩晖是凌晨三点开始值班的。他也没有太在意，"或许，这小子去找吃的了。"等到日上三竿，早餐都做好了时候，韩晖还是没回来。

姜博士隐隐感到有些不妙，忙拉着黄大夫说："走，咱们去找找韩晖。"黄大夫不怀好意地笑着，"说不定这小子撞上什么桃花运，不愿回来了。"

他们分别手提木棍和刀子，在营地附近寻找。黎黎和玉荣留在原地整理装备。

姜博士和黄大夫在离宿营地不到百米的地方，发现了一双鞋子。鞋子歪在草丛中，还带着泥土，泥土半干半湿。经过仔细辨认，确定是韩晖的。

姜博士拾起鞋子，仔细观察，发现橡胶底上，有四个熟悉的字迹，"别来烦我"。

姜博士猛然感到，就在森林的不远处，有一双眼睛在盯着他们。他忽然就觉得后背发凉。

"他是谁，韩晖哪去了？"姜博士沉思。

"是呀，这么大个活人，怎么说不见就不见了？"黄大夫眼睛开始向四周林间深处扫去，除去密密麻麻的树木和缠绕的藤蔓，就是稀稀落落的草，偶尔飞过一些不知名的昆虫。

韩晖在他们眼皮底下莫名其妙地失踪了，太可怕了！

"博士，怎么办，退出吗？"

姜博士把目光转移到鞋子上，"不，我们必须找到真相。韩晖应该没有生命危险。"

"我们去找谁呢？是韩晖还是舟江，野人？"

"你说，我们来这儿的终极目的是什么？"姜博士看着黄大夫的眼睛问他。

"当然是追寻野人。"在姜博士严厉的眼神里，黄大夫不加思索地回答。

"对，'别来烦我'这几个字是有人在警告我们不要去查野人。到底是谁呢？"

"是野人吗？怎么可能，他们不识字更不会写字，那是谁，不知道，可以肯定的是，他们不让我们得到有关野人的消息。"

"现在，我们仅剩四个人，怎么办？"

"加强警卫。"姜博士头也不回向营地走去。

听到韩晖失踪的消息，黎黎非常吃惊，眼睛睁得老大；而玉荣则一下子瘫软在地。玉荣坐在地上双手抱头，喃喃自语："怎么可能，他昨天还在这里和我开玩笑，今天怎么就失踪了？""不可能！"玉荣从地上爬起来跑到帐篷里，又跑到周围的树林中，大声呼喊："韩晖，你这个混蛋，跑哪儿去了，快出来！"

黎黎看了一眼姜博士，姜博士点了一下头，黎黎马上跟过去。"玉荣，别担心，韩晖没事的，说不定他一会儿就回来了。"黎黎抱住玉荣发抖的身子，不停地安慰她。

姜博士让黄大夫看好玉荣，用平静的语气告诉他们："不用担心韩晖的人身安全，他们的目标是我。"

收好眼泪，调整好情绪，姜博士带领队伍继续出发。

又一个夜晚的来临，姜博士把两台红外摄像机分别安装在帐篷附近的一棵树和周围五米之处的一棵大树上。并且，这一次是两个人一个帐篷，增强安全性。

黄大夫脸上表现出不信任的神色。黎黎和玉荣则相互安慰。

姜博士和黄大夫同一帐篷，两个人商定一个睡上半夜，一个睡下半夜。无论是谁，他们都无法安心入睡，耳朵时刻在倾听外面的动静。

夜，漫长，异常安静。

第二天，姜博士走出帐篷连忙查看红外相机。但是，奇怪的一幕令他心惊胆战，原来安放的两架相机不翼而飞，而且不留任何痕迹。

姜博士心中大惊，急忙转身走向黎黎和玉荣的帐篷。

帐篷凌乱地敞开着，姜博士大喊，"黎黎，黎黎……"

无应答。

"玉荣，玉荣……"

还是无人应答。

姜博士拨开帐篷，帐篷内部一片狼藉，没有挣扎扭打的痕迹，丝毫不见黎黎和玉荣的影子。

大事不好。姜博士边走边大喊："黄大夫，黄大夫！"惊恐的声音在树林的早晨显得异常恐怖。

黄大夫惊醒，"怎么了？"翻腾一夜，他几近黎明才小憩的，听到姜博士的呼喊，他一骨碌爬起来。

"我的手机呢？"姜博士爬进帐篷，慌张地翻找背包。

手机找到了，姜博士打开手机，"……我请求支援，我们的人员失踪了。"

黄大夫听到姜博士打电话，心头一惊，连忙跑到黎黎帐篷前，黎黎的帐篷内空无一人。黄大夫绝望地一屁股坐在地上，大哭起来。

"下一个就轮到我了！"

"我想我媳妇，我想家。"

"没出息的家伙，别哭了。支援的队伍一会儿就到，我们看看还丢了什么。"

黄大夫只管坐在地上抽泣。

姜博士又开始仔仔细细查看周围草丛，是否留下蛛丝马迹。

在一片草丛中，姜博士一眼就看到有一绺黑头发，静静地躺在那里。

"黄大夫，看，头发。"

坐在地上的黄大夫跑过来，"是玉荣的，黎黎是短发。"

姜博士轻轻把头发装入一个袋子中。

黄大夫定定地看着姜博士做这一切。忽然他目光触到了什么，定睛看过去，原来不远处的一棵大树上，有一段树皮被划破。

两个人跑过去，树上是用刀子划出的一行字，"进，则死！"

两人面面相觑，"我们被盯上了。"

姜博士再次拿出电话，"支援什么时候到，我们处境极其危险。"

对方答道，最快的速度也要明天到了。

这就意味着他们要在这危机四伏的地方再待待一晚。一阵阵不祥的预感和惊恐的未知向姜博士和黄大夫袭来。

整个森林，就像一座地狱，周围似乎盘踞着不知名的野兽、怪兽，有无数只贪婪的眼睛在盯着他们。

黄大夫身上感到一阵阴冷，他什么场合没见过，在医学院解剖尸体他都没害怕过，但是现在他感到恐怖。姜博士假装镇定，但是他还是坚持自己的感觉，这一切都与野人有关，这都是冲着他来的，没什么妖魔鬼怪，他是唯物主义者，是科学家。

第十六章　搜山

"马大哈"马大队长带着数十个经验丰富的警力，以最快的速度，和姜博士汇合。

清一色的蓝色警服，把青春年华的小伙子衬托得挺拔英武，绿色背包鼓鼓囊囊的，装的都是野外作业中的必需品。他们都是百里挑一的战士，健步如飞，跋山涉水不在话下。

一队绿色武装在原始森林行进，森林的平静被激荡起来。天空飞翔的鸟儿，眼睛滴溜溜紧盯着擅自闯入者。树上的猴子们，叫声比平时更加急促。

当他们见到姜博士的时候已经是第二天下午。姜博士和黄大夫一直待在原地，神经紧绷着。他们无心欣赏蓝天流云绿树，看到的是树影慢慢拉长，倾听树叶的摩挲声，全身的细胞都被无情地调动起来，注意着周围一点一滴的变化。每一秒钟漫长得就像一年，期盼的心一直提在嗓子眼。

当他们看到大队人马在森林出现的时候，就如同见到了亲人，刚才如死鱼一样无神的眼睛，立时发出闪烁的光芒，眼泪几乎要流出来了。"你们终于来了！"黄大夫几乎要扑上去，姜博士瞪了他一眼，黄大夫识趣地把伸到半截的手臂尴尬地收回来。"我们等你们等得好苦呀。"姜博士把手热情地伸过去，"辛苦了，马队。"

马队长身材高大粗壮，表情严肃，一双小眼睛透露着智慧的目光。

"你好，博士，让你们久等了。"

黄大夫按捺不住心中的激动，他上前与每一个战士都十分真诚地握手，谢谢他们能到人迹罕至的森林中来解救他们。每一双手都是那么温热、有力，每一个笑容都是那么灿烂。三十几双手握下来，他的手都被焐热了，三十几朵笑容绽开来，刚才的神经紧绷才松懈下来。手与手传达的温度，微笑传递的亲切，在这几天里，黄大夫感受最深。他真的体会到了，军民之情如鱼水，此时落难的他们二人，像是回到大海中的两尾逃难的鱼，重新获得新生。

姜博士简明扼要把事情原委告诉大队长。

大队长微微颔首略一沉思，"敌人在暗处，我们在明处，要采取迂回手段来迷惑敌人。"从作案手法上，大队长没遇到过如此神不知鬼不觉将人从鼻子底下弄走的案件，而且一再发出警告。敌人就在森林中，而且对地形相当熟悉。大队长明白他是遇上对手了。

姜博士从大队长的眼神中捕获到安定的信息。大队长决定先暂住一晚，观察具体情况再作定夺。姜博士点头答应。

当晚，三人一组，持枪轮流值班。其他人都是就地出溜到睡袋中，周围喷洒驱蚊药，然后就都呼呼睡去。树底下、草地上，横七竖八躺着一样的睡袋，均匀的呼吸声，令人感动，是一种别样的温暖。

几天以来，姜博士和黄大夫经历了生死轮回，实在太疲劳了。在此起彼伏的呼噜声中，他们甜甜地深入梦乡。这一晚，他们酣睡梦甜。

醒来第一件事，姜博士就是去询问大队长，昨夜有无特殊情况。

大队长不在，有战士说了一句，"马队跑步去了。"大队长保持着晨练的习惯，在姜博士醒来的时候，他已经在周边小跑了一圈，额头微汗。姜博士在营地外迎上大队长，"马队好兴致啊！不知昨晚睡得可好，有没有什么异常情况呢？"

他微微一笑，"有我在，小鬼们都不敢来了。"他环顾周围慢言慢语地说："这里的环境真不错，世外桃源啊。"

姜博士心头的石头总算落地。一抹暖色阳光斜斜的透过树林，清晰地洒在脚下。在朝阳金黄色的晕染下，林间泛起暖暖的温馨。"真美！"那躲在暗处的敌人如果能看到这一幕，一定会害怕的。

"活要见人，死要见尸。"大队长在早间集合训话时强调，找到人是第一任务。

"怎么找？"

大队长大手使劲一挥，"搜山！"声音铿锵有力。

黄大夫和小六，小王一组。姜博士和大队长一组。其他人每三人一组，手持对讲机，相互照应。只要发现可疑情况，就马上报告。

静悄悄的山林，立时活跃起来。

他们此去的目的地确定在见到野人的山洞，野人洞是最有可能找到线索的地方。经过 GPS 定位系统，他们不难找到。相比三十年前的搜山行动，他们有了高科技手段，能够便捷地寻找。经过五天的长途跋涉，他们终于到达了预定的山洞。期间，再也没有发生人员失踪的离奇事件。

在离山洞不到十米的地方，马队和姜博士停下观察地形，探看有无异常情况。

山洞张着大口，洞口前面乱石成堆，野草丛生，一切死静。

马队长命一组人员悄然向洞内摸去。几只蝙蝠从里面扑棱棱飞出来。不久，洞内传出一位战士的声音，声音通过山洞的共鸣，粗犷深远，"没有人。"马队闻听，带领队伍全部向山洞集结。

进入山洞，经过仔细查看，洞内阴冷潮湿确无一人，也没有人住过的痕迹。姜博士很是失落，马队长也是很奇怪，既没有野人的踪迹，也没有韩晖、黎黎、玉荣的痕迹，也找不到任何线索。他们难道都遇害了？一种不祥的预感漫上心头，姜博士不禁打了一个寒战。

第十七章　神秘异境

哗哗的流水声，惬意地传入耳中，脑海里闪现出一汪清泉。鸟儿清脆的鸣叫，唤起愉快的情绪。流水潺潺，鸟语花香，韩晖还未睁开眼睛，就体验到了仙境一般的美妙。难道这是传说的天堂吗？不是的，是在森林宿营地仰望星空，是在倾听丛林密语，是在为队员站岗放哨。韩晖的眼前浮现出安静的帐篷、微弱的灯光。是的，是在警惕敌人的出现。忽而，他听到一种细微如针落地的轻响，随之一阵奇异的花香漫过来，他不由深深地长吸一口气。那种花香闻之欲醉，他不能自已地闭上眼睛，慢慢地沉溺进去，像是飘落，飘向一个美丽的地方。

韩晖醒了。好像睡了一个世纪那样漫长，醒来的他，已经忘记了身在何处。是在大学校园，还是父母在的老屋，他无法识别。看看四周，他不认识，这是一个陌生的地方。

"你醒了！"

说话的是一个高个子小伙子，眼含微笑。

"你是谁，这是什么地方？"

"我也不知道是什么地方，不知道怎么来的，更不知道怎么出去。"

韩晖更加疑惑，"这是什么鬼地方？"

"不是鬼地方，是神仙居住的地方。"

韩晖颓然，"我知道了，我已经死了，这是天堂。"

"呵呵，一个天堂也比不上的地方。"高个小伙把目光投向远方，那里花团锦簇，蜂蝶翻飞。

不知从什么地方冒出一只小猴子，吱吱地叫着，一边跑一边往后看，还不时停下脚步，似乎在等什么人。韩晖坐起来，他看清楚了，小猴子身后跟着一个浑身上下都长毛的小家伙，步履蹒跚，一步三摇地走过来。

吱吱乱叫的小猴子敏捷地跳到高个小伙子怀里，小伙子就势抱住它，"小调皮。"他又冲着毛孩喊道："小鸽子，到叔叔这来。"

那个叫小鸽子的毛孩，顶多两三岁，瞪着圆溜溜的大眼睛，一直目不转睛地看着韩晖，看得韩晖心里直发毛。小毛孩把手伸到韩晖面前，韩晖诧异地说："什么东西？"毛孩的手松开，在手心里躺着一颗红彤彤的果子。

"吃吧，孩子送给你的，没毒。"小伙子笑着说。

韩晖迟疑地接过小鸽子的果子，小鸽子的手上没有毛发，但是小胳膊小腿上都长满了毛。小鸽子笑了，脸上盛开一朵纯洁的花。

小伙子抱起小鸽子，亲昵地把脸放在毛孩的额头，"你妈妈呢？"

小鸽子回头向远处眺望。一个高挑的橘色身影在林间闪现，越来越近。走到近前，韩晖看呆了。那真是一个美人，鸭蛋脸上忽闪着一双桃花眼，眉目流盼。

"红豆，你来了？他醒了！"

"难道你是舟江？"韩晖在听到红豆两个字的时候，猛然醒悟。他听姜博士不止一次讲述舟江和红豆的故事，而这次来的目的就是寻找舟江。没想到睡了一觉，糊里糊涂来到一个奇妙的地方，竟然碰到他们苦苦寻找的舟江和红豆。真是踏破铁鞋无觅处，得来全不费功夫。

马队长和姜博士率领搜山队伍，在神农架的野人洞并没有发现任何踪迹，之后又开始向其他可疑地点展开了大规模的搜寻。虽然拥有无线电设备和探寻仪器，可是多日搜索，竟然连一点线索都没有。韩晖三人的失踪就像舟江的失踪一样诡异，没有半点信息。不但找不到韩晖和舟江他们，就连野人的踪迹，也诡秘地消失了。这让姜博士隐隐感到一种莫名的恐惧，或许发生了什么奇怪的事情，让他们预感到危险。他抬头，目光从林间一直延伸到天空，天空阴沉着脸色，一副愁眉苦脸的样子。该不会是外星人将他们带走了吧。在神农架一直存在外星人的传说，还有人见过，只是一时间恍惚，像睡着了一样，醒过来，竟然不知道发生了什么，只记得睡着之前发生的事情。如果是外星人，他们为什么将他们带走。

这个谜题，就像浩渺的宇宙一样没有答案。姜博士眯上眼睛，深深叹了一口气。

黎黎醒过来的第一眼就看到了韩晖，她惊喜地喊道，"怎么是你，韩晖，你跑哪去了？"

"你醒了就好。"韩晖笑得很平静。

黎黎看到玉荣还在沉睡，"玉荣、玉荣，醒醒。"

玉荣睁开双眼，她看到了黎黎，还有韩晖。她坐起来突然一下就抱住韩晖，"我还以为见不到你了呢！"一行热泪顺着胖乎乎的脸颊流下来。

那一刻，没有任何防备的韩晖，怔住了，"为了你，我也得活着啊！"那一刻，韩晖的心都被融化了。

黎黎无论如何也不能相信，他们千辛万苦要找的人，都聚在这个神秘的地方，而且都毫发无伤。舟江告诉她，这都是红豆所为。

红豆为什么要把他们掳获到这里来，是怎么带来的？而且红豆还不伤害他们，这样的软禁究竟是为什么？

舟江沉吟半晌，"很简单，她想让我们知难而退，永不踏入神农架，还给他们一个平静的生活。"

"我们还能回去吗？"

"当然能了。"

"什么时候呢？"

"搜寻队伍撤退的时候，就是我们离开的时候。"

黎黎心中升腾一种疑惑。

这里简直就是一个世外桃源，山清水秀，花香鸟语，哪里是凡人待的地方，是仙境，是神仙居住的地方。

舟江带着他们去熟悉一下周围环境。玉荣又是蹦又是跳，像一个小姑娘，开心得不得了。韩晖也傻呵呵地看着玉荣傻笑。都说恋爱中的男人是傻子，黎黎算是领教了。黎黎仔细地观察周围的地形，自言自语地说，"好像没有走出去的路啊！"

走在前面带路的舟江，回过头笑着说："黎姐，这是一千年以前的神农架，就在神农架的石竹园，凭你的本事是回不去的。"

"什么，我们玩的是穿越时空隧道了吗？"玉荣大声惊呼。吓得草丛中一只小兔子哧溜逃窜了。

舟江只是笑而不答。

"我看他是电视剧看多了，甭信他。"黎黎甩下众人径直向前面走去。尽头有一道溪水挡住了去路。溪水淙淙，清澈见底，鹅卵石随意地散落着。黎黎弯下腰，把手伸进水中，一丝清凉爽透全身。河面很宽，河对面白茫茫一片天，云山雾罩，什么都看不清楚。

"河对面是什么地方？"黎黎问舟江。

"好像是另一个世界吧！"

玉荣噗嗤笑了，"难道还有两个世界吗？"

黎黎眉头紧锁。

若真如舟江所说，一千年前的神农架更具野性和神秘。若真是红豆带他们来的，那么红豆绝非一般人物。除了韩晖见过红豆，黎黎和玉荣并未见到红豆本人。黎黎真的想会会这个奇异的女人，或者说是女野人。

一连几天，黎黎都未能见到红豆。黎黎又不敢一个人深入森林深处找寻，除却感觉到仙境的美妙，但同时也感到危机四伏，他们谁也不敢贸然走进深林。

这一日，黎黎去河边取水。在树林的隐蔽下，有两个人的身影偎依在一起。黎黎放慢脚步，轻手轻脚悄然走近。

不错，那个男人是舟江，背对着她的是一个女人，一袭长发。看背影不像是玉荣，难道是红豆？

长发女人声音很甜美，"舟江，你能为我留下吗？"

舟江不语。

"你不属于这里，你还是走吧。"

"那你跟我走吧！"

"跟你走？我是一个变异人，还有一个小毛孩，谁能接受我。"

"凭借你自己的超能力，用不多久，你就能适应大城市的生活。等到晚年，我们再回到森林，过上一种自由自在的生活。"

"我是森林的守护者，怎么能贪恋城市的繁华而放弃我的责任呢？"

"再过两天，你跟他们一起回去吧。我的磁场已经削弱，不能再控制石竹园了。"

黎黎屏住呼吸，努力地窃听他们对话。就在这时，一个小小的毛孩突然闯进来，大声惊叫了一声。

尖叫声让林中那一对男女慌乱地分开。黎黎也连忙转身狼狈地像兔子一样逃开了。一直逃到营地，气喘吁吁。

第十八章　迷失的时光

马队长一行人在精疲力竭，无奈准备放弃寻找之时，突然姜博士接到电话，黎黎在北京的单身公寓现身，玉荣和韩晖在湖北科研室出现，而舟江继神秘失踪之后又神秘出现在大学校园。

怎么可能，他们三个人明明是在森林中消失不见的，怎么突然又都回到原地了呢？

太邪门了，比科幻电影还科幻呢！

姜博士无论如何也不能相信这一切，他马上打电话给黎黎："究竟发生了什么事情？你是怎么走的，又是怎么回来的？"

黎黎正在洗头，接到导师的电话，非常疑惑地说："博士，你在说什么，我怎么听不懂你的话？"

电话那一头的姜博士越发急躁："黎黎，你哪里不舒服吗？"

"没有，我很好。"

姜博士耐心地说："黎黎，你好好想一想，在神农架，你和玉荣去哪里了？"

"玉荣是谁啊？"

姜博士几乎要崩溃了，"你好好休息吧！"说完气呼呼地挂断了电话。

黎黎放下电话，满心委屈，"这老头真莫名其妙！"

他又急忙打电话给舟江，舟江是这场失踪案件的关键人物，找到他，也许就找到了答案。但是，舟江的电话一直处于忙音。

看来当下只有找到韩晖，当面锣对面鼓的问个清楚了。

姜博士和大队长从森林里撤出，直奔韩晖的住处。

"老师，你怎么来了？"韩晖对于突然造访的姜博士很吃惊。

"怎么，不欢迎老师吗？我介绍一下，这是马大队长。"

"你好！"两个人互相寒暄问候。韩晖意识到摊上事了，可究竟是什么事，他心里没底。

"韩晖，今天我有些事情要核实一下，你知道什么就说什么。"姜博士一脸的严肃。

"老师，就算是考试，也不带这样吧！"韩晖想幽默一下缓和气氛，但是换来的却是尴尬。

姜博士没理他，"韩晖，你好好想一想，这几天你和玉荣都去哪儿了？"

"我和玉荣吗？不可能，我怎么和那个胖妖精在一起呢！"韩晖的眼前冒出那个妖媚的更多的是傻乎乎的女孩。

"不错，这些天，你就是和玉荣在一块儿，不但有玉荣，还有黎黎。"

韩晖皱紧眉头，"我们为什么在一块？"

姜博士看着他，"你不要撒谎，别说你不知道。"

老师，"你说的我一点都不明白，你都把我弄糊涂了！"韩晖满脸疑问。

"那么你这几天都干什么了？"

"记不清了，好像一直规规矩矩地上班，又好像睡了长长的一觉。"

姜博士的眼睛几乎是一架扫描机，望着韩晖严厉地说："好，你好像被外星人掠走又被送回来的，跟我走，去做个医学检查。"

韩晖愣在那里，好长时间说不出话来。"外星人，外星人来了？我怎么不知道？"

在医院，为韩晖做了脑部核磁共振，姜博士紧盯着电脑影像，医学大夫边看边说，没有任何异常。

这究竟是怎么回事？韩晖有一段记忆消失了，却检查不出任何问题。

大夫无可奈何，"一切正常。"

一切正常就代表异常。

韩晖是无辜的，那么舟江呢？姜博士再次拨通舟江的电话，这次依然无人接听。

姜博士决定马上返回北京，直接去找舟江落实情况。

舟江正在和秋水肩并肩坐在校园的石凳上。秋水眼含情意，目光紧紧锁住眼前的恋人。"你瘦了，脸也黑了。这阵子你都不跟我联系，我都要疯了。"

舟江紧握秋水的芊芊玉手，眼睛迷离，"对不起，我参加野外探寻，误入石洞，手机掉了，根本无法与外界联系。"

"我听说，你失踪了，然后又奇怪的回来了，这是怎么回事？"秋水语气急促。

"秋水，我好像做了一个梦，又好像不是梦。"

"啊，太诡异了吧！"

"我被野人掳去了一个山洞，还遇见了我失踪很久的恐龙玩具……"舟江悠悠地说。秋水像听鬼故事一样，惊恐地望着他。

突然舟江大笑起来，"瞧把你吓的！"

秋水恍然，"你吓唬我？"秋水嗔怪地扬起小手轻轻落在舟江肩膀上。"我倒真想与野人来一场艳遇，可惜生不逢时呀，若是在过去，还说不定真有呢！"

"这么说，你没有遇上野人。那么外面疯传的你离奇失踪是怎么回事？"

"秋水，你就这么盼着为夫失踪啊！太不仗义了。"

"舟江，系主任找你，要你马上到办公室。"同宿舍的小蒋气喘吁吁地跑来。

"我的好运来了！你等我，我去去就来。"舟江丢给秋水一个飞吻，抛下一个暧昧的眼神。

混蛋，总是扔下我！秋水愤愤地想，地上的光影碎裂了一地。

在系主任王农生的办公室，舟江见到了姜博士，还有一个他不认识的人。和王主任、姜博士打过招呼，他疑惑地看着陌生人，"请问这位是……"。

舟江一开口，姜博上马上就明白了，他恨不能上前抽这个小伙子一巴掌，抱着最大的希望而来，还没询问，就给了他一个透心凉。他和马队长互相对望了一眼。

姜博士压制住心中的愤怒、失望，缓缓地说："舟江，你不记得了吗？马队长，在神农架见过面的。"

舟江紧盯着马队长，摇摇头，"不记得"。

王主任狐疑地看着舟江，"小江，你怎么会不记得呢？你脑子坏了吗？"

"算了，今天就算重新认识了。"马队长呵呵笑了，打破了尴尬的局面。

"舟江，你是什么时候从神农架回来的？又是怎么回来的？"

"博士，我们不是一起回来的吗？回来的路上发生一起车祸，你们都多少受了一点轻伤，只有我迷迷糊糊的。"

"对，你还记得车祸的事情？"

"太吓人了。"

"回到学校之后，你一直在校吗？没有回家看望爸爸妈妈？"

"没有，我挺想秋水的，秋水说要来学校看我，我就在学校一直等她。"

"同学们说，自从你回来后，学校里发生一些诡异的事情，夜晚男生遭遇长发女袭击的事情，你听说了吗？"

"这个，好像没听说。"

"我听同学们说，在一个半夜里，你离奇失踪了，那么你去哪儿了？"

"失踪？博士，开什么玩笑，怎么可能呢？我一直待在学校啊！"

王主任打开电脑，点击一段视频，"这是从学校监控录像上截下来的。"

四个人一起盯着视频：宿舍三楼窗户边上，舟江朝着窗外凝神肃立。突然，他打开窗户，把双手伸出窗外，使劲在拽什么东西，然后后退两步，面向镜头。他似乎在和一个人对话，却看不到对方，声音很小，听不清楚。舟江的嘴巴一动一动的，的确是在和谁谈话，不一会儿，舟江突然在画面里消失。走廊、窗户都静悄悄地，恢复了原状。

舟江看完录像，自己也大吃一惊。他反复看了三遍，喃喃自语："怪了，我和谁讲话，怎么突然就没了呢？难道把我吸走了？"

姜博士愣了一下，"你说，你被吸走了？"

舟江笑了，"若不是被吸走，那怎么会消失呢？这也太神话了吧！"

"你还记得，以后发生了什么事情吗？"

"什么以后，我一直在校读书、打篮球、上网，没有什么事情啊！"

就像离奇失踪一样，舟江的记忆也一起失踪。他的时光乱了，迷失了一段不为人知的时间段，在那段迷失的时间里，究竟发生了什么事情？

第十九章　大一新生林芝云

九月，是一个收获的季节，也迎来了一年一度热情的开学季。

舟江已经不屑于参加迎接新生的志愿活动了，他正忙于和秋水的卿卿我我，忙着和姜博士研究一项伟大的高科技工程。但是校园里多出的新面孔，还是让他的心暂时休闲下来，有时候关注一下那些颜值较高的美女新生，在荷尔蒙的撞击下，脉搏剧烈地跳动几下。

一如既往，舟江下午赶往姜博士实验室。三五成群的新生，在爸爸妈妈的关爱簇拥中，兴高采烈地走在校园的路上。欢迎新生的红旗随风飘展，绿树红花一片热闹非凡的景象。只是，有一个女生很特别，引起了他的注意。

女孩高挑身材，皮肤白皙，长发披肩，一件橘色长裙过膝衬出窈窕身姿。还没仔细看清模样，她便婀娜多姿地向他走来。

女孩嫣然一笑，露出洁白的牙齿，舟江感觉心里有一朵花儿正在袅袅的开放。两对目光相互碰撞的那一刹那，有一道闪电在脑海里闪现，舟江竟不能把目光从女孩的脸上挪开。

似曾相识，就是这样的一种感觉。

"你好，又见到你了，舟江！"那女孩甜甜地笑着。

再次被击溃，随之而来的是翻江倒海的惊疑。"你，你认识我？"

"哦，不认识。在校门口的照片栏中看见你的，没想到一回头就看见真人了。"

这也太狗血了吧，就像是韩剧似的，到处都是巧遇。舟江心里说。

"帅哥，能告诉我航天系往哪儿走吗？"

"啊、啊……"舟江的嘴一点都利落了，啊了半天也没说出个所以然。"要不我带你去吧！"

"好啊，谢谢帅哥！"女孩灿烂的笑容，春天般的温暖。

舟江和女孩肩并肩地走着，参天的大树覆盖的绿荫，营造出浪漫的感觉。"这里的树和我家乡的森林一样的高大，好深啊！"女孩微微叹息。

"你的家乡在哪儿？"

"湖北，一个神秘的地方！"女孩有些俏皮。

"能告诉我你的芳名吗？"

"林芝云，你叫我芝云吧。"

"芝云，芝云，很好听的名字。你上大学，你父母没来送你吗？"

"我没有父母，他们早就去世了。"

"哦。"

"你为什么不带行李啊？"

"行李？我不需要的。"

"你很奇怪的。"舟江狐疑地看着芝云。

芝云不说话，只是咯咯地笑着。

航天系所在 F 区，感觉没走几步就到了。舟江目送芝云袅袅地走进教学楼，芝云回头大声说："我们还会见面的。"

周围几个男生女生刷地把眼神扔过来，舟江有些不好意思。这要是让秋水知道了，又是一场风波呀。

整个一下午，舟江都心不在焉。姜博士几次批评他，他还是无法从与芝云的奇遇中挣脱出来，芝云的影子一直缠绕着他。冥冥之中，他觉得芝云与一个人很是相似，却又说不出哪里相近，芝云身上的气息很是熟悉，却又陌生。

芝云的身影带来的疑惑一直纠结在内心，直到回到学校见到秋水，秋水的嫣然一笑，忽地就冲淡了对芝云的疑惑。与秋水漫步在花前月下，留一径爱情的芳香。有时候，他会很冲动地拥住秋水，莫名地说，"秋水，不要离开我！"

秋水迷茫地笑开来，"我怎么会离开你呢？傻瓜！"

舟江无语。他只知道，似乎会有一天，不是秋水离他而去，就是他离秋水而去。他很害怕。

近来，宿舍的荷尔蒙迅速升高，他们总是说，有一个女神抢走了他们所有人的心。舟江听到了，他们说的是芝云。芝云高挑曼妙的身材征服了男士的眼睛，迎接新生的联欢会上，芝云的一曲《小城故事》打动了男孩女孩的心。

舟江怕听到有关芝云的故事，却又极其希望听到她的消息。据说，芝云是一个孤儿，没有父母，没有兄弟姊妹，亦没有任何闺蜜，对于家事芝云决口不提。芝云没有任何经济来源，花钱却大手大脚，出手阔绰。芝云会拉小提琴，经常画山水画，会鉴赏文物，赏得美食，连开车都会。实是奇异之人。

芝云用美貌独占鳌头，迅速占领了校园一众小草们的芳心。在芝云走的路上，时常会冒出几个傻帽拿着鲜花丢下就跑。已经有男朋友的那些女孩子，感到岌岌可危，男人们的花心让她们感到不安全。

第二十章　机器人"神农"的诞生

姜博士率领一班人马在实验室紧锣密鼓、日夜不休地整整干了一个多月。眼看就要进入最后的收尾工作，姜博士更是加紧了对实验室的监控。

这天，舟江准备去实验室，芝云就站在男生宿舍门口。看见芝云的那一刻，舟江有些吃惊，心想"难道是在等我吗？"自从上次见面以后，舟江只听闻芝云的传言，并没有见过她。

见到舟江从宿舍楼中走出来，芝云笑着迎上去。"上次你帮助我，还一直未曾感谢你，心里过意不去。今天，我特地送你一件礼物，略表心意。"说着，芝云从身后拿出一个四方的小礼盒，端放在她纤细的手上。

舟江一愣，转而也微微一笑，"你太客气了！"

礼盒递过来，舟江迟疑着，心里想着该不该接。

"啊，女神！"旁边经过的一个男生惊奇地失声喊道。

"还有礼物？若是送给我，我就是下跪都愿意！"

舟江的嘴角露出傲人的笑意，手就不自觉地伸了过去，触碰到芝云的肌肤，心又狂跳不已。他记得第一次触摸秋水的小手时，也是这种异样的感觉。

"谢谢你，改天请你喝咖啡吧！"舟江向芝云发出邀请。

"哦，你要请我喝咖啡，真的吗？"芝云竟然有些天真地问。

舟江笑了，"当然，请美女喝咖啡是每一个男士的愿望！"

"好啊，我等你！下次再见！"芝云丢下一个意味深长的微笑，转身离去。

舟江把目光从芝云的身上收回，拿着那个小小的礼盒回宿舍了。关上门，舟江按捺不住心中的狂跳，将礼盒一层层打开。里面一个精致的木盒，黑红色，透露出古色古香的感觉。

一只金色的手表端庄地躺在里面，发出"嘀嗒嘀嗒"细小的声音，只有静静地听才能听得到。舟江非常喜欢，拿出来戴在手上，左看右看都觉得那么贴心。

一路上，舟江不住地看手表。到达实验室几乎要迟到了。进入实验室要经过五道密门，还要在更衣室换上无菌防辐射服。身上所有物品都不能带进去，哪怕是一根针。第一道门是经过人脸的识别，现在都运用于单位的员工岗位督察，算不上特别。第二道门是密码和指纹识别，二者缺一不可。第三道门是声音识别，若是感冒咳嗽嗓音走样，也是进不去的。第四道门是红外线检测，身上带有任何可疑物品都会被阻挡在外。第五道门是电磁波检测，若是携带任何频率的电磁波都免进。在经过最后一道门的时候，警报器"吱吱"叫起来，舟江吓了一跳。这是舟江从来没有遇到过的，他怎么可能携带违禁品呢？可是今天是怎么了，难道身上有什么窃听器或者摄像头什么吗？

他马上返回更衣室，脱下防辐射服，从头到脚再次检查一遍，没有任何可疑物品，手机、手表、钥匙等全都放下了，和平时一样，没有任何区别，怎么就进不去门了呢？

舟江再次穿上防辐射服，回到第五道门前。报警器又"吱吱"叫起来，只要一离开，报警器就自然停止，一靠近密门，报警器就叫。这一下，舟江恼怒了，"怎么连我都不认识了吗？""砰"舟江的拳头砸在门框上，报警器更是挑衅地叫个不停。

门自动打开了，姜博士从里面走出来，一脸愠怒的神色。"今天怎么搞的？"

"博士，不知道是怎么回事，密门就是不让我进去。"舟江见到博士，心情稍稍好些。

密门自己关上后，博士看看舟江又看看身后的密门。转身向密门走去，密门"咔"的自动开了，博士又退了回来。"你看，门是不会说谎的，你今天带什么东西了？"

"没有，什么都没有！"舟江一脸委屈。

"去更衣室。"博士脸色很是难看。

舟江跟在博士后面进了更衣室。在博士怀疑的眼光中，舟江一丝不挂，全部裸露。"不要向我秀肌肉。"博士不愠不怒。

舟江自己都觉得不好意思，再次穿好衣服，随着博士来到密门前。

奇怪的是，密门又拉响了警报。

博士也是奇怪了，自己靠上去，门就自动打开，舟江一走上去，门就叫唤。

"你走吧，明天再来！"博士扔给他一句话，自顾自进入了密室，剩下舟江一人发呆。

无奈，舟江只好回校。

夜晚的风凉爽宜人。和秋水肩并肩走在校园，舟江一声不吭。

察觉到舟江有心事，秋水关心地询问，舟江却说："没什么事情，就是有点心烦。"

正在路上散步，一个女人从前面走过来，亲昵地喊了一声"舟江。"

舟江一惊，秋水也一愣，一丝疑惑滑过心海，是谁叫得这么亲昵？

是芝云。芝云妖娆地走过来，脸上带着灿烂的微笑。

"这是你女朋友吗？真漂亮！"芝云笑着打招呼。

"呃，是！"见到芝云，舟江有点结巴。

芝云对秋水说："对不起，借用你男朋友一会儿！"说着就把舟江拉到一边去了。秋水愣愣地站在那里，一时间还没明白是怎么回事，身边的男朋友就被一个妖女拉走了。

"怎么样，我送你的表还好用吗？"芝云的眼眉挑起来。

"你就是来问我这个问题的吗？"舟江一字一顿地说。

"当然不是，刚才有人打电话说，那块表有点小问题，要换一块给我。所以，我来问一问，那块表真的有问题吗？"

"没问题，走得挺准的。"舟江低头看看手上的那块表，他突然发现，那块表真的不走了，什么时候停下的？时针停在7上。

"啊，真的不走了。"舟江有点发蒙。

"原来还真有问题……"芝云也有些惊讶。

"怎么会这样？"舟江把手表摘下来递到芝云手上。

"真不好意思，我把它换回来，换一块好的。"芝云说着把手表放进背包。"明天，我再过来找你。"

芝云走到一直发愣的秋水身边，"你的男朋友还给你了！"她嫣然一笑消失在校园的夜色中。

"她是谁？"秋水冷冷地问。

舟江就把和芝云的相遇以及送表之事毫不隐瞒地说给了秋水。秋水非常不满一个女人，尤其是大众女神对舟江的青睐，于是甩手而去，留给舟江一个冷漠的背影。

舟江很是郁闷。

第二天，舟江没见到芝云，去实验室也很顺利。那个该死的密门见了他一声不吭。在实验室，舟江和助手们已经看到他们即将成功的实验品了——机器人"神农"。别看他一身的毛发，眼睛瞪得像灯笼，一张一合的嘴巴发出"啊啊"的声音，也能吐出美妙的音乐，简直和真的野人一模一样，其实是一个野人机器人，取名"神农"，意在神农架的野人，它将被送往神农架，探索野人存在之谜。

没有组织新闻发布会，更没有搞一个盛大而又华丽的庆功会，"神农"悄无声息地诞生，甚至有些寂寞。可这就是博士要的效果，他还不想让媒体知道，也不想让更多的人知道。前期对野人的考察，若不是因为车祸，他现在已经是世界名人了，但是就是那次倒霉的车祸，让他失去了所有与野人有关的证据，而且还发生了舟江、韩晖、黎黎、玉荣离奇失踪和失忆的神秘事件，这些让他更坚信了神农架有野人。"神农"具有一双慧眼，长了一双翅膀，能够深入神农架腹地，一探究竟。

舟江心里自然也是极为高兴，在不断的努力之下，他所参与的伟大实验项目已经获得了成功，这是写几篇论文都无法带来的荣耀，只是，这是一个无法言说的秘密，连秋水都不能告诉。秋水只知道舟江在进行一件很有意义的实验，至于内容，舟江从来都不说，打死都不说，像极了抗日战争时期的特工。

但是，舟江在面对芝云的时候，却神奇地失败了。

芝云是来送手表的，而且还要让舟江请她喝咖啡，舟江竟不能拒绝。

第二十一章　芝云和"神农"神秘消失

暖色调的咖啡屋，飘荡着让人心灵直打战的爱情音乐，一声声直击舟江的心窝。

坐在芝云的对面，舟江的心狂跳不已。他记不起是不是和秋水一起时也是如此。秋水给过他这样的感觉吗？好像有又好像没有，他没有心情去分辨，他只知道，他愿意和芝云这样静静地待在一起。

芝云，此时少了一份妩媚，多了一份安静。一只手托起下巴，一只手无意地搅动白色瓷杯里荡漾的咖啡。

"芝云，你从哪里来？"舟江不知为什么会说出这样一句话，话说出口连他自己都有些吃惊。

芝云没有抬头，没有回答，只有安静。

"芝云，为什么我会觉得你是一个我很熟悉的人呢？"舟江自顾自地说。

芝云依旧沉默，似乎没听到舟江的问话。

"芝云。"舟江轻轻地呼唤着芝云的名字。

芝云抬起头莞尔一笑，"你觉得我像谁呢？"

舟江看着芝云的眼睛，他的脑海中闪过一个女孩子的脸庞，那是红豆。"我曾经在深林里遇到一个奇异的女子，你的某些地方很像她，但是什么地方像却又说不出来。"

"你喜欢她吗？"芝云的眼神真的很温柔。

"是，很喜欢。在她还是一个小女孩的时候，我们就有过一面之缘，似乎是前世的缘分。"舟江神情有些落寞。

"那你为什么不和她在一起，却和秋水谈恋爱呢？你究竟爱的是谁？"芝云的眼神犀利起来。舟江有些招架不住。

"不一样，和秋水在一起很温馨，却无法带给我激情。而且那个女孩长在深山，我们在世俗社会中，根本是不可能的。"舟江苦笑。

"所以，你很现实。"芝云变得黯淡下来。

"梦想很丰满，现实很骨感。不都是这样吗？"

"那么，你对我是什么感觉？"芝云的眼睛毫无掩饰看着舟江。

舟江在芝云热切的眼神中，低下头看着一圈圈荡开来的咖啡，咖啡很苦。"或许你不相信，"舟江抬起头直视着芝云，"你就是那个长在深山的女孩！"

芝云猛烈地咳嗽了一下，似乎被呛着了。"芝云，你没事吧！"舟江很是紧张。

芝云摆了摆手，"没事。"

"你真会想象，我可不是什么深山女孩。"芝云恢复了神态，"我是来还你手表的，差一点就忘了。"说着，芝云从手提包中拿出那款手表，递给舟江。

舟江在接过手表的时候，发现芝云右手腕有一道伤痕，伤痕变成白色，但高出皮肤很多，似乎在皮肤之下隐藏着什么异物。

"你在实验室做哪一方面的科研？"芝云岔开话题。

"和神农架有关。"舟江摆弄着手表，回答得很随意。

芝云的脸色忽然暗下来，"你们就不能放过神农架吗？"

舟江并没有注意到芝云的神色有些特别。"瞧你说的，我们只是搞科研，又不是搞破坏，你怎么那么激动？"

"哦，没什么，我只是觉得你们不应该插手神农架。"芝云品了一小口咖啡，真的很苦，她不喜欢。"明天，你还去实验室吗？"

"是，明天是个特别的日子，实验课题该有结果了。"舟江忍不住喜悦之情。

"好，祝贺你！"芝云端起咖啡向舟江示意。

第二天，舟江要去实验室参加机器人"神农"研制成功的庆贺典礼。姜博士兴奋得一夜无眠，妻子静红忍不住数落他，不就是一个机器人嘛，至于辗转反侧像一个初恋的人吗？直到凌晨三四点钟，博士才眯了一小会。这一睡，两个人都睡过头了，还是静红睡得比较轻，叫醒博士的时候发现已经七点钟了。博士急得早饭也没吃就赶往实验室。

今天来的人还真不少，除去参与实验研制的几人，马队长、韩晖、玉荣以及几位领导也来了。再次见到韩晖、玉荣，舟江似乎想起什么，他们对曾经的一段失忆表示非常的不可思议。

"神农"屹立在大厅中央，深邃的蓝眼睛凝视着远方。博士启动按钮，"神农"举起右手向所有人致意，并发出清晰的问候声，"你好。"顿时，大厅内所有人激动地鼓掌，欢呼雀跃声不绝于耳。博士面露喜色。"神农"迈开步伐向前走去，还不时地和周围的人点头致意。有人俏皮地向他伸出手，"帅哥，你好！""神农"

也客气地伸出手握住了那双友好的手，"你好，你的手很温暖！"

"哈哈……"大厅内传来一阵阵愉快的笑声。舟江也挤过去，一直挤到"神农"身边。"神农"主动把手伸过来，"舟江，你很特别！"

舟江一愣，"是不是我长得很帅？"周围的人都笑了。当舟江的手碰触到"神农"的手时候，舟江感到一阵酸麻，继而抖动起来，似乎有一股电流穿过全身，那一刻他大脑一片空白，他似乎被什么东西吸走了。而"神农"的眼睛里也突然放射出两道光束，很快就消失了，这一切都发生在几秒钟之间，一个恍惚，一切又都恢复正常，没有人感到异样。

根据工作计划，典礼结束五天后"神农"即将奔赴神农架开始科学考察，但是第三天，一件奇怪的事情发生了。

一般情况下，黎黎到实验室的时间最早。可是这一天，当她准时到达实验室的时候，她发现实验室的所有门都敞开着，不祥的预感立时占据了内心，一阵恐慌袭上心头。她穿过密门快步走到放置"神农"的大厅，大厅空荡荡的，"神农"不知所踪。

黎黎大惊，马上打电话给博士："神农失踪了！"。博士正在路上，接到黎黎的电话，意识到出事了，他马上打电话给马队长报警。

黎黎把能找的地方都找了，启动电子搜索系统，却一无所获。博士等人赶到后调出监控视频，画面上出现了诡异的一幕。凌晨一点，静悄悄的实验室，门突然自动一扇扇打开，没有任何人影，一直到最后一扇门。大厅里的监控系统全部失灵，值班人员睡去。"神农"忽地被启动，迈开脚步自顾自地走了出去，似乎被什么东西牵引着，在走出最后一道门的时候，"神农"消失了。

难道"神农"机器人真的复活了，拥有了人的思维和行动能力，甚至超越了人的能力？五道密门每一道都是经过精心设计的，缺少任何一样都不可能进得去。"神农"的操作也极其复杂，不是像按遥控器那样简单就能控制的。然而，密门的自动打开，说明设置全部失效，"神农"的自发启动，背后一定有人操作。

"神农"刚刚诞生，还未来得及用于科学考察就这样莫名其妙地消失了，难道这里面有什么天大的阴谋？博士脸阴沉着，他猛然想到舟江，"舟江来了吗？"

"还没有。他发烧好几天了。"黎黎回答。空气被压抑着。

"马上通知他到场，不要告诉他发生了什么事情。"博士声色俱厉。

"封锁消息，不要让媒体和任何人知道。"

舟江在干什么呢？舟江在发烧，自从典礼回来，舟江就陷入一种昏迷之中，时而在森林，时而在实验室，时而在妈妈怀里，时而和红豆在一起。他分不清状况，有时清醒有时糊涂。秋水守在身边，他却认作是芝云，喊出的是芝云的名字，气得秋水大声喊："芝云，芝云早就消失了！"然后气呼呼跑出去。

黎黎打电话来的时候，舟江似乎清醒了。虽然不知道发生了什么事情，但是从黎黎惊慌的语气上，他意识到有大事发生了。

第二十二章　疑团越来越浓

舟江被带走审查，消息被迅速广泛地在校园传播。

马队长和博士对舟江产生怀疑，不是没有原因。舟江的身上有太多疑点，在所有人进行野人科学考察的时候，只有舟江一人深入野人洞，期间与野人过往甚密，而且还遇见深林里千年古藤女妖。

他与红豆的关系也不只人与野人那样简单，在他还是少年的时候就曾经偶遇红豆，也是他强烈反对对红豆进行芯片植入。从神农架返回北京的路上遭遇车祸，所有人都受伤，只有舟江毫发无损。后来舟江在校离奇失踪，以及后来的失忆，等等，都是无法解释的悬疑。而更重要的是，舟江也参与了"神农"的研制，了解课题实施的过程和目的，他还曾经不明原因的被实验室密门拒绝，庆祝"神农"研制成功的时候，他也在场。

难道是舟江盗走了"神农"？如果是他，盗走"神农"有何目的？马队长和博士百思不得其解。

审讯室，马队长决定单刀直入："舟江，你为什么盗走'神农'？"

舟江还不是很清醒，一个早晨他的生活全乱了。秋水离开了他，现在又被诬陷盗走"神农"，况且他还在发烧。

"我说过，'神农'不是我偷走的，我没那本事，也没有任何目的。"舟江此时有气无力。

"那么你怎么解释你离奇失踪失忆事件？"

"这和'神农'有关吗？"

"当然有关，"马队长把话头一转，"你想一想之前有什么异样的事情？"

舟江沉思半晌，"没有任何可疑的地方，只有典礼那天，在我靠近'神农'的时候，我感觉有一股电流穿过身体，感到不舒服。"

马队长一惊，这是一个令人振奋的消息。

"那么，你那天有没有带什么东西入场？"

"怎么可能，手机、手表，哪怕是一根小草都带不进去，那个门像跟人有仇似的，什么都不可能带进去！"

马队长点点头。他回到监控室调出典礼那天的画面，仔细观察舟江的一举一动。舟江确实没什么值得怀疑的地方，但是，当他和'神农'握手的时候，画面上的'神农'突然闪现两道光束，很快就消失。马队长反反复复地看了不下二十遍，一个念头在脑海中闪现。

就在审查陷入困境的时候，舟江的女朋友秋水急火火跑来，说掌握与舟江有关的重要线索。

马队长见到秋水，秋水一脸惊慌和急切。秋水本来粉嫩可爱的小脸，此时花容失色略显苍白。

"不要着急，有事慢慢说。"马队长安抚秋水的慌乱情绪。

秋水头上一句脚上一句，后来总算把事情脉络理清楚了。原来，她怀疑芝云有一段时间了，于是经常关注甚至搜罗有关芝云的一切。芝云行动诡秘，室友白天还能看到她，晚上就无影无踪，从不见她住在宿舍，早上又见她好端端坐在教室。芝云给人来无踪去无影的奇异感觉。芝云没有闺蜜，独来独往，心高气傲，有男生示好送礼物，从来不屑一顾，唯独对舟江情有独钟，经常独自一人站在舟江宿舍楼下发呆。秋水就看到她几次，心中非常疑惑。她没有任何女孩喜欢的手链、项链等首饰，却有一个宝盒，有同学看到里面是一块手表。后来她把手表送给舟江，曾经消失过几天。有女同学在靠近芝云的时候，偶尔会感觉有电流通过，眼前似有闪电闪过。尤其是最近几天，每当芝云在场，所有人的手机信号全部消失，电脑信号断断续续，亮着的灯会突然灭掉，甚至电梯也不会运行。一旦芝云离开，所有一切又都恢复正常。

芝云，是一个陌生的名字，在秋水的叙述中，马队长脑海中逐渐形成一个影视剧中经常出现的女嫌疑人，容貌俊美眼光犀利魅感，甚至类似聊斋中红袖添香的妖女，以吸食男人精血为生。他对自己幻想的形象感到害怕，不禁打了一个寒战。

秋水看到马队长发呆，疑惑地问道："马队长，你没事吧？"

"没有，"马队长的声音还是那么有力。"芝云现在在校吗？"

"室友已经有四天没见到她了！"秋水回答道。

马队长回头对助手邵平说："去芝云宿舍。"

姜博士听到舟江竟然和一个奇异的女人有关系，他不仅联想到红豆，那个长在深山的野女人，芝云、红豆两个毫无关联的女人纠缠在他的脑海中。他没同马队长一起去芝云宿舍，而是直接去找舟江。

舟江还在拘留所，茫然无助面对着白色墙壁发呆。他甚至想念青蔓那个深山女妖，若是再有一颗青豆，他就用不着在三尺之地受罪了。

在见到姜博士的一刹那，舟江如同看到了救星，眼睛迸发出一抹笑意。"我就知道博士不会不管我的。"

博士没笑，沉吟半晌，从嘴里一个字一个字蹦出："芝云和红豆是什么关系？"这个问题像炸弹，不仅炸开了博士自己僵化的思维，同时也炸蒙了舟江。

舟江一顿，转而大笑起来，"博士你太可笑了，红豆不过是大山里的野人，芝云是大学校园的天女，她们之间若是有关系，差不多就是仙女和村姑的关系了。"

姜博士面无表情，舟江顿了顿又接着说，"博士，你是不是因为'神农'失踪变得神经质了？"

"严肃一点！这两个人都是你喜欢的人，而且都与你有关。"博士一语道破天机。

舟江听到此话，心中不由忧伤，他垂下头。困扰他很久的一种说不清道不明的情感，恰恰就是红豆似乎是前世的爱人，前世是遥不可及无法言说的梦境，是自己思维混乱臆造出来的世界吗？前世的爱人，如果真的存在，他怎么就那么确定就是红豆呢？如果不存在，一个乡野丫头怎么可能占据他的内心呢？在他还是一个少年的时候，红豆就住进了心房，在神农架的相遇，他似乎找到了寻觅很久的爱。可是，前世的爱人怎么会变身为野人，他如何能接受。芝云，似乎就是红豆的化身，表面看上去两个人毫不相干，可是直觉告诉他，芝云和红豆存在千丝万缕的关系。他不敢靠近她，生怕一旦靠近，就会陷入无法言说的感情旋涡。他有时候也会恍惚，红豆和芝云会不会是同一个人。在影视剧小说中，她们就可以跨越时间空间以及现实，成为最不可能的一个人，可是，这是真实的现实，不是随心所欲的梦。

舟江沉默不语。

"秋水来过了。"博士继续说。

舟江抬起头疑惑地看着博士，"她来干什么？"

"秋水怀疑芝云不是一天两天了，芝云身上有很多谜团，而且她已经失踪四天了。"

"啊？"舟江大吃一惊。

"芝云是不是送过你什么礼物？"

"礼物？"舟江想了想说，"不错，她是送过我一件礼物。"

"什么礼物？"

"一块手表，后来坏了，她又拿回去换了一块好的。"

"手表现在在哪儿？"

"在这儿。"舟江扬了扬手。博士看到舟江左手腕上缠绕着一款金边手表，泛着耀眼的光芒。

博士不由分说地把手表从舟江手腕上撸了下来，"我去检查一下。"

"这有什么可检查的，记得要还给我。"舟江对着博士背影喊道。

红豆，你若能来救我，该有多好，我实在不愿意待在这地方受罪。舟江眼前浮现出红豆温暖的笑容以及她柔软的胸怀。她一定会来的，她不是一般的人。舟江闭上眼睛，回味起红豆、芝云、秋水这三个女人不同的情感，还有博士刚才莫名其妙的问话。

大学校园航天系女生宿舍，被一批威严的警察封锁。过往的女生不由对棱角分明的警察叔叔注目，对航天系女生指指点点。

芝云的床铺很干净以至于是寒酸，一床薄薄的被子，一个枕头，没有任何修饰，几乎看不出是一个女孩子的床铺。马队长抖开被子，一根黄色头发落下来，马队长轻轻捏起来，仔细端详，然后放入塑料袋中。其他一无所获，芝云的室友七嘴八舌地说芝云是一个怪人，很少见到她。

第二十三章　神奇催眠术

坐在马队长对面，姜博士示意黎黎拿出一块手表，黎黎把手表递给马队长。博士说："这是芝云送给舟江的手表。"

马队长接过来仔细观察，不过就是一块很普通的男士手表，听博士继续说："经过我们检查，发现它具有摄影、发射红外线、传送信号、跟踪、监听、搜索、通话等功能。"

马队长抬起头说："还有远程控制和干扰的作用？"

"难道队长还会猜？"

"芝云本身就具有这些特异功能，在她经过的地方，电梯不运行，手机没信号，说不定还会隐身。"马队长继续说，"博士会不会怀疑芝云是妖。"

"我真想见见这个女妖！"黎黎在旁边搭腔。

"不是女妖，也一定是奇异的人！"马队长说。

"我真是太兴奋了，能遇到超人蜘蛛侠金刚异类！"黎黎眉飞色舞。

博士回头瞪了一眼黎黎，黎黎马上紧闭嘴巴。

"芝云的头发送去检验了吗？什么时候出结果？"

马队长抬眼看看表，"大约十点钟出结果。"

"还有十分钟，"黎黎说，"博士，我觉得舟江被利用了，他对于芝云的背景一无所知。"

"神农的失踪，他脱不了干系！"博士没看黎黎。

"我们的侦察遍布城乡各个角落，'神农'连个影子都查不到，太奇怪了，那是一个庞然大物，而且还是智能的，通过我们现在的手段，不应该啊！"马队长陷入沉思中。

"我真担心舟江再出什么事。"

"舟江能出什么事？"博士歪着头看着黎黎。

"说不上来，说不定舟江也会神秘消失，他已经消失过一次了。"

马队长和博士四目相对，心头滑过同一个念头，"严禁布控，以防止舟江再次出现意外。"

马队长拿出电话，正准备给关押舟江的派出所打电话。就在这时，门开了，助手邵平拿着一张纸急急走进来。"队长，你看。"

黎黎禁不住凑过去，纸上写的是芝云头发检测结果，一行大字刺激每一个人的神经"奇异生物"。

马队长问邵平："这是什么意思啊？"

"这根毛发不属于人类，与所有生物毛发进行匹配后，竟然没有一类能吻合的。"

"我们没有野人的档案吗？"

"没有。"

"如果有，说不定就能匹配了。"博士意味深长地说。

"博士，你的意思是芝云就是野人。"

博士不语。

"说不准芝云是外星人呢！"黎黎的想象力就是丰富。

邵平斜了一眼黎黎，"外星人能长那么漂亮，还长着一头秀发。"

"我一直有一个不确定的想法，芝云会不会就是红豆呢？"马队长扫视众人。

博士突然大笑起来，把屋里凝重的空气震荡开来。

一屋子人都懵了！刷的都把眼光投向博士。

博士停下大笑，"英雄所见略同啊！我也与马队长有同样的想法，而且还问过舟江。"

"啊？"马队长三人惊讶地望着博士，"舟江承认了吗？"

"这小子傻傻的，什么都不知道，说红豆是野女，芝云是天女，二人怎么可能相提并论呢！"

"不可能，除非红豆和芝云是双胞胎。"黎黎又开始发挥想象力了。

"野人和人是双胞胎，你傻了吧！"邵平讥讽黎黎。

"这个世界你不敢想象的事情太多了，就看你敢不敢想。"黎黎蔑视邵平。

邵平的眼角浮出一丝暧昧的笑意，"黎黎，你敢不敢嫁给我？"

"邵平，开什么国际玩笑，孩子都六岁了，还敢对黎黎有想法。"马队长严厉地批评邵平。

"我这不是配合黎黎的想象吗！再天马行空的想法不也得切合实际嘛！"

"哼，小样儿！"黎黎气呼呼地嘟囔道。

还没有商讨出结论，马队长的手机铃声大响，那是一串好听的马蹄声。

"什么，舟江不见了？"马队长一哆嗦，拿着手机的手抖动起来，手机差点掉下来。"有什么可疑的地方吗？"

电话中传来惊慌的声音，"太奇怪了，门窗没有任何破损，其他也没有任何可疑的地方。"

"查监控了吗？"马队长声音提高了八度。博士等人面面相觑，一时间还弄不清楚发生了什么事情。

"正在检查，好像没有任何人接近，也没有任何人走出来。"

放下电话，马队长神情凝重地对博士说："黎黎说对了，舟江又消失了。"

"不用紧张，舟江能消失一次就能消失两次，更何况黎黎、韩晖、玉荣都曾经消失过，而且还失忆。"博士倒是不急，"不错，这一切都与野人有关，与神农架有关，那里藏着不为人知的秘密。"

"如果，黎黎能想起什么，我们下一步就会知道该做什么。"博士把眼光转向黎黎。

"如果我能头疼就好了，或者能做一个梦，也许失去的那段记忆就能想起来了。"黎黎理了理额头的头发。

"博士，能采用催眠的方法吗？"邵平说道。

"催眠？"

"对，催眠技术能进行心理干预，还能唤醒一些失去的记忆。"

"可以试一试，邵平，你马上去找这方面的催眠师，黎黎要配合啊！"

"好。"黎黎答应着。

下午，博士、黎黎等人约好在催眠师吕大师的工作室见面。

吕大师鼻梁上横跨着黑边眼镜，胖乎乎、肉嘟嘟的脸上堆砌出和蔼的微笑，平易近人，这是给每一个人的第一印象。工作室不大，干净简洁。

黎黎心中忐忑，她几乎一夜都没睡好，对于催眠术，抱着怀疑的态度，但是她又兴奋，如果真的能成功，她也渴望知道，她失踪的那段日子，究竟去了哪里，见到了谁，发生了什么事情？

斜坐在躺椅上，舒缓的音乐从各个方向渗透过来，侵入她的体内。吕大师微笑着站在身后，轻轻按摩着她的头，开始引导她进入她曾经过往的世界。

深邃的蓝天上，洁白的云朵飘过，一个漂亮的小姑娘坐在草地上仰望天空，身边的羊群正低头悠闲地吃草。远处歪歪斜斜走来一个穿灰色夹克外套的中年男人，一手拿啤酒瓶子，一手指着小姑娘骂，走到姑娘跟前举手打她。小姑娘伸手抵挡，嘤嘤地哭泣，"爸爸，你别打我。"

画面开始不停地切换，大学校园里的优美景色中，长大的小姑娘脸上露出淡淡的忧伤。实验室中，她聚精会神地忙于工作，最后关键的画面来了，在一个鸟语花香的世外桃源，她和玉荣躺在草地上，温暖的阳光和煦地照在她们身上，身边有一个帅哥轻轻呼唤着她的名字。不久，她醒来，看见帅哥惊讶地喊了一声："舟江，怎么是你？"她坐起身不由分说抱着舟江大哭起来："我以为再也见不到你了！"

舟江很慌张地推开她，"不会的，有人一直在保护我！"

一个长发女人向她们走来，她认得她，是红豆，只是比以前更漂亮了。"这是什么地方，她为什么会在这儿？"

"这是一千年前的神农架，是红豆带我们来的……"

画面播放到这里，黎黎很奇怪地闭着眼睛扭动身子，似乎遇到了令人难以接受的人或事，吕大师缓缓地说："醒来吧，孩子！"

黎黎睁开双眼，头上沁出汗珠。

似乎穿越时空，刚从另一个世界回来，黎黎大脑一片空白。

隔壁房间，马队长和博士已经听到了黎黎和吕大师的所有对话，各种猜测在心里翻腾。

吕大师微笑着走进来，"很成功，黎黎失去的记忆不但找回一部分，而且我还帮助她打开了心结。"

"黎黎能有什么心结？"博士不明白地说。

"关系到当事人的私密，很抱歉，我不能说，不过，她很快会有男朋友的。"

"她的记忆还不能全部找回来吗？"

"是，她去的地方很特殊，遇到的也不是一般的人，要想恢复全部记忆还需要时间。"吕大师一直微笑。

"吕大师，你相信她去了一千年前的神农架吗？"

"不好说，也许是梦，也许是真的，否则这段记忆不会无缘无故消失。"

"谢谢大师，再会！"

"再会！"

博士一行人拜别吕大师，黎黎面含复杂情绪，回去休息。其他人也各回各办公室。

第二十四章　三进神农架

三四天过去了，失踪的"神农"、舟江一点消息也没有。博士很是恼怒，在高科技发达的信息时代，失踪事件连连出现，而且不留任何痕迹，这岂不是对我们的高度耻笑吗？"一定与红豆有关！"博士一拳头砸向桌子，桌子上的茶杯抖了抖，水滴洒在桌子上。"就是把神农架翻个底朝天，也要找到舟江和神农，看看红豆究竟有什么本事，他们能藏多久。"博士气愤地说道。

大规模的扫荡开始了，不亚于日本鬼子的"合围"政策。拼凑的各路人马总数不下千人，浩浩荡荡向神农架出发。部分人携带尖端设备，甚至动用大型挖掘机、电锯等重型武器，多数人还配备电击手枪等轻型防身装备。这次进军神农架的目的非常明确，不为科学考察，就为简单地搜索"神农"、红豆和舟江。

搜查方案采用遇山开山、遇水搭桥、遇林则毁的粗暴做法，起初黎黎截然反对，义正词严地抗议，"这种极力破坏生态环境的做法是要遭天谴的。""对付像红豆这样的异类，不把她逼出来，难道她还会自己出来见你？"博士一句反问，就把黎黎问得哑口无言。

博士在图纸上圈出几个野人经常出没的地带，包括野人洞、松杉口、冷木崖、九子岩、双珠瀑布五个地方，五路人马分别包围，同时行动，就是为打草惊蛇引蛇出洞。黎黎和黄大夫承包了野人洞，她曾经去过比较熟悉，也是安全性较高的。博士驻守松山口，位于中间地带，是最危险的地方。韩晖和玉荣在冷木崖，马队长在九子岩，邵平在双珠瀑布。

这次进入神农架完全没有了欣赏风景的闲情逸致，更多的是紧张焦虑，神经都紧绷着。他们到达目的地之后，先安营扎寨再砍伐树木，割掉荆棘和杂草，开拓出一大块平地，使得野生动物纷纷逃跑，整个神农架一片混乱和不安。

机器的轰鸣声摧残了一棵又一棵上百年甚至千年的古树、古藤，树上栖息的鸟类、猴子，树丛草窠中幸福生活的兔子、狸猫都被惊醒，惊慌地逃避。玉荣毕竟是书中长大的，当她看到参天大树被拦腰截断，带着雷鸣闪电般的轰鸣，狼狈地倒在地上，露出一大片天空，她几乎怜惜地大喊起来："不要啊！太可怜了！"

韩晖伸手搂住玉荣颤抖的双肩，"不要担心，野火烧不尽，春风吹又生。"

大树的枝叶凌乱地散落一地，地上还被砸出许多小坑。

当巨大的轰鸣声归于沉寂的时候，一声凄厉的小鸟叫声从层层枝叶中传来，那么无助，那么稚嫩，那么恐惧，似乎在疾呼它的妈妈。玉荣惊呼："有小鸟！"连忙朝着鸟叫的地方走去。

韩晖抬头看看天上，有两只大鸟在天空盘旋。

拨开层层相交的叶子，露出破烂的鸟巢，两只羽翼还未丰满的小鸟被树叶挤压着。玉荣小心翼翼地挪开压在它们身上的东西，清理干净鸟巢，拨拉出两只完整的小鸟，"韩晖，你看，它们还活着呢！"

两只毛茸茸的小家伙，躺在玉荣摊开的手掌上，"吱吱"地叫着。

韩晖像一个医生一样仔细检查它们的伤势，一只小鸟的腿折断了，另一只完好无损。

那些忙着干活的人也都凑过来，围住两只劫后余生的小生命。韩晖用纱布把小鸟的腿缠好，送给玉荣，"拿去玩吧！"

玉荣剜了韩晖一眼，"怎么说话呢，你有没有良心，这怎么能玩呢，要好好养着。"

不到一天工夫，冷木崖周围被砍伐出一大片，玉荣也收留了不少小动物，两只小鸟，一只刚出生的兔子，一只蹒跚的小猴子。玉荣开心得不得了，这些失去家园、父母的小动物，得到玉荣的关怀，情绪渐渐平复下来。

这两天博士并没有接到任何消息，非常平静，平静得让人担心。但是，第三天，冷木崖传来一个坏消息，有两个工人先后失踪，其中一个暴病而死。

事情究竟是怎么发生的呢？

原来，在参加砍伐树木的工人中，流传着一个真真假假的故事。在人迹罕至的林中深处，悬崖峭壁的边缘，生长着一种野生菌类，类似灵芝，称为野灵芝，食之有病治病、无病延年益寿，价值远远高于人参、虫草。即使生活在神农架一带的人，也极少见到，更别说得到。上天给了他们一次接近野灵芝的机会，他们妄想能得到，从而发一笔横财。于是，三五成群，在闲暇之际，偷偷攀缘悬崖，寻找野灵芝。

工人小石头趁上午休息间隙，借口方便一下，悄然走入冷木崖林中深处。另一个工人小胡冷眼旁观，不久也紧随其后，离开了大部队。没有人注意到他们的离开。

小石头手拿砍刀披荆斩棘，踩着林中深厚的绿草，有的还是青翠的绿苔，踏上寻觅发财的征程。一路上，他眼睛骨碌碌转着，时刻注意周围的情况。冷木崖有几处断崖，平整的山石在阳光下闪耀着干裂的光芒，这样的悬崖即使再陡峭再危险，也不会生长野灵芝，只有那些悬崖和树木藤蔓共生的崖壁上才有可能，但是这样的崖壁非常隐蔽，必须亲自寻找，只凭借双眼是不可能找到的。小石头通过对周围的观察，已经揣测到宿营地的北端有可能。

经过一夜不停歇地行进，小石头终于找到一处断崖。崖上并非是平整光滑的石块，而是非常陡峭的岩壁石缝，在石缝里伸出大大小小的树木和藤类植物，在断崖一侧流淌出水花飞溅的瀑布，景色宜人。小石头将绳索一端固定在崖上的大树上，一端系在腰间，小心翼翼地顺着陡峭的崖壁下滑。一边下滑，一边用砍刀砍去阻碍的树枝，搜寻传说中的野灵芝。带刺的荆棘扎伤了手，鲜血一滴滴落下。小石头把受伤的手指放在嘴里吮吸。他看看头上的蓝天，想到家中劳作的父母妻子，似乎看到他们累得腰都直不起来，心里不是滋味。他又望望脚下的深渊，深谷幽深浮现出迷蒙的白雾。他抖擞精神，继续下滑，枝枝叶叶不断卡住他的双脚，他下得很艰难，却没发现崖上有传说中的野灵芝，只有一些不知名的野草，也许是药材，他不认识，一心只想着野灵芝。当他下滑到一半的时候，崖壁上出现一个半米见宽的山洞，洞口周围生长着野草，不仔细观察很难发现。

小石头心中一喜，若找不到野灵芝，找到其他神奇的东西也不枉走这一趟，比如岩耳。岩耳，是一种长在崖壁上的菌类，形状类似人的耳朵，有点像木耳。如果找到岩耳，也不虚此行。他把自己停在洞口旁边，用刀清理干净杂草。洞内一股冷空气慢慢逸出，他不禁打了一个冷战。他砍了一根长长的树枝，伸进洞中试探，敲打洞壁，洞中发出咚咚的声音，深邃悠远。突然，他觉得伸进洞中的树枝似乎被什么东西紧紧吸住，强大的吸力几乎要把他拉进去，不好，他心中一惊，马上撒手。就在这时，突然从洞中窜出一条巨蟒，眼睛像铜铃，蛇信子从张开的大嘴中窜出来，迸发出骇人的阴冷之气，身上光滑的条纹似乎要竖起来。小石头荡开身子，急忙躲避。巨蟒飞身朝小石头压来，小石头举起砍刀刚想用力砍下去，却被巨蟒的头颅打飞，紧接着巨蟒缠上了小石头的身子。骨节被折断的"咔咔"声吞噬了小石头的神经。

"救命！"小石头惊恐万分地高喊。声音在空谷中回荡，震得树上的鸟儿惊惧地飞走了。

还在路上的小胡，正顺着小石头走过的痕迹前行。林中除了惊飞的各种鸟儿，就是骇人的寂静。饱受孤独寂寞，小胡几乎要放弃，但是一想到小石头拿到野灵芝兴奋的表情，他就不由加快了脚步。远处传来若有若无的声音，应该是小石头的，他大概是找到了。

可是他到达崖边的时候，并没见到小石头的身影，只看到拴在树上的绳索。他战战兢兢地趴在崖边向下看去，这一看，他不禁吓出一身冷汗，一条花色巨蟒一圈圈紧紧缠绕在一个人身上，那个人耷拉着头，看不清面部，但是那身花格破衣服他认得，那是小石头的。小石头和巨蟒在半空中摇荡，像一支秋千在石壁上悠闲地荡来荡去。

小胡屏住呼吸，慢慢起身，用手抹了一下额头上的冷汗。可是，脚不听使唤，他发现自己的腿都软了。呆了一会儿，才恢复神色，他准备离开是非之地。突然，一条长长的藤蔓从崖下伸上来，直勾勾地冲小胡卷过来，裹挟一股阴风。

不好！小胡拔腿就想跑，可是腿脚似乎被什么东西吸在地上，他难以迈动脚步。他用刀向岩石砍去，顿时火花四溅，震得虎口生疼，他顾不得疼痛，再次挥刀砍去，吸引力顿时消失，他马上飞跑，可是已经晚了。长藤忽地卷过来，打在他身上，衣服被撕裂，他疼得"哎呦"了一声，一个趔趄差点跌倒。长藤迅疾地缠上腰身，把他卷向高空，又撒开，他向地面摔去。摔得他眼冒金星，大脑空白。他顾不得疼痛，拾起甩在一边的刀向长藤砍去。长藤像长眼的利爪，麻利地躲避，不停地抽打在他身上。衣服被抽得一条一条的，他拿刀乱舞一阵，终于狼狈地退回林中，长藤这才出溜溜地回到崖下。小胡不敢逗留，顺原路一路狂奔。

小胡鞋子跑掉了，脚上被尖利的石块扎出口子，身上的破衣服干脆扔掉，他顾不得察看身上哪里受伤，只有一个心思：逃跑。累了，坐下稍微休息一下紧接着继续奔跑。直到跑回营地，累得瘫倒在地。

工友们把他抬进帐篷，惊疑地问他这到底是怎么了，脚上、胳膊上、腿上、胸脯上都是血印子，好像和什么野兽较量过。小胡喝了口水，喘息着断断续续把他看到的一切，讲给众人。众人都听得目瞪口呆，在他们听来简直就是天方夜谭。

半夜里小胡大叫三声：鬼！鬼！鬼！，惊醒了睡梦中的众人。众人顾不得穿衣服，急忙打开灯，只见小胡惊恐地睁着眼睛，死掉了。

冷木崖的怪事传到博士耳朵里时，博士不禁冷笑了一声。

第二十五章　野人洞人兽恶战

　　一切都在博士预料之中，博士警告韩晖，不用惊慌，按原计划行事。除了冷木崖，野人洞、双珠瀑布也先后出事了。

　　在焚毁大片林地之后，野人洞周围显得愈发空旷，岩石呈现越来越瘆人的苍白色，就像一个生了病的病人，面无血色。地上层层的草木灰被风一吹，整个山谷升腾起灰色的烟雾，十米开外看不清来人的模样。队友们不能分散走开，一旦走失就找不到来路。

　　野人洞，这是黎黎留给神农架最完整的尊严，没有去动它，反而成为林中动物们的藏身之地。宿营地离野人洞不远，人们经常看见成群结队的动物惊慌地跑进洞中，有的跑出来战战兢兢地觅食。

　　黎黎的痛苦，黄大夫看在眼里，疼在心里。让一个温润如玉的女子动手打碎深山上万年的寂静和深厚的积淀，她是怎样克服心中的善良，让邪恶一点点扩大。只有和黄大夫在一起的时候，黎黎才会哀叹一声："唉，我就是神农架的罪人！"

　　黄大夫用手轻抚着黎黎的长发，轻声安慰："不要这么自责，这是为了工作。"黄大夫一肚子幽默搞笑的话语，此时竟一句也说不出来。

　　"那些高大的树木，真是可怜！它们是这里的主人，我们把主人杀掉了。"黎黎低声叹息。

　　"还好只是一部分，我们不是留着野人洞了吗？"

　　"是呀，博士让我把野人洞烧干净，我祈求了半天，他才同意留下来的。如果再把野人洞烧了，那些可怜的动物去哪里安家呢？"黎黎把目光投向野人洞的方向，眼里满含忧伤。

　　可怜的女人，善良的女人，不该出现在血雨腥风的原始森林。在繁华的城市高楼中，开一辆红色桑塔纳，抑或骑着自行车，风扬起长长的米色风衣，接送孩子上下学，那虽然是平淡的生活，却也是精致优雅的生活。可是，这个坚强的女人，却选择与一帮老少爷们一身臭汗待在人迹罕至的森林，要去寻找一个叫作"神农"的机器人，真是疯了！

　　当夜色逐渐覆盖森林的时候，黎黎的营地升腾起袅袅炊烟，飞鸟在林中上空成群地飞翔盘旋，倦鸟知归林，何况那些林中居住的动物们。野人洞的轮廓越来越模糊，营地上的人们感受着暮色渲染的思乡之情。忽然有一种轰隆隆沉闷的声音从野人洞的方向传来，开始很小，小得几乎察觉不到，后来越来越大，人们开玩笑地说："野人洞里面打雷了，那里是不是雷公居住的地方？"

"哪里是什么打雷，分明是地震！"人们还在开着玩笑自娱自乐。

轰隆隆的声音越来越响，地面也有些震动，笔直的炊烟变得弯弯曲曲，安置的帐篷呼啦啦地响，那些宅在帐篷里的人都走出来，黎黎也来到人群中，看看到底出了什么事情。

一股狂风裹挟着野兽难闻的味道，合并震耳欲聋的轰鸣声，从野人洞呼啸而至。黄大夫大呼："是狼，撤！"随手抄起一只铁锹，横在胸前，挡在黎黎前面。

工人们闻听，都下意识地拿起身边的木棍、铁锹、电锯、电击手枪等，向中心聚集，眼睛紧张地盯着野人洞的方向。夜色浓重，在灯光的反衬中，前面有无数个绿色、红色的小球急速地移动，刹那间如狂风暴雨一样迅速而至。

张着大嘴、喷射着难闻的气息，一群野兽疾驰而来，冲入惊慌失措的人群。从没见过如此之多的野兽，黎黎吓得脸色大变，眼睛直直地要瞪出眼眶外，一声声惊呼从胸腔里迸发出来，倒把野兽吓得绕开她向别处跑去。

一头獠牙巨齿的野猪直追着黄大夫跑，黄大夫一手拉着黎黎，一手拿着铁锹，见野猪吼叫着奔过来，转身冲着野猪当头一铁锹，野猪被激怒，上前撕咬住黄大夫的上衣，黄大夫再次使出吃奶的劲拍下去，野猪哼的一声，倒在地上。黄大夫拉着吓得一直尖叫的黎黎狂奔，后面又追上来一只花斑纹的豹子。豹子奔跑的速度如同闪电，眼看就要命丧猎豹之口，黎黎的小心脏差一点从胸腔中蹦出来。黄大夫还未来得及还手，突然有三只小鹿慌不择路从旁次斜冲过来，成为一道天然屏障，隔开了豹子和黄大夫、黎黎。

得着片刻工夫，黄大夫和黎黎再次拼命奔跑，一边跑一边回头看。各种野生动物，小白熊、猕猴、熊猫、山猫等在人群中乱跑乱咬，呼喊声、救命声、撕咬声不绝于耳。头上还呼啦啦飞过一群蝙蝠，树丛的间隙中还游走着各种蛇，一场人兽大战在黑夜里残酷地上演。

黎黎不知是由于惊吓还是害怕，腿脚软弱无力已经不能再跑了，黄大夫死命拖着她。而其他队友们有的在搏斗，有的发出骇人的叫声，有的已经命悬一线。

最后出场的是一只从没见过的动物，大脑袋长得像一匹马的头，体态魁伟像大型苏门羚羊，前腿短，后退长，有一个普通男人那么高，前额正中生着一只黑色的弯角，似牛角，约40厘米长，从前额弯向后脑，呈半圆弧弓形。它摇摇晃晃地站起身来，身形巨大像一堵墙，张开血盆大口，嘴里喷射出恶臭的液体，落在树枝草木上，树叶和草叶立即凋零；喷洒在动物身上，毛发、肉皮立即脱掉，露出白花花的骨肉。这就是神农架传说中的"独角兽"。动物们惨叫着逃跑，逃跑的野兽们又撞击着营地上的工人们。

正在不远处值班的特警听到营地上惨烈的叫声，持枪而来，子弹在黑夜中穿行，不时有羚羊、鹿、豹子倒下。

当一颗子弹瞄准那只吼叫的"独角兽"时，它突然一个转身，消失在茫茫夜色中。而那些慌张的动物们也都四散逃去，林中的营地上逐渐安静下来，只剩下一片狼藉。横七竖八躺着人的尸体，还夹杂着动物的尸体，鲜血染红了营地。帐篷全部趴在地上被撕裂成破麻布。

黄大夫和黎黎见特警赶来了，情绪也逐渐稳定下来，只是黎黎已经吓得瘫在地上呼哧呼哧喘粗气，还流着惊恐的眼泪，"我是死了，还是活着？"黎黎分不清状况。

经过清点，遇难的工人有12名，其余全部受伤，而动物们死伤无数，无暇顾及。

此时双珠瀑布也正经历着一场惨剧。

黄昏的时候，累了一天的工人到双珠瀑布东边的一处溪流去洗澡。溪水清冽，底部岩石清晰可见，小鱼在人群中游来游去，好不惬意。其中有三个人离开人群慢慢游走到深水中去，他们想探究水到底有多深。就在水越来越深的地方，突然水浪涌起三尺高，"哗"的一声如排山倒海之势倾压过来，随之看到一只巨型水怪，圆溜溜的身子，皮肤呈灰白色，头部像大蟾蜍，瞪着两只凶恶的圆眼，那眼睛比饭碗还大，大嘴巴张开时足有1米多长，并喷出几丈高的冲天水柱。三个人吓得目瞪口呆连救命两个字都没喊出来，只见水怪一个翻身，露出长长的鱼尾，直冲三个人扫去。顿时，三个人立时消失在翻滚的水花里，鲜血弥漫开来。

正在浅水边洗澡的众人，惊见这骇人的一幕，大叫"妖怪，妖怪！"有人拎起衣服，有人连衣服也没拿，全部赤身裸体惊叫着上岸狂奔。尖利的岩石刺破了赤裸的脚丫也顾不上疼痛，跌跌撞撞地向宿营地跑去。

有人被砍到的树木绊倒了，有人被树干划伤了，有人踩进水坑溅了一身泥，你拉着我搀着你，众人惊慌失措地奔跑。这时候，他们身后，不知从什么地方升腾起一团清冷的水雾，向他们快速袭来，直至将他们包裹住。赤裸的身体，被寒冷的水雾侵袭，刚刚由于奔跑而热起来的身子，此时几乎被冻住。

水雾一直跟随他们到营地，将整个营地笼罩在一片寒冷中。刚才还在讥笑裸跑的队员，笑容也几乎被冻住。突如其来的冰冷令人们措手不及，你推我搡忙不失迭地找到自己的窝，出溜溜钻进去，有的挤在一起抱团取暖。水雾不单单带来的是寒冷，还有迷蒙。帐篷上迅速结满了冰花，周围的树上草叶上都覆盖上一层洁白的冰凌花，米粒一般大小，粒粒晶莹，在灯光的照射下，显现出迷人的神采。轻雾一般的朦胧，雾朦胧、鸟朦胧，营地朦朦胧胧。

邵平和几名队员勘察回来，远远地看到营地被笼罩在一片白色的水雾中，里面透出的灯光，把营地渲染成一处神仙所在。队员还开玩笑地说，"邵队长就是有眼光，选了这么一个神仙境地！"邵平微笑不语，算是默认了。

当他们越走越近，感到一阵阵逼人的寒气，直往骨子里钻。

"怎么会这么冷？该不会是第四纪冰川来了吧！"

走入营地，他们发现营地内的所有物品上面都罩上一层寒冰，而营地之外却没有。营地静悄悄地，只有寒冷，没有人，人都去哪儿了？邵平和队员急匆匆拉开帐篷，发现人们都蜷缩在各自的被窝中。

"都起来，搬到外面去！"邵平大声吼着。

"队长，你让我们搬出去是打算冻死我们吗？"

"如果不想被冻死，就出去！"邵平语气极为严厉。

不明就里的人们哆哆嗦嗦地抱着被子从帐篷中陆陆续续走出来。邵平和队员们指挥人们撤退到营地之外，人们发现营地之外还是温暖如春。

经过清点人数，发现有五人不在。那些裸跑回来的人这才把在深水潭遭遇水怪水雾的事情，你一言我一语地讲明白。有三个人被水怪吃掉了，可是那两个人呢？

邵平派人再去营地查寻，发现他们已经冻死在自己的被窝中，手脚的伤口上血凝固成黑色。

第二十六章　雷鸣闪电中的魅影

接二连三的怪事，传遍了整个神农架，人们惶恐万分，姜博士却稳如泰山，"不急，蛇要出洞了！"

黎黎在遭遇野兽突袭之后，眼神经常露出惶恐之色，原本白净的皮肤越发地苍白。她跟在黄大夫身边一步也不离开，黄大夫也乐得有美女相伴。夜晚，黎黎黏在黄大夫的帐篷里，不肯离开。黄大夫摩挲着黎黎滑嫩的肌肤，"留下吧！"

黎黎听着男人坚实的胸脯里"咚咚"的擂鼓声，心里翻腾起异样的情感。"自从野人洞出事后，我害怕一个人住在帐篷里。"黎黎撅起小嘴，"但是晚上你不要动我！"

"呵呵，好，我不动你，保护你。"黄大夫笑了。

"我打算回京养养身体，吃不好睡不好，身体快吃不消了！"

"好吧，你回去，我留在这里，你放心吧！"

黄大夫轻轻拍着黎黎的脊背，像慈爱的父亲去哄一个可爱的小女孩。黎黎躺在一个男人温热的怀里，这个男人像父亲，却不是父亲，父亲在她的生命中是残缺不全的，甚至带一点憎恨。眼前的这个男人，给予她父亲般的安全感和温馨，她觉得自己是那么渴望得到如此安宁的爱，她不懂这是为什么。

黎黎胡思乱想着，不久甜甜地睡着了。

一个香喷喷的女人躺在怀里，任何一个男人都不可能不动心不动情。更何况在荒郊野外，在经历了一场生死浩劫之后，一个男人也急需女人的抚慰。

黄大夫把头低下去，仔细看着怀中的女人，白净的皮肤，起伏的胸脯。他觉得有一股欲望从体内升腾，烧灼着他的心。身不由己低头吻着她温软的嘴唇，气息变得粗重。黎黎忽然翻了一个身，黄大夫惊醒，心里骂自己："与禽兽何异？"也转身睡去。

黎黎和受伤的工人们回京疗伤去了，黄大夫继续驻守野人洞营地，他们不再砍伐树木、捣毁森林，而是把目标转为搜寻野人。

博士的麻烦，比他预期的来得晚。

松山口，有人曾经在这里遭遇野人，是传说中野人出没的地方。良好的植被，原生态的环境，为野人的生存提供了有利条件。野人为数极少，灵动敏捷，常常隐蔽于暗处，若非修来的缘分，巧遇野人的几率小到千分之一。20世纪六七十年代大规模的科考和近期组织的搜寻，都未能确定野人行踪。茫茫林海中，处处是险境，我在明处，他在暗处，若非采用非常手段惊扰他们，暗藏极深的野人群绝不会轻易现身。

野人真的如博士所料会现身于他们面前吗？每个人都想目睹野人的神韵，一睹传说中野人的风采。

那一夜，松山口的营地上，没有人能安睡。

一座座绿色小帐篷围成一圈，驻扎在松山口的山谷中。被砍伐的树木东倒西歪，裸露出大地的肌肤。

暗夜中，睡梦里，从遥远的地方传来一阵阵"嗷唔"的叫声，透过森林，穿过帐篷，直钻入每个人的梦里，直到惊醒。仔细地去听，似乎又没有，不去理会，它又在耳边尖利地叫着，刺激已经沉睡的神经。想分辨声音来自哪个方向，却发觉四面八方都是，围在你耳边你周围，让你无法逃出狼设计的圈套。

狼的吼叫声，在漆黑如墨的老林中，一声声直击心脏，突突地跳，几乎要跳出胸外。纵然把头埋进被子里，把耳朵堵上也没用，那声音具有极强的穿透力，一直穿透耳膜。

博士坐在帐篷中，静静地听着，猜测狼叫的含义，是挑战是控诉还是威胁，似乎有又似乎没有。博士点了一根烟，把帐篷拉开一道缝，呛人的烟味钻到外面的冷空气中，一阵冷风又把狼叫声带了进来。

夜晚值班的山城子，持枪走过来，询问博士："有狼，怎么办？"

博士沉静地说："加强警卫，点燃篝火，都好好睡觉。让他们放心，狼不会来。"

山城子带着命令走开。

奇怪，狼叫声停下来了，躺在被窝中的人们，心情也立刻放松下来，"狼走了吗？"

"也许是野人把狼赶走了！"有人说。

就在人们刚要进入似睡非睡的状态时候，狼的叫声又阴魂不散地钻进来了。人们的心又跟着紧张起来，没办法睡下去干脆穿上衣服，都一起走到黑夜中来，走到篝火边，听着若有若无的狼叫。狼很远，恐惧和忧虑却很近，今夜无人能睡。

一连三天的夜晚，遭受狼嚎的侵袭，人们被折腾得精疲力尽。

山城子再次问博士："我们难道不采取措施吗，就一直这么被动？"

"以静制动，以不变应万变。你们只要做好警卫就好了！"

山城子为提防狼群袭击，在营地周围拉起一道简易电子围栏。本以为脉冲高压电子围栏派不上用场的，若有若无的狼嚎威胁，不得不让山城子下决心拉起电网加强预警。一道密集的电网，安插在营地周围，不受地形、环境、天气的影响，高压电压高达4500V，足以瞬间击溃来犯之敌，这让人们安心地继续等待野人的来临。

这天晚上电闪雷鸣，天降大雨。

躲在帐篷中的人们百无聊赖地喝啤酒、打扑克、聊女人。博士听着噼里啪啦的雨声，极为担心营地的安全，营址虽然选择在流水通畅的高地上，若是下上三天两夜的大雨，他们就不得不搬迁，否则遇上山谷里突发的洪水，将是一场全军覆没的灾难。

博士披上雨衣从帐篷中走到大雨里，雨水已经漫过脚踝，他感到入骨的寒冷，雨点打在脸上，迷蒙的水雾将整个山林连成一个不可分割的整体，似乎谁也逃不出去。

一道闪电将夜雨的天空撕开一道裂缝，露出聚积的云层。就在那一刹那间的光亮中，博士突然看见不远处的大树杈上坐着一个人，不，确切地说是一个野人，雨水淋湿了他的毛发，湿漉漉地。他一手托着腮帮，定定地挑战似地看着博士，眼睛里还闪现出一丝捉摸不透的笑意，另一只手环抱双膝。

耀眼的闪电之后又恢复了伸手不见五指的黑暗。博士立即从裤兜中掏出手电筒向野人的方向照去，树上只有密密麻麻的树叶，没有野人。难道是我看错了，还是出现了幻觉？博士心里很纳闷。

博士拿着手电筒来回地在树林中巡视，丝毫没发现任何可疑生物。

正在他疑惑之时，一道闪电再次滑过天空，随即一个响雷炸开半边树林。这次他确定不是幻觉，而是确确实实有一个生物，不是坐在树上，而是立在树下，那是一头狼，犀利霸气的眼神投射出寒光，正对望着他。博士不禁浑身竖起汗毛，感到一阵凉意。那狼分明是一头与众不同的狼，它长着驴子一般的身子，高大粗壮，毛发极短。

闪电只给了几秒钟的光亮，博士把手电打过去，树下什么都没有。

"可恶！"博士不禁大怒。"山城子，山城子！"博士大声地招呼。

"在这儿！"听到喊声，山城子从帐篷中顾不上打伞就跑了过来。雨水立即打湿了山城子的衣服。

"立马组织弟兄加强巡逻。"博士头也不回钻进帐篷。留下山城子一人愣愣地站在原地。

雨后的早晨，森林氤氲在一片白色的雾气中，被朝霞染成暖暖的红色。

夜雨让每一个人睡得很香，精力充沛的人们在早晨心情极好。再加上博士让人们休息的命令，人们乐呵呵地说，"博士给我们发福利了！"

谁也不知道博士的心情其实很沉重。

夜晚，山城子非常沮丧地告诉博士，篝火无法点燃，一夜的大雨浇湿了所有能燃烧的木柴，白天的气温也未能将木柴烘干。"那没关系。激光射枪、电击手枪、麻醉枪，人们都有了吗？"博士询问山城子。

"人手一枪，不用担心。"

"记住，无论是什么野兽来袭，远距离采用激光手枪，近距离用电击手枪防身，在对付野人的时候才能用麻醉枪，千万别伤害到野人！"

"是！"山城子答应着。"博士，你确定今晚野狼或者野人会偷袭吗？"

"狼很聪明，它们观察我们许久了，在一个合适的机会就会采取进攻。"

"那么今天晚上就是一个机会吗？"山城子很疑惑。

博士抬头望望天上的弯月。"有月的晚上，往往会激发它们潜在的兽性。"

一轮弯月，纯净地悬挂在树梢，很容易勾起人的思乡之情，难道它也会勾起野兽的欲望吗？

午夜，山林沉寂，明月清亮，凉意入侵寒夜。

山城子紧绷的神经几乎要松懈下来，总盯着电网主机屏幕，眼睛酸胀，上下眼皮不住地打架。就在这时，一声刺耳的报警声响彻夜空，屏幕上一头怪模怪样的狼，狼的头驴的身子，碰触在有树枝电缆穿插的电网上，一个跟头翻倒了过去，随即发出"嗷呜"一声凄厉的警告。

第二十七章　人狼大战

博士端坐在夜色中，草绿色军大衣披在身上，他一直未睡，闭着双眼凝神静听来自大自然的声音。细如针尖的风声，落叶轻飘的嗦嗦声，夜里觅食出没的小白鼠，唯独没有野人的脚步声。他让自己的思想和身体融入山林，融入寂静的夜，化为一片树叶、一棵小草、一棵树、一只虫儿，感知原始森林跳动的脉搏。

报警器"吱吱"的尖叫声和狼触电网的惨叫，把沉睡的森林惊醒，一同醒来的还有驻扎在营地上的人们。

博士没有动，眼皮抬了抬，继续沉溺在空灵的世界中。

听到警报，和衣而卧的人们紧张有序地拿起武器，有的手握激光枪、有的拿电击手枪，按照白天排练的组合，三人一组，背靠背向各自辖区靠拢。

此时，人们才发现围栏之外聚集着上百头野狼，它们正虎视眈眈地立在十几米开外，竖起耳朵来回地走动。排在前面的六头尖兵狼，迟疑着向前挪动。随着远处"头狼"的一声呼啸，六头尖兵狼一起冲向电网围起来的栅栏。

顿时火花四溅、树枝摇动，狼群的哀号声响彻森林，一头又一头狼被电翻倒地，有的站起来再次冲击，有的倒地不起，几次冲锋，尖兵狼打开了一道缺口，电网被折断扭成结翻倒在地。

手持激光枪的人们，一摁电钮，"啪"的一声，一束耀眼的光束射向狼群。机敏的狼迅速躲过，迟钝一点的狼"嗷"的一声被击倒，一阵毛发被烧焦的煳味在空气中弥漫着。

噼里啪啦的光束，击退了进攻的狼群。群狼在"狼王"的召唤下开始后退。

野狼的第一轮试探性进攻结束。

被打开缺口的营地，山城子开始命人布置第二道陷阱。尖利的碎石、玻璃碎片、铁齿耙犁等洒在缺口地面上。

还未等安排就绪，又一群狼凶猛地扑上来。它们都长着一样的狼头驴身子，样子凶恶，身形庞大，以排山倒海之势黑压压地卷上来。

走在前面的几个战士，猫着腰不由后退。见状，山城子开了第一枪，子弹撕开夜幕，冲在最前面的一头驴形狼，被击中头部倒地身亡。其他野狼依然不顾一切向上冲，玻璃碎片、铁蒺藜扎入狼的脚部，鲜血直流，野狼号叫着，有的倒下，有的继续向前冲。

不起任何作用的激光枪被扔掉，近距离防身的电击枪"啪啪"作响，有人挥舞着大刀开始与野狼搏斗。

野狼数量众多，人们被迫撤退。就在这时，博士一手高举火把，一手持枪走过来，他不向狼群开枪，却把枪指向远处。远处的高地上，"狼王"沉静观战，不时发出声调高低急缓的狼嚎，它指挥作战的能力不亚于一位临危不惧的将军。声音高亢的表示"呼唤""进攻"，低沉有力甚至嘶哑的是"威胁"。

火把照亮了"狼王"，狼王的眼睛里投射出愤怒的火焰，它高昂起头颅，向着月亮疾呼。那从胸腔里迸发出的声音，震慑森林。博士的枪响了，一颗子弹飞过狼群人群混战的头顶，直击"狼王"。"狼王"迅疾的一个闪身，"噗"的一声，子弹嵌入狼王身后的大树。

听见狼王后退的嚎叫信号，狼群开始四散撤退。

营地上一片狼藉，奋战半宿，狼与人死伤皆过半。山城子抚摸着战友们的尸体，心中不免悲伤，"这是何苦呢？"

野人没有出现，等来的不过是狼，博士很沮丧。

九子岩是最平静的地带，马队长听到冷木崖、双珠瀑布、野人洞、松山口先后有不明野兽出现，或许这场戏的压轴戏就会发生在他这里。马队长下令加强戒备，等待野人的出现，这是最后的筹码。

然而，等待许久，期望中的野人一直没有出现。

野人非但没有出现，失踪许久的舟江和"神农"也没找到，难道行动的方向有误？博士和马队长都陷入迷茫之中。

博士调出与群狼大战的监控画面，一遍一遍地观看。画面上的狼，不是普通的狼，是神农架独有的动物，是传说中的驴形狼，行踪不定，神出鬼没，比野狼更具野蛮性和攻击力。

驴形狼出现了，野人还会远吗？

画面上，在狼王的身后，有两个移动的红点，忽上忽下，博士将红点放大一百倍，突然间一个念头在眼前一亮。

狼王和野人，或许存在某种关联。

山城子带着数十人沿着野狼的足迹向前追踪。行至一处山谷地带，从地图上看，此处名为石竹园，既没有竹子又不生长山竹，只是此处的山间林地上，从地面凭空伸出几米高的石柱，挺拔纤细，像极了竹子，石竹如林，倒像一片石竹园。

　　"博士，狼的脚印到了石竹园就不见了。"山城子用电话向博士报告。

　　"附近有泉水吗？"博士问道。

　　"有一条溪流从石竹园流过。"山城子把一根扫狼棍伸进溪流，拨拉着水底的石头。

　　"有没有山洞？"博士接着问。

　　"有，而且还很多，都不是很大。"山城子抬头望着参差不齐的石柱子。

　　"好，石竹园有可能是野狼和野人的藏身之地，你们小心行进，我再派人过去。"博士挂掉电话，又打给马队长。

　　"马队，你多派些人到石竹园，多带些防身武器，我随后就到。"

　　山城子和副手池峰在石竹园找了几处安放红外摄像机的地点。架起望远镜全面扫视一番，发现山洞数量众多，大小不一，石柱在其间穿插，隐蔽于茂盛的林木之间。是否布列成阵，山城子心下生疑，不敢贸然前进。

　　马队和山城子的队伍合并一处，开始了对石竹园的全面搜索。

　　初入石竹园，高大而纤细的石柱，威风凛凛。又间或几个小巧山洞，洞口黝黑，杂草丛生，开着几朵野花，有人冲洞中打一声招呼："你好——"洞中悠悠回应："你好——"。若非有狼，石竹园倒是一个优美的风景所在。

　　山城子不敢懈怠，勘测一番，决定对石竹园的第一座山洞进行搜寻。得到马队的同意之后，山城子带了十个人，手持电棍手电筒，深入洞中。

　　电光投射在洞壁上，岩石中的石英反射出玻璃一样的光泽。洞中无路，石块杂乱无章，崎岖难行。山城子仔细搜索，发现地上有脱落的毛发，捡起来放入袋中。山城子的对讲机一直不停地与洞外的马队长对话，"捡到一撮毛发，好像是野狼的。"

　　"好，注意安全，危险可能就在前面。"对讲机中传来马队长的声音。

　　"是！"山城子与众人手拿武器谨慎前进，谁也不清楚前面有什么。

　　"我害怕。"年龄最小的肖洁庆悄声说。他只有十九岁，家境困难，高中没毕业就出来打工了。山城子本来不想带他来，可是这小子一股子天不怕地不怕的英雄气概，又怀揣着少年探险好奇的天性，非要跟着进洞探险。

山城子摸着肖洁庆脸上的酒窝说："吓尿裤子的时候，别怪我没拦住你！"肖洁庆高兴地抱住山城子，"大哥，我最喜欢科幻故事，恨不得去当野人。"

洞内狭小仅容两人通过，走过一条狭窄路段，前面豁然开朗，原来是另一处洞口。进入洞中，骤然发现洞中有洞，大洞套小洞，路也多起来。山城子不敢将人员散开，只得选择一处行进。

行进半日没什么重大发现，就在山城子决定撤回的时候，他们发现竟然找不到来时的路了，所做的 * 标记也不见了。这让所有人惊出一身冷汗。

此时，山城子仔细观察所在的山洞，洞很大，足有一二百平方米，洞内一圈小洞口，不时有光亮从一些洞口投射进来。洞内石柱林立，排列杂乱无章。

山城子和池峰转了一圈，愈加迷惑，不知道该如何撤出。就在这时，肖洁庆带着哭腔说："队长，我怕，带我们回去吧！"

"不行，不入虎穴焉得虎子。既然进来了，就要走到底。"山城子也有些急躁，一拳头砸在旁边的石柱上，愤愤地说道："真是个鬼地方！"

"不要着急，沉住气，仔细查看有没有出路。"对讲机中的马队长说。

石柱在山城子的暴力袭击下，晃动了一下。山城子感觉异样，急忙闪开。石柱继续晃动，忽然"轰隆"一声，脚下裂开一道缝，"啊！不好，都闪开！"山城子张开双手挡住众人，池峰和肖洁庆等人正想探过身子向前看，听到山城子的警告，不由向后退去。

随着缝隙越来越大，石柱"哗啦啦"一下子坠下去，山城子和池峰等人的脚下也突然断裂开来，一道又一道裂缝，像是一条条鳄鱼张开的大嘴，令人恐怖。他们来不及躲闪，身子失去平衡，全部"轰隆隆"坠下去。

"救命——"有人惊恐地喊道。山城子和赤峰只觉有石块纷纷砸在胳膊、腿上，眼前一黑都晕了过去，坠入深渊。

等候在洞外的马队长，半日来的焦灼让他们对山城子产生了怀疑，当听到一阵轰隆隆声响从洞中传出的时候，对讲机中也是一片混乱的声音，还夹杂"救命"的呼喊声。马队长低下头，表情悲痛，沉吟半晌。"或许，他们走不出来了！"

"或许，他们都遇难了！"众人纷纷猜测。

"我们怎么办，去救他们吗？"有人提出疑问。

第二十八章　击穿千年冰冻石

山城子和池峰悠悠醒过来，头上深蓝的天空那么遥远，地上的冰凉侵入骨髓，低角度看到的山峰高挺无比。

他们骤然发现竟置身于一所宽敞明亮的地带。

这是在哪里？刚才发生了什么？

意识迅速恢复，刚才洞中莫名其妙的坍塌和眼前的一切使他们惊愕。山城子马上推了推池峰，他们一骨碌一起站起来。

他们确定这不是在洞中，有明媚的阳光斜照在树梢，瘦削以及丰满的大树织就层层绿荫，飞流而下的瀑布，淙淙泉水轻快地流淌。

对面一座简易殿堂，飞檐琉璃瓦，两根石柱撑起隆起的屋脊，殿前蹲坐着两只石狮子，瞪着圆溜溜的大眼睛目不转睛地看着他们。

山城子又把肖洁庆等人叫醒。众人抚摸着身上被石块砸出的伤痕，忍不住哎呦喊疼。当他们发现这是一个不认识的地方，一时间茫然不知所措。

从殿堂内走出一个奇形怪状的人物，尖尖的耳朵越过头顶，足够大的眼睛瞪得溜圆，毛茸茸的浅蓝色毛发遍布全身，从一件白色 T 恤钻出来。毛发掩饰不住发达的形体。

肖洁庆直勾勾地盯着眼前的怪人，大呼："狼人！"这一声大叫惊得众人后退五六步。

紧接着从殿内相继走出三个"狼人"，他们手持一条长长的鞭子，只见其中一个"狼人"扬起鞭子，"呼哨""啪"的两声脆响，在空中打了个旋落在山城子等人的身边。

池峰用受伤的手臂艰难地挡住就要落下的鞭子。

鞭子还是落在他们的身上，一阵钻心的疼痛传遍全身。随着鞭子的起起落落，他们像猪一样被踉踉跄跄赶进一个竹木笼子里。

"咔嚓"一声，笼子落了锁。

"狼人"收起鞭子，迈开腿大步走开了，只剩下他们在笼子里面面相觑。

等了很久，洞外的马队长焦急地望着洞口，不见山城子人也听不到任何回音。

这个时候，博士身披军大衣，迈着大步威风凛凛赶到了。

"我们从另外一个洞口进行探险。"博士思考了很久。

"山城子怎么办？"马队长心下生疑。

"吉人自有天相。"博士依然很沉静。

"我留在洞外接应吧！"马队长用商量的口吻对博士说。

"不，邵平和韩晖正往这里赶，就让他们做接应吧！"博士语气坚定。

马队长看了一眼博士不再说话。

经过几个小洞口，博士在一个较大的山洞前停下来，用手中的探测器在地面上扫了一遍，"就是这儿，他们有可能在里面，我们马上进去。"博士走在前面，许飞语、罗廷米等人紧随其后，马队长断后。

洞内阴暗潮湿，路途崎岖难行，长在洞壁上的钟乳石垂下来，若不留神就会碰到。洞内还有数不清的石柱、石笋等奇形异状的石头，他们小心翼翼地躲避绕行，惊奇地望着眼前的石林。喀斯特溶洞遍布神农架，大大小小都是风景。

行进半日，进入一处面积有篮球场般大小的洞窟，四壁光滑，地面碎石堆积，竟然发现前面无路可走，已经走到洞窟尽头。探寻一圈没有任何发现，马队长不觉沮丧。

许飞语随意捡起地上的一小块石头，用灯光照射，石头晶莹透亮。罗廷米凑过来，"看什么呢？"

"我看看是不是玉石翡翠什么的，找一块给媳妇打个镯子。"

"一块破石头也值得你瞎猜，真是迷了心窍了。"罗廷米不屑地说。

"这可说不准，指不定能发现价值上百万的翡翠呢！"许飞语还挺认真地说。

博士没理会他们，拿起一个石块在石壁上不断敲击，许飞语也学着博士的样子用手中的石块敲击洞壁，然后侧耳倾听洞那边的声音。

"咚咚"他们听到的无一例外都是山石实心的声音。

"博士，这里是空的！"罗廷米抑制不住兴奋大喊。

几个人闻听都一起跑过来，将耳朵贴近洞壁。石块敲击洞壁的声音空洞，显然洞窟的另外一边是空的。

用手触摸冰凉的石壁却找不到任何缝隙。

如何打开洞窟穿越到洞外呢？

洞内除了石头没有任何机关，也不存在生命，更没有通到外面的水流。

许飞语歪着头想了想，拨开众人，"闪开，看我金刚不坏身。"双手一抱拳，摆了一个"白鹤亮翅"的架势，紧闭双眼，深深地长吸一口气，直冲洞壁撞过去。

"啊——"许飞语大喊一声，实实在在地撞到墙壁上，跌落在地，双手抱着腿直哎呦。

"哈哈……"众人大笑起来，"能了吧，撞墙了吧！"

"谁知道这么硬，要是早知道谁还犯傻啊？"许飞语坐在地上不起来。

"还是看我的吧！"众人中走出一个膀大腰圆的壮士，原来是大力士晨石。

只见他熟练地扩扩胸，压压腿热热身，然后扎一个马步。众人围着他饶有兴趣地看着，"哟，还练过呢！""兄弟，悠着点，别一下子蹿到洞外去！"

晨石不说话，只见他长吸一口气，全身运气，肌肉耸起，猛地向墙壁出拳。大家都盯着他，看着他如何穿越石洞。晨石一拳击在石壁上，他并没有被反弹回来，也没有穿过去，反而被紧紧吸在墙壁上。

"啊，凉死我了！"晨石大喊道，吸在洞壁上的双手在石壁上显现出一个手的形状，而晨石的手慢慢由紫变黑。

"快把手拿下来！"博士喊道。

"没知觉了，半边身子都凉了。"晨石惊呼，他感觉到一阵冰冷从洞壁直直沁入身体，似乎要变得和洞壁一个温度。

众人连忙上前七手八脚把晨石从洞壁上拽开来，晨石的双手已经冻僵几乎成为冰块，而洞壁上则留下了晨石的两个大手印。

博士拿手指轻放在洞壁的手印上，一股冰冷入骨的寒气将他的手指吸在洞壁上，还未等凝固，博士急忙将手拿开，放在嘴边哈气取暖。

而晨石的手冻僵失去了知觉，众人用自己的双手使劲地搓他的手，一个人累了，另一个人顶替上，一直把晨石的手搓到发红为止，这才保住了晨石的手。

"万年洞窟，千年石壁，不，是冰冻石。"博士研究了好长时间坚定地说。

"这种冰冻石，坚硬无比，温度极低，我们若是在这里待久了，会被冻死的。"

听到这话，每个人都感觉到异常的寒冷，比起北方的冬天还要冷。

"退回去吧！"马队长一直没说话，此时说了一句大家心底赞同却不便言说的话。

"不，点燃篝火，用火和光凿开冰冻石。"博士大手一挥。

无奈之下，先为保住性命，他们马上把带来的扫狼棍点燃，跳跃的火苗驱散寒冷带来了温暖。

激光扫射在千年冰冻石上，扫出一道印痕，随之扫出一扇门的形状。人们把火把靠近洞壁，洞壁上熔化的水流下来接着又凝固在一起，而火苗却躲闪着石壁。

"不错，有希望。"众人相视一笑。纷纷将火把和激光对准一个焦点。

在火与光的激烈撞击之下，冰冻石快速地熔化，慢慢地烧出一个洞，洞越来越大，直到能容下一个身子大小。

但是，洞并没有穿透，冰冻石的那一边竟然是石壁，坚硬的石头。

"天呢，我还以为透了呢。"

火把即将燃尽，而洞还没有打开。

有人颓然坐在地上，有人继续努力。

"不要放弃！"博士鼓励大家，"那石头不过就是一张薄纸！"

"博士，您真会开玩笑！"

"闪开。"博士笑着，手里拿着铁锤，使劲抡起来砸向洞口。一声"咚"清晰地传过来。

"空的！"人们惊喜地喊道。

博士继续抡圆了胳膊。一锤、两锤、三锤，人们齐声喊着"一、二、三"。

"哗啦啦"石壁被击碎，石块纷纷落下。一束阳光，强烈的阳光迸射进来。人们眯起眼睛不敢睁开。

"啊，我们成功了！"

博士摸着酸疼的胳膊笑了。

大家排队猫着腰，从冰冷的石窟中费劲地钻出来。踏着碎石，人们从洞中竟然走到一个温暖的地带，一个阳光明媚的地方，树梢上的小鸟叽叽喳喳地叫着。

"哇，我们终于见天日了！"人们伸着懒腰，呼吸着新鲜空气。

他们究竟到了一个什么奇异的地方呢？

第二十九章　情陷翠竹亭

"那些狼人想把我们怎么样？"肖洁庆问竹笼子里的战友们。

"放在火上烧烤，像烤全羊一样把我们烤了，烤得直流油，然后撒上盐、孜然粉，一块块撕下来吃掉。"池峰的胳膊肿胀淤青，他一直揉搓着自己受伤的胳膊，但是还不忘幽默。

"不，把我们当作实验品，注射一种病毒，让我们也变成狼人。"山城子也极力发挥想象。"当一次狼人，力大无穷，能摔死黑熊，还能飞檐走壁，那是多么意气风发的事情，想想就兴奋。"

"太可怕、也太刺激了，我敢说这是我一辈子最难忘的经历。"肖洁庆嘴角上扬，一副得意的样子。

正胡思乱想的时候，一个小毛孩手里举着一朵杜鹃花蹦蹦跳跳地走过来。

"嘿，小狼人，你好！"肖洁庆兴奋地朝毛孩喊道，然后回头朝战友们说："狼人还后继有人呢！"

小毛孩听到喊声怔了一下，然后就迟疑着朝他们走来。

众人都把注意力转移到这个小毛孩的身上，他长得不像狼人，耳朵不大，眼睛也不是大得令人恐怖，长了一副人脸。

"你是谁？"山城子温和地问道。

"别吓着小狼人。"池峰说。

小毛孩站在竹笼子外面，仔仔细细地看着他们，过了一会儿，她竟然开口了，"我不是狼人，我是小鸽子"。

"啊，你是人？"肖洁庆很是惊疑地说，众人也都愣了。

"你们长得和舟江叔叔一样。"小鸽子说话的声音真好听。

"啊，小鸽子你认识舟江叔叔，他在哪里？"山城子的心被提起来。

"在那儿。"小鸽子回身往身后一指。人们顺手望过去，哪里有什么人，看到的是一望无际的青山。

"小鸽子，小鸽子……"一个男人的声音从一片树林中传过来。

人们顺着声音看到一个男人从树林中走出来，不错，是一个人类，只不过眼睛深陷在眼窝中，脚掌大如蒲扇，身材魁伟的一个彪形大汉。

不是舟江，舟江是个标准的帅哥。

"天呢！这究竟是什么地方，我们又碰见人了。"池峰看着走过来的人说。

那个男人走过来，走到竹笼子旁边，抱起小鸽子，"小鸽子，以后不要到这里来，记住了吗？"

"是。"小鸽子很清脆地答应着。

"你是小鸽子的什么人？"山城子问那个男人。

那个大脚男人没有回答，围着竹笼子转了一圈，"你们真的不该到这里来，你们的罪孽越来越大了！"

几个人听得丈二和尚摸不着头脑。"你是谁？为什么这么说？"山城子继续问。

"毁山林、入禁地，老天爷是不会放过你们的。"大脚男人眼中闪过一丝愤恨。

"绿果，我要蝴蝶。"小鸽子指着花丛中飞舞的两只蝴蝶说。

"我们一起去捉蝴蝶，好不好？"大脚男人抱着小鸽子离开了人们的视线。

"绿果，我听博士讲过，他长在神农架，是这里的护林人！"山城子望着绿果和小鸽子的背影说。

"这么说，舟江、红豆，应该都在这里！"池峰眉头紧皱。

"关键是舟江知道我们来这里，他为什么不来救我们？"肖洁庆疑惑地问。

没有人能回答，一片沉默，唯有山风悠闲地吹过。

"我们的冰冻石窟没能挡住他们，他们闯进来了。"一个青衣女子袅袅婷婷地走入一处花园，她穿着轻纱般的衣服，高耸的发髻上插着一朵粉色的花。

"他们终究还是来了。"坐在藤椅上的一个女子回答，橘色衣裙低垂在地上。

"不知道这样的战争还要持续多久？"女子身边站着的男子哀叹一声。

"红豆，我们该怎么办？"青衣女子幽蓝的眼睛很是迷人。

"你说呢，舟江？"那个叫作红豆的女人把脸扭向旁边的男人。

舟江把手从红豆的肩头拿下来，开始在园中踱步，高大挺拔的身影，牵引着两个女人的视线。

"让他们饱尝酿下的苦果，然后放他们回去。"舟江凝望着红豆美丽的大眼睛。

红豆凝望着舟江，"你说过他们会停手的，可是你看，他们连我们最后的家园都不放过，我已经给过他们机会了。"

舟江脸上浮现出难言的神色。

"我不同意你的想法，我要继续实验，一直到成功阻止他们为止！"红豆回头看着青衣女子。"青蔓，你继续盯着他们吧！"

青蔓看看舟江，又看看红豆，"好吧！"转身而去，一股清风，一股幽香。

大口呼吸着新鲜空气，花香鸟语一派大好景色，"真是好地方，'神农'也许就在这里！"博士张开手臂似乎要把世界揽入怀中。

"还有舟江那个小子！"马队长指着群山密林，"就在山中，还有美女相伴，这小子太有艳福了！"

"哪里有美女，要是有，我也不走了。"许飞语四处打量着，仿佛美女就藏在某一个地方等着他们去发现。

"竟想美事，小屁孩！"罗廷米用手戳着许飞语的脑瓜。

"你们还别说，真有美女。"马队长拍了拍许飞语的肩膀，"你们看——"

前面乱石瀑布花草丛中，有一个美女走出来，身着青纱，挽着发髻，似乎从古代走来。

"难道我出现了幻觉吗？怎么会是画中貂蝉？"许飞语眼睛直勾勾地看着越走越近的美女。

"不，是我们穿越了，到了哪个朝代，博士？"罗廷米也迷瞪了，一起迷瞪的还有其他人，就是不迷女色的马队长一时间也搞不清状况了。

"好像是秦汉时期，西施、王昭君那个时候吧！"博士喃喃自语。

那青纱女子面若桃花，眉目含情，顾盼流离，若再手持团扇，一步一摇，真真仙女下凡。

他们就这样完全失态地看着走过来的美女。

一股清风，一股幽香暗随。青纱女子随风飘到了眼前。

"姜博士，我们在此等候很久了，你们辛苦了！"青纱女子轻启朱唇，吐出美妙的声音。

"哦，谢谢！"博士脸上暗藏的皱纹此时忽地都散开了。

"请问姑娘芳名？"马队长还不糊涂。

"小女子青蔓，各位请跟我来吧！"青蔓嫣然一笑。

"蔓蔓，你真漂亮！"许飞语不由迈开脚步跟了上去，那美丽的笑容在心里荡开了一波一波的涟漪。

青蔓眉目在每个人的脸上停留了几秒，他们顿时像喝了一碗鲜汤一样舒服，都禁不住跟随在青蔓身后。

那股幽香直钻进鼻腔、钻进心扉，沁人心脾，钢铁般的男子被这暗香柔语软化了。

千载难逢的艳遇，就这样毫不提防地发生了，而且还是和一位仙女。

每一个男人心中都住着一位仙女，如今，仙女从他们心里走出来了，就走在他们面前，有什么理由拒绝呢？

秀发飘逸，轻纱飘飘，曼妙的身材，扭捏的情态，回眸一笑百媚生，若能与仙女共度良宵，死也心甘。

牡丹花下死，做鬼也风流。

心猿意马地跟在仙女身后，不知不觉穿过藤廊，绕过泉水瀑布，来到一个用翠竹搭就的亭子。

"进来吧！"那亭子说是翠竹亭，却是密密的竹子挤在一起，上面覆盖了一层隆起的木屋顶，看起来简朴却不失风雅的山间小亭，田园风味十足。

博士等人毫不犹豫地紧跟着那股闻之欲醉的女人香，进入狭小的亭子中。

亭中间摆着低矮的松木茶几，几个原木墩围成一圈。茶几上端放着小巧的青花瓷茶杯，青绿色的茶壶里飘出一抹茶香。

"各位远道而来的客人，请坐！"青蔓的微笑，也是那么赏心悦目。

"真是喝茶论道的好地方，也就是这青山中才有这等清静之地啊！"博士不由感慨而发。

众人依次落座，环顾四周。透过密竹，亭外风景随风入怀。

青蔓端起茶壶，为众人斟上清茶。那茶壶似乎自己能生水，倒出七八杯茶水，却不觉少。

"各位请慢用，我去去就来！"青蔓嫣然一笑，走出亭外。"蔓蔓，快点回来，我们会想你的。"罗廷米笑嘻嘻地说。

亭外的青蔓玉手一挥，"咔嚓"一声亭子忽然落了锁，成为一个封闭的竹笼子。"你们好好在这里喝茶吧！"青蔓转身飘走了。

博士大惊，用力去推竹门，竹门纹丝不动。马队长也缓过神来，用力去掰青竹，竹子似乎是焊在地上似的，拔不动撼不动。

"我们被囚禁了！"博士颓然坐在木凳上。

一语惊醒众人，"原来我们中了美人计！"许飞语恍然大悟。

第三十章　蛟龙困笼

"不过就是竹子，我们一定会想办法出去的。"马队长不断用力摇晃竹子，企图突破困境。其他人也从美梦中醒过神来，都开始奋力对竹笼展开了各种方式的打击，摇、推、拔、撞击、踹，就连大力士晨石使出浑身解数，也丝毫未将竹笼撼动。

"若是手里还有刀就好了。"许飞语默然地说，"可惜我们身边没有任何工具了。"

听到这里，博士忽然变戏法似的从军大衣的内衣中掏出一款小巧的瑞士多功能军工刀。"试试这个。"他把刀递给许飞语。

"还是我们博士聪明，有备用的刀子。"许飞语打开小刀，露出锋利的刀刃。他找准一根竹子，从中间下手并开始切割。

在众人对竹子想各种办法的同时，博士拿出手机开始启动定位系统。马队长也掏出手机向空中搜寻信号。

"马队长，我的手机没信号，无法定位，你的呢？"博士对马队长说。

"奇怪，我这手机信号一直很强大，怎么这会儿好像被屏蔽似的，半点信号也没有。"马队长把手机伸向高空探寻，丝毫不起作用。

"看来我们到了盲区了。"博士的眼光挤过竹子间隙，投向外面的蓝天。

"博士，竹子硬得像钢铁，一点也割不动。"许飞语几乎累出一身汗。

"笨蛋，我来！"罗廷米一把搡开许飞语，接过小刀，在竹子上"刺啦，刺啦"磨起来。

"你在磨石头吗？用力砍！"有人喊道。

罗廷米拿起小刀，"闪开！"用力朝竹子砍去。"砰"一丝电石火花嘣出来，罗廷米虎口一阵疼痛，小刀应声落地。

"没用，博士，狼人把我们都关起来了，我们掉进了狼窝！"不远处传来一个熟悉的声音，似乎是山城子的。

"是山城子的声音，难道他们也掉进来了？"众人从竹子缝隙中望去，发现不远处也有一个竹笼子，只是没有顶棚，笼子里也关着几个人。

"是山城子他们吗？"有人说道，"好像是。"

"山城子，是你吗？"马队长高声喊道。

"是我，马队长、姜博士，别费力了，看上去是竹子，其实都是钢铁做的，没有电锯，我们打不开笼子。"山城子在对面高呼。

"天呐，这究竟是什么地方？！"有人叹息。

"有狼人来了！"许飞语眼尖，首先看到远处走来几个人。

有四个狼人分成两组分别朝他们走来。

其中两个狼人走到博士的翠竹亭，马队长示意许飞语和罗廷米分列竹门两侧，"等他们开门进来，你们就出手。"

"是！"许飞语和罗廷米会意。

尖耳朵、大眼睛的狼人走到竹笼前，一人朝笼内伸出一只手，许飞语双手掐住狼人伸进来的手，猛地往里一扣，却不承想反被狼人抓住手，狼人轻轻一带，许飞语身子软软地轻飘飘地像风一样挤过了竹笼。

狼人轻易地就把许飞语双手倒扣摁在地上。

同样的手段，罗廷米也被带出翠竹亭摁在地上。

竹门根本不用开，博士和马队长还没看清楚，许飞语和罗廷米就被带出了笼子。

山城子那边也有两个人被抓出来。一共四个人被狼人反剪双手在后背，押着朝山竹殿堂方向走去。

"该死的狼人，你们带我们去哪儿？"许飞语大声喊道。

"闭嘴，我们不是狼人，是人狼！"其中一个狼人说道。

"这有什么区别吗？"

"当然，我们首先是人，然后才是狼。"尖耳朵人狼押着他们朝外面走去。

"他们开始对我们下手了！"博士沉吟道，"看来我们要接近目标了！"马队长目光深沉。

不到一盏茶的时间，许飞语和罗廷米等四人被尖耳朵人狼押送回来。

博士和马队长正稳坐翠竹亭，细心品茶。那茶壶真的神了，一圈人喝了不下两回，茶汤依然清澈，茶水不见少。清茶清香，提神醒脑，酒能醉人，茶也可以，更何况是美女青蔓下的茶。

尖耳朵人狼不用开锁，轻轻把许飞语和罗廷米往竹笼子里一送，两个人便挤进来，若再挤出去却不可能。两个人软塌塌地扑在地上，人们忙将他俩扶起安坐在木凳上。

"嗨，你好，人狼！"博士展开笑容向尖耳朵人狼友好地打招呼。

"你有什么事情吗？"其中一个人狼，胸前挂着一串玉石项链，他回答了博士的话。

"舟江现在是你们这里的什么人？"博士站起身靠近竹门。

"你是说江庄主吗？我们这里没有人叫舟江，只有一个新晋升的二庄主。"

"那你们的庄主是谁？"博士继续聊下去。

带玉石项链的人狼刚要回答，另外一个扯了他一下，他便冲博士吼道："不要问了，好好在这里待着吧！知道得越多，脑袋掉得越快！"

两个人狼一前一后离开翠竹亭。

博士回头看了看睁不开眼站不起身，如同喝醉了的两个人，"飞语，他们对你们做了什么？"

"博士，他们好像昏迷不醒。"

"泼上点茶，让他们清醒清醒。"马队长说。

有人犹豫着将一杯凉茶冲飞语脸上泼去，茶水四溅，飞语一个激灵，"腾"地站起来，又"噗"地倒下去。

"再泼！"博士呷了一口茶。

又有人将茶水泼向飞语。飞语一动不动。

"他死了吗？"有人怀疑道。

博士拿过飞语手腕，将食指、中指、无名指三指按在飞语跳动的脉搏上。脉象激荡，忽上忽下，有不平气息四处乱窜。

博士又摸了摸罗廷米的脉象，与飞语稍有不同，虽然气息不平，但还算柔和。

"他们会死吗？"有人担心。

博士不语，将罗廷米胳膊上的衣袖褪去，一个针眼和一片瘀青显现出来。

"啊，人狼给他们注射了什么？"马队长将疑惑的眼神投向博士。

沉吟片刻，博士悠悠地回答："他们暂时没有生命危险，但是以后难说。"

众人一愣，都颓然坐在地上，"我们会不会都被注射莫名其妙的东西？"

"也许会，也许不会！"马队长意味深长地说。

"别怕，舟江会救我们的！"博士坚定地说。听到博士的话，众人情绪才稍稍稳定。

第三十一章　野人噜噜的意外死亡

　　和山城子隔着牢笼大声喊话，博士这才知道，被人狼抓出去的四个人都被注射了某种药品，而且都是昏迷不醒。

　　人狼到底给他们注射了什么？

　　只有等待，等他们醒来；只有期待，期待舟江能现身来救他们。

　　韩晖他们能来救他们吗？不能，博士早就电话通知他们在石竹园山洞口驻扎，一有风吹草动，就能出手相助。如今，他们已经失去了与韩晖的联系，所在位置没有任何信号。没有博士的指令，韩晖只能望山兴叹。

　　似乎，他们与整个世界都失去了联系。

　　失联，原来如此忧心，令人窒息的恐怖。

　　一壶清茶，永不褪色，源源不断。

　　博士紧闭双眼进入内心深处，沉在心底。所有对未来的揣测，都是在这种极其宁静的心态中得来的。他相信，舟江会来的，不是心有灵犀，而是相信自己的直觉。

　　他超越一切山间杂音，聆听属于舟江的脚步声。

　　夜色浸润了山林万物，逼人的寒冷让人们抱团取暖。肚子中的饥饿感，一起共鸣，搅得每个人心烦意躁，他们都在尽力抵抗。

　　沙沙声，地面上的落叶被人踩过，发出轻轻的细微的声音，那种频率几乎只有蝙蝠才能捕捉到，但是，几近空灵状态的博士，他捕捉到了！

　　博士睁开眼睛，脸上浮出一丝微笑，黑暗的夜里无人能察觉到。

　　"博士，你还好吗？"一声轻轻地问候，打破了死寂。正在抱团取暖的人们松动了一下。

　　"你小子还算有良心，没忘记我们。我还好。我等你很久了，舟江。"博士的语气很平稳。

　　"啊，是舟江，我们的救星来了！"人们忽地站起来涌到竹门口。

　　"都小点声，我趁他们入睡才过来的。来，每人一颗龙果，解渴管饿。"

　　舟江伸过来一只手，手中躺着几颗果子，黑夜中看不清果实模样，但仅凭借想象，定是鲜艳如草莓酸甜可口。

饥饿的人们顾不得身份礼仪，都拿来一口吞下。"还有吗？一颗哪能管够？"

"舟江，让我们出去吧！不想待在这鬼地方了！"

"舟江，人狼给他们注射了什么，他们会怎样？"

"舟江，这里到底有没有野人？"困在笼中的人们有问不完的问题。

"博士，你们不要着急，我一定想办法让你们出去的，但不是现在，她们暂时还不会害你们。"舟江小声回答，"他们注射的是一种生物制剂，不会有生命危险。"

"舟江，你是怎么来到这里的？'神农'是不是也在这儿？"他们有一堆问题急需知道答案。

这时候，远处传来一声狼嚎。

"博士，我必须走了，等有时间我一定把事情说清楚。"

舟江转身离去，黑暗很快吞噬了他高大的身影。

博士摩挲着手中的龙果，果皮光滑，如新疆枣般大小，放入嘴里慢慢咀嚼，香脆可口，丝丝甜香滑入心脾，浸润了整个身体。

神农架真是一个神奇的地方，只有在神奇的地方，才生长出奇异的果子。

靠着战友们的身体，博士也深沉地睡去。

"回来了，舟江。"正当舟江蹑手蹑脚回房准备睡下的时候，红豆柔声对他说。

"宝贝，一会儿不见，你就这样想我吗？"舟江脱掉外套，钻入暖暖的被窝，撩拨开女人的长发，亲昵地搂住她丝滑柔嫩的双肩。

"我知道，你去找博士了！"红豆没有睁眼。

"我们红豆是神仙，什么事情都瞒不过你。"舟江一点都不惊奇。"神农架的晚上太冷了，若不去给他们送龙果，他们冻不死也会饿死的，你也不会看他们死的，对不对？他们若是死了，你还怎样进行实验？"

"你忘了，那些竹子是有温度和生命的，可以在晚上帮助他们抵御寒冷。"红豆转过身子，眼含笑意望着舟江。

"哦，这一点我倒忘了！不过，他们毕竟是我的老朋友了，远道而来，我不见一面，总也说不过去吧！"舟江用手轻抚着女人的脸庞。

红豆把一只手伸出来，放在舟江宽厚的手掌中，"这道伤疤，你不要忘了他们对我做过什么。"

红豆的手腕上有一道两寸长的疤痕，高出皮肤，摸上去有粗糙的感觉。

"我知道，就是他们在你的身体里植入了芯片，我没能阻挡住他们，当时也不知道你就是当年的红豆。"舟江怜惜地抚摸着那道伤痕，想起那个身穿碎花裙的小姑娘，在森林中、在梦里的那双纯净的眼睛。

"我活下来了，可是噜噜死了。"红豆凄然，她又想起那令她心痛的一幕。

自从与舟江有过一面之缘，她从来就没有忘记过舟江，那个给她霸王龙的小男孩，冥冥之中他就是她的上帝，一直住在心里，从来没有离开过，一直到再次见到他。

当他在丛林中出现的时候，他已经长成一个高个帅小伙，"是他吗？那个住在心里的小男孩？"她的心狂跳不已，她不懂爱情，眼睛却再也不能离开他。眼里心里满满的都是他，夜里无法安睡，白日里悄悄追随着他，生怕在原始森林中他会有意外。但是她分明知道他们是两个世界的人，她是森林中的野人，还是野人的妻子，而他，舟江，是来自高度文明世界的青年才俊。两个互不搭界的人，是不可能在一起的。她要放他走，回到他原来的世界中。

可是，那一天全变了。就在噜噜和舟江撕打成一团，她不知所措的时候，突然冒出几个陌生人，扭住噜噜，而她忽然觉得胳膊一疼，有一个管状的东西不知从什么地方飞过来，一针插在胳膊上，还未等她拔下来，就觉得天旋地转，眼前越来越模糊，一头栽倒在地。

等她醒过来，噜噜躺在身边呼呼大睡。她站起来，看不到舟江，那个心里住着的爱人。他走了！"舟江，舟江！"她失望的眼泪一涌而出，跑着呼喊他的名字。山林回荡起她的呼喊，没有回应，他真的走了！

她被树枝绊倒，她跪在地上呜呜地哭。山风无语，树林沙沙作响。

许久，她从地上爬起来，擦干眼泪，回到噜噜身边。

噜噜还在沉睡。

"噜噜，醒醒……"她摇动他的手臂，这才发现噜噜的手臂上有一道伤口，上面有凝固的血迹。

她赶忙察看自己的手臂，就在她的手腕上也有一处缝合的伤口，她感到了疼痛。

一定是那些陌生人干的！

噜噜醒过来了，"啊啊"地叫着喊疼。"你等着，噜噜，我去找裸花紫珠。"裸花紫珠是长在山涧水边的一种花草，紫红的果实令人垂涎欲滴，只要嚼碎枝叶敷在伤口上，就可以止血止疼。

红豆转身跑向森林深处，她知道哪里有裸花紫珠。

她不该把噜噜一个人留在那里，如果时光可以倒流，她宁愿带着他一起去寻找裸花紫珠。

噜噜脾气粗暴，他愤恨地撕扯着自己的伤口，森林中传来他痛苦的喊叫声，但是红豆听不到，她已经走远了。

手拿一株裸花紫珠兴冲冲跑回来，她却发现噜噜不见了。

红豆着急地到处寻找，最后她回到自己的家，一个简易的林中小屋。

小鸽子，她和噜噜的女儿，正坐在地上哇哇大哭。

"怎么了，小鸽子？"

"爸爸，疼。"小鸽子伸出手指指着小屋。

红豆走进去，正看到噜噜拿着刀剜自己的手臂，一边剜一边喊疼。

"不要动它。"红豆跑过去夺下噜噜手里的刀，刀上鲜血淋淋。

晚了，噜噜的手臂被割出一个大血口，鲜血汩汩地向外冒。

"你看，我把它拿出来了！"噜噜咧开嘴笑着，手里举着一个血块。

红豆顾不得看看是什么东西，忙把裸花紫珠嚼碎吐出来摁在噜噜的伤口上。但是已经晚了，噜噜脸色煞白，气息微弱，慢慢倒下去，手中的血块掉在地上发出清脆的声响。

"噜噜，噜噜……"红豆大声呼喊着，可是噜噜再也听不到了。

红豆伏在噜噜身上大声哭喊，噜噜的血沾染在红豆的手上，衣服上。

"妈妈，你怎么哭了？"

不知什么时候，小鸽子走近红豆身边，手里拿着玩具霸王龙。

红豆一把抱住小鸽子，"噜噜走了，你爸爸他不要我们了。"

小鸽子听不懂妈妈说什么，只顾低头摆弄手中的玩具。

是青蔓帮助红豆把噜噜埋葬的。

"青蔓，你能帮我照顾小鸽子吗？"

"你要去哪里？"

"我要去找舟江，是他们那些人害死了噜噜，我不能放过他们。"红豆已经把噜噜从身体里取出的血块洗干净，那是一个不认识的铁块，上面布满了小疙瘩。

"也不放过舟江吗？"

"舟江是被蒙蔽的。"红豆扬起脸说。

红豆把受伤的手腕拿给青蔓，"你看，我和噜噜一样，被他们切开手臂，把这样一块东西放进体内。"

　　红豆的手腕上，一道伤口上覆盖着一层裸花紫珠绛红色的汁液。

　　"它长在我的体内，我厌恶它，讨厌它，也怕它长大把我吃掉。"

　　青蔓用手拂过红豆的伤口，奇迹出现了，伤口愈合不再疼痛，只是留下一道永不消失的疤痕。"我只能帮到这里了，铁块已经和你的身体长在一起，我无法帮你取出。"

　　"谢谢你青蔓。"

　　"小鸽子我可以带走，但是仅凭你现在的模样和能力，是不可能适应人类文明社会的。"

　　红豆跟随青蔓在千年藤园修炼了七天，七天后，红豆脱胎换骨化身为人，一个貌美的女人，身上的毛发都已经褪去，身材更加曼妙，凹凸有致，并且她为了隐蔽，竟然还改变了自己的容貌，以林芝云的身份，开始潜入人类社会中寻找舟江，以及害死噜噜的那些陌生人。

　　"红豆，你受苦了！"舟江把她揽入怀中，亲吻着她的额头。原来，在大学校园碰到的林芝云就是红豆的化身，要不然在看到她第一眼的时候，他就心动了呢。无论外在如何的变化，可是内在的情感是永远不会变的。

第三十二章 "神农架二号"生物制剂

朝阳照在身上，暖暖的，很快把夜的寒冷驱散。

博士和山城子等人在阳光的照耀下一同醒来。睁开眼睛，石竹园新的一天来了。

"飞语和罗廷米醒了吗？"博士一直担心两个人的身体状况。

"醒了，状况不是很好。"马队长夜里一直关注着这两个人，他睡得不是很安稳。

自从他们回来以后，就感觉到身体不舒服。飞语有一点咳嗽，罗廷米感觉胃胀。

听到飞语一连串咳嗽，看他憋得满脸通红。"是不是感冒了？"博士关心地问。

"有些发烧，不是很厉害。"

"山城子，你那边两个人怎么样？"博士站起身冲对面大声喊道。

"情况不对，一个脸色苍白，身上起了一些红疙瘩；一个捂着肝喊疼。"山城子隔空喊道。

"舟江这个混蛋什么时候能来？"博士气愤地说道。

"咚咚"，地面传来脚步声，如雷声轰鸣，如地下发出的沉闷声响，一声接着一声，缓慢而有力。这不是舟江的，也不是人狼的，他们都不会产生这么大的震动。"这是谁的呢？"

随着声音越来越大，人们看清楚了，是一个浑身长毛的家伙。

"啊，是野人！我们终于见到野人了！"人们惊呼，眼睛都直了。

"原来还真的有野人！"

"野人终于出现了！"

"野人来救我们了！"

野人的毛发长而密，高鼻梁、眼睛深陷在眼窝里、颧骨高、嘴巴向前突，两臂长至膝盖，直立行走，非常符合人们想象中的野人形象。他行动缓慢，步伐铿锵有力，眼睛一眨一眨泛着金属光泽，表情略显呆滞。

"野人个头真高，后面还跟着人狼，恐怕不是来救我们的，是来吃我们的吧！"

四个人狼跟在野人后面一起朝他们走来。

飞语还在不停地咳嗽。

"博士，我们庄主请你们做客，请跟我来吧！"那个浑身长毛的野人开口说话了，而且还是标准的普通话，令众人一惊。普通话普及到神农架的野人了吗？太强大了，那些普通话不标准的人都感到自卑，还比不上一个土生土长的野人。

"野人彬彬有礼，还挺绅士的。"

博士的眼睛一直紧盯着野人的一举一动，微微一怔，脸上露出微笑，"你好，恭敬不如从命。"

野人抬手冲翠竹亭一指，"啪"，一道光亮直冲翠竹亭的铁锁，"咣当"一声，铁锁落了地。他又冲另外一个竹笼子一指，铁锁同样落地。

"哦，野人隔空打锁，好大本事。"人们从竹门涌出，飞语和罗廷米也被搀出来。山城子那边，笼子也被打开，人们都被解放出来。

四个人狼甩起长鞭，开始轰赶人们。"讨厌的人狼，把我们当作牲口使唤！"人什么时候受过这等窝囊气。

"请跟我来！"野人转身领着人们向前走。

人们对野人很是好奇，跟在野人后面左瞅瞅、右望望。

"真的有野人啊，长得这么怪的模样。"

"我们不虚此行啊！"

博士看着野人，嘴角不由得露出一丝不为人察觉的微笑。

石竹殿堂前，青藤绕廊，翠竹摇曳，茉莉花香醉人。高高的殿堂之上端坐一个云鬟高耸的女人，一支翠玉金钗倍添风韵。柳叶眉下一双大眼透出一股威严。

她不是昨天的青蔓，她会是谁呢？

众人心里猜测，难道就是传说中的红豆庄主？一半野人，一半是人，怎么看都是一个绝世美女，她怎么能与野人联系在一起呢？

不可思议！

博士和马队长对视一眼，心里的猜疑都不言而喻。

美女左侧亭亭玉立着又一美女，小巧玲珑的五官，精致秀气。"青蔓！"有人禁不住低低喊了一句。昨日美女乍现所带来的无限遐想，几乎还在发酵。

青蔓似乎听到来自人群中的低呼，不仅莞尔，那清纯一笑，又不知道勾走了多少人的魂魄。

"庄主，博士已经带到了！"带路的野人发出磁性深沉的声音。

"请博士上座！"美女冷冷地。

野人慢腾腾地搬出一把木椅，放在博士面前，"请坐！"

飞语又一阵咳嗽。

"你们给他们注射了什么？像是都病了。"博士问，"如果我没猜错的话，你就是红豆？"

"不错，我就是你要找的红豆，你们要追踪的野人。"美女庄主声音洪亮。

"哈哈，"博士大笑，"你已经不是野人了！"

"我的身体里永远流着野人的血，野人是我改变不了的身份。"

"哈哈……"博士又开始大笑。

"博士，你知道他为什么不停地咳嗽吗？"红豆指着咳嗽不断的许飞语。

博士看了看飞语扭曲的脸，"对于踏入你们领地的人，无非就是想置之于死地。"

"既然你知道结果，为什么还要踏入神农架？"

"为了科学考察，为了解决世界难题，为了解开人类发展的谜题！"

"不要拿科学做幌子，你毁我山林灭我家园难道就是为了解决世界谜题吗？你们人类为什么就不能给神农架一个清净之地呢？"红豆气愤的脸上透出冷冷的寒气。

"毁山林也是迫不得已啊！"

"难道你们给我和噜噜植入芯片也是迫不得已吗？"

"哦，那是科学探究的需要嘛！"

"可是，你们害死了噜噜，神农架最后一个野人！"

"啊？"，博士一惊，"噜噜死了？"

"是，博士，你们给噜噜植入的芯片不但没发挥作用，反而害死了他，他把它取出来，并割断了动脉，血流尽了，他就死了。"

博士有些惋惜，如果噜噜没死，他们通过集成芯片，定能获得有科学价值的信息。

可是，还有红豆，不是也给红豆做手术了吗？为什么连她也搜不到呢？

飞语一直在咳嗽，"博士，救救我吧！我太难受了，咳得喘不上气。"

又是一阵猛烈地咳嗽，飞语蹲着地上，捂着嘴咳嗽。手里一热，飞语摊开手掌，一摊鲜血映红了飞语苍白的脸。

"博士，你看，血，我要死了！"飞语瘫软在地。"红豆，我知道你是一个好野人，你就救救我吧！"

红豆站起身，"给你们四个人分别注射的是'神农架二号'生物制剂，包括四个种类，来自你们人类的空气、水、土壤和食品。这些人类的生存必需物质条件，已经都被严重污染，我就在最严重地带提取了一些污染物质，做成生物制剂，把它注射到人的体内，想看看会产生什么后果！"红豆的眼睛最后停在博士的脸上。

这时候，旁边的野人突然开口说话了，"许飞语注射的是'神农架二号'中的Q，是从大面积雾霾地区的空气中提取的，它拥有的物质是空气离子的一万倍，注入人体内，首先破坏人的肺部。"

"嗯，他现在是什么情况？"红豆继续问。

"12个小时过去，许飞语呈现咳嗽、吐血、气喘等外在表现，内部还需要进一步扫描。"野人回答得像一个医生那样准确。

"听到了吗？博士，你们一年吸入的颗粒物，就等于他一次的吸入量，他将会怎样？我不说，你们也会猜得到吧！"

听到这里，许飞语一头栽倒在地，"我要死了！"他又挣扎着向青蔓伸出手，"蔓蔓美女，你是我心中的仙女，你救救我好吗？"

青蔓还是一脸的微笑，轻启朱唇，软言慢语："能救你的只有博士，我想帮也无能为力啊！"

几个人搀住飞语，帮他捶背，似乎要将Q制剂拍打出来。

"那么罗廷米呢？"

"罗廷米注射的是从转基因食物中获取的生物制剂Z，它首先入侵人类的胃部。"野人不紧不慢地说。

"肖洁庆注射的是从被污染的水中提取的生物制剂S，它会进入人类的血液。梅辛村注射的是从被污染的土壤中提取的生物制剂T，它们会侵入人类的肝脏。这就是我们正在进行的'神农架二号'实验。"野人继续介绍。

听到这里，人们倒吸一口冷气。谁都知道近年来遮蔽蓝天的霾，化工厂产生源源不断的污水，还有化肥农药喂养的土壤，以及各种不安全的食品，都在无时无刻损害着人们的健康。这些年的癌症患者以几十万的人数递增，尤其是肺癌人数更是激增。人类生存的最基本的条件已经受到了挑战，更何况再把这些被污染的空气、水和食物制成生物制剂，一旦侵入身体，那岂不是人类的灾难吗？

红豆太可怕了！这个会说普通话的野人也够厉害。

他们还能走出石竹园吗？还能走出神农架见到自己的家人吗？

"舟江，你不要躲了，你这个帮凶，出来！"博士气愤地大呼。

"不要费力气了，他不在这里。"红豆冷冷地说。

"红豆，你想怎样？"

"带着你的人，离开神农架，永不再踏入一步，否则……'神农架二号'将置你们于万劫不复之地。"

"好，我可以走。但是舟江和'神农'，我一定要带走。"

"他们不在这里，即使在这儿，我也不会让你带走。"

第三十三章　舟江营救博士

"啪啪"两声枪响，就在博士与红豆舌战的时候，紧握手枪的马队长一直冷眼静观，眼看就要陷入僵局，他敏捷地从怀中掏出手枪瞄准了红豆。

枪声惊醒了所有人，青蔓身子一晃就到了马队长跟前，抬腿就是一脚，踢飞了马队长手中的枪。

人狼迅速冲入人群接连控制了几个人。博士上前扭住那个浑身长毛的野人，将其胳膊绕到身后。

而红豆，早有提防，机敏地低下头躲过了第一颗子弹，第二颗子弹猝不及防向着她的胸部袭来。

就在这时，一个黑影飞身上前拉了红豆一把，红豆躲过第二颗子弹。子弹打在后面的藤椅上，冒起一股黑烟，被烧焦的味道迅速弥漫，一个弹孔赫然出现。

山城子的手枪也响了，人狼与人混战在一起。力大无穷的人狼一手拎起一个虎背熊腰的人，而后摔在地上。青蔓曼妙身影左右穿梭，所到之处，幽香迷人，点到了一些人的膻中穴，他们一个个都动弹不得。

博士趁人不注意来到在野人身后，正要下手，野人回身就是一拳，博士眼冒金星倒退两步摔倒在地。"神农，你不认识我了？"

"博士、青蔓，都不要打了！"一个男中音在厅堂中厉声响起，他高居厅堂之上，一身黑衣。

"舟江，你……"红豆被舟江的大手有力地揽在怀里，动弹不得。

混战的人们都停下来，眼睛望着黑衣人。黑衣人脸庞宽厚，眼里迸射出逼人的英气。

博士从地上爬起来，"舟江，你把红豆杀了，她掌握了毁灭人类的生物制剂。"

"舟江，你敢吗？她是你爱的人！"青蔓眼眉一挑，身影一晃就到了红豆和舟江身边，用手指着博士，"你们若是敢动红豆一根毫毛，我就不会让你们活着走出去。"

"舟江，他们害死了噜噜，破坏了我们的家园，让我们无法宁静地生活下去，你把他们都杀了！"红豆脸上都是气愤的神色。

舟江没有搭话。

"哈哈，我们要是都死了，你们谁也活不了，神农架也保不住。韩晖等人早就在外面备好了大炮，只要炮声一响，石竹园就夷为平地。"博士得意地说。

"博士，你坏！"野人说话了。

"哦，我忘了说了，这个野人……"博士走到野人面前，环顾四周，"他不是野人。"此话一出，众人被说得莫名其妙，都疑惑地望着博士。"他就是我们研制的机器人'神农'，就是被红豆偷走的'神农'！"博士最后一句话是对着红豆说的。

"是的，我是'神农'！"野人说话很清晰。

原来野人不是真的野人，是机器人'神农'，来了半天，闯入如此危险的地带，还是未能找到野人，人们不免失望。

"博士，不错，站在你面前的的确就是'神农'，它现在已经不听命于你了，而是听命于我，我才是它的主人。"舟江沉稳地说。

"你知道的，博士，'神农'具有强大的杀伤力，它足以毁灭你们所有人。"舟江接着说。

"不，舟江，你还不知道，'神农'的身上有一道只有我才能控制的机关，掌握了它，它会跟随它最初的主人。"博士哈哈大笑。

"博士，你太自高自大了，那道机关我已经重新设置，'神农'只认我这个主人，对吗，'神农'？"

"是，主人，你是我唯一的主人。"神农泰然答道。

"舟江，你到底是哪边的人？"马队长喘着粗气说道。

"若不是我劝着红豆把你们都放回去，凭着红豆对你们的仇恨，凭借青蔓的法力、人狼的凶恶，还有'神农'的威力，你们觉得能活着走出石竹园吗？"舟江说。

博士和马队长对望了一眼，"好吧，就按你说的办！"

"许飞语他们四人被充当了实验品，我们就不留下等待结果了，你们带回去好好给予诊治。"

"那么你，舟江，就不想回到人类社会了吗？一辈子就待在这里吗？"

"我喜欢这里，这里有我爱的人！"

"秋水呢？你怎么对秋水交代？"

"我会找机会向她道歉的！"

许飞语的咳嗽让他瘫软无力，罗廷米的胃疼一阵又一阵，肖洁庆身上的红疙瘩有渐长的趋势，梅辛村的脸色蜡黄。山城子和马队长被就地缴械，其他人也被人狼打得遍体鳞伤。博士环顾这一切，对着舟江说："看在我们一起共事的份上，你马上把我们安全送出去，我不再追究野人，也不再踏入神农架！"

"这是你的承诺吗？"舟江问。

"到现在，你觉得我还会骗你吗？"

"博士，无论到任何时候，你都不要忘了你的承诺，否则，你会为你的失信付出代价。"舟江说完，转身对青蔓说："青蔓，你把他们都送出去吧！"

青蔓永远都是一副微笑的表情，她走过来，还是软语慢声地说："各位，跟我来吧！"

博士最后望了一眼舟江，舟江低头正看着怀中的红豆，红豆却看着博士一行人的离开。

"再见，博士！""神农"冲博士展开一个微笑。博士气愤地摇摇头。

再美的风景，也需要一份闲适的心情。在遭受重创之后，即使有青蔓这等绝世美女引路，博士等人也无心欣赏，只一心盼着回家。

峰回路转，迷宫一样的七转八拐，终于跟随青蔓来到一处高高矗立的石壁面前。石壁目测过去足有二三百米高，仰视颇觉高端大气，高不可攀，石壁中间嵌着三个大字"乾坤界"。字写得霸气，飞扬跋扈。

石壁光滑，缝隙处散布点点青苔，岩石干裂的白与青苔的点缀相得益彰，旁边丛生的绿草和树木撒下绿荫，一阵清凉。

青蔓在石壁前站定，回身明眸一笑。

博士等人不明其意，用疑惑的眼神望着青蔓。

"不会是让我们爬上去吧？"有人叨叨。

青蔓从秀发上摘下一个小巧的玉簪，玉簪上龙纹缠绕，烘托出一只玉凤。只见青蔓玉手轻扬，玉簪飞出，"啪"的一声清脆，撞击在石壁上。

众人惊呼，"可惜了玉簪！"

玉簪落处，裂开两半，石壁忽然缓缓洞开，一个圆形的石洞出现在人们面前。一股阴凉白气，逼人而来。

"博士，请吧！"青蔓做出请的姿势。

"这……"博士心中疑惑，但是没说出口。

"蔓蔓，你这是让我们出去，还是埋葬了我们？"山城子说。

"只有一盏茶的时间，乾坤之门自然关上，你们若是不相信我，就留在这里好了。"青蔓一笑倾园，再笑倾城。

众人闻听顾不得腿脚疼痛，相互搀扶着步入洞中，"真冷！"有人喊道。

许飞语忍着咳嗽挣扎着来到青蔓面前，博士和马队长一边一个搀扶着他。

"蔓蔓，这一别，也许我们再也不能相见，你的美丽我永远记在心里。"飞语又咳嗽了一声，"临走，你能不能给我们留点念想，或者给一颗治愈咳嗽的神仙药丸呢？"

"你这个小家伙还真是贪心，没有红豆的允许，额外的福利是不能给的。"青蔓的笑，很是甜美。

飞语有些失望。

"青蔓，我们也算是不打不相识了，有一个不情之请还请姑娘谅解。"博士对青蔓说。

"你说，博士。"

"请问姑娘到底是什么人，为什么会有这么大的法力？"

"呵呵……"青蔓的笑声像铃声一样清脆，"我本是一棵古藤，与神农架相守千年，得日月天地之精华，向往人类许久了，得舟江之灵气幻化人形。"

"哦！"博士恍然大悟。

"啊，原来是千年藤妖啊，怪不得如此灵气秀美，只是为什么不幻化为帅哥呢？"飞语声音弱弱的。

"我若把舟江灵气全部吸走，世间就不会有舟江这个人了。我只吸取了他一部分柔美之气。"

"哦……"

眼见石洞的乾坤之门慢慢闭合，博士对飞语疾呼，"快走！"

"再见！"博士、马队长携飞语告别青蔓，快速踏入石洞。乾坤门"咔"的合上，洞内漆黑如墨，博士回头一看，什么也看不清楚。用手搭在石壁上，冰寒之气不亚于初次入洞遇到的冰冻石。

第三十四章　洞内一日洞外十天

没有光亮，一帮人互相扶持，摸黑前进，跌跌撞撞，不是碰着头就是被石头绊倒，真是一个艰难。

不知过了多久，肚子饿得直叫，叫久了就不再感觉到饿。来回折腾了好几次，人们都已经累得精疲力竭。

终于，眼前有微弱的光线透进来。"啊，就要到洞口了！"有人欢呼。

紧赶着来到洞口，刚要走出洞口，博士一声厉喝，叫住了所有兴奋的人们，"不要出去！"

"为什么？"

"外面的光线太强，我们在黑暗中待得太久，猛地出去，非把眼睛亮瞎不可。"

"博士说得对。"人们这才想起最基本的生活常识。

"随便拿一样东西蒙在眼睛上，出去慢慢适应。"

"好。"大家有的把外衣脱下来盖在头上，捂住眼睛，有的拿一块手绢或者纸巾盖在眼上，慢慢适应强光，走出洞口。

外面的世界似乎太耀眼，即使捂住双眼，也感到刺眼的疼。

"站住，不要动！"一声恐吓，一支枪抵在腰间，走在前面的山城子，被吓了一跳。

山城子撩开眼睛上的衣服，面前站着一位身穿军装的战士，头戴棉帽子，身披棉大衣，一副威严。

更让他惊异的是，面前竟是白雪皑皑，茫茫一片，寒气透骨，一个与石竹园迥异的白雪世界。

"我们是姜博士的人，你们是？"

"哦，对不起，我们奉命在此等候很久了！"那位战士收起枪，立正打了一个标准的军礼。

刺骨的寒冷侵入每一个人的身体，刚从石竹园回来的众人，眼见白雪世界都惊得目瞪口呆。

"博士，这是怎么回事？"

"刚才不还是夏天吗，怎么这一会儿变成冬天了？"

"冻死了，冻死了！"人们踩在雪地上，不断地跺着脚驱寒，单薄的衣服抵不住严冬的寒冷。

"博士，快请进到帐篷里暖和暖和！"战士指引众人进入军中大帐。

两碗温热的小米粥下肚，身上留下的伤口也被简单处理过，被冻透的脑袋才恢复了往日的活络，这才想起刚才经历洞内洞外的天壤之别。

人们叽叽喳喳地议论着，也想不出个所以然。

就在这时，军帐门帘掀开，一股冷风钻进来，两个身着军大衣的人一前一后走进军帐。

"博士，你让我们等得好久啊！"韩晖一步上前握住了博士的双手，博士的手冰凉。

"马队长，我们还以为再也见不到你们了！"邵平也上前一步握住马队长的双手。

"自从你们进入山洞后，我们就一直守在这里，等啊等啊，你们再不来，我们明天就开拔了！"

"你们等了多久？"

"两个月啊！"韩晖有些不解。

"啊？两个月，我们连来带去才不过几天呀？"众人中一阵骚乱。

"什么，才几天？"邵平也迷糊了。

"我算一算。"山城子伸出手指，"好像是六天。"

"洞中六天，洞外已然六十天。"博士沉思。

"看来我们进入时空隧道了，天上一日，世上一年啊！"

"洞中一日，洞外十日，一比十啊！"

众人你看我，我望着你，回想进入洞中的经历，历历在目，不由异口同声，"太不可思议了，这将是我们一生中最难忘的经历！"

"你们找到野人了吗？看见舟江和'神农'了吗？"韩晖好奇地问。

"我会告诉你的，但是现在最紧要的事情就是把许飞语四人马上送往医院，否则……"博士话说了一半，看看许飞语四人，欲言又止。

"你们能活着走出来，就是最大的成功！"邵平很会说话。

"好，坐直升机吧！上头早就让我们做好准备了，博士和马队长一起走吧！"韩晖说。

"留下的伤员，我们尽快送往最近的医院。"邵平说。

北京。某医院。

在隔离病房住了三天以后，确定博士、马队长、飞语等六人并没有从神农架带回疾病传染源，才被安全放回家。但是飞语四人由于被注射了某种微生物，都各自出现了严重症状，他们必须留在医院继续治疗。

出院那天，黄大夫和黎黎一早就赶过来。黎黎经过多日的休养生息，愈加白净漂亮，那种女汉子所具有的泼辣倒也减少了几分，这当然归功于黄大夫。黄大夫自博士进入山洞开始，就被调回来了，回京后瞒着妻子忐忑不安地与黎黎交往，偷吃的感觉，刺激新鲜，欲罢不能。

博士夫人静红也来了。

回到繁华的都市，拥挤的车流、璀璨的灯光，这一切与原始森林的野蛮落后有着天壤之别，天上人间的巨大差异，让人恍惚如隔世一般。而在石竹园奇幻的经历又让人觉得不真实，如同一场梦境。

"我们又活着回到人间了，真好！"马队长慨叹，"我可再也不想回神农架了！"

"这恐怕由不得你呀！"博士的笑，隐藏着不为人知的秘密。

"就算是去，也是您打先锋，我舍命追随，哈哈！"马队长还是挺爽快的。

"死老头子，我还以为你和野人过日子去了呢！"静红嗔怪地说，眼睛再没有离开博士，眼角含着泪水，她努力地抑制住泪水，在大家面前装作一副平静的样子。

"瞧你，就这么不放心我呀，要过日子，怎么着也得找个漂亮的姑娘，怎么能和野人成家啊！"博士开着妻子静红的玩笑。

哈哈……

"博士，我们挺担心你们的，你们一去就是两个月，唉，怎么想都以为……"黎黎顿了顿，没说下去。

"嗨，我们总以为你们掉进野人窝，成了一顿美餐，葬身野人肚了呢！"黄大夫看了一眼黎黎，接着黎黎的话茬说出了黎黎的心声。

"我老了，肉不好吃，野人就把我扔出来了！"博士哈哈大笑。

众人被博士的乐观豁达都逗笑了。

"虽然这次探险没有追寻到野人的踪迹，可是毕竟找到了'神农'和舟江的下落了！博士，你不虚此行啊！"

"没想到舟江这小子被那美女灌了迷魂汤，叛变投敌，站错了队。"博士止住笑。

"没有舟江，我们也不可能活着出来！"马队长为舟江辩解。

"舟江不会叛变的，怎么着他也是一个堂堂大学生，是你博士的弟子啊！或许，他这是缓兵之计呢？"黎黎也不相信舟江会叛变的，对他的好感还停留在最初的印象上。

"可惜了'神农'！"博士叹息，"那可是我全部的心血啊，本指望它能追踪到野人的秘密，没想到它也叛变了。"

"不是能够还原初始设置吗？那个密码和机关只有博士您知道的！"黎黎疑惑地望着博士。

博士摇摇头，没说话。

"工作的事情，先别提了，就让博士回家休息休息吧！"静红打着圆场。

"就是，小别胜新婚，嫂子等的都不耐烦了，哈哈！"黄大夫、马队长也都哈哈笑起来。

"当时要是你黄大夫在场，飞语他们的病情也许就能控制，也不知道他们能不能挺过去！"博士回头望望医院的深处，心中闪过一丝忧虑。

第三十五章　舟江情别双亲

舟江父母家，湖南某一县城。

米荷正站在阳台上，手里拿着一把浅绿色的喷壶给花浇水。一盆绿萝从屋顶上垂下来，绿色的叶子参差不齐地舒展心情，它停在半空中，在水花的喷溅中恣意地摇曳。白色的晾衣架上悬挂着舟江最爱穿的一件黑色西服，那还是刚上大学那会儿，舟江特意为自己挑选的一件衣服，他特别喜欢。自从舟江消失后，这件西服就被米荷挂在阳台上，陪着舟江喜爱的绿萝。

舟江也喜欢花草，绿萝就是他在集市上买回来的。

米荷出神地望着绿萝，每一片叶子她都看了无数遍，看着看着就浮现出儿子英俊的脸，米荷的眼泪不由自主地流下来。她擦擦眼泪来到舟江卧室，那里的房间布置和舟江走的时候一模一样，绛红色的书橱里都是舟江上中学时留下的各种书籍和学习资料，绛红色的书桌上摆着舟江的茶杯、文具盒，只是桌子上多了一张舟江的黑白照片，相框里的舟江甜甜地笑着。

米荷呆呆地坐在床上，白色的床单刺伤了米荷的眼睛。她看着相框里的舟江，觉得孩子从来没有离开，一直就在身边。

"咚咚"，有人敲门。

"老头子怎么又忘记带钥匙了，孩子走了，老头子也老了。"米荷嘟囔着站起身，拽了拽褶皱的衣角。

米荷打开门，一个穿黑风衣、戴黑墨镜的男人，一下子闯进来。

米荷一愣，"你是谁？"

"妈，你不认识我啦？"黑衣男人开口并摘下墨镜。他黑色风衣下摆一直垂到膝盖之下，衬托出挺拔的身材，风衣领口敞开露出里面一件米色毛衣。墨镜摘下来，米荷看到一双熟悉的眼睛。他俏皮地笑着，露出一口洁白的牙齿，"想死我了，妈妈！"他张开怀抱，就要过来搂住米荷。

"你是谁？"米荷的心一下子提起来，一脸的疑惑，心跳加速，他的儿子已经死了，不可能再回来，眼前酷似儿子的人到底是谁？

"孩子，是你吗？"米荷蒙了，伸出手抚摸黑衣人的脸，温热。她恍惚，是儿子没死还是儿子的鬼魂回来了？

"舟江，你没有死，是吗？"米荷的眼泪哗地一涌而出，一把抱住了舟江，她似乎明白了儿子没有死，即使死了，眼前就是儿子的魂魄，她也愿意抓住，"我就知道你不会死！"

娘儿俩紧紧地拥抱在一起，屋里只有抽泣声。"妈妈，我没死！"舟江紧紧抱住母亲，一股暖流袭击了他的心房，在这个世界上，只有妈妈才会用无私的爱全身心地爱着他。

"我的儿子没死，舟江没死！"米荷喜极而泣，一遍一遍地重复着，如同着了魔一般。

在舟江卧室中，舟江看到了自己的黑白遗像，"是谁告诉你们我不在了？"

"学校打电话说，你失踪了，我和你爸爸去学校找了秋水，找了所有的地方，还看了监控录像，你确实奇怪地失踪了，我们就认为你死了！"米荷的眼泪还在不断地流，不过这是喜悦的泪水。她看着眼前的儿子，认真地看着，怎么看都看不够。死而复生的儿子、失而复得的儿子，让她几近迷失。

"我打电话让你爸爸快回来，让他买你最爱吃的菜。"米荷这才想起要通知舟江爸爸。

晚餐准备得很丰盛，清蒸鲤鱼、羊肉丸子、油炸大虾，还配了几个家常小菜，都是舟江爱吃的，西红柿炒鸡蛋、炖豆腐、炝藕片，满满地摆了一桌子。米荷和舟江爸爸真是太高兴了，简直比过年还要幸福。他们的儿子一别三个月死里逃生回来了，这是天大的喜事。

舟江为爸爸斟满了酒，爷儿俩端起酒杯，竟然不知道话如何说起，从失去儿子的痛苦到失而复得的喜悦，夫妻俩百感交集，儿子能活着回来，说什么也不能再让他走了。

舟江不说走也不说不走，只是反复强调，进行神农架科考的神秘性和重要性，让他身不由己。就是舟江自己不说走，米荷心里也知道留不住儿子，儿子大了，终究是要飞的，更何况儿子肩上担当着重任，他们没有理由阻挡孩子。尽管他们不知道儿子到底在神农架从事什么科考，而舟江也不肯透露半句，只是说："神农架的野人传说，只是一个传说。"

只要儿子还活着，米荷的心，就是满满的幸福。她盼着儿子能留下来，陪着她和爸爸说话，买菜做饭，哪怕能过上一天普通的日子她也知足。可是，她知道留不住儿子，只要一想到这个问题，那充盈的幸福感就会被悲伤代替。但是，她忍着，不能让儿子看到她脆弱的内心。

酒至半酣，舟江从大衣中摸出十颗红彤彤的果子，上面散着几个白色的斑点。"妈妈，这是神农架的特产，叫龙果，十年才结一颗果子，非常稀少，你和爸爸一个人五个。"舟江把龙果摆在桌上。

米荷拿起来一个递给老头子，一个放进自己嘴里，"还挺硬的，儿子带回来的一定好吃。"又拿起一个递给儿子，"儿子，你也吃。"

"我吃过了，这是给你们的。"舟江用手挡过去，"好吃吗？"

"嗯，酸甜可口，挺好吃的。"米荷笑眯眯地。

"妈妈，龙果能延年益寿，防癌抗癌，是神农架的上品。你们一人五颗，保你们身体健康长寿！"

"呵呵，还是儿子孝顺！"米荷心里满满的幸福。

入夜，舟江在自己住了二十多年的屋里，辗转难眠。还是一样的书桌、书橱，还是一样的床单被褥，还是从前的回忆。在这个小小的屋子里，盛满了他的童年、少年的故事。就在这个不大的家，他成长为令父母骄傲的儿子。隔壁父母均匀的鼾声，在他听来是那么的温馨，他就这样静静地听着，一直到泪流满面。

第二天一早，米荷煮好了米粥，准备了几个咸鸡蛋。她一直舍不得去敲儿子的门，她多么愿意让在外面奔波的儿子多休息一会儿，只有在自己的家里，他才能肆无忌惮地睡到自然醒。直到日上三竿，儿子的卧室还是没动静，米荷实在忍不住了，在老头子一遍一遍的唠叨下轻轻地敲开舟江的门。

舟江的卧室是空的，被子叠得整整齐齐，桌上的黑白相框，舟江还是甜甜地笑着。

舟江不在卧室，米荷的眼泪忽地流出来，没有任何预兆。"老头子，儿子走了！"她惊叫着，似乎有什么宝贵的东西丢掉了一般。

老头子赶快跑过来，他们看到了桌子上有一张信纸。

几行端庄清丽的字赫然入目：

妈、爸您们好：
　　请原谅孩儿不孝，来世再做你们的儿子！
　　此致，敬礼

不孝孩儿：舟江

纸上有泪痕，泪水浸过的白纸，皱皱巴巴。

米荷把纸条拿给老头子，"你看，我说孩子回来了，你还不信，这是他留下的纸条。"

"这么说，昨天他是真回来了，还和我喝酒了？"老头子拿着信纸从头看到尾，又从尾看到头，"是舟江的字，他真的回来了！原来我没有做梦，是真的！"

"可他为什么还要走啊？"两个人抱头痛哭。

哭声颤颤抖抖，浸透着无尽的悲伤和痛苦。

第三十六章　依依惜别情人

大学校园。

还是那件迷死人的黑风衣，鼻梁上横跨着黑墨镜，舟江出现在大学校园，出现在秋水回宿舍的那条路上。曾经的青春年少，似水流年，宛若昨夕，一幕幕大学生活的点点滴滴在脑海中汹涌澎湃。人生中最难忘的四年，与神农架奇异的经历，似乎相隔百年。

至今，他还清晰地记得与秋水的第一次相遇。

大三那年，篮球场上的他英俊挺拔潇洒迷人，场外自然有女粉丝停不住的尖叫声。年轻躁动的心，自然渴望女孩的青睐，但他不喜欢那些类似花痴的轻薄女孩，只要见了帅哥眼睛就发直。

当篮球一个不小心溜出操场，轻快地滚到一个女生脚下，他撩开长腿奔跑过去看到了一个柔弱女孩，齐耳短发，一双大眼睛正惊愕地望着来者不善的篮球。她俯身蹲下去，正想把篮球捡起来，却不承想一个愣小伙抢先一步捡起球，把她吓了一跳，手中的书滑落，散了一地。

她和那个男孩怒目相对。男孩眼中却流露出一抹柔情，那一抹柔情击中了她脆弱的心。随即，女孩的眼神有了某种变化。他明确地收到了来自一个女孩躲躲闪闪的情愫，那应该叫作喜欢。

她认得他，他是众多女孩青睐的对象，当然也包括她，她会在校园小路上偶遇他，那擦肩而过时的心动涟漪，那懵懂的暗恋，常让她细细回味。

他有一丝慌乱，手忙脚乱地帮她把书一一捡起来，不住地向她道歉，男孩的声音富有磁性。"你也喜欢《安娜·卡列尼娜》？"他翻开一本书，书上有一个忧郁的女子。

"嗯。"秋水的心狂跳，按压不住惊喜。

"能借给我看看吗？"

"这不是我的书！"女孩拒绝了他。

"哦，那有什么关系，你晚两天还她就是！"他的眉微微笑着。

"你真的喜欢这本书？"女孩水汪汪的眼睛直视着他的双眼。

眼睛是心灵的窗户，在这扇明亮纯净的窗户里，他又一次感觉到了一丝微妙，一个来自异性的喜欢，如水的清纯。

"曾经看过，很喜欢，现在想温习一下书中的人物。"舟江露出一口洁白的牙齿，他随意翻动书的样子，甚是潇洒迷人。

"好吧，你可记得要还给我呦！"女孩的声音清脆，脆得几乎落在地上就要碎了。

女孩的眼睛迷离，几乎不敢直视他的眼睛。

就这样，这个叫秋水的女孩，水波一样的眼睛就悄然住进了舟江的心里。

教学楼前涌出了一群叽叽喳喳的花蝴蝶，舟江一眼就看到了小巧柔弱的秋水，她的脸上有一抹掩饰不住的忧郁，是那种"才下眉头，却上心头"的忧郁。

"秋水！"一帮女孩子被树下站着的舟江吓了一跳，尤其是秋水，舟江分明看到她的双肩抖了一下。

女孩子们都飘走了，剩下秋水一人愣愣地站在那里。

舟江走过去，拉起她的手，"对不起，秋水！"

秋水猛地甩开舟江的手，眼窝里蓄满泪水，"你不是死了吗？难道死了也不放过我吗？"

不顾舟江的反应，秋水甩掉舟江，生气地向前走去。

"秋水，你不想知道我为什么会失踪两个多月吗？"

秋水停下脚步，但是没有回头，她的眼睛一直望着远方，远处的树干裸露着肌肤。北方的冬天萧瑟。

舟江走到秋水面前，用手拭去即将滴落的泪水，柔声说："我想吃顿大餐，野人当得太久了，都快忘记怎么吃饭了，你请我吧！"

秋水斜了舟江一眼，"哼，没门。"

舟江笑了，"那就我请你吧，你不想听听我在神农架的故事吗？"

他们又来到经常去的一个小餐馆——芳芳餐馆，那里储存着他们温馨的回忆。

芳芳餐馆。

"你一直和芝云在一起吗？"秋水直逼问题核心所在，这也是她最纠结的地方。

"芝云？呵呵，你怎么会认为我和她在一起呢？"

"她经常站在你楼下等你出现，还送给你礼物，她对你的那份情意傻子都能看出来，可是她失踪了，一直到现在，而你后来也莫名其妙地失踪了。她是一个奇怪的人，而你也非常奇怪。"自从芝云和舟江两人失踪后，这是个一直纠结在内心而没有答案的问题。

舟江低下头，沉吟不语。

"你为什么不说话？"

"芝云就是红豆！"舟江抬起头直视无碍地看着秋水一字一顿地说。

"什么？芝云就是那个野人红豆？"秋水高声惊叫起来，有几个人被吸引过来，把头扭过来疑惑地望着他们。

"小声点。"舟江压低声音。

"怎么可能？芝云，一个大学校园的女大学生；红豆，一个深山老林中的野人，她们怎么可能同为一个人？如果是同一个人，你为什么没有认出来呢？"秋水知趣地小声问道，额头上的疑问拧在一起。

"起初我也不知道，也不认为这两个人有关联。后来才知道，红豆的丈夫噜噜死了，是因为我们科考队给他们植入芯片而导致死亡。红豆一气之下，在一个千年藤妖，也就是青蔓的帮助下化身芝云，穿越茫茫人海来到繁华大都市，就是为了找到我，从而找到姜博士，她要为噜噜报仇。"

"哦……"秋水随着舟江的讲述，脑海中幻化着藤妖、芝云、红豆的形象。

"红豆的孩子呢？"

"小鸽子，就一直由青蔓照顾着。芝云隐藏真实身份就是为了接近我，接近姜博士，当她得知博士在进行机器人实验，就想尽办法把机器人劫走。最后，她不但劫走了机器人，还顺带也把我劫走了。"

"啊，她真的好厉害！"

"所以，我这一失踪就是两个多月啊！"

"那么，"秋水有话不想说，但又想知道，"你一直和红豆在一起？"秋水死盯着舟江，似乎想从他的眼里看到答案。

舟江又低下头不语。

秋水也低下头，"在我的心里，还一直残存着一点希望，希望你回来继续和我在一起，我从来不认为你真的失踪了！"

舟江依然不语，沉默。

"我们分手吧！"秋水的眼中又蓄满了泪水，说这话的时候，她觉得心好痛。

"对不起，秋水！"舟江抬起头，"我这次就是来和你告别的，我可能永远不会再回来了！"舟江几乎哽咽。

"为什么？"秋水的泪水哗地涌出来，"就是为了和红豆在一起吗？"秋水的声调不由自主地又提高了几分贝。

舟江从怀中掏出一块红布包裹的东西，递给秋水，"这是我在神农架特意为你寻的一块原石，需要的时候你可以为自己打一个手镯。"

秋水没有接过来，"你辜负了我，我恨你！"秋水恨恨地说。

秋水从包里掏出一个小木盒，低语道："我们总算相爱一场，这是给你的最后礼物。"

说完，秋水拎起包，也没有拿舟江给的红布包，愤愤地离开了芳芳餐馆。

舟江没有追出去，那样的动作已经没有任何意义，何况这就是他要的结果。秋水对他有情，他辜负了秋水，而且还莫明其妙地失踪两个月，换作谁都无法忍受。

秋水，这个名字从此成为过去，永不再回来。他的爱情也已经交给了本来就住在心里的那个女人。即使这样，当他看着秋水哭着跑出餐馆，心还是被揪得生疼。他木然地看着一桌子菜，然后慢慢地品尝起来，边吃边把秋水的礼盒打开，里面躺着一件紫檀手链。舟江拿出来，放在手掌上，他感觉有点沉重，心中闪过一丝疑惑。

舟江慢慢地把玩紫檀手链，一个个用手指捻，有几颗珠子表面有些粗糙。突然间他笑了，"博士，你太小儿科了，利用秋水来骗我，呵呵。"

两天后，失恋中的秋水情绪逐渐恢复正常，她接到了一个包裹，里面有两件东西，一件是一块黑不溜秋的黑石头，一件就是送给舟江的紫檀手链，里面还附加了一张纸条，"请相信我，这个世界没有野人，野人是一个传说！"

第三十七章　飞语染病身亡

肿瘤内科。

许飞语和肖洁庆住在同一楼层的不同房间，许飞语住在 1763 房间，肖洁庆在对面的 1789 房间。中间隔着一个护士站，白衣天使进进出出。

经过一系列的血液检测、肝胆脾肾彩超检查，肖洁庆初步诊断为早期胃癌。而许飞语初步诊断为肺癌，还需要进一步进行核磁共振扫描。其原因医生难以判断，在他们体内，有一种微生物快速繁殖生长，正在侵蚀其他脏腑。

洁白的墙壁、洁白的床单，白衣天使出出进进，仪器冰冷地通过身体，增加了无边的恐惧。不断地咯血和胸痛，已经让许飞语自己意识到情况不妙。每一阵剧烈的咳嗽就会激起强烈的胸疼，他不断地捶打前胸，似乎要将胸腔撕裂开来。只要躺下，咳嗽气喘一系列不舒服的感觉让他难以平躺，坐起来就稍稍好些。晚上的睡觉就是打一场硬仗，有时候无缘无故会出一身大汗，几乎将白色的枕头浸湿。

飞语的妻子经常哭得眼睛红红地，她也意识到飞语在世的日子不多了，刚刚过完三岁生日的儿子，就要失去爸爸，这让飞语和妻子痛苦不已。

飞语有些恨神农架，恨青蔓，恨红豆，恨她们给他和他的家庭造成了不可逆转的痛苦。

肖洁庆身体状况要好一些，恶心、腹胀、没有食欲，依仗着年轻力壮，并没有把自己的病情想象得那么严重。他还开心地与病房内的室友开着玩笑，讲述他在神农架神奇的经历。

"人狼，你们没见过，那可是凶狠的动物，耳朵大得都挺过脑壳了。"肖洁庆兴致勃勃地讲故事。

"真的，到底是狼还是人？"室友睁大眼睛，疑惑地问。

"既不是人，也不是狼，是间或人和狼之间的混血。"

"哈哈……"

"人和狼，呵呵，这怎么可能，人狼也太奇怪了！"人们几乎要去意淫那副场景。

……

"千年藤妖——青蔓，哎呦，真是太美了，比起电视明星还美！"肖洁庆咂着嘴说。

"比范爷还美？"

"那不一样，范爷美得冷傲，青蔓美得妖媚，她是圆脸。"

"你可真有艳福！"

"红豆，那也是一等一的美女，一半是野人一半是人，太神奇了！"肖洁庆一直沉溺在石竹园的奇妙经历中，丝毫不顾及自己被注射了什么物质。当然他也无法体会飞语的痛苦，或者，他根本就不去想飞语的痛苦。神农架对他而言，那是一段奇幻的经历，他甚至沉溺其中不愿意醒来。

毕竟，他还是个孩子。

外科病房。

罗廷米一个人孤独地躺在病床上，迷迷糊糊地，不知自己身在何处，一会儿恍惚在冰冷的山洞，一会儿恍然在温暖的花园，那是石竹园。那些凶恶的人狼带他们去了一个阴冷的石洞，石洞有数层门，一道道缓缓而开，最后来到一个瓶瓶罐罐的实验室，U形瓶中分别盛着红黄绿蓝四种药液，在灯光下，闪着狰狞的光泽。

他们四个人被人狼三拳两脚就打得不省人事。他第一个醒过来，看到一个人狼正在往他的左胳膊上注射一种绿色药液，注射管中还剩一点，他毫不犹豫地抬手打过去，药液和注射管飞走，"啪"地打在石壁上，继而落在地上碎成几片。

人狼的反应速度也是极快，一个巴掌打过来，他的脸火辣辣地疼，嘴角流出了鲜血。

其他三个人也都一一醒过来，非常遗憾，他们全都被注射了药液。

他们被扔进竹笼后，罗廷米只感觉越来越迷糊，不久就昏迷过去，这一睡就到了第二天。第二天，他浑身无力，腹胀难受。后来听到'神农'的介绍，才知道他是被注入了从土壤中摄取的污染物而制成的生物制剂，那一刻，他的情绪沉入谷底，感觉自己活不了多久了。

血液内科。

梅辛村也是独自一人住在一间病房。他一直在发烧，药物滴入静脉，烧退掉了，不久又莫名其妙地烧上来。身上的红疙瘩只见多不见少。

他三番五次地询问医生，到底是得了什么病？医生只是笑着说："没事的，一个小小的感冒。"

一个普通感冒需要住到血液内科病房吗？

梅辛村在与他人聊天中，渐渐得知在这里住的大多数都是白血病患者。有一种不祥的预感在心底慢慢聚集，自己恐怕也难逃白血病的厄运了。

白血病，就是血癌，严重到要换骨髓。想到自己年纪轻轻不久即将离世，心情很糟糕，情绪低落到极点。

可恶的人狼，做鬼也不放过它们。

博士的办公室。

办公桌宽大，桌面上一台台式电脑，上面正播放着在神农架的监控录像，当画面定格在石竹园的时候，助手黎黎敲门走进来。

"博士，这是医院刚传过来的文件。"

"上面怎么说？"

"许飞语肺癌晚期，已经进入重症监护室，上了呼吸机，估计不会超过两天。"黎黎说这话的时候，明显带着一种怜悯和惋惜，不禁深深地叹了口气，"唉，可怜的人！"

"哦，在石竹园洞内两个月，时间太长了，无力回天啊！"博士想起和许飞语在一起的日子，想起他的幽默可爱，也叹了口气。

"情况较好的是罗廷米和肖洁庆，他们分别患胃癌早期和肝癌早期，两天后进行手术。罗廷米情绪激动，但是肖洁庆比较乐观。"

"嗯，癌症不是不能治愈的，关键是乐观的心态。罗廷米这么大个人，怎么还不如一个孩子？"

"唉，还不是牵挂着父母、孩子！"

"梅辛村怎么样？"

"他是血癌，必须进行骨髓配对，但一时还配不上，情况也不容乐观。"

"这个女妖太可怕了，还有舟江帮他，一旦他们研制的生物制剂广泛用于人类，那将是灭顶之灾啊！"

"不会吧，有舟江在那儿，红豆是不会那么做的。"

"哼！"博士从鼻子里哼了一声。

"你继续关注他们病情的发展，有什么特殊情况马上向我报告！"

"好。"

"另外，你抽个时间去找一下秋水。"说着话，博士从抽屉中拿出一个紫红色小盒子，"你把这个交给秋水，一旦舟江去找她，你就嘱咐秋水一定把这个东西给他。"

黎黎疑惑地接过小木盒子，刚要打开，博士不悦地说："是给秋水的"。

"好吧！"黎黎拿着木盒子走出办公室，轻轻带上门。

两天后，医院传来消息，许飞语因肺癌医治无效于凌晨四点去世。

第三十八章　奇异三角地带

姜博士办公室。

博士把椅子旋转了一个圈，背对着桌子，面对窗外，双手搭在胸前，"舟江，你小子和我玩，还太嫩了。"窗外的高楼隐隐在雾霭中，画出模模糊糊的水平线。

博士的办公桌上摆着被拆封的包裹，一块黑不溜秋的石头，一件紫檀手链，还有一张纸条，"请相信我，这个世界没有野人，野人是一个传说！"

包裹是秋水送过来的，早在舟江来之前，黎黎就专门找过她，让她用话套出神农架野人具体情况，手链也是博士为舟江预备的，一共13颗珠子，其中有几颗安置了跟踪器、定位仪以及摄像头，用一根导线相连，做得很逼真，若不仔细把玩，根本瞧不出真假。

秋水伤心舟江的背叛，不等黎黎来询问，自己就主动找到黎黎，把情况反映给黎黎，并上交了舟江送给她的礼物，还有黎黎送给舟江的手链。秋水把舟江给予她的所有情感，绝情地一斩而断，从此她将忘掉那个叫作舟江的人。

有人说，爱一个人，一辈子；忘掉一个人，也是一辈子。抹不去的从前，就在那里，可是已经不是眼前的风景。就算是忘不掉，就让他黯然存在好了。秋水就这样想着做着，波澜不惊地过着大学最后的生活。

"野人只是一个传说"，舟江不是要告诉秋水的，秋水这个柔弱的女孩关心的不是野人，而是和野人在一起的舟江。在拿到紫檀手链的时候，舟江很快就明白，秋水已经被博士控制了，所以他将计就计，舟江就是要通过秋水告诉博士，不要再去找一个不存在的传说了，要他终止对野人的考察。

"不，野人不只是个传说！"博士一直望着窗外阴霾创制的'仙境'，高楼在雾霾中若隐若现。

"咚咚"，黎黎敲门走进来，高跟鞋踩得地板咔咔作响。

"博士，医院又传来了文件。"

"嗯，什么内容？"博士面对窗外，没有转身。

"飞语的病理切片检查，是一种变异的微生物，目前从没见过。罗廷米和肖洁庆手术比较成功，情绪稳定。就是梅辛村一直找不到合适的骨髓配型。"

"罗廷米和肖洁庆做病理分析了吗？"

"正在做，下周一出结果。"

"乔医生怎么说？"博士说这话的时候，转过身来，看着黎黎的眼睛。

黎黎感到一阵紧张，当博士的眼睛目不转睛地盯着你看的时候，那就是一件很严重的事情了。

"乔医生认为他们四人都是由变异微生物侵入内脏，从而破坏脏腑。微生物由于生命力强大，繁殖速度快，若不及时进行干预治疗，很快就会导致死亡。但目前还没有证据充分地证明这一点。"

"在我这里用不着证据，红豆进行的反人类试验，一旦广泛应用，后果不堪设想！必须阻止她。"

"有舟江在，他不会放任不管的，博士你是不是多虑了。"

"哼！舟江他太仁慈。对付敌人，仁慈就是一把刺向自己的利剑。"

春节过后，天空中盛开着烟花爆竹，再次加重霾的厚度和宽度，整个北方的上空覆盖着一层厚厚的烟雾，人人出门都带着防霾口罩，咳嗽的人在医院里都排着队挂吊瓶，急剧增多的肺癌病人争抢为数不多的床位。

过了正月十五，一直没有等到合适的骨髓配型，梅辛村去世了。博士和黎黎都去悼念这位为神农架考查做出牺牲的烈士，面对梅辛村的遗体，博士更是下定了除掉红豆的决心。

乔医生对梅辛村四人所患疾病很是震惊，从没见过的变异微生物，竟然毫无应对的治疗方案，只能保守治疗。当博士接到这个消息，尽管有充分的思想准备，但还是感到危机越来越重，他顾不得等上面的消息，又一次打了报告，详细阐述了不灭神农架红豆的严重后果。

这次，上头同意了博士的请求。

神农架三月天，乍暖还寒。

神农架野人一日探查不清，博士就一日与神农架断不了关系。杨柳初绽的神农架，暖意融融。博士、马队长一行人再次向神农架出发了。

急行军到了神农架，山城子、韩晖等人已经在大帐中等候多时。

军帐中，桌子上铺着神农架的地图，上面有红笔圈出来的几个地点。山城子指着地图上的红点说："这五个地方是上次为了逼出野人的人力布置，在石竹园出事后，人员全部撤出，只留下探测器进行周期反馈。"

那五个圆圈，都是博士画出来的。分别是野人洞、松山口、冷木崖、九子岩、双珠瀑布五个地点。

韩晖接着山城子的话茬说："根据博士您的安排，我们经过对舟江的跟踪，找到了青蔓的老巢，它位于藤龙阁，青蔓和小鸽子就住在那里。"

"哈哈，果然不出我所料。"博士很是自信地笑了，"舟江现在在哪里？"

"他找到小鸽子后不久就回石竹园了。"

"他没带小鸽子回去？"

"青蔓和小鸽子隔三岔五回石竹园，待上十天半月就回来。"

"嗯，还有什么发现？"

"博士，你看……"山城子指着地图说，"石竹园位于松山口东部，青蔓的家处在松山口的东北方向——'藤龙阁'，人狼活动地区在松山口东南方向——'狼谷'，藤龙阁、狼谷和松山口这三点正好是一个三角形。"

"这有什么关系吗？"

"当然有关系，这个三角区正是人狼、野人、青蔓和红豆的活动区域，而石竹园正位于中间地带，一旦石竹园出现任何危险情况，周边都能迅速组织营救。而且其他三个地方的一切动向红豆都能及时掌握！"

"红豆选了一个不错的位置，不愧是常驻森林的野人妖啊！"

"而且，红豆、青蔓、人狼三者互为犄角，相辅相成。"

"嗯，也就是说，要想除掉红豆老窝，必先端掉青蔓和人狼。"

"不错，正是！"

"呵，你们没少费心思啊！"博士捶着山城子、韩晖的胸膛赞许地说。

第三十九章　劫持小鸽子

石竹园古木参天，绿树成荫，花木葱茏，已然初夏般冷暖适宜。

"洞中方十日，世上已千年。"虽差别非如此之大，却也是四季如春夏，无季节更替变化，时间被拉长，日子不曾被世俗惊扰，过得悠闲自在。

舟江每日与红豆徜徉于和风丽日中，种花观草，花前月下好一个神仙般的二人世界。

只羡鸳鸯不羡仙，这二人既是琴瑟和鸣、夫唱妇随的甜蜜夫妻，又是与世无争的神仙眷侣，只盼岁岁有今朝、年年有今日的闲适恬淡生活。

而舟江心中深处，隐藏着不安，他知道这样的日子不会太长，博士会来找他，来找红豆。

红豆抚摸着隆起的肚子，"舟江，想什么呢？我看你最近总是走神。"

"哦，是吗？我倒不觉得。"

"你还在担心实验室吗？"

"怎么会呢？我不信谁，也信我的宝贝儿啊！"

"我答应你不再去试验变异生物，'神农架二号'我已经放弃了。有你在我身边，就足够了！"

"我要看小宝宝出世，和小宝宝一起长大变老。"

"你留在这里，不后悔吗？"

"宝贝儿，不许再问这么傻的问题了，我要一辈子守护你，守护宝宝，还有小鸽子！"舟江搂住红豆，亲昵地吻着她的额头。

幸福是什么？就是和爱的人在一起，一生一世。红豆闭上眼睛享受徐徐清风和来自舟江迷人的气息。

舟江一人独自来到石竹园最隐秘的角落，那是一个山洞，圆形洞门用冷杉木制成，上面还雕刻祥和的云纹以及石竹园的守护神，右侧是炎帝神农，左侧是狼王的头像。两扇门上各刻有一字，合起来便是"神龙"。

四千年以前，"神农"他老人家尝遍天下野草，教人民耕作，建造房屋成为一方仙圣。而今，空气已经不是当年富有氧离子的空气，而是包含众多化学成分的混合气体；土壤也不是当年原生态的土壤，而是多年污水化合物和化肥农药喂养的土地；转基因食品大肆霸占着人们的餐桌，即使神农仙人在世，恐怕也无力回天。

红豆本意以变异微生物来报复博士，为噜噜报仇，后来决定警示世人：对大自然的过度索取，就会受到大自然的惩罚。可是她并没有想过如何去拯救。

红豆，毕竟是长在深山的一个野人，一个经过千年藤妖点化的女妖，一个被植入芯片的实验体。

他，一个来自城市的大学生，对未来有着美好的憧憬。如果没有红豆，或许他会和秋水在首都有一个属于他们自己的家，过着朝九晚五的生活，在璀璨繁华的大都市中，在川流不息的人海中挤地铁，在霓虹灯中阅读时尚和潮流。

石竹园，没有网络没有智能手机，只有神武的机器人"神农"，与外界隔绝。石竹园有原生态的自然景观，无污染的水、空气和食物。没有尔虞我诈，没有买卖。

世外桃源，只适合天马行空的向往，却不适合人类长期居住。

可是，舟江他放弃了父母双亲和恋人秋水，选择了石竹园，选择了和红豆的厮守，选择守护"神龙"实验室，选择了牺牲自己让人类规避风险。

洞门紧闭，没有红豆的指令，任何人都不可能进去，即使他舟江也不能。他希望这扇门永远不再打开。

松山口东北部十几公里外正是青蔓雅居"藤龙阁"。

"藤龙阁"建于溪流边的山石之上，几处清雅竹亭楼阁蜿蜒。数不清的藤蔓植物相互缠绕，情意绵绵。牵牛花、粉色蔷薇、夜来香、粉花凌霄还有野葡萄藤蔓，夹杂着百年以上的古榕树，交错横生，错落有致。还未到花卉大肆盛开季节，先开的花儿已经将"藤龙阁"装扮得春意盎然。

小鸽子像一只花蝴蝶，在林间穿梭飞舞，尽情地释放童真。青蔓坐在藤蔓上，荡来荡去，咯咯地笑着。还有几个俏丽的小丫头和小后生相互追逐，一派祥和的气象。

抵达藤龙阁边缘，博士将脚步停下。

"韩晖，可曾找到千年以上的古藤了吗？"

"这里古藤如林，藤蔓盘根错节，差不多都是百年以上，甚至千年以上。"

"只要找到最古老的那一棵，我们就有办法对付青蔓。"

"不好找，太多了。"

"山城子，你去把小鸽子吸引过来，记住不要伤害她，她是我们的筹码！"

"好。"山城子应声。

"韩晖，你带人继续搜索最老的古藤，做好标记。"

"是。"韩晖答应。

博士回过头对马队长一笑，"马队长就陪我在此喝茶，欣赏美景！"

马队长也笑了，"看来老了不中用了，只能喝喝茶、赏赏景喽！"

山城子和韩晖各自带队分头行动，山城子去了离藤龙阁最近的溪水边。

溪水淙淙，山城子等人躲在山石和树林之后，透过密密的树叶望过去，影影绰绰地看见几个身影，传来他们愉悦的笑声。

山城子命人启动遥控蜻蜓式无人飞机，向藤龙阁飞去。轻快的马达声，在林间上空响起，逐渐压倒了淙淙流水声。

"一只会叫的蜻蜓。"

"蜻蜓的个头好大，像一只小鸟。"

随着遥控蜻蜓越来越接近地面，地面上的人物逐渐清晰起来。遥控蜻蜓传来了地面上的画面，小毛人和几个小姑娘正在抬头向天空遥望、惊异地讨论着。

"哪一个才是小鸽子呢？"山城子看着画面，仔细地琢磨，一个个的排除。

除了小毛人，其他几个姑娘身着轻纱，身材曼妙，只有小毛人胳膊腿上露出栗色毛发，脸上除了五官之外也都是毛发，眉眼倒也清秀，不同之处在于眼睛深陷，鼻子高挺，个头约有一米一左右，身着粉色纱裙，满脸童真。

"小毛人就是小鸽子。"山城子做出最后判断，其他人经过比较也确定无疑。

"好，让蜻蜓飞回，向北边飞。"山城子下令。

负责遥控蜻蜓的人开始拨动按钮，蜻蜓开始回过头向他们飞来。

山城子紧盯画面，荧屏上小毛人和几个小姑娘开始追着蜻蜓奔跑，一边跑一边兴奋地叫喊。

"转方向，向北！"山城子仔细观察。

画面中的小毛人和小姑娘拉开了距离，小毛人逐渐落在后面。

"把芭比娃娃扔到小毛人前面。"山城子继续观察，然后发出命令。有人起身将准备好的几个芭比娃娃，悄然扔到小毛人和小姑娘之间的区域。

小姑娘还在追逐蜻蜓向北边飞去，画面上的小毛人没了踪影，蜻蜓已经拍不到她了。

小毛人气喘吁吁，见自己落了后，干脆生气不追了，站在那里嘟着小嘴望着前面不远处的小姑娘。

地上躺着几个鲜艳无比的芭比娃娃，小毛人兴奋地走过来，弯腰拾起来，在手里把玩着，一脸高兴的样子。顺着芭比娃娃的方向，小毛人冲山城子走来。

通过望远镜，山城子看得一清二楚，用对讲机小声说："再把小毛人慢慢吸引过来，好，直接走过去，别吓着她。"

手里拿着芭比娃娃的战友朝着小毛人径直走过去，踩着水底的砾石涉水而过。他弯下身子和小毛人说着什么，然后又把手中的芭比娃娃递给小毛人，最后一把将她抱起来，朝山城子这边大踏步走过来。

"蜻蜓降落，我们撤！"山城子起身向后撤离。

飞远的蜻蜓，"啪"地突然像断了线的风筝，一头扎向树林。那几个追赶的小姑娘惊呼着追过去。

山城子成功地将小毛人带了回来。一路上，小毛人并没有表现出任何惊慌，一问一答，和山城子几个人表现得还很友好。

"确定是小鸽子吗？"博士看着眼前的小毛人问山城子。

"她自己说是小鸽子，红豆是妈妈，舟江是她爸爸！"山城子也很有兴趣地看着小毛人。

小毛人不看他们，自顾自玩着手中的娃娃，她从没见过这么漂亮的玩具娃娃，还以为是真的娃娃，摸摸眼睛、鼻子、红嘴巴，看看这个又看看那个，爱不释手，早就把其他人忘得干干净净。

"小鸽子，"这时候黎黎走过来，"还认识阿姨吗？"

小鸽子抬起头望望黎黎，摇了摇头。

"可是阿姨认得你啊，你又长高了，小美女！"黎黎抚摸着小鸽子的头高兴地说。

"黎黎，你把小鸽子带回基地，好好带她玩，这里的事情你就不用管了。"博士对黎黎说。

"好。来，小鸽子，阿姨这里还有好多娃娃！"纯真的小鸽子毫无戒备地跟着黎黎走了。

第四十章　千年藤妖缠身

"韩晖，找到千年古藤了吗？"博士通过耳机向韩晖询问。

"不好说哪一棵是青蔓，太多了，到处都是缠绕不清的藤！"韩晖望着眼前的林海，忧愁地说。

"总有一棵会露出破绽！"博士很有把握地说。

韩晖的眼前，不是一般的壮观，从地面生成的藤蔓纠缠不清地伸向参天大树，有的是两个互相缠绕，像麻花一样缠缠绵绵；有的则是四五棵，不知哪个为主哪个为次，像一条条蛟龙，或是腾空，或是扎根地面，或是半空蔓延。

到处都是盘根虬枝，大的像胳膊一样粗，小的也如玻璃水杯粗。枝蔓上长满枝叶，枝枝叶叶相互交叠，青翠欲滴。

如此气势磅礴、郁郁葱葱，如蛟龙入海、飞蛇绕指，方圆近千米都是藤蔓。韩晖等人不由惊叹神农架的神奇，竟藏有如此众多古藤，实乃世间奇迹。

万般苦苦寻觅，韩晖始终不能确认哪一棵才是青蔓，就把有可能是的拴上红绳作为标记。

当藤龙阁的小姑娘费了九牛二虎之力才把遥控蜻蜓从高枝上取下，将要送给小鸽子当玩具的时候，蓦然发现小鸽子不见了，这才慌忙跑去告诉青蔓。

正在秋千上闭目养神的青蔓听说小鸽子丢了，不慌不忙用纤纤玉指捏住身边的藤蔓，用力震动。只见半空里、地面上的枝枝蔓蔓都轻微颤动起来，他们同时传达青蔓的信号。

不多时，青蔓接收到来自藤蔓反馈回的信号，她不仅眉头一皱轻声说："有外人。"说着便从秋千上下来，领着大家向博士一行人走去。

"姜博士，好久不见，一向可好！"青蔓来到博士驻地，离藤龙阁半里地左右的地方。

"青蔓姑娘，还是那么漂亮！"博士微笑着说，众人也都围拢过来。

"博士到我这里来有何事？"青蔓嫣然。

"找青蔓姑娘聊一聊！"

"哦，仙女！"男人群里有人低呼。曾经见过青蔓的山城子、马队长不由低头偷笑。

"红豆让我放你一马，你如今又跑到我的藤龙阁和我聊天，我看是无事不登三宝殿！"

"没什么，就是想和你做朋友！"

"朋友？"青蔓由微笑转为冷笑，"没门，你们还是把小鸽子还给我，否则，你们谁也甭想出去。"

"小鸽子不在我这里，黎黎把她带走了！"

"你……"青蔓被气得小脸发白。山城子第一次看见美女生气，还挺惹人怜。

青蔓拂手转身，轻纱旋转，很好看的裙摆铺撒在地。众人有些看呆了！

可就在这时，只见青蔓突然扬起双手再度转身弯腰，一阵疾风劲雨飞向博士等人，众人顿时觉得浑身上下被什么东西砸得生疼，仔细一看全都是硬生生地如石头一般的青豆。

众人被砸得鼻青脸肿，嗷嗷直叫。

山城子和马队长回过神来，"啪啪"就朝青蔓开了枪。密集如雨的子弹射向青蔓等妖女。

青蔓飞起裙摆如同一道钢铁铜墙，子弹纷纷瓣里啪啦落下。她轻易地躲过之后，随手一扬，只见无数条藤蔓从林中飞出来，像巨蛇一般冲向博士等人。博士猝不及防，被捆了个结结实实。

"博士，我们被捆住了！"耳麦中传来韩晖急促的喊声。

"我们也被捆住了！"博士低声说。

"哦，我已经找到了青蔓那棵古藤。"

"好，干掉她！"

原来就在韩晖苦苦寻觅、慢慢甄别的过程中，突然有一股奇异的花香从前面袭来。韩晖等人闻香而至，发现是一棵早就做了记号的古藤，和其他藤蔓没有什么差别。可就在这时，古藤上有几朵花慢慢开放，随之释放出香气，继而大批的花朵相继开放，紫色的花朵垂下来，眨眼间就变成一片紫色的花海，香气浓郁，青紫相互交映。

见此美景，韩晖等人张大嘴巴惊叹着，一时间竟忘记身在何处。

花香迷醉，醉眼蒙眬。一个不留神，半空中伸出数条绿色青蔓，将他们缠绕起来，提在半空中，摇摇欲坠。

韩晖这才方觉被迷惑了，这不是青蔓还能是谁！

通过衣领上的耳麦，韩晖向博士求救，哪里知道，博士等人也已经被青蔓控制住了。

身在半空中，如何抽出双手干掉古藤？这可急坏了韩晖等人。

博士通过耳麦的低语，青蔓早就听到了，她是谁，是林中千年藤妖，这般低语怎能骗得过她。

"博士，别费劲了！韩晖都自身难保，他救不了你。"青蔓的微笑足可以杀死人，转过身丢下一句，"不把小鸽子送回来，你们每隔一个小时就会有奇迹发生！"伴随一阵花香，青蔓带着姑娘们走了。

姜博士、山城子等人，像一个个缠绕的蚕茧，挂在树藤上，在半空中荡来荡去，直荡得眼花缭乱，头晕目眩。

"邵平什么时候到？"马队长身体朝下，手脚并拢被缠绕得如同一个麻袋，双目只能看到地面，他声音粗重地问姜博士。

姜博士被藤条一圈圈地缠起来就像一个被纱布包裹的病人，他的姿势倒还舒服，头朝上以直立的姿态被吊着，悠悠地荡着，"应该快到了吧！"

再看山城子，姜博士被惹得笑起来。山城子和他的姿势正相反，头和身子以45°角和地面亲吻，嘴巴朝下，差一点就吻着亲爱的大地了。被藤条缠起来的身子，以头为中心，像一个陀螺一样旋转，速度很慢，形象倒是很有趣。

"博士，你也太那个了吧，就这样你还取笑我？"山城子气鼓鼓地说，他的声音从下方传来，有一种闷闷的感觉。

"这个青蔓没有亏待你啊！"博士哈哈地大笑着。这反而消除了大家紧张的气氛。

其他人有的头朝下，脸憋得通红；有的头朝上，身子平躺；各式各样的姿势令人捧腹。

韩晖他们也不好过，被藤条勒得酸疼。

一个小时过去了，突然博士周边的一个人大叫："勒死我了！"只见藤条越抽越紧，像一条青蛇紧紧缠绕，直到那个人窒息。不久，藤条缩回树干上，那个人吧唧重重地落在地上，一动不动。

众人见此情景，心中极为害怕。

"博士，他怎么了？"

博士还在摇晃着，他没搭话，只是望着地上的战友。

"他死了！"马队长心情沉重地说。

"这就是青蔓所说的一个小时发生的奇迹吗？"

"漂亮的女人，心怎么这么狠呢！"

"邵平怎么还不来？"

"韩晖他们也没有办法吗？"

战友的死亡，加剧了人们的恐惧。

"别急，邵平马上就到，只要他来了，我们就有救了！"博士宽慰着人们紧张的心情。

邵平确实正在来藤龙阁的路上，当博士看到青蔓第一眼的时候，他就悄悄给邵平发了消息，让他带人赶往藤龙阁。

然而，当他们一踏入藤龙阁的地界，数不清的藤条出其不意也从天而降，如同天罗地网般，将毫无戒备的邵平等人捆了个结结实实，而后也都一个个吊在半空中。

通过衣领上的耳麦，邵平无奈地向博士报告，"博士，我们被控制了，全都吊在藤上了！"

耳麦中传来的声音，博士听在耳中，气在心里，"这些混蛋，怎么没有一点防备？"

邵平被困的消息，只有博士一人知道，他不能扩散消息，否则会加重人们的恐惧，他在想办法，可是能有什么办法呢？若想除掉青蔓，只能靠韩晖，可是韩晖也被藤条缠住，怎么办呢？

突然，空气中响起一个轻柔的话音，"博士，不要浪费时间和精力了，邵平已经被我困住，你还是把小鸽子还给我吧！"那是青蔓的声音。

邵平被困的消息还是没能被捂住，吊在半空里的人们听到这个不幸的消息，无望的坏情绪，立时爆发了。

"谁还来救我们？"

"把小鸽子还给她们吧！"

"我们还要吊多久，我快坚持不住了！"

就在这时，其中一个人突然大喊，"快勒死我了！"那要命的绿色藤条使劲地抽着，越缠越紧，"我要死了！"那个人说完头一沉，就没有了声音。

吧唧，那个人落在地上，藤条倏地缩回去。

第四十一章　青蔓香消玉殒

人们眼睁睁看着自己的第二个战友，痛苦地死去。

死亡的阴影笼罩在每一个人身上。不知道下一个会是谁。

"博士，这是第二个时辰了！"空气中的声音是青蔓的。

"或许，我再也见不到妈妈了！"

"我挺想念女儿的，太可爱了，只有三岁啊！"

人们吊在藤蔓上开始回忆自己最亲爱的人。

马队长荡了一下身子，摇摇难受的头颅，"第二套方案什么时候实施？"

"我在等黎黎的消息。"博士闭着眼睛说。

"黎黎快到基地了吧！"

"是的，我们会得救的！"博士睁开眼睛说。

"博士，我到基地了，有什么吩咐？"博士衣领中的耳麦传来消息。

"马上进行第二套方案。"博士很紧张地小声说。

"好。"

话刚说完，青蔓手下的一个小姑娘袅袅婷婷地走来。

"姑娘，救救我们吧！"有人似乎看到了救命稻草。

那小姑娘不说话，径直走向博士，被困的博士徐徐下降，降到一定位置的时候，博士看着小姑娘，"是要放了我呢？还是要吃了我？"

"放了你？别想美事了！"小姑娘伸手把博士衣领中的耳麦拽下来，"你还是放了小鸽子吧，不然后面你们就更难看了！"

拿着耳麦，小姑娘回去向青蔓复命了。

空气中弥漫着死神的腐臭味道。

众人在半空中沉默着，酸痛的身体折磨着神经，不用青蔓再次出手，他们即将死去。

一阵机器的轰鸣声在天空上方响起，博士抬起头，一只老鹰盘旋在头顶。

"是我们的老鹰！"博士兴奋地喊道。众人即将沉睡的神经被博士唤醒，能看到老鹰的也都惊叫起来，"我们有救了！"

在黎黎得不到博士的任何消息的情况下，她在基地及时启动了第二个方案，发射了一只仿生机器人"老鹰"。老鹰的仿真，让人真假难辨，只有博士等人才识得真面目。老鹰带着马达的轰鸣声升上天空飞到了博士所在地。通过老鹰传回的画面，黎黎看到了博士被困在藤蔓上痛苦的样子，放大画面，还看到博士衣领上是空的，耳麦不见了。

老鹰盘旋了一阵，朝着韩晖的方向飞去。

韩晖几近昏迷，是老鹰的轰鸣声将他唤醒。他兴奋地冲着老鹰呼喊。

黎黎在画面中看到了同样被困的韩晖等人，韩晖向她的呼喊，黎黎听不到，但是她明白该怎样去做。

老鹰开始低飞，绕着韩晖慢慢飞，慢慢靠近。就在要接近韩晖的那一刻，老鹰的嘴里吐出一把利剑，反射出一道寒光。利剑只有三寸，却十分锋利。

韩晖紧紧盯着老鹰，"向我靠近，向我靠近！再近点！"韩晖的手也被藤条捆住，否则他会用手取下利刃，但是现在他做不到。

老鹰慢慢极其小心地靠近韩晖的手臂，那里突出一根细长的藤条。唰的一声，老鹰的利剑擦过藤条，隔断了一半。

"再来！"韩晖喊道。

老鹰再次接近韩晖的手臂，韩晖的心极度紧张，手心里都攥出了汗。黎黎更是如此，她在军帐中操控一架机器人干如此精细的活，不是集中十二分的注意力，是万万做不到。

老鹰的利剑再次划过，缠在韩晖手臂上的藤条马上开了，瞬间就松懈下来，韩晖骨碌碌从藤条中脱出身子。他终于解放了。

老鹰收回利剑，飞向天空。

顾不得疼痛，韩晖立即从背包中取出微型电锯，向开满紫色花朵的藤蔓走去。

碗口粗壮的青藤，像一条巨龙蜿蜒曲折在地面，升腾、飞跃在半空，伸向远方，不见踪影。在她的身上，缠绕着大大小小的藤蔓，四处延伸，几乎遮蔽整个树林。那垂下的紫色花朵像一颗颗风铃，紫色的花海弥漫着沁人心脾的花香。

顾不得美景醉人，顾不得怜香惜玉，韩晖打开电锯的按钮，锋利的锯齿伸向地面的青藤。伴随着电锯的嗡嗡声，锯齿快速地打在青藤的身上，韩晖只觉得虎口被震得麻木，青藤被锯开一道缝隙，随之有鲜红的血液从中流出来。

韩晖震惊。

而此时的青蔓，正在藤龙阁悠闲地喝茶，悄然观察着林中发生的一切。她发现了那只老鹰，那只不过是一只普通的老鹰，她没有关注它，在她的心里没有引起足够的警惕。

　　一阵钻心的疼痛从脚底蔓延上来，她的心开始抽搐，她抖动手指，通过藤蔓，她察觉到有人对她痛下杀手了。她突然间明白了，那只老鹰是个骗子，骗过了她的慧眼。

　　她忍着疼痛，向石竹园的红豆和人狼发出了求救的信号，然后用颤抖的双手从怀中取出一颗青豆，鸡蛋般大小，光滑细腻。

　　青蔓旁边的姑娘接过青豆，"青蔓姐姐，你怎么了？"

　　"有人对藤龙阁下手了，我们可能……"

　　"可能会怎样？"

　　"可能会死！"青蔓脸色发白，"你把它埋在地下一尺，上面覆盖上落叶。"

　　那青豆颜色看时渐变，慢慢变成粉红，变成成熟的黄色。

　　看着做完这一切，青蔓转身冲韩晖的方向飞去。

　　韩晖眼见有鲜血从青藤身上流下来，心下惊疑，"有血有肉的一颗古藤，我怎么能毁了她？"她在这里上千年了，是这片土地的主人，福荫庇佑一方土地。

　　韩晖定了定，迟疑着，不知道该不该下手。

　　"韩晖，快点锯开它，藤条已经松动了。"有人催促他。

　　韩晖再次打开了电锯。

　　青藤身上的缝隙不断加深，血液不断地渗出，缠绕在人们身上的藤条越发松动。有人的双手已经腾出来了，有人的脚也被松绑了，而有的人已经从藤条的包围中解放出来。

　　博士、山城子、马队长也分明感到身上的藤条开始松动，他们心里明白，黎黎的老鹰已经成功解救韩晖，他们有望得救。

　　青蔓飘然而至，身形趔趄，"住手！"青蔓的声音依然清脆。

　　韩晖没有停住，青蔓的青豆雨像冰雹一样砸过来，力度没有先前那么大了，他一手抱头，一手继续操作手中的电锯，他还能承受得住。

　　被解放的人们都各自用武器抵御青蔓的进攻，激光枪、手枪、长枪短炮地向青蔓展开了攻势。韩晖在人们的掩护之下，加快了电锯的速度。

　　随着青藤被割裂的缝隙越来越深，青蔓的呼吸也越来越沉重，步伐渐乱，力度渐小，攻势变为抵御，她快招架不住了。

博士、马队长等人，也已经完全从藤条的控制中解脱出来，当然还有邵平。

韩晖最后用力，青藤被完全割裂，鲜血流了一地，巨大的枝干摇晃着向地面倒去，层层的紫色花朵顿时萎靡，相互缠绕不清的藤蔓摇摇欲坠，枝叶的生命力正在萎缩。

韩晖站起身，向青蔓望去，青蔓俏丽的脸庞、玲珑的身子，像一个影子斜斜地向地面倒去。

"青蔓！"一个男人的高呼从空气中传来，随之一个身影降落在青蔓身边。韩晖定睛一看是舟江，人们本来想一拥上前抓住舟江，却被韩晖拦住。

舟江把青蔓抱在怀里，青蔓的身子柔若无力，轻如羽衣。他抚摸着她苍白的脸庞，"怎么了，青蔓？你要坚持住！"

青蔓的眼神变得温柔，"谢谢你舟江，若不是你，我今生还不可能为人，是你的灵气让我今世成为一个女人。"

"青蔓，告诉我，怎样才能救你？"

青蔓艰难地一笑，"不可能了，我生长了千年的主根，已经断了，没有了血脉，我的生命就将终结。"

"不可能，一定会有办法的！"

"如果有来世，我愿意成为你的女人。"青蔓的声音微弱，气若游丝，"我把青豆埋在地下一尺，你……"话音越来越弱，以至舟江把耳朵贴在青蔓的嘴边才听得到。

所有的人都望着舟江怀中的青蔓，那个千年藤妖，只听得一丝微弱的话语冲着他们说："你们会后悔的。"就像风一样散了，化为乌有，化为空气，似乎青蔓从来就没有来过，她似乎只是一个美丽的幻影。

舟江的怀中，虚无，没有了那个叫青蔓的女子。

舟江跪在地上，面对大地深情地拜了一拜。

树上、藤上、枝上的叶子开始枯黄，花儿闭合，大片大片的叶子和花，如天女散花般，呼啦啦地在天空飞舞，像无数只蝴蝶上下翻飞，在阳光下闪耀着金色的光芒，落在地下，满地金黄。奇异而壮观瑰丽的景象，一时让所有的人无法自已。

那是天地对青藤最后的悼念。青藤，实为紫藤，不开花的时候，山间一片绿，花开的四五月，便是一片令人迷醉的紫色云海。她，不仅装扮了山河，更是给予了山川旺盛的生命力，才有了林间的花草虫鸟。

正是：千年藤妖逝去，半山枯，处处呜咽，万物无华，一片凄凉地，阴魂哭。

第四十二章　囚禁于狼堡

与青蔓的战斗，博士以现代化的高科技武器赢得了胜利！纵然有法力，面对无比智能的高科技，又能如何？

在人们胜利的欢呼声中，漫山遍野的藤蔓枯黄凋落，一片萧条，如同肃杀的冬天。

舟江木然，雕塑一般凝重，悲伤的情绪冷峻了他的双眉。

韩晖走上前，"不这样做，我们都会没命的！"

"你懂吗，能在山林中生长千年，不是天地日月的神赐，她能幻化为人吗？她有人一样的躯体，神一样的灵魂，她是一个善良的精灵，怎么会对你们下死手？"舟江愤愤地说。

"可是，她已经伤害了咱们的人！"韩晖辩解。

"那是一种假象，逼着你们放小鸽子的假象！"舟江愤然离身，转身向藤龙阁走去。

博士在离藤龙阁不远的地方，鄙夷地注视着一山碧绿，一山枯的稀奇景象。"撤！"他简单而有力地说道。

"我们死去的战友怎么办？"

"就地掩埋。"听到这么没有人性残忍的话，人们面面相觑，你看看我，我望望你，想在对方的脸上找到相同的情绪，假如躺在地上的那个人是自己该怎么办？没有办法，人不能起死回生，只能就地掩埋，化作一抔黄土。

……

舟江走来，脚步异常沉重。

"博士，你知道吗，你对原始森林犯下了不可饶恕的罪行！"舟江冷眉横对。

"你不出山来救我们也就罢了，还在这里说三道四，太狂妄了！"博士冷冷地说，"枉费我细心培养你多年！"

"你劫持小鸽子逼着青蔓出手，你却不知道青蔓对你手下留情！"

"手下留情，哼！"博士冷笑，用手指着地上死去的战友说，"这就是你说的手下留情？"

– 162 –

"他们没死！"舟江一字一顿地说，每一个字穿透了在场所有人的耳膜。

"没死，怎么可能？"有人将手放在战友的鼻子边，感知生命的气息。"没有气息啊！""舟江怎么能骗人？"

"他们只不过被青蔓封住了气息，你们试试捶捶他们的后背！"

人们闻听，忙把死去的战友扶坐起来，只见他们面无表情，头耷拉着，一副酣睡的模样。人们用双手轻轻捶他们的后背。奇迹出现了，他们咳嗽了几下，抬起头，悠悠地睁开眼。

"天啊，他们没死！"人们高兴起来，"青蔓原来不是一个狠毒的人啊！"

舟江见死去的人复活，一句话也不说，朝着藤龙阁的方向继续走去。

藤龙阁万物凋敝，天地无光。

满地金黄落叶，有一种不能言说的悲壮，悲天怜日的情怀，将舟江的心塞得满满的。

满地落叶，哪里才是青蔓的神豆埋藏之地？青蔓，那个柔美甚至有些魅惑的妖女，那个修炼了千年的精灵，那个人见人爱的女子，若不是心里已经住着红豆，他定然也不会拒绝一个美女的爱。她去哪里了，再也找不到了，看不到她的媚笑，听不到音乐般的嗓音，那样一个倾世的女子，去哪里了？

哀怨、伤痛、忧郁的情绪一同涌上心头，舟江脚步沉重，体虚乏力，他竟不能自已。心底唱响一首哀怨的歌，伴着他一步一步走向青蔓的藤龙阁。

一阵劲风吹起落叶，叶子从地上向天空飘舞，满眼金黄。置身于纷纷如雨的叶子中，舟江心怀悲伤，丝毫找不到神豆埋藏之地。青蔓能否重生？全凭那颗神豆……

博士等人撤出肃杀之地，藤龙阁的繁华已成往事。接下来，博士正赶往人狼所在地——"狼谷"。

跋山涉水的路途中，马队长和博士在休息的间隙中，耳语了一阵，然后马队长和邵平带队先走了，博士和韩晖、山城子等人稍事休息启程前往石竹园。

狼谷，四面环山、地形复杂，多有山洞，而山洞又多为喀斯特溶洞，大大小小分布在山谷中。狼谷地势险要，又有狼群出没，故无人敢独自进山。人狼居此要地，一为生存所需，二则与青蔓、红豆遥相呼应。

马队长和邵平一夜马不停蹄，天放亮的时候，恰好赶到狼谷地界。

马队长命人就地扎营，休养生息。赶了一夜路的人们，一旦歇下来，就全都呼呼大睡过去。

中午，阳光灿烂，树影斑驳，森林里一片宁静。恢复精神的马队长打量着眼前的狼谷，山林茂密，深不可测；处处洞穴，不知何处是陷阱。

恰巧，从狼谷的一侧树林中走出了几个人。他们身形敏捷，身体消瘦，面色黝黑，后背上的褡裢鼓鼓地。

马队长疑惑，难道这危险地带还有打猎者？

这几个人经过马队长身边的时候，眼神犀利，令马队长后背一阵发冷。

"请问老乡，"马队长友好地向他们问候，"你们是从山里来的吗？"

那几个人站住了脚，其中一个答道："是，刚从山里打猎回来。"

"哦，"马队长盯着他，"听说山里狼群出没，你们有没有碰到狼？"

"有啊，不过不是很多。"

"那里的地形你们熟吗？"

"哪里话，我们经常进山打猎的。"

"请问你们能不能为我带路？"

"你们去那里做什么？"那几个人顿时紧张起来。其中一个人的眼睛非常怪异。

"哦，没什么，是为了科学考察，考察狼群在森林的生活状况！"马队长搪塞着。掠过那双怪异的眼睛，马队长心里产生了一种不安情绪，但又说不清为什么。

"是这样，我们可以带路。"

马队长与老乡商定好之后，带领一部人先进入狼谷，寻找狼窝所在，而邵平留在原地驻守。

那几个老乡走在前面带路，马队长带人携带武器走在后面。果真是地势险要，崎岖的山路，稍不留神就会掉进山洞陷阱，若不是有人带路，早就丧身狼谷了。

行进半日之后，并没有见到狼。太阳渐渐西斜的时候，他们到达了一处山势较高的地带，那里有亭台楼阁，似乎是一座城堡。

门前山石林立，大门之上有两个大字"狼堡"。马队长看到这两个字大吃一惊，脸色生变，马上端起机枪对后面的人说："我们中计了！撤！"一路上心中的那些不安和疑惑，得到了证实。再看带路的那几个人突然脸形大变，耳朵变得尖尖地大大地，眼睛深陷，嘴巴凸出，毛发直立，一副狼模样。

还未等他们撤，那几个变形人回转身堵住了后路。

众人一时还没明白是怎么回事，就看见从大门中冲出好多人，把他们围在中间，其中一人身形庞大，头戴盔甲，上面雕有一个狼头的形象。

马队长把枪瞄准了中间那个人，冷冷地问："你是谁？"

那人哈哈大笑，满面红光，"我是狼王荣光，我们在此等候多时了！"

众人刹那间才明白，这就是传说中的人狼狼王。据说，人狼白日为人行走端庄，夜晚为狼嗜血生物。人性的智慧和善良，狼性的狡猾和凶恶二者兼具。人狼并非是人和狼的混血，而是群狼的变异。为何在神农架的群狼会发生变异，至今无从知晓。人狼狼王地位至高无上，集聪明才智与邪恶于一身，他是力量的化身，人狼种族延续的源泉，他精力充沛，野蛮霸道，妻妾成群，从不轻易显身。

马队长他们这次要捣毁的狼窝所在地，就是这里。

马队长原先在石竹园见过人狼的，可是眼前的人狼分明是人，不是耳朵尖尖的人狼，怎么能是人狼呢？他并不相信眼前的这些是人狼，因为他们从形象上是有区别的。

"把他们扔到山洞里去！"

眼前的人上前就要缴了他们的枪械，马队长一个扫堂腿飞过，打趴下了来人，就地一扑，"啪"枪就响了。

其他人也迅疾与眼前的"人"卷入作战中。

"嗷呜"一声吼叫，眼前的人忽地面目狰狞生出一副狼脸，耳朵尖尖的超过了头顶，"人狼！"马队长大喊了一声，这才是马队长见过的人狼模样。

骇人的狼叫和惊人的人狼外形，瞬间的变化，立时让人们大吃一惊。

变形之后的人狼，犬牙外露，张开血盆大口，拳脚生风。马队长的机枪被打落，只能全凭一身功夫与人狼作战。

而在这时，从门里又狂奔出一群饿狼，这次冲出来的是四只脚的恶兽，是真正意义上的狼，朝他们猛扑过来，号叫着、咆哮着，顿时将他们包围起来。

马队长和众人背靠背相互协助，又各自施开拳脚御敌。马队长不愧是练过的行家，重拳出击，一掌拍在一只饿狼的天灵盖，那狼嗷嚎着回头狼窜。另一只扑上来死死咬住了马队长的右脚，顿时疼痛的感觉袭击全身，他两手掐住狼的脖子就滚在了一起。

那狼王屹立在狼堡的台阶上，冷眼观看一场人与人狼的血战。突然，他伸长脖颈，仰天长啸，脖子上的青筋突起，前胸膨胀，这声长啸如凄厉的风声卷过山岗，如轰隆隆的雷声震动四野，如低沉的大地轰鸣从脚底震动过来，如万箭穿心，撕裂着心肺，令人惊恐。

马队长等人竟不能动弹，被那声高亢又觉得是低吼的长啸，震得几乎耳膜破裂，肝胆俱裂。骇人的长啸，却令人狼个个亢奋，疯狂地的撕咬嚎叫，让每个人的身上衣服破碎如同乞丐，血流如注。突然人狼又迅速化身为人，手脚麻利地将马队长等人像捆麻袋一样捆了个结结实实。

那声长啸足足有五分钟，再叫下去，马队长肯定就疯了。狼王最后以柔声结尾，才算平息。

狼王暴起的青筋平复下来，他面色更加红润，伸展了一下腰身，转身回狼堡去了。

人们那随着狼王长啸而狂跳的心，也随之慢慢平静下来。马队长等人，被人狼拖到狼堡的一个潮湿的山洞中，狼堡的大门"吱嘎"一声关闭了。

第四十三章　营救小鸽子

一排五座绿色军帐前，一道红色条幅悬挂在两棵大树之间，在森林中格外突出，上书"神农架野人科考基地"。

一片空地上，黎黎和玉荣正带着小鸽子玩老鹰抓小鸡的游戏，三个人开心得不亦乐乎。不远处几个队友燃起炊烟，袅袅升腾，一派祥和气氛。

女人天性中的母爱，在遇到小孩子的时候，会不由自主地被激发出来。毛茸茸的小鸽子，对黎黎和玉荣两个女人就是一个值得探究的宝矿。

除了女孩子喜欢的芭比娃娃玩具，她们给小鸽子准备了各种各样的小裙子，还有各种甜食。奇怪的是，小鸽子除了拿住芭比娃娃不撒手，其他一律不喜欢。一个看不住，不是爬上了树，就是摘了杂草中的野果子吃得津津有味。或许曾经她们有过来往，小鸽子并不讨厌她俩，也不哭着找妈妈。

"咔嚓，咔嚓"黎黎对着小鸽子拍各种各样的照片，小鸽子爬树的猴样太可爱了，那回头一瞬间的惊疑，天真无邪的眼睛，都被黎黎的相机捕捉下来。

小鸽子究竟是人、是野人、还是人与野人的混合物？黎黎要做大量的考察工作才能作出科学的判断。

玉荣拿着小本子在一旁记录着小鸽子的行为、语言、形体、情态，以及取下了小鸽子的毛发进行 DNA 比对，准备做最科学的分析和判断。

"黎黎，你认为小鸽子是属于哪一种？人或者野人？"玉荣问黎黎。

"从外表上看，长毛发、深眼窝、突出的嘴巴，还是像野人。但是，她又会与人交流，直立行走，拥有人的思维情感，这一点又像是人。"黎黎很疑惑，拿不准小鸽子的身份。

"我觉得小鸽子是人与野人的混合产物，既有人的情态、思维情感，又有动物的外形，是野人在向人类进化过程的一个阶段。"玉荣拿着笔做思考状。

"小鸽子，你想不想你爸爸？"黎黎大声问小鸽子。

小鸽子正蹲在地上，用小木棍扒拉着一群忙碌的蚂蚁，童稚的声音说得很慢，"不想，噜噜爸爸死了，他对我很凶。"

"那你想不想你舟江爸爸？"玉荣低下头问小鸽子。

小鸽子不抬头，自顾自与一群蚂蚁玩耍，"舟江爸爸对我好，给我讲好多我不知道的故事。"

"你想不想妈妈？"黎黎问。

"我要妈妈！我要妈妈！"小鸽子说着就哭起来，黎黎和玉荣有点不知所措，相互对望了一眼。哭着的小鸽子突然站起身冲森林跑去。

黎黎拿着照相机，玉荣丢下笔，两个人追了上去。就算是长跑运动员，追一个小野人，也感觉很吃力，更何况整天坐办公室的两个白领，更是追不上了。"别跑，小鸽子，我们带你去找妈妈！"两个人在后面一边追一边大喊。

玉荣在前黎黎在后，气喘吁吁地追小鸽子。小鸽子不理会她们，呜呜地哭着迈开步伐，三下两下就跑得没了踪影。

急得两个人直打转，忙招呼其他队友一起帮忙寻找，队友们放下手里的活计，拎着枪就来了。

"小鸽子，小鸽子"的呼喊声，在森林中此起彼伏。

三三两两的人分组寻找，黎黎一个人跑到了考察基地南边的一个地方。

"嘿，我在这儿！"急得满头大汗的黎黎忽地听到小鸽子的嬉笑声，抬头一看，我的妈呀，小鸽子正坐在一棵云杉树上，足有二十米高，黎黎抬头只看到一个小不点，吓得差一点晕过去。

"小鸽子，你可别下来，会摔疼的。"黎黎站在树下急得团团转。

这可怎么办？

正思忖之间，突觉得背后飞过来一道身影，不错，好像是飞过来的，还没看清楚是谁，那人便手脚麻利地攀上了云杉树。

黎黎直勾勾地望着那人，那人一直攀到小鸽子身边，一把抱起小鸽子，一只手攀着大树哧溜地下来了。

黎黎这次看清楚了，大叫一声："舟江，是你吗？"

怀抱小鸽子，舟江神情肃穆。小鸽子把头偎依在舟江的肩头，亲密无间的样子实在令人嫉妒。

"黎黎，我们也算是一起共过事的朋友，你怎么能帮博士绑架小鸽子？"舟江的话音里没有温情只有冷冰冰的质问。

黎黎有些委屈，她从没见得舟江如此对她讲话，"怎么了你，说话像吃了枪药，我们不是一直在进行野人科考吗？马上就有眉目了，你怎么反过来成了敌人？"

"我说过，野人只是个传说，神农架根本就不存在野人，可是你们还是追来了，不但绑架了小鸽子，还杀死了青蔓！"冷峻了的舟江，反而有一种英气之美。

"野人不存在？哼！"黎黎从鼻子里哼了一声，秀气的脸上拧出一对冷眉。"那红豆、噜噜、小鸽子一家人算是什么人？不是野人又是什么？"

舟江看了看怀中的小鸽子，"他们是生存在神农架的自然人，"尔后又抬头看着黎黎说，"不是你们要找的野人！"

"自然人，一个才三四岁的小女孩，竟然能奔跑如飞，能爬上二十米高的云杉树，敢吃生肉，这也算是自然人？"黎黎嘴角上扬轻蔑地说。

"为了生存，什么怪异的行为都有可能，这没什么奇怪的！"舟江说。

"你把小鸽子还给我，我还要为她做进一步的体检！"黎黎说着就向舟江走过来。

"黎黎，你告诉博士，不要再探索神农架了，还森林一个原始的清静吧！"舟江转身向森林深处走去。

"舟江不要走！"黎黎大声呼喊，"你把小鸽子带走，让我怎么向博士交代？"而玉荣和队友们也在这时找寻了过来。一看见舟江怀中的小鸽子，他们就把枪对准了舟江的后背。舟江本能地感觉到后背有黑洞洞的枪口对着他，还有小鸽子。

"把小鸽子留下，否则我们就要开枪了！"

舟江没有转身，只是侧过脸，一双冷目鄙夷地扫过来，"妄想！"说罢，飞身上了附近的一颗珙桐树，在树叶的隐蔽下，跳跃着像一只灵敏的猿猴很快消失在茫茫林海中。

"不要开枪，别伤了舟江和小鸽子！"黎黎急忙用手去挡正要开枪的队友。

"啪啪啪……"但是黎黎的动作还是晚了，枪声毫不犹豫地响了，子弹呼啸着冲着舟江的方向飞去。

不知道舟江和小鸽子有没有被枪打中？

第四十四章　牢笼里的神秘老者

　　尽管被扔进潮湿昏暗的洞穴，可是狼王的那声骇人的长啸，似乎还在耳边回荡。马队长的裤腿被饿狼撕出一个大裂口，腿肚子上被咬出一道血淋淋的伤口，撕心裂肺的疼。

　　他将破裂的裤子撕下一长条，勒住小腿肚子，然后咬着牙忍着痛，将伤口的血，被狼污染的坏血挤出来，一直到挤出鲜红鲜红的血，才将长布条缠在伤口上。

　　其他队友们也纷纷自己处理伤口。

　　"马队长，我们被狼人咬伤了，会不会像电影中一样，到了月圆之夜，也变成狼呢？"

　　"如果真是那样，就自己找个偏僻的地方变成狼，千万别把自己的亲人咬伤或者咬死。等到月圆之夜过去，再回来。"

　　"如果控制不住怎么办？"

　　"要么杀了自己，要么吃了别人，再就是让警察枪毙了！"

　　天呢，杀了自己，难道是要抹脖子？人生自古谁无死，死也就死吧，可是要变成面目可憎的模样吃了别人，那岂不是成了千古罪人。这样不堪残忍的画面想一想都禁不住颤抖。

　　"唉，哪一个下场都是悲剧啊！但愿我们不会变成狼！"

　　对未来能否变成狼的担心，在人群中弥漫，都忍不住地唉声叹气。

　　等情绪平复下来，马队长从口袋中掏出备用手机，和邵平取得联系，"邵平，我们被困在狼堡，你想办法救我们出去。这里是人狼的老窝，他们白天扮成人的模样欺骗人，晚上变成恶狼，与人狼的斗争非常残酷！"

　　邵平通过手机定位系统，马上确定了马队长的具体位置，开始研究确定营救人质和捣毁人狼老窝的计划，并将这一情况上报给黎黎和姜博士。

　　姜博士和韩晖已经到达石竹园，石竹园还是和以前一样，似乎从来没有发生过什么事情。姜博士没有得到人狼彻底覆灭的消息，他打算静观事态的变化，同时也赞同邵平的计划。

　　那么邵平和马队长是怎么计划的呢？

首先，出动由喆聪驾驶的直升机悄然夜潜马队长被关押的洞穴，救出马队长等队友；其次，一不做二不休直接将狼堡炸掉，将整个狼堡的所有设施和人狼全部炸毁。

马队长和队友们怀抱着被营救的希望，在昏暗的洞穴中，忐忑不安地等待营救小组的到来。

洞穴内，到处是冰冷的石头。马队长稍微进行了勘察，发现这里其实就是一个地道的牢笼。刚硬的铁窗桇子把他们圈在洞穴的一处角落中，而在对面不远处的另个一角落，也镶嵌着一个铁笼子，在昏暗的灯光中，里面影影绰绰的似乎有什么东西，发出人抑或是动物的喘息声。

马队长悄悄地对队友们说，"对面有情况，我们大家都小心！"队友们仔细倾听，确有类似人或者动物的喘息声从对面牢笼中传过来。

"什么东西？不会是做错事的人狼吧？"

"也有可能是人？"

"还有可能是鬼！"大家纷纷揣测着、疑惑着，想弄清楚对面牢笼里究竟有什么怪物。

马队长从地上拾起一小块石头，朝对面轻轻扔过去，投石问路。

石头"啪"的一声脆响落了地，那喘息声立马停顿下来。

洞穴中一片沉静，如同没有生息的坟墓，令人感到毛骨悚然。

过了一会儿，见没有回音，马队长又拾起一块石头，正想扔过去，突然对面牢笼中有人说话了，"别扔了，我是人，不是鬼！"

如果不是灯光昏暗，马队长和战友们定能感到彼此是面面相觑，心中有着共同的认知：对面有人，而且还是一位男性老者。

"对面的先生打搅了，你也是被抓进来的吗？"马队长自己说完就有些不好意思，这不是明知故问吗，不被抓进来，还能是自己进来的吗？

"你这人问得好没意思，不是被抓进来，难道还是自己愿意进来的？"那个声音苍老，听起来大约六七十岁的样子。

"老先生对不起啊，我们刚来这里比较紧张，听见你说话，就不知道该说啥了！"马队长心情放松下来，"你是怎么被抓进来的，就你一个人吗？"

"附近山里有两三个村庄，我是南边那个村的。有一天，我上山采些中药准备到集市上换点零花钱，半路上碰到一个人，他说自己也是采药人，我们聊得挺投机。他告诉我哪里有更多的药材，结果他就把我引到狼堡里来。来了之后，他露出真面，才知道是传说中的人狼。"老人顿了顿接着说："我刚来这儿的时候，牢里还关押着十多个人，有些我认识，有些我不认识。"

"那么，他们现在还在你那里吗？"马队长急切地想知道人狼会怎样处置他们。

"不在了。这些人狼一天拉出去一个，也不知是生吞了还是活剥了，反正没有人能回来。"老人的声音满含悲伤和无奈。

人们听到这里，似乎能预见自己将被人狼拉出去吃掉，吓得不敢再想象那惨烈的场面。

"你们原先听说过人狼吗？"

"听说过，附近村里人都知道，是听老一辈人说的。"老人挪动了一下身子继续说："村里有一个八十六岁的叔伯哥哥，他年轻的时候，独自一人进山打猎，也是在半路上，不知从哪里冒出一个女人，背着竹篓去采蘑菇。衣衫褴褛，模样还挺秀气。哥哥见她可怜就上前询问，还送她两个窝窝头。那女人也乖巧，收下了哥哥的窝头，还给他一些蘑菇，说是报答他。哥哥不要蘑菇，那女人就说，要不到她家歇歇脚喝点水再走吧！哪个男人听了这话，不心痒啊，我哥就喜滋滋地跟着去了。"老人吞咽了一口唾液。

人们也听得带劲，"后来呢？那个女人和你哥怎样了？"

"还真有一个小木屋，屋里摆着锅碗瓢盆，像个居家过日子的。那女人就一个人，给我哥又是端水喝，又是递毛巾擦脸，低眉顺眼的。山郊野外，一个小木屋，又是孤男寡女，没多久两个人就黏上了。"

呵呵，这样的结局是多么符合人们的心理啊！艳遇，绝对是艳遇，哪个男人不期望一次艳遇，哪怕是遇上狐狸精也行！"你哥就睡在那个女人那里了？那女人漂亮不？"

"这和人狼有什么关系呢？"

"漂亮，要是不漂亮，我哥早就不跟着去了。"

"后来呢？"

"后来呀，折腾了半宿，睡到黎明时分，我哥才醒过来。心里那个美啊，偷偷瞧瞧身边的美女吧，这一看吓得魂都丢了。"老人的话停了下来。

人们心里着急啊，"看见什么了，是狼吗？"

"哪里是什么美人，分明是一个妖怪，长着一副狼的嘴巴，尖尖的耳朵，毛茸茸的胳膊腿，吓得他大叫一声。"

刚才还期盼艳遇的人们此时都后悔了，真的碰上妖怪，不要艳遇还是要命吧！

"人狼！"有人立马说出了答案。

"我哥一声大喊就把那妖怪喊醒了，她摸摸嘴脸对我哥说，'你别怕，我不吃你，我只是喜欢你。''你是谁'我哥问她，她说，'我是人狼，白天为人，晚上有时候会变成狼的模样，不要怕，再过一个时辰我还是美女！'就一个时辰，我哥他也没办法与一个狼模样的人待在一起。他就想穿上衣服逃走。"

"恐怕逃不了，人狼能放过到嘴的肥肉？"

"那个美女人狼对我哥说，'你现在出去，马上就有狼把你带走带到狼堡去，只要是去了，你就永远也回不来了。'我哥说，'为什么？'那女人说，'如果不是我喜欢你，早就把你丢在外面任凭那些恶狼吃你咬你，但是只要是天一亮，他们就不会对你怎么样的。我们白天是正儿八经的人，晚上会变成人见人怕的恶魔。'我哥听了吓出一身冷汗，白天怎么知道哪个是人哪个是狼，上当受骗都不知是怎么回事！"

看来人狼的行为特点基本都一致，就因为白天在路上遇见了打猎人，所以马队长等人被带到了狼堡，那些打猎人很难分辨出真假。

"老先生，这人狼究竟是怎么来的呢？"

"人狼是怎么来的，我不清楚，但是我知道狼王的一些故事。"

听到这里，人们很是兴奋，狼王究竟是一个怎样的人或者狼，在他身上究竟发生了什么？

第四十五章　狼王的由来

不知道是那昏暗中的神秘老者自己编出来的故事，还是真的就有那么一回事，总之，在阴冷的牢笼中，有灵异故事听，还真就满足了人们的好奇心，也忘掉了一时的饥饿寒冷。

"狼王的大名叫荣光，父亲很早去世，自幼跟着母亲在狼堡中生活。人狼的生活非常不易，既不能从事与人一样的耕作，也不能与真正的人或者狼接触，他们只能靠打猎为生。他们的生存很艰难，荣光从小颠沛流离几乎过着流浪的生活。虽然也是群居生活，但是荣光地位极低，吃不饱饭又没有尊严。他长大成人之后，母亲也去世了，他就一个人离开了群体，到神农架的更深处寻找力量的源泉。就在这期间，他攀爬山崖的时候，不小心滚落山下，摔断了腿。他一直哀号，不承想招来了一个野人，是一个女野人，她说她叫红豆。"

"红豆，不就是那个石竹园的红豆，抢走舟江的那个红豆吗？"有人惊呼。

"不可能吧，怎么就那么巧，狼王碰上野人红豆呢？或许，不是我们认识的那个红豆吧！"

那老人不理会他们，继续说道："红豆给他疗伤，喂他饭，还把他安置在自己的家里。说是家其实就是一个草窝。荣光腿伤好了以后，非常感激红豆，发誓一旦当上狼王，必将报答红豆。荣光离开红豆后，在山林中苦练功夫，逐渐练成一身过硬的本领，据说一拳能打死野猪，一手能拎起黑熊，奔跑能赶上猎豹，爬树能和猴子比赛，尤其是他那声长啸，最是致命。"

"哦，领教过，那声长啸叫人肝胆俱裂。"

"荣光再次回到狼堡，据说雄性的人狼不超过二十个。他肌肉发达，力量超群，目光凶狠，还有骇人的长啸，手里有一条从不离手的长鞭，让所有的人狼都非常惊惧。通过与老一辈的狼王进行格斗，荣光获得了最后的胜利，最终当上了狼王，狼堡里的所有男性都俯首称臣，女性理所当然地成为他的妻妾。他感念红豆的救命之恩，经常明里暗里帮助红豆。"

听到这里，马队长想起了在石竹园见到的四个手持鞭子的人狼。他和姜博士先前的揣测得到了证实，青蔓、狼王、红豆三者确实存在某种关联，在神农架划分区域独霸一方，又相互协助，成三足鼎立之势，共同维护神农架的生态平衡。

"老人家，你知道红豆的情况吗？"马队长想进一步了解红豆的情况。

"那个女野人红豆吗？不是很了解，据说狼王荣光很崇拜她。"老人顿了顿，忽然话锋一转，"光听我说了，你们是什么人？怎么也被抓进来了？"

"我们进山来采药，在半路上碰到一些打猎的人，他们说有个地方有草药带我们去，这不就带到这里来了嘛！"马队长打着哈哈说。

"就是啊，在这山林中，你碰到的狼就是狼，黑熊就是黑熊，可是你碰到的人，就不一定是人了！"老人拉长了声调说。

"是呀，说不定碰到的是人模人样的狼，或者人模人样的野人。害人之心不可有，防人之心不可无！"

"神农架真是藏龙卧虎之地！"

"好了，我要睡觉了，不知道还能不能看到明天的太阳。到了这地方，只有死路一条！"对面的老者翻了个身，呼呼睡去。

马队长等人可就没有这等淡然心境，明天，他们多么希望明天能有人来救他们！

邵平就是他们的救星，可是他在哪儿呢？

邵平指挥的直升飞机早就启航了，可是奇怪的是，飞行员喆聪在狼堡的位置——东经 109° 80′，北纬 31° 30′，俯身鸟瞰，竟不曾发现有什么奇异城堡之类的建筑，只是笼罩着一团白茫茫的雾气。根据卫星云图，此地应该是晴天朗日，没有半点乌云，现在疑似狼堡的位置云蒸霞蔚，朦朦胧胧一大片。

飞行员喆聪是一位老飞行员了，什么样的情况都经历过，只是这样的事情，还一时搞不清状况，也许神农架一带地形太复杂了吧！

邵平也很疑惑，卫星云图上报的情况与实地不相符，他要求喆聪再降一千米勘查。

喆聪驾驶飞机拨开云层雾气，再次降低海拔高度，逼近狼堡。成团的白色雾气包裹住飞机，能见度很低，不但见不到狼堡，再降下去自身都很危险，喆聪请求返航。邵平无奈，只得允许，明日再看。

马队长得知这一情况，心情一下子跌落到谷底，狼堡究竟是一个什么怪地方，直升飞机竟然探测不到，如果飞机无法抵达，那只有依靠地面武装。邵平告诉马队长，他们的队伍已经启程，除了小型武器之外，还配备了大型武器。

喆聪和另外三个人在驻地待命，准备明日再次驾驶飞机侦察，以配合邵平的地面行动。

邵平带领其他十余人背上重型武器，连夜赶往狼堡。

天刚放亮的时候，邵平终于到达狼堡地界。一夜的丛林急行军，让每个人都感觉筋疲力尽。邵平命大家就地休息、补充能量。在进行了短暂的休整之后，他慢慢靠近狼堡，仔细打量着眼前狼的城堡。

狼堡位于山坳中，一道石墙三米多高，石块不是很平整，多是就近采补而成；门，是一道石门，上面雕刻着狼头，目光炯炯，尖耳利嘴；门前有两个石狼，蹲坐在门前守卫。整个狼堡面积不大，但是高大雄伟，易守难攻。

邵平摸清地形，心里琢磨着如何营救马队长。正在这时，"吱嘎吱嘎"石门打开的声音打破了山中的寂静，从里面走出两个女人，一大一小，似乎是一对母女。那女人样貌一般，扎着马尾辫，上身着花上衣，下身一条灰蓝裤子；而身边的女孩极为漂亮，身穿小花裙，甚是伶俐。

邵平心中一惊，"这是狼堡吗？里面怎么还有人，而且还是一对母女？"

邵平悄悄把手机对准了那对款款而来的母女，然后把照片发给困在狼堡中的马队长，同时发了一个"？"。

马队长正在迷糊中，手机短信"滴"的一声把他惊醒。打开一看，是一张照片，照片的背景正是狼堡，狼堡门前有两个女人，一大一小，正走出狼堡的大门。

邵平看到照片，不禁笑了！他打通了邵平的电话。

"马队长，怎么回事，这是狼堡吗？怎么还有人呢？"还未等马队长说话，邵平就急不可耐地开口了。

"不敢相信你的眼睛了吧，看上去是两个人，其实都是人狼！"

"这怎么可能，马队长你不是在里面糊涂了吧？明明就是人，怎么说是狼呢？"

"他们太能糊弄人了，我就是上当受骗被骗进来的。他们白天是人，晚上变成狼。"

"太不可思议了！我勘查了地形，石墙很高不好攀进去，怎么去营救你们呢？"

"直升飞机还没有到吗？"

"非常奇怪，喆聪第二次起飞，还是没能发现狼堡，狼堡的位置就是一团浓雾，但是眼前明明没有雾。"

"没什么奇怪的，狼堡的地形本身就是迷宫一样，四周高中间低，从高空俯视很难发现。看来不能依靠飞机，就看你的了。我觉得那两个女人可以利用！"

"啊，马队长你什么时候也变得这么不正经。"邵平放下电话思忖着马队长的话，眼珠一转，心中有了主意。

第四十六章　进入狼堡

溪水边，乱石堆，草木葳蕤。

从狼堡中走出的小女孩蹦蹦跳跳着追逐蝴蝶，还顺手去采路边盛开的野花，兴高采烈地挥霍阳光下的美好时光。后面的女子手挎竹篮眉眼含笑，慈爱地看着女孩，脸上洋溢着幸福。

"啊，有人！"只听得女孩突然惊叫一声，像一只受惊的小鹿从溪水边跑回女人身边。

"在哪里？"女人很紧张。

"就在前面水边。"小女孩用手指着前方惊恐地说。

女人把女孩挡在身后，警觉地向水边慢慢走去。她看到有一个男人双腿屈膝趴在地上，一动不动。

女人走过去，看到一个身穿短衣短裤的男人，露出白皙粗壮的肌肉，小腿上有一道伤口，殷红的鲜血沾染在腿上，他的头枕在胳膊上，紧闭双眼，黑色的头发遮住了额头。

"喂，你醒醒。"那女人用手推了推躺在地上的男人，轻声说道。

那男人没有声响，女人又喊了一次，女孩一直躲在女人身后。

听到女人的声音，男人悠悠睁开双眼，有气无力地说："大姐，救救我！"

女人不说话，把男人扶起来，白净的皮肤，一双浓眉大眼，宽阔的额头，短衣中露出结实的胸脯。

"好一个帅哥！"女人心里低低喊了一句。

男人端详面前的女人，圆脸、大眼、高鼻梁，脸上很干净，不很漂亮但很耐看。"这么端庄的女人能是狼的变身？怎么看都是人，不是狼啊！"男人紧盯着女人看，心里七上八下的。

"你怎么了？"女人被他盯得打怵，把手从男人身上挪开。

"我摔伤了，又渴又饿，走不动路！"男人做出一副难受的样子。

"哦。"女人把头低下，查看男人腿上的伤势，用手撩开男人的裤腿，看了看说："不碍事，好像是被树枝刮伤的。"

"是，先摔了一下，后又被树枝刮破了。"在女人低头的那一瞬间，一抹若有若无的事业线从胸脯凸显出来，几乎灼伤男人的眼睛。"该死，邵平怎么能让我做这件事。"

"好疼！"女人的手滑过伤口，男人不禁喊出了声。

女人抬起头，那道事业线随即隐了回去。"需要消毒包扎，要不然会发炎的。"

"大姐，附近有人家吗？能不能扶我过去，歇歇脚？"男人忍着痛说。

"没有。"女人说着话，眼里有一丝犹豫闪过。

"妈妈，"小女孩拽了拽女人的衣服，"咱家……"女人瞪了瞪女孩，女孩没有再说下去。

女人盯着男人看了又看，忽然笑着说："我给你采一些止血消炎的草药吧！"

男人心底升腾起一种感觉，低着头说："要是附近有人家就好了！"

"我家就在前面。"女孩抢着说。

"真的？"男人抬起头兴奋地说："大姐，你方便带我去吗？"

女人看看女孩，又看看男人，"好吧，我家有很多人，你去了不要随便说话。"

男人笑了，那女人的脸上升起两朵云彩。

女人和女孩搀扶着男人，男人把背包斜挎在身上，在两个女人的帮扶之下，一步一挨地向狼堡走去。

这一切被隐蔽在树林中的邵平用望远镜看得一清二楚，"成功了！"，镜头中的人还不忘回过头冲望远镜做了一个鬼脸。

男人在女人和孩子的搀扶之下一瘸一拐走到狼堡，抬头看到雄伟的城堡，不仅慨叹："这是你们家吗？好气派！"

女人放下男人的胳膊，走上前，对着石门"当当当"有序地敲了三下，大声说："是我，青梅，快开门！"然后走下台阶郑重其事地对男人说："无论你看到什么，听到什么，有人问你什么，要想活命你就不要说话！"

男人看到青梅神色凝重，刚张开的嘴巴又合拢上，就乖乖地点了一下头。

"吱嘎"，厚重的石门缓缓打开，从里面走出两个人，都是虎背熊腰一副凶神恶煞的样子。

"青梅，又来货了？"

"青梅从来就没失手过，哈哈……"那两个人不怀好意地说。

"这次不一样，不允许你们打他的注意，否则老娘对你们不客气！"青梅一脸愠怒。

那两个人一怔，仔细瞧了瞧男人，"哦，怪不得呢，长得还挺帅！"

"我们要不要冲进去？"守在狼堡外面的人问邵平，"先等一等，男人先摸清情况，再给我们发信号。"邵平眼睛眨都不眨地望着男人和青梅走进狼堡，石门又再次"吱嘎"关上，门前恢复了平静。

走进狼堡，男人提高警惕，扫视眼前的一切，背包中的监控设备把他经过的地方拍成动态图像，传给在狼堡外面等候的邵平。他发现狼堡内部多为石墙砌成的走廊，走廊呈半圆形，若不熟悉地形，很容易迷失方向。中间主干道通向一座圆形建筑，木石结构，雕梁画栋甚是威严，想必是狼王居所。

青梅领着他走的是右边一条小路，石墙过膝，周围藤蔓缠绕，小路每隔几米就有一道圆形石门，有的紧闭，有的大敞四开，可见里面宽敞明亮，有亭有木屋。

很少有人走过，偶尔见到一个，也都低眉顺眼，很是奇怪。

在经过一个圆形石拱门的时候，里面传来人的惨叫声，声音苍老凄凉痛苦，还有羊"咩咩"的声音。男人偷偷瞧过去，只见里面有几个男人正把一个老人绑在树上，那老人胡子长过嘴巴，赤裸裸地露出古铜色的肌肤，有一个男人把一盆凉水泼在老人头上，旁边有一只羊正在地上抽搐，鲜血从脖颈处汩汩而出。残忍的景象，令男人有些不舒服。

"青梅，又送来一个吗？"里面有一个人喊道。

青梅没回答。搀扶着男人疾步走过，男人感觉到青梅内心的紧张。

前面走来一个人拦住了青梅的去路，"青梅，你把他带到哪去？为什么不把他送进地下石洞？"

男人透过遮盖在额头上的头发，看到来人头戴盔甲，上面有狼头形象，人高马大，眼神犀利，神情严肃，一手持长鞭，一手持利剑。在他身后还跟着一个青壮年男子。

"荣光，这是一等一的货，只是有点皮肉伤，等他养好伤，肉就更肥美了！"青梅笑着说。

男人听到这话，抖了抖一身的鸡皮疙瘩，"太可怕了，这要把我煮了吃啊！"

荣光拿利剑拨开男人脸上的头发，上下打量了一番，"你是干什么的？怎么受的伤？"

男人从来人的装扮和气势上，感到来人是狼堡中非一般人物。他刚要回答，忽然想起青梅嘱咐他的话，立马就闭上了嘴，把头耷拉下来，一副受重伤的样子。

"他是个哑巴，不会说话，我是在崖下捡到他的。"青梅说。

"是吗，小杜鹃？"荣光把脸扭向小女孩。

"我不知道，大大。"那个女孩原来叫杜鹃。

荣光闪过身子，让出一条路，"走吧！"

男人走过荣光身边，他感觉到寒气逼身，他能感觉到荣光的目光如同利剑刺在他的身上，他也能感到青梅的身子在发颤。

他们一直走到路尽头，打开石门，青梅将他扶进去，然后关上石门。

"妈妈，你为什么对大大撒谎？"杜鹃问青梅。

"小孩子不懂事，别问那么多！"

邵平通过男人传回的动感画面，将狼堡内部简单画出一个地形图，但始终无法判断马队长的所在位置。

在与马队长的电话联系中，邵平得知荣光就是狼堡的狼王，凶狠残忍。

青梅简单地给男人处理伤口，她温软的双手摩挲在腿上，他几乎感到痉挛。他也会偶尔向青梅放电，一种男女之间的情愫，在无形中搭建。

"你先休息一下，我去给你弄点水和吃的。"青梅的眼神温柔。"杜鹃，你在这里守着，不要出去，也不要让别人进来，知道吗？"

"嗯，我知道。"杜鹃高兴地答应着。

青梅走后，男人就和杜鹃聊天。先捡着小女孩感兴趣的话题，后来就转到重点问题上，"你家的地下石洞里都关着什么人？"

"什么人都有，我妈不让说。"杜鹃还是有警惕性的。

"你去过地下石洞吗？"

"妈妈不让去，但是我偷偷去玩过。"

"你知道在什么地方？"

"就在一进门的左边中间有一个大院子，那里有好多石洞。"

男人知道了马队长关押的地点，而他们的谈话已经传到邵平那里。他明白是该让他们进来的时候了。

"杜鹃，我丢了一件东西在河边，有一个小钱包，里面有我妹妹的照片，你能帮我找回来吗？"

"什么是照片？"

"照片就是把脸蛋印在一张之上，想啥时候看就啥时候看。"

"你能把我的脸蛋印在纸上吗？"

"当然能啊，等你给我找回来，我就给你做。"

"真的？"杜鹃高兴起来，开心地在屋里转圈，"等我妈妈回来，我就偷偷去找。"

这时候，青梅回来了，手里端着茶壶和一盘肉干。

第四十七章　狼堡覆灭

就在狼堡大门再次开启的时候，杜鹃从里面蹦跳着出来，一边跳一边哼着歌儿。

"上！"邵平一声令下，十多个人怀抱冲锋枪，猫着腰冲向狼堡大门。邵平和另外三个人依然在门外驻守。

杜鹃已经到了台阶下，狼堡的大门呈半闭合状态，邵平的人到了门口，两个人顶住石门，其他人闯了进去。

还未等杜鹃明白是怎么回事，邵平三步并作两步抢先把杜鹃抱起来，一手捂住女孩的嘴巴，在胳肢窝里夹着迅速跑回原地。

狼堡内立时响起了密集的枪声。

进入狼堡的人兵分两路，一路做掩护，一路冲向左边的大院石洞。那些欲做抵抗但又手无寸铁的人狼，在子弹的强烈攻势之下，应声躺在血泊之中。

枪声就是报警器，狼堡里的所有人狼都意识到有事情发生。因为只有在夜的庇护之下，他们才有可能化身为凶恶的狼，而白日的日光无法激发体内的邪念，白天他们就是正常的人类。

荣光正在空旷的练武场地和一帮弟兄练刀剑，枪声响起，小喽啰跑进来，"不好，有人攻进来了！"荣光闻听一手抓起长鞭，一手紧握利剑，大吼一声："拦住他们！"马上冲了出去，后面的人也都手持长鞭紧跟了上去。

在地下石牢中的马队长听到枪声，立即做好迎战的准备。

而男人正在嚼着肉干，和青梅四目相对正情意绵绵。枪声响起，他就势拉过青梅，揽在怀里，胳膊环住了青梅的脖子，"不要动！"男人完全没有了刚才弱不禁风的情态。

青梅一惊，马上明白了怎么回事，"你骗我？"

"我不想伤害你。"男人拉开背包的拉锁，从中取出手枪，抵在青梅的后腰上，然后推着青梅走出去。青梅怒目圆睁，只恨自己看错了人，"人是不可相信的"，荣光一再告诉她，可是遇见帅气柔弱的男人时，她完全沦陷了。

当男人推着青梅走到狼堡中心小广场，他发现马队长等人还有一个黑胡须瘦骨嶙峋的老者，就是那位关在牢笼中的神秘老人，已经被营救出来，地上横七竖八躺着人狼的尸体，而正前面是目光如利剑的荣光。

"啪啪"的几声呼啸，荣光的长鞭带着寒光甩过半空，一把冲锋枪从一个人的手里脱落，飞扬上空而后抛物线似地摔落在地。

"赶快隐蔽！"马队长大声喊道，"开枪"。

枪声大作，只见荣光飞身甩开鞭子，一阵眼花缭乱的狂舞，子弹全部弹飞，有的击在石头上，有的打回去，有的掉在地上。

男人震惊，如此下去，不可能击毙荣光。

"荣光，放下你的鞭子，要不我就毙了她。"男人推着青梅向荣光走去。

"你个混蛋，你不得好死，知道吗，你吃的肉干是风干的人肉，你吃了早晚会变成狼。"青梅恨恨地说。

男人听到青梅如此说，反而笑了，"好啊，那我就和你做一对人狼夫妻！"

那荣光的长鞭停了下来，一双青目冷冷地瞪着男人，忽然扬起脖子朝天长啸，"嗷——呜，嗷——呜。"声音穿透山林，震动山野，震得树上的叶子"哗啦啦"作响。

长啸声穿透耳膜，直击心脏，在场的所有人不由得捂住耳朵，抱头屈膝蹲在地上，躲避那声逼仄的长啸。

男人也不例外，心脏几乎震裂，胳膊不由地一松，青梅突地从男人的怀中钻出去，就在这时，荣光的长鞭到了，如同钢筋绳索，一把就勒住男人，然后抛向半空，只听得"啊"的一声惨叫，男人应声落地，鲜血从嘴里流出来。

就在这当口，马队长从旁边的人手里抢过冲锋枪朝着荣光开枪。没承想荣光一把抱起青梅，甩开长鞭，飞身上了屋顶，向狼堡外面奔去。

剩下的人狼都被马队长击毙。马队长顾不得男人受伤，持枪追了出去。

荣光身影迅疾，与其说是跑，不如说是飞，而且怀中还抱着青梅。他没有从狼堡的大门飞出，而是从高墙上飞下。狼堡外面的枪声大作，雨点般砸向荣光和青梅。

"咚"，中弹的荣光抱着青梅摔在地上，青梅滚落在一旁。

就在这时，有一个黑影从树林中疾飞而至，那飘飘的黑风衣激荡起一股寒气。那人一把扶起青梅，青梅急切地看了一眼来人，"舟江，快救荣光！"

舟江回身把荣光从地上抱起，把他的头放在自己怀里。

马队长从门里冲出来，邵平持枪到了荣光跟前。他们惊讶地看到：荣光躺在黑衣人的怀里，而那个黑衣人竟然是舟江。他是从哪里冒出来的，不得而知。

荣光手捂胸口，他的胸口上中了三枚子弹，长鞭遗落在很远地方。"荣光，你怎么样？"舟江低头看着荣光，他脸色苍白。

青梅发抖的身子爬到荣光身边，哭着抱住荣光，"你不能死，是我害了你！"

"舟江，你把青梅带走！"荣光声音发颤。

"宝贝儿，这是我的命，以后我再也不能保护你了！你跟着舟江走吧，他会保护你！"荣光对青梅说。他的脸上没有杀气，是一种男人式的温柔。

马队长看着眼前的荣光和青梅，心中不解，"人狼也这么有情有义？"也对舟江的行为不解，"舟江，你认识狼王？"

舟江抬头望着马队长，眼含愤怒，"你们不该对他下毒手！他是红豆的朋友！"

"请你们放过青梅，好吗？她是无辜的。"荣光笑着对马队长说。

"为了神农架的安宁，人狼不可能在这个世界上生存。"马队长毫不含糊。

"不要赶尽杀绝，他们的存在是自然界的选择！"舟江愤愤地说。

"你们人类破坏了神农架的安宁。"荣光抚摸着青梅的头发，"我们终于可以回家了！"荣光的眼睛暗淡下去，逐渐没有了气息。

"荣光！"青梅大声哭着呼喊着，她突然拿起荣光手里的利剑，一把刺向脖颈。舟江迅疾用胳膊挡过去，利剑飞出碰撞到石头上，"咣当"落地。青梅未等舟江缓过神来，一头朝着旁边的石狼碰去，顿时鲜血迸出，喷洒在石狼的身上。

舟江大叫一声："青梅！"

正午的阳光惨烈，狼堡的血迹渗透了石头和土地。

男人被抬了出来，奄奄一息，在他看见青梅尸体的时候，禁不住闭上了双眼，不忍再看。

杜鹃安静地睡在一个角落，她喝了含有安眠药的水，关于狼堡的战斗，她一概不知。

所有人狼尸体都被安放在狼堡的小广场上，包括荣光和青梅。

不久，狼堡里火光冲天，浓重的烟味散布在狼堡的上空。

最后，在狼堡里面，响起"轰隆隆"的炮声，狼堡片刻被炸成碎片，像绚丽的烟花开放在天空，最后归于一片沉寂，一片废墟。

从此，神农架再无狼堡。

杜鹃，是最后一个人狼，而男人真的会在某一个夜晚变成狼吗？

第四十八章　女孩深夜变身为狼

姜博士驻扎在石竹园地界已经有五六天了，他一直在等待马队长成功毁灭狼堡的消息。别人都心急如焚，恨不得马上冲入石竹园，可是博士毕竟是老谋深算的战士，他每天都在石竹园一带游山逛水，一副悠闲自得的样子。

小鸽子被舟江救走的消息，曾让他一度对黎黎很生气，可是转念一想，舟江若不去救小鸽子才是怪事，只是没想到舟江来得太快，快得还没让他做好准备。小鸽子不在手中，就少了一个控制红豆的筹码。舟江能把小鸽子送到什么地方去呢？是石竹园吗？但是在此地驻扎多日，也没见一只兔子跑进来，更何况是舟江那么高大挺拔的人呢？

马队长终于给博士传来了胜利的消息，狼堡和狼王化为灰烬，在神农架的地图上，抹去了一个曾经叫作狼堡的地方，在神农架的神秘中，有一个怪异的物种——人狼，从此消失。

杜鹃，最后一个人狼，暂时被安置在邵平的队伍中。经过观察，邵平发现杜鹃会在某个夜晚化身为尖耳朵人狼，绿色的眼睛露出凶恶的目光。当邵平目睹杜鹃人狼形象的时候，着实大吃一惊，杜鹃人狼的模样他一辈子都不会忘掉，将来可以作为奇闻逸事的谈资。白天，杜鹃依然是一个可爱的小姑娘。邵平用不可思议的眼神经常看着杜鹃，他非常奇怪在一个人或者狼的体内究竟隐藏着什么样的基因，能让一个人变身为似人非人、似狼非狼，介乎于人于狼之间的一种怪异物种。

最后一个人狼，是作为科研实体存在的。

……

神农架神秘三角区，现在只剩下石竹园，没有了青蔓和狼王的相助，红豆势单力薄，不会对抗很久，只是如何对待舟江呢？

石竹园地形复杂，而且非常神秘，且不说石竹园的出入口无法找寻，也没有规律可言，但就石竹园的内外差别，就是一个在科学上无法解释的疑惑。在时间和空间上，石竹园与外界几乎就是两个世界。

藤龙阁可以夷为平地，狼堡可以毁灭成为废墟，石竹园如果采取简单粗暴的炮轰，炸成碎片，岂不可惜了这一神秘异地。

姜博士貌似游山玩水，其实胸中自有谋划。

博士一面派黎黎再次寻找小鸽子的下落，一面命邵平将杜鹃带到石竹园，而马队长嘛，自然回京休息，石竹园的一切就交给博士了。

邵平马不停蹄地从狼堡赶到石竹园，杜鹃也被带来了。

小姑娘用惊恐的眼神看着博士，博士拿出一束玫红色杜鹃花很柔和地笑着对杜鹃说："漂亮的小姑娘，听说过你红豆阿姨吗？她和小鸽子就住在这里。"

杜鹃盯着博士看，不说一句话。

"杜鹃，叔叔告诉过你，面前的这个大大能帮你找到红豆，你不用害怕！"邵平弯下身子搂住杜鹃发抖的身子。自从狼堡覆灭之后，杜鹃一直吵着要妈妈，可是邵平告诉她，她的妈妈死了，狼堡没了，只有一个叫红豆的阿姨是她的亲人，只有红豆会收留她。

举目无亲，身处险境，毫无安全感，似乎也只有那个不曾谋面的红豆能收留她了。

"杜鹃，红豆阿姨就住在石竹园，你每天冲着石竹园大喊，红豆阿姨就会出来接你。"博士的微笑看起来和蔼可亲。

杜鹃望望远处参差不齐的石柱子，茫然地看看邵平，话虽然没有说，但是意思邵平明白了，"对，只要你大声呼喊，红豆阿姨就能听见，她就会出来接你。"

杜鹃从邵平的怀里挣开，走向石竹园的方向，开始呼喊"红豆，红豆……"杜鹃童稚的声音在山中回响。

博士满意地笑了，他转身问邵平："舟江呢？他去哪儿了？"

"他走了，什么也没有说，神情很低落。"邵平说。

"看来受刺激了，不过他还会回来的。男人现在怎么样？"博士问。

"男人伤势不很严重，就是情绪不稳定，总是害怕自己会变成人狼。"

"医生做过检查了吗？"

"已经做了全面检查，目前没有发现能变成人狼的基因。或许是青梅骗他。"

"但愿如此！"

杜鹃呼喊红豆的声音还在继续，声音此起彼伏地在山中回荡。

"杜鹃能把红豆喊出来吗？"

"目前这是唯一可行的办法，石竹园本身不存在入口，如果存在，一定有秘密的通道，可是我们找不到。"

"上次，你和山城子不也是误打误撞地进入到石竹园了吗？难道这次不可以吗？"

"我做过调查，石竹园外表上和其他地方没差别，无非就是数不清的喀斯特石洞，林林总总的石柱、瀑布、溪水，但是总有些不正常的地方说不清楚。我们一定能找到去往石竹园的密码，将来可以为我所用！"博士说着眼中冒出亮光。

"叔叔，红豆怎么还不出来？"杜鹃喊了一阵，见石竹园没有任何动静，便走回来问邵平。

邵平望望一望无际的石林，"地方太大了，红豆恐怕听不到，所以你要一直不停地喊，知道吗？"

"嗯，好。"杜鹃很乖地又回去喊红豆了。

邵平和博士继续刚才的话题，"白天不行的话，可以等到晚上，万籁俱寂的时候，让杜鹃变成狼身，发出狼嚎，说不定红豆就能听到了。"

"当然可以，如果是月圆之夜效果就更好了，可惜现在还不是。"

"红豆听到杜鹃的呼喊，她能现身吗？"邵平很是疑惑。

"青蔓死了，狼堡也被炸了，红豆已经知道了。杜鹃、小鸽子的处境她很可能已经预料到了。杜鹃是狼王的孩子，红豆不可能不救。"博士慢条斯理地说。

"我们就没有其他的办法进入石竹园吗？"邵平失望地说。

"目前还没有。晚上你们把杜鹃看紧了，让她多嚎两声。"

"是。"邵平应声。

夜晚，神农架的风尖冷，透过军帐，寒气逼人。

过了半夜，蜷缩在角落中的杜鹃悄然发生变化。全身毛发迅速从肌肤中钻出的时候，她的脸也开始变形，嘴巴突出，长长的像是狗的嘴巴，耳朵尖尖的，手脚也逐渐变成匍匐在地面上的四肢。人狼，在夜晚如果被激怒，往往会变回狼身，一般情况下，它只是把耳朵和眼睛变化成狼的模样，大多数情况下，他们不选择变身。变身，会耗费体内的机能，损耗能量，也会减少变身的次数。

杜鹃，她是想逃走。

不敢合眼的邵平，在军帐中的监控画面上，已然目睹这一奇异景象，顿时惊呆。前两次只不过看见了杜鹃变身为人狼，可万万没想到她竟然也能变成狼，一头凶恶的狼，匪夷所思。

夜晚给某种邪恶披上外衣，无形中增加了邪恶的力量，尤其是在深不可测的神农架原始森林。

杜鹃的变身，邵平悄悄通知了几个人，如果她有恶意攻击行为，就开枪将她打死；如果想逃走，就鸣枪示警。杜鹃，变成狼，也只不过是一只失去父母的小狼而已。

半个时辰后，杜鹃活脱脱的变成一头小狼，身上的衣服丢在地上。绿色的眼睛在寒夜中露出怯怯的目光。它试探着起身，警惕地看看四周，竖起耳朵静听来自夜晚的寂静。

它悄悄抬头开始试探地向军帐外走去，它的脚踩在地上，没发出任何声音。

监控画面切换到军帐之外，杜鹃这匹小狼从帐中探出头，四处打量着，见没有任何可疑的人或物，整个身子小心翼翼地钻出军帐。

杜鹃若不是一头人狼，真是一只惹人怜爱的小动物。

杜鹃迟疑几分钟，忽地一个飞跃，冲着军帐的缝隙疯狂地逃窜出去。不承想，还没有跑出百米远，就有几个人手持冲锋枪站在杜鹃面前。"回去！"那些人厉声喝道。

杜鹃停下脚步，眼望来人，目露凶光，开始一步一步后退，继而开始嗥叫，真真地就是狼的叫声，叫声中满是求救的信号。杜鹃和来人对峙，忽而一个转身从几个人的右边旁蹿了过去。

有人举枪就是一梭子，"啪啪啪"的子弹声响响彻黑夜，亮光撕开了黑夜一角。

只见杜鹃一个扑棱倒在地上，她似乎中弹了。

几个人连忙追上前，却不提防有一暗影从斜刺里冲过来，似乎是一个女人，身影矫健迅捷，长发飘摇。她敏捷地一个弯腰，抱起地上的杜鹃。

再看地上，杜鹃已没有了身影。她似乎消失在空气中，又似乎从没有出现过，宛如一场梦幻。

几个人面面相觑，手电筒照着黑暗的夜，夜如一潭死水，刚刚被剥开，霎时又恢复平静。

连一根狼毛都不曾发现。

杜鹃失踪。失踪得很是蹊跷，众人十分不解，而博士却不以为然，"没想到还是让红豆钻了空子。"

面对既无进口又无出口的石竹园，邵平急得没有一点办法，博士也紧皱眉头，能够利用的小鸽子和杜鹃都失去踪影，怎样才能安全打开石竹园这个异类世界呢？

第四十九章　世外桃源

　　和煦的阳光像母亲的目光，温和慈祥地照在身上，杜鹃这头可怜的小狼没有从昏迷中醒来。她蜷缩在柔软的草地上，温顺得如同一只小猫。

　　"醒来吧，可怜的孩子！"红豆用一双温热的手，抚摸杜鹃细密的毛发。旁边一个小毛孩正在玩耍。

　　听见温柔的呼唤，宛如妈妈熟悉的声音，杜鹃从梦中苏醒，蜷缩的头慢慢从怀中抬起来，她看到一个美丽的女人，正微笑着看着她。

　　"她是谁？难道是红豆？"杜鹃打量着眼前的女人，女人微胖，美目顾盼，长发披肩。

　　"不要怕，我就是你要找的红豆。"红豆柔声说。

　　杜鹃闻听是红豆，顿时眼睛一酸，有泪暗滴，她却忍住。"红豆，等我一下。"杜鹃从地上爬起来走到一棵树后面，她慢慢闭上眼睛，朝向太阳深深地长吸一口气，奇迹再次发生，杜鹃的毛发逐渐消失，皮肤变得柔嫩光滑，四肢变成人的手脚，脸部的嘴巴开始回收，眉眼也像一个女孩子。不到半个时辰，杜鹃由狼变身为人的艰难过程完成了。

　　她从树后朝着红豆调皮地一笑，"能给我一件衣服吗？"

　　红豆随手拿了小鸽子的一件花裙，递给小鸽子，"给姐姐送去"。

　　小鸽子跑着送过来衣服，两个人在树后叽叽喳喳，像两只快乐的小鸟。

　　"红豆，杜鹃还好吗？"这是一个男人的声音。

　　"舟江，你什么时候回来的？"红豆把头扭过去望着走过来的男人。舟江手里拎着那件黑风衣，里面露出洁白的衬衣。

　　"我把狼王的尸骨埋葬，又去青蔓那里浇上水，这才回来。"

　　"青蔓不知多少时日才能恢复。"红豆喃喃自语。

　　"狼王死了，青蔓也死了，那些人连我们也不放过，你在石竹园的乾坤界看见他们了吗？"

　　"看见了。"舟江在草地上坐下来，与红豆面对面。

"他们究竟想对我们怎么样？难道想赶尽杀绝吗？"红豆很悲愤。

"不要生气，肚子里的宝宝要不高兴了！"舟江努力地做出微笑的表情，但是他觉得自己太牵强了。这些日子，他看够了血腥的厮杀。

红豆低头看着隆起的腹部，用手摩挲着，突然肚皮上鼓起一个小疙瘩，"哈哈，他又在踢我了！"红豆笑起来。

"真的吗？"舟江也凑过来，用手去摸那刚刚鼓起来的小疙瘩，硬硬的、圆溜溜的，多么奇怪的小生命，"是它的小手吗？"

"也可能是小脚丫。"红豆笑着说。

两个人被红豆腹中胎儿的小动作，逗得好开心。舟江似乎很久不曾如此开心了。聚集在脸上多日的阴云，也都云开雾散。他搂住红豆的双肩，感觉到幸福的日子如此美好。

"妈妈，姐姐穿上了我的衣服。"小鸽子快乐地跑回来，后面跟着有点羞涩的杜鹃。杜鹃的个头和小鸽子差不多，年龄却大五六岁。

"这是舟江叔叔，不要怕。"红豆对杜鹃说。杜鹃不说话，只拿眼睛怀疑地看着舟江。

"可怜的孩子！"舟江看到杜鹃，眼前又浮现出荣光和青梅死去的惨景。

"姜博士曾经亲口说，永不再踏进神农架一步，如今他不仅来了，而且还杀死了青蔓和荣光。"红豆眼中溢满了悲愤。

"为了我们的孩子，红豆，这一切都交给我，你安心养胎。"

"你打算怎么做？"

"我与神农去会会他们，你带着孩子留在这里，千万不要出去，只有在这里，你们才是安全的。这次，他们无论如何都闯不进来。"

"上次念在你们的交情，我放过他们，这次你如果再怀仁慈之心……"红豆顿了顿，望望四野接着说，"石竹园恐怕不复存在，神农架再无世外桃源。"

舟江也深沉地看看远山，无语。

"红豆，我想妈妈了。"杜鹃眼睛红红地。

"好孩子，你妈妈去了很远的地方，你和小鸽子留在这里，哪儿都不要去。"

"我知道妈妈死了，是一帮坏人害死的。等我长大，我要为妈妈报仇。"杜鹃的眼里迸射出一种愤恨。

"心怀仇恨的孩子，是长不大的。报仇的事情，就由我们做吧！"红豆安慰杜鹃。

舟江听着她们的谈话，心思沉重。他站起身对红豆说："我走了，等我回来！"

"你一定要活着回来，为了我，为了孩子！"红豆也站起身，把手放在腹部。

舟江最后看了一眼红豆隆起的腹部，那里有他的爱，他还未出生的宝宝。"我一定会回来！"

舟江带着神农，一起走向"乾坤界"，那里是石竹园与外界的分割线，一个可以让时空错乱的地方。

乾坤界，貌似高达百尺的巨石，其实内在存在巨大的磁石，磁石的磁力内外有别，内在的磁力将时光和空间拉长，形成了一个与外界不一样的世界，世外桃源般的仙境。人的肉眼不能分辨出两个世界，也不能看到内里的世界。只有青蔓这等神农架的千年藤妖知晓，将这一神秘世外桃源送给红豆，送给她一个神农架的清静之地。开启乾坤界，青蔓的玉簪可以暂时划破磁石的磁力，开启石竹园的乾坤之门。而红豆手中自然就有青蔓送的玉簪，无玉簪就无从进入石竹园。上次姜博士和山城子的无意闯入，只是偶然闯破了石竹园的脆弱部分，才得以进入，之后的乾坤界自身磁力被无限增大，外人则不可能进入。

神农架为自己预留了一处绝世境地。

第五十章　机器人"神农"和老鹰

姜博士几寻小鸽子无果，看来这枚棋子必将废弃。就在他决定采用上次进入石竹园的方法时，舟江和一个野人，确切地说是机器人"神农"，他依然身披那件酷似野人的毛皮外衣，若从来不知晓内幕的人，还真以为是一个地地道道的野人。他们大踏步从山洞中走来，地面发出"咚咚"的震响。

神农踩得地面地动山摇，所有人不得不提高警惕。就是博士自己也没预料到神农在野外的走路声响如此巨大，若是再研制一款机器人，就要缩小比例，免得还未见其人就闻声，不便使用。

"神农来了！"有人喊道，"我们怎么可能是他的对手？"

"不会，他只不过拥有探测、跟踪的功能，难道还有射击、电击等威力？"

博士当然知道神农的厉害，神农不但能够到达人类不能到的地方进行必要的探测，而且还具备攻击和防御功能，甚至连简单的医学诊断都包括，是一款集科学考察、高科技武器、医用的机器人。他看了看邵平，"想办法把神农争取过来！"如果能把神农争取过来，舟江必将失去一大半的威力，增强博士的力量则不言而喻。

"有点困难，原始密码和设置都被舟江篡改，还有哪个程序能为我所用？"邵平面露为难之色。

"如果不能争取，那就毁掉！"博士毫不含糊。博士心里明白，神农机器人现在被舟江控制，他不可能扭转乾坤了。

"博士，你说过你不再踏入神农架一步，可是你不但破坏神农架，而且还杀死青蔓和荣光，你必须给神农架一个解释！"舟江冷冷地说，一双冷目射向姜博士。

"寻踪野人始终是我们科考的目的，谁在这条路上挡我，谁就选择了死亡。"博士微笑着说，与舟江的冷酷形成鲜明的对比。

"过去我是科考的一员，是在不破坏神农架原始森林的情况之下，现在不同了，我要为守护神农架而战斗。"舟江很是冷峻。

"这么说，你是不肯把红豆交出来了？"

"红豆现在是我的爱人，我有权利保护她，守护神农架。"舟江扬起手，"请博士马上离开此地！"

"我要是不离开呢？"博士挑衅地看着舟江。

"那就别怪我不客气了，放！"舟江的手用力向下一挥。只见神农的双手抬起，一阵"噼里啪啦"的激光从手心射出，闪烁着耀眼的光芒，射向博士等人。

众人急忙卧倒，一线激光还是打在了博士的右胳膊上，博士只觉一阵疼痛和麻木，低眼一瞧，右胳膊肘底部衣服破了一个小洞，绿豆粒大小，有烧煳的味道。把衣服撩开，胳膊肘部赫然一个小孔，是贯穿孔。幸亏是在肌肉部分，若再上移动一点，骨头恐怕也打穿了。"开火！"博士大声怒喊。

机器人神农具有防弹功能，子弹打在神农身上倏地滑落，只是毛发有些受损，看起来就像揪下一点毛，对他的身体根本起不到任何作用。倒是神农步步紧逼，逼迫众人匍匐在地上后退，躲在一片树林之后。舟江紧跟在神农之后，掌控神农射击的方向。

伤不着神农和舟江，博士的人倒很受伤，许多战友胳膊、面部被激光打到。眼见神农逼近，邵平悄悄对博士说："怎么办？用雷管炸药吧！"博士眼角的皱纹因为疼痛拧成麻花，邵平看着博士脸上两朵麻花，郑重地建议。

博士点点头，"力度大一点，争取一次性成功！"博士用左手捂住被激光打穿的地方，当初在设计神农的时候，激光眼共有五处，最小的只有几毫米，如果最大的一束打在身上，恐怕就是一个大窟窿。博士由衷地感到庆幸。

邵平悄然示意后面的人，有人接到了邵平的眼波，他是一个瘦弱的男人，像一头没有长开的小马驹。他立马会意，拿出准备好的一捆炸药，匍匐在地上向神农爬去。博士紧盯着前面的战斗，心情极为紧张。邵平身后的子弹不断飞出。

神农有一对智慧的双眼，在他的视野之内，没有任何盲点存在，更何况有人拿着炸药向着他的方向爬过来。舟江通过操控神农，也已明晰这一点，他把视线瞄准那捆无辜的炸药，然后启动按钮。只听"啪"的一声，神农从手心射出一道耀眼的光线，直冲那人怀中的炸药。就算有衣物挡着，光束也能击穿目标，任何阻挡物对激光来说都是无用的。

"轰隆隆……"

炸药在离神农和博士不到几十米的地方爆炸了，升腾起一阵烟雾，呛人的烟味让人剧烈地咳嗽起来，那个怀抱炸药的人则随着一阵烟雾而烟消云散了。

"好惨！"邵平的心一阵疼惜，好端端的一个人一眨眼就没了。

"没想到神农如此厉害，小看他了！"博士在研制机器人神农的时候，也只是想象了神农的威力，并没亲眼所见神农的厉害，如今搬起石头砸自己的脚，敌人尚未尝到神农的厉害，自己反而受其所害。博士想到这儿，非常恼怒地捶自己的胸膛。

"怎么办？"邵平的眉头也紧缩不开。

……

博士暂时拿不出办法，这时候天空出现一只老鹰，直直地向这边飞来。黑色的羽翼，宽大的翅膀，似乎还闪过一丝金属光泽。

"我们的救星来了！"博士的目光捕捉到天空的老鹰，额头上的皱纹就像退潮的海水一样平复下来。

"哦，黎黎来了吗？"邵平也把眼光锁住老鹰。

"黎黎没来，黎黎的老鹰来了！"博士意味深长地说。

老鹰没有理会博士和邵平，而是直接冲着舟江和神农俯冲而去。

舟江控制的神农还在视野中不断搜索博士和邵平，正寻找机会下手，并没有在意头顶上的不速之客。

或者，在神农的视野中，老鹰还没有出现，而舟江的注意力也只放在博士身上。他想把博士彻底打回北京。

老鹰的双眼是特制的，其中一只射出耀眼的光束，光束以光的速度瞄准神农的一只眼睛；而老鹰的另一只眼睛在一秒钟之后也随即射出光束。两道光束几乎同时起步，却又仅仅相差一秒，就是这一秒钟的时间，神农的两只眼睛就被准确无误地射中。神农的双眼顿时冒出一股白烟，停止了扫描。

舟江一愣，这才注意到天上的老鹰，但是已经晚了，神农的双眼失去了光明，神农的视野坠入黑暗，它不可能再准确地瞄准天上飞翔的老鹰了。

老鹰在得手之后，迅速朝着北方得意地飞去，很快消失在云烟中。

"黎黎干得好！"博士拍着手不禁叫起了好，邵平瞥了瞥博士没说话。博士注意到邵平神色的变化，笑着说："没想到吧，邵平，这是我预留的一手。一直让黎黎在基地通过仿生机器人老鹰观测我们战斗的情况，若有不测，黎黎就会远程控制老鹰替我们出手！"

邵平心里说：不愧是一只狡猾的老狐狸，狡兔三窟！

"多亏博士的神机妙算，要不然我们就被烧焦了！"邵平此时换上一副笑容。

"神农现在变成瞎子，到我们反击的时候了。邵平，去把舟江拿下！"博士说起话来貌似很轻松。

第五十一章　机器人"神农"被炸

"舟江，我的眼睛瞎了。"舟江听到神农的报告，意识到天上逐渐消失的老鹰就是博士的仿生机器人，"哼，跟我玩捉迷藏，看我不灭了你。"

"没关系，神农，不要怕，我再给你换上一双眼睛，比先前的还亮！"舟江解开神农的皮毛外衣，露出金属骨架。他迅速切换神农的启动模式，只见神农在破损的双眼部位立即伸出一对小一规格的眼睛，向外突出，看上去不伦不类，不像野人，倒是像一只可怕的怪物。

此时，邵平持枪上来肆无忌惮地站在神农和舟江面前："投降吧，舟江，神农都变成瞎子了。跟我们回去，之前的事情，咱们一笔勾销！"

"你们和神农架的账还没算清，我们还是接着来吧！"舟江说罢，用手敲击神农的后腰部位。

"目标确定。"神农清晰地说道。

邵平猛然听到神农说话，而且还很清晰，马上意识到有危险，于是迅速就地卧倒。就在这时，神农的两只眼睛射出两道红光，直接扫过邵平头顶，邵平闻到一股烧焦的味道。"啊，几根长头发被烧了！不用花钱理发了。好家伙！"邵平心中暗暗吃惊，"原来神农没彻底瞎呀，我太小看他了！"于是，他把枪对准了舟江的左肩膀。

而此时，神农接连不断地向邵平和博士发射出蓝色、红色、橙色光线，所到之处有的起火燃烧，有的似被利剑穿透，有的则被贯穿成孔。

博士大惊，"神农被升级了，原来不曾有这般神力。"他连忙命人躲避。但已经来不及了，很多人被神农打伤。

"舟江疯了，黎黎，赶快动手！"博士向黎黎传达最后一道密令，这道密令意味着彻底焚毁舟江和神农。

"博士，你确定要这样做吗？"黎黎在电话中持怀疑态度。

"不要废话，再晚一些，我们连命都没了。舟江已经不顾及我们之间的情面了！"

"好，喆聪马上就到！"黎黎坚定地说道。

喆聪驾驶直升机在前面，后面跟着一架无人机，无人机上足足有炸毁一座城堡的炸弹。

混战中的人们同时注意到天上飞来两架不同的飞机，博士的脸上升腾起不被人注意的喜悦，"马上撤！"他命令道。人们闻听，不由得紧跟在博士身后悄悄向军帐后面的一块空地退去。

舟江敏锐地捕捉到天上地下发生的变化，顷刻间他将神农的手伸向蓝天，"神农，天上有情况，瞄准射击！"

"目标确定，射击！"神农准确地朝着喆聪的直升机发射了一枚小型导弹。

不愧是高科技机器人，还是战斗型的，喆聪的飞机尾翼被神农准确击中，屁股上冒着一股黑烟，摇摇晃晃向丛林深处栽去。

飞机上，当仪表盘显示异常的时候，喆聪非常镇定，他打开了备用的降落伞……

博士看着一头栽下去的飞机，恼怒地说："笨蛋！"

就在喆聪的飞机被击沉的时候，那架无人飞机却赢得了战斗的机会。在确定舟江这个不容怀疑的目标时，无人飞机开始在高空投射炸弹。

"舟江，接收到异常情况，马上撤离！"神农说话还是不紧不慢的语速。舟江不等神农说完，就启动一个逃离的按钮，此时，那颗炸弹已经朝他们俯冲下来……

"轰隆隆"的爆炸声在神农架的石竹园惨烈地炸开，顿时碎石乱飞，硝烟弥漫，百米之内不能见人更不能见树。

当硝烟逐渐散去的时候，博士等人身上的碎石尘土被抖落，他们几乎是从土坷垃中拔出来的，灰头灰脸。"要不是及时撤离，巨大的威力非得把我们炸死十次！"有人小声嘟囔。"邵平，去查看舟江和神农，活要见人，死要见尸！"

邵平带人马上去了爆炸现场。

邵平很快就回来了，"现场只有一个三米深的大坑，不见神农也不见舟江！"

"多派些人再去搜！"博士的命令不容置疑。

邵平依然一无所获，爆炸现场除去尘土碎石、残枝败叶，别无他物，就连神农的一根毛发都没发现。"既然找不到一点可疑的东西，那就说明舟江跑了！"邵平对博士分析道。

"跑了和尚跑不了庙！"博士凝望着逐渐散去的浓烟，"看来还需要喆聪的无人机把石竹园炸开，我就不信石竹园是铜墙铁壁！"

"喆聪的飞机好像失事了！"邵平带着怀疑的态度说道。

博士没理会邵平，转而传呼黎黎："黎黎，对石竹园发动进攻，这次要来个彻底的！"博士通过电话向黎黎传达命令。

"对不起，博士，喆聪飞机失事，他人也失踪了，无人机不能操控！"

"什么？喆聪失踪，这个笨蛋！""邵平带人去搜救喆聪！"

"不用这么费劲，博士不是一直在找我嘛，我来了！"就在大家准备去寻找喆聪并开始部署下一步任务的时候，在石竹园的方向款款走来了一个身穿橘色风衣的女人，她面容姣好，只是隆起的腹部已经表明她快做妈妈了。

"哦，红豆！"有人惊呼。

博士紧盯着来人，他那对小眼睛迸射出一种难以言表的兴奋之情。

"红豆，别来无恙？"博士大踏步走上前，如同见了老朋友一般热情。

"都说仇人相见分外眼红，博士怎么却像见到了老朋友？"

"神农架是一个神奇的地方，而你正是我着迷的人。俗话说'不打不相识'我们也算是老相识，可就是没有机会踏踏实实地和红豆你深入地谈一次。"

"我们之间还有什么可以深入交谈的话题！博士，这太可笑了！"

"你知道我来神农架的目的，如果你想让神农架获得安宁，不如你现在就跟我们回北京，进行深入的了解。"

"神农架的安宁已经被破坏，青蔓惨死在你手下，狼堡被你炸毁，如今你又来骚扰我和舟江，你不觉得你太过分了吗？"红豆的脸上挂上一层冷霜。

"舟江嘛，他还好吧！"

"托你博士大人的洪福，舟江和神农一切安好，你的炸弹不过就是一盘软豆腐。"红豆换作一副温和的面容。

正如红豆所说，舟江和神农并没有被博士的无人机炸毁，舟江高大的身影背对着阳光朝着他们走来，在他身后走来的是神农。

"阴魂不散。"博士心里低低地骂了一句。

"舟江没有被炸死？"邵平嘀咕了一句。

"博士，今天就让我们做个了断吧！"舟江的脸上覆盖了一层尘土，显然是刚才在爆炸现场留下的。

"神农架二号生物制剂的厉害，你们是知道的，那也是人类自身所蔑视自然规律而产生的毒害，如果博士能把精力放在研制如何归还碧水蓝天，如何解答神农架二号的答案，我和红豆将跟博士回京，听从一切安排。如若不然，你们就不要再踏进神农架一步！"说罢，舟江回头看了一眼神农，示意神农出手。

"卧倒，开枪！"博士在舟江回头的那一刹那，立即醒悟，马上向队友发出命令，一骨碌卧倒在地。

枪声"噼里啪啦"响起来，红豆和舟江迅速躲避，那神农倒什么也不在乎，大踏步地走过来。在他的手掌中，喷射出无数只闪亮的东西，直直地如雨点般向博士这边喷射过来。

一剂盛满黄色液体的针剂，准确无误地打在了博士左胳膊上。他猛然感到一阵疼痛，毫不犹豫地把那只针剂从胳膊上拔下来，针管中还留了一半液体。紧接着另一只又到了，博士马上打落。

再看周围的战友，他们身上或多或少的都被针剂注射了，有的液体呈红色，有的是绿色和蓝色。"快把针头拔出来！"博士的声音发颤，几乎是惊叫一般，都把大家吓坏了。大家忙不失迭地把针管拔下来。而博士则把没注射完的针剂捡拾起来放在一边。

神农最后把手掌收起来，站在那里，哈哈大笑，笑声几乎类似猿猴的笑声，让人头皮发麻。"这就是博士你设计的野人机器人，笑的也太难听了！"邵平这个时候还开玩笑，难道他真的不知道神农架二号的厉害，许飞语就是因为神农架二号去世的。

"撤！"博士的小眼睛发狠地眯成一条缝，声音依然颤抖着，"回京。"

红豆和舟江此时现了身，"再见，博士！"

就在博士咬牙切齿的时候，突然间蔚蓝的开始天空变得浑浊，不知道从哪儿迅速飘来一大块乌云，遮盖上空，白日瞬间就暗下来，黑下来。

博士、邵平还有红豆、舟江，一起抬起头迷惑地望着风云变幻的天空。那乌云急速地变换形象，一会儿万马奔腾，一会儿拥挤的棉花朵朵，一时间，在场的每一个人都被天上的奇幻景象吓呆。

"是要下雨吗？""不像，没风，也不像积雨云！"

那侵吞天空的乌云激烈地翻滚，暗下来的天空令人感到恐惧。"难道是老天要发怒了？"博士在心里自语。

"红豆，这是怎么了？"舟江从没见过神农架的奇异天象，他不解地问红豆，心中闪过莫名的恐慌。

"我也不知道，神农架从没有出现过这种情况，就是刮风下雨也不会如此，我们赶快走！"

就在这时，在那一片乌云之中，突然闪现一个发光的刺眼的大火球，呼啸着向地面砸来……

　"不好……"

　那个大火球究竟是什么呢?

第五十二章 不明火球的袭击

一团熊熊燃烧的巨大火球，把浓重的阴云冲破出一个大窟窿，红彤彤、亮晶晶，比满月还要大，比太阳的光芒还要耀眼，在天空翻滚着，高速地运转着，划出一道亮丽的抛物线，直直地冲着他们呼啸而来。

没有狂风的吼叫，却蕴藏着巨大的能量；没有暴雨的惊骇，却令人内心感到无比的恐惧；空气中有不明颗粒砸下来，不像是铺天盖地的泥石流，却能感觉到强劲的空气流动，还能感觉到扑面而来的灼热。

对突然而来的大火球，对未知事物的恐惧，令每一个在场的人全部吓呆，即使见多识广的博士、丛林里长大的红豆、天之骄子舟江都不曾见过。恐惧、惊慌是他们的同一种表情，他们都不约而同地向不同方向奔跑逃生。

逃离，是唯一的选择；求生，是共同的愿望。不再有敌人和朋友之分，面对从天而降的巨大不明火球的袭击，他们选择了同一种动作。四千多年以前，当天空出现日食天象的时候，科学知识极其落后的人们，只有恐惧，以为是上天的惩罚。稍稍富裕的人家驾着马车逃跑，而穷人家则四处逃散。此时当不明巨大火球从天而降的时候，其恐慌程度不亚于四千年前对大自然现象一无所知的人们，如果身边有汽车，那必然会不假思索地驾车向相反的方向逃离，似乎世界末日来临。

世界末日，会让人滋生一种绝望的情绪。没有任何预言，世界末日就这样猝不及防地来了！

巨大的火球把天空撞破，混合着无数滚烫的颗粒，挟持着强劲的气流，激荡起剧烈的呼啸声，以超越猎豹的速度向地面砸来。

惊恐万状的各色人等都以百米冲刺的劲头，以一种求生本能发挥出最大的速度奔跑，其速度有可能超越短跑世界冠军博尔特。

"轰隆隆，轰隆隆……"巨大而沉闷的声响在身后一千米处发出，地面顿时痛苦地颤抖，上下颠簸，犹如地震一般。人们站立不稳以各种奇葩姿势摔倒在地，有的头碰地，有的胳膊肘着地，有的则摔了个仰八叉。博士摔得比较优雅，像一个侧睡的睡佛；而红豆和舟江则是摔在一起的。奔跑中，舟江没有忘记红豆怀有身孕，他体贴地护着红豆，拉着她的胳膊，在倒地的一刹那，先让自己身子着地，才又接住倒下来的红豆。由于舟江的缓冲，红豆隆起的腹部没有受到极大的冲击，尽管如此，红豆还是感到了腹部的疼痛。腹中的胎儿也似乎感觉到世界发生了巨大的变化。

由于巨大火球撞击地面而产生了几近四级地震，趴在地上的人们明显感觉到地面不安的颤动，大地母亲跳动的脉搏，让人们感到害怕。有大小不一的颗粒"噼里啪啦"砸在身上。博士捡起一块，不大，也就是黄豆粒一般，大的像鸡蛋，颜色黢黑，边缘不规则，发烫，有燃烧的痕迹，是小石块。

紧接着地面上随意生长的树木被震得落叶飘飘，不成熟的果子也掉下来，枯枝败叶被震落。

不知过了多久，大地母亲的脉搏才趋于平稳，几乎感觉不到了，轰隆隆的声响也已平息，安全感重新回到了人们身上。博士摇摇晃晃站起身，慢慢抚平内心的恐惧。他望望四周，就在不远处的地面上，他看到一条地裂，两米多长，十多厘米宽，像是鳄鱼张开嘴巴，露出的尖利牙齿。

他看到地上一片狼藉，似是狂风暴雨的杰作。在碎石败叶的地上，邵平撅着屁股趴在地上哆嗦，还有人仰面朝天挠着双脚。"真是可笑，一群胆小鬼。"博士扫描一圈轻蔑地说。

当博士警觉地发现舟江和红豆相互拥抱在一起，正躺在离他十几米的地方。一个堂堂大学生和一个森林野人在一起，成何体统？他内心深处的传统意识被眼前一幕激活，不由得十分愤怒。他也突然意识到这是进攻的绝妙时机，不由分说，还未等其他人在恐惧中缓过神来，博士弯腰从身边的一个战士手中夺过一把枪，瞄准躺在地上的舟江和红豆。

"啪啪啪"三声枪响再次震惊所有人，难道又是什么东西落下来，或者是发生了什么？躺在地上的人们马上站起身，在地面余震之后，再次将人们推入一次新的恐慌之中。当人们意识到是博士冲着红豆和舟江开枪的时候，不得不佩服博士的临危不乱。

再看舟江和红豆，在枪声响起来的时候，舟江急速把红豆翻身护在身下，子弹击中了舟江的左右两肩，还有一枚没有替红豆挡住，打在了红豆左腹部。红豆"啊"的一声惨叫，疼得几乎昏厥过去，她举起右手用尽全身力气甩出一块玉佩，玉佩掉在地上，摔得粉碎，碎玉翻飞。就在这时，眼前出现一片迷雾，迷雾蒙蒙，看不清楚里面有什么东西。白色的迷雾中渐渐出现一道狭小石门，隐隐约约，似乎有又似乎没有。

在场的人们，看到这一奇异景象，连同博士本人也惊呆了，一时间石化。他们都瞪大眼睛，呆呆地望着眼前的景象。

只见舟江挣扎着扶起红豆，红豆捂着肚子，脸上呈现出痛苦的模样，俏脸被扭曲，看上去令人心痛。舟江艰难地推开那道时隐时现的石门，扶着红豆蹒跚着走进去。博士和邵平等人就这样眼睁睁地看着他们推开石门走进去，这才回过神来，"快跟上！"博士大喊一声，随之紧跟过去，邵平也快速跟上。

但是已经晚了，石门很快紧闭。随后，石门和舟江、红豆在眼前凭空消失。迷雾逐渐消散，露出灿烂的阳光。

在石门紧闭的最后一刻，博士最后看到了舟江憎恨的眼神，那眼神令他更加愤怒。

第五十三章　天降陨石的失踪

又是一次消失，而且这次就发生在博士眼前，博士眼睁睁地望着他们消失，却无计可施。

博士也司空见惯了，见怪不乱，也不生疑，神农架什么事情都有可能，这正是吸引他的地方，如若没有什么神奇之处，恐怕他也不来这个地方。他是一个善于挑战的人，挑战自己，挑战自然。

"舟江和红豆都走了，很奇怪地走了！"邵平还没从刚才的奇景中苏醒过来，他还不能确定刚才发生了什么事情。两件让人胆战心惊的事，搁谁身上谁还不傻了，先是不明火球的坠落，后是舟江和红豆消失在一道不存在的石门里，这些无法用科学解释的事情，太叫人称奇了。

"别傻坐着，快到前面看看火球坠落的地方发生了什么。"博士不慌不忙地擦拭着那把手枪，然后又还给身边已经吓傻了的队友，"一点都不奇怪，红豆就是一个异类，不会这点小把戏，还能叫异类吗？"

"我愿意成为异类。"那个队友接过博士递过来的枪，喃喃自语，眼睛还直勾勾地望着红豆消失的地方。

"哼！"博士从鼻子里发出轻微的鼻音，并冲着那个队友踹了一脚，"醒醒吧，这辈子你是甭想了！"

坐在地上的人，三三两两站起身来，开始朝前搜索过去。不明火球落在什么地方，那究竟是什么东西，飞碟或者陨石？

一路走过去，博士、邵平等人发现地面上布满了大大小小的地裂，越是往前走，地裂的缝隙越大，若是长了一双小脚丫，说不定就会掉进去。邵平患有恐高症，不是很厉害，但是走在满是地裂的地面上，不安全感一阵阵袭来，他几乎每走一步都要掉进深不可测的地裂中。行走的时候，他就会不由自主地抓住身边的人，惊恐地说："我要跳下去了！"

队友们讥笑他，"跳吧，就这点裂缝，不用怕，也盛不了你，你还要把它撑大吗？"

尽管开着轻松的玩笑，可是谁的心里都不轻松，地裂的数量越多，宽度越大，面前的危险也就越大。不知道坠落的大火球究竟是什么东西？它与红豆、神农架有没有关系？心中有太多的疑惑，促使他们不畏艰巨继续前行。邵平几次打退堂鼓，都被博士一把拉住，往前一拥，"见过胆小的，也没见过你这么胆小的。"

邵平战栗着，不得不坚持朝前走去。他冷汗直冒，不时用袖子擦拭脑门脖颈的汗水，紧张的情绪让他的眼睛有些突出，面部神经僵硬。身旁的人都被邵平的样子惹得大笑，反而倒不觉得害怕了。

源自内心的恐惧，除了自己能控制，其他人只能缓解，消除恐惧感，还需靠内心的强大。

邵平看来需要扳倒自己身上的顽疾——恐高症！恐高症可以治愈，只要不断地去挑战它。只是谁愿意驱使两条颤抖的双腿和眼睛，迈过心坎呢？

"叮铃铃，叮铃铃……"手机铃声的脆响把人们从恐惧中惊醒，是邵平的手机。

"喂，黎黎，你找博士？好，我把电话给他！"邵平说着把电话递给博士。

"黎黎，怎么了？我的手机被震坏了！还好，我们没有受伤。"博士对着电话，隔空对着黎黎讲话。

"博士，天文台刚才发现一块巨大陨石坠落在神农架附近，你们有没有见到？"黎黎的声音中有着难以掩饰的惊慌。

"何止是见到，我们差一点就被陨石砸中了。我们正在向陨石方向赶过去，去查看陨石与神农架、野人是否有关系。"博士这才确定不明火球真的就是天上坠落的陨石。

"陨石降落没有一点征兆，他们说，这块陨石的突然降临出乎意料，不在监控范围，他们正在派人前来勘测。博士，你们撤回来吧！"

"不，我虽然不研究天象，但是我对所有新奇事物充满好奇，更何况它的到来充满了奇异，就是因为它，我才击退了野人红豆。"

"博士，你们不都被红豆注射了神农架二号生物制剂吗？你们的身体正面临危险，如果不赶快治疗，恐怕……"黎黎没有再说下去。

黎黎不说，博士心里也明白，他知道许飞语和梅辛村是怎么死的，神农架二号生物制剂目前没有解药。他们身上或多或少都被无意中注射了病毒，只是种类不同。"没关系，我们能挺得住。你让乔大夫过来！"

"黄大夫也挺挂念你们的，他说过要帮助你们，就让黄大夫也过来吧！"黎黎其实有些想念黄大夫，但是不敢明说。

博士心里自然明白黎黎与黄大夫的暧昧关系，也不好挑破，"好，多带几个人也好！"他并不喜欢男人搞婚外恋，可是对黎黎，三十岁的金牌剩女，他倒希望有个男人去疼他，但没想到会是已婚的黄大夫。玩火必将自焚，不过想到黄大夫那个胖得发傻的乡下女人，这样一个糟糠之妻虽然不能像丢衣服一样随意丢弃，但确实也配不上黄大夫这样精明的男人，若有了婚外恋那就睁一只眼闭一只眼吧！

这段恋情随着时间的消磨，也许会变质。

放下电话，稍事休整，博士带领邵平等队友继续前行。路上不但有大大小小的地裂，还有大小不一的碎石、一片狼藉的枝叶，似乎有龙卷风来过。神农架没有龙卷风，一地的碎石、枝叶当然不是龙卷风所为。

走了将近一里多地，看到几棵云杉树卧倒在地，其中一棵只见头不见身子。再往前走，原来那棵云杉树底下的树身斜斜地插在一个大土坑中。大坑呈圆形，直径约一米半左右，深达两米，云杉树的根部被砸烂，露出白色肌肤条纹，惨不忍睹。坑底部土壤呈现绿色，分明是丛生的花草被砸碎成汁液染绿了土壤，那是绿色植物生命的血液。

博士在大坑周围仔细勘测，邵平坐在一边直喘粗气，他非常奇怪地说："怎么只见大坑，不见陨石呢？"

"天上掉下来的石头去哪儿了？"

博士围着大坑不停地转，一会儿弯腰捡起几个石块放进衣兜，一会儿又扒拉扒拉土坷垃，听着人们讨论，就是不说话。

"天上的石头不能轻易露面，来就来呗，还不让人看，老天爷忒小气了。"

"不是老天爷小气，是老天爷派人下来收拾神农架了！要不怎么就那么正好掉进神农架呢？"

"该不会是我们与红豆野人之间的争斗激怒了老天爷吧！"

"红豆受了枪伤，也不知道伤没伤着孩子？"说这话的人个子不高，国字脸，一脸温和相，说完看了看博士。博士没理会他，他紧张的脸形才稍微放松下来。

"不是陨石。"低头查看现场的博士冷不丁地冒出一句话，几个人都抬起头疑惑地望着他，"博士，不是陨石是什么？"

"太空垃圾？"

"外星人投放的探测器？"

"美国的飞毛腿？"大家你一言我一语就这话题七嘴八舌地讨论开了。

"不用再考察了，我们必须马上撤！"博士挥挥手，他尽管年近五十，但腰不弯背不驼，精力充沛，思维敏捷，不亚于一个年轻人。

"为什么要撤？我们刚来，连个石头毛都没见到，怎么就要撤？"邵平不解。此时，他的气息经过休息已经喘得比较均匀。

"不要废话，再不撤，我们连命都没了！"博士声色俱厉。

听到有如此严重，大家慌不迭地开始撤退。

第五十四章　变异人诞生

石竹园，神农架里神奇的世外桃源，那个与人世间截然不同的世界，那个神农架为自己预留的绝世境地，那个"洞内一日洞外十天"无四季分别的神秘空间，此时，正发生着天翻地覆的变化。

不明火球的降落，巨大的冲击波击溃石竹园的屏障，拥有巨大磁力的乾坤界巨石，也被震裂成无数细缝。那道与世隔绝的无形屏障被震得千疮百孔，石竹园内外的空气通过无数个小孔，以肉眼看不到的气流正在迅疾交换。

石竹园内的花草树木开始慢慢发生变化，有的枯黄，有的愈加翠绿；飞翔的鸟类，有的落地吱吱叫着抽搐，直到躺在地上闭上眼睛死去；有的眼睛暴突，几乎要掉下来，难受得在地上大叫着转圈圈；有的翅膀突然间变得很大很长，飞起来忽闪忽闪地像一架小型飞机。地上奔跑的各种小动物，兔子、狐狸，树上的小甲虫等也都在发生着不可思议的变化。

受伤的红豆躺在床上，脸色苍白，双手捂住左上腹，鲜血浸湿了衣衫。舟江跪在地上，趴在红豆床前，双手紧紧握住红豆的双手。他的双肩也受了枪伤，但是为了红豆，他忍着伤痛不停地同红豆说着话，"坚持住，红豆，为了我，为了孩子，你要坚持住！"

小鸽子和杜鹃在一旁看着痛苦不堪的红豆，不知所措。

"舟江，经过轻度扫描，红豆有生产迹象，受伤部位需立即进行手术！"神农总是一副没有变化没有感情的表情。

"手术，我哪里会什么手术？"舟江声音颤抖。

"去请个大夫！"红豆额头上的汗珠滚落下来。

"你等着，坚持住，我去去就来。"舟江疾步走出房门，"小鸽子、杜鹃，你们照顾好妈妈；神农，你要时刻对红豆进行监测。"

舟江取出红豆给他的一块玉佩，这是最后一块能自由出入石竹园的玉佩了，如果摔碎了玉佩，他就能如愿地去他想去的地方。玉佩，来自死去的青蔓，青蔓给予他们的不仅仅是玉佩，还是石竹园出入的密码。没有了玉佩，他们将来就不能自由出入石竹园。

舟江用手摩挲着玉佩，艰难地做着决定。

就在这时，有一个人走入石竹园，他身披黑熊皮，若不仔细看，还以为真的是一只大黑熊。他黑色的头发乱蓬蓬地，搭在双肩上，胡子老长，只是那双眼睛如同老鹰一般犀利。

舟江的心思都在如何救治红豆的身上，根本没有注意到来人。

"舟江，遇到难处了？"

舟江猛然听到有人说话，抬头看到来人一愣，"绿果，你是怎么进来的？"

"走进来的，刚才不是有一个大火球落在这一区域吗？我来看看是什么东西，不知不觉走进来了，就看到你在这儿发愣！"

"啊，你走进来的？"舟江很疑惑，因为石竹园凭借乾坤界巨石的屏障，才具有了内外的巨大差异，没有一定力量是不可能进来的。如今，绿果竟然能轻松地踏进来，那么石竹园的神秘也已经被破坏，石竹园变得和外界没有丝毫差别。

世外桃源，不存在了！

一想到这个答案，舟江内心深处涌出一股惋惜和遗憾。

"你来得正好，红豆受伤了，你来看看！"舟江说着就拉着绿果三步并作两步走进了红豆的房内。

绿果常年在森林中奔走，对一些药材和外伤内伤琢磨得比较透彻。他懂得神农架，懂得神农架为他带来的一花一草，各色花草都有它存在的价值，有的就是医药价值。

红豆疼痛，不住地呻吟着，她连睁开眼睛看绿果的精力都没有。绿果仔细查看了红豆的伤势，果断地说："没关系，红豆马上就要生了，我去采一些草药。"

"可是，她有枪伤，子弹还在肚子里，需要动手术取出来。"舟江焦急地说。

"你不要着急，我有办法！"绿果转身要走，突然看到舟江肩上的枪伤，疑惑地问："你也受伤了？"

"是。"舟江回答。

"我知道了！你去准备热水、锋利的刀和剪子。"绿果迈开长腿去山上采草药了。

不久，绿果背着一大包花花绿绿的草还有叶子，急促地回来了。他拿出其中一部分吩咐舟江放进锅内熬煮，自己将另一部分草药在案板上剁碎。红豆痛苦的呻吟声越来越大，小鸽子和杜鹃帮忙拾柴点火。神农，在一旁唠叨地讲一些医学上的注意事项。舟江忙得焦头烂额，哪里还有工夫闲心听神农叨叨，上前朝神农胸前一个按钮使劲按了一下，神农马上安静下来。那里是膻中穴的位置。

绿果让舟江撩开红豆的衣衫，把捣碎的草药，敷在红豆的伤口上。红豆疼得大叫一声，直惊得舟江大声呵斥："绿果，你怎么这么不小心！"

绿果用手捂住敷药的伤口，"别废话，给红豆喂药，一小勺。"

舟江连忙把熬好的草药喂进红豆的嘴里，"再来一勺。"绿果吩咐道。

半个小时后，房内传来一声婴儿的啼哭声，"是男孩！"舟江的声音里满是喜悦。

"天啊，还有一颗子弹头。"绿果惊喜地说道，舟江此时无从听觉，他正傻乎乎地怀抱刚刚出生的婴儿，盯着那个不睁眼的小肉团，一瞬间世界都凝固了，心里在想，"这就是我的孩子吗？"

"舟江，子弹和孩子一起生出来，太奇妙了！"绿果拿着那颗带血的子弹头说。

舟江只看了一眼子弹头，就又低头看他的宝贝，小鸽子和杜鹃抢着要抱刚刚出生的小肉团。舟江对她俩轻声呵斥道："别吓着宝贝！"她俩撅着嘴无趣地离开。

红豆经过半日的挣扎，气血即将耗尽，她无力地躺在床上，耳朵里传来两个男人的对话，她为舟江，为她一世的爱人生下一个小东西，此生无悔矣！只是她想知道这个出生的小东西，长得像人还是像野人？

听到绿果的惊呼，舟江才在懵懵懂懂中醒过来，"子弹也生出来了，太好了。"抱着孩子走到红豆身边，把婴儿的头和红豆并排放在一起，"红豆，你好些了吗？你看，这是我们的孩子！"舟江的目光里满是慈爱。

红豆努力地睁开眼睛，看到歪在一边的婴儿脸，那孩子脸上光滑，闭着小肉眼，挺着小鼻子，脸色有点黄，模样和舟江极为相似。红豆这才放下心，原来不是小毛孩，那就好。红豆努力地微微一笑，满意地虚弱地闭上眼睛。

忙活了半天，舟江突然觉得双肩撕裂般的疼痛，原来子弹还在里面。绿果也注意到舟江的脸色变化，"我来替你取出子弹。"绿果果断而又有把握地说。

舟江和绿果走进另一个房间，房间的布置简单大方，光线充足，透过窗户能看到外面的花草。舟江拿出关公疗毒的气势对绿果说："来吧，我不怕疼，你下手吧！"

绿果笑了，"你还真勇敢，不过用错地方了，你把这个吞下。"绿果递过来一个果子。

"什么东西？"舟江疑惑地问。

"带有麻醉作用的一种野果，吃了你就没疼的感觉。"绿果笑起来，露出一对酒窝，只是脸色黝黑，若不然也是一位英俊小伙。

把伤口简单地进行处理，绿果拿起一把锋利的刀，放在火上烤，他要开始动手术了。

"绿果，你怎么懂得妇女生产？"舟江脑袋开始有点迷糊。

"经常在森林中行走，偶尔会碰上生产的母狼、狐狸等，多少懂一点，更重要的是我懂得森林中花草的药用价值。"

"没人教给你这些知识吗？"

"有啊！"

"谁？"

"大自然，有些动物本身受伤了，尤其外伤，它们会自己去找一些花草。我自己也受过伤，看的多、研究的多了，自然也就会了。"绿果把消过毒的刀，放在舟江的肩上，那里就是博士赐予的枪伤。

"舟江，这是谁干的？这么狠毒？"绿果边说边动手术。而舟江眼睛不断打架，他逐渐进入迷迷糊糊的状态。

刀子割裂肌肉的疼痛，他也察觉不到。

第五十五章　驴形狼蹄下九死一生

邵平紧跟在博士身后，博士大踏步急速地向神农架的外缘撤出。邵平不懂，心中翻过千百种念头，不断地瞎猜疑，博士究竟看到什么东西促使他决意快速撤离。博士不是研究天象的，应该对陨石一类不会有深入的了解，博士也对军事不感兴趣，可是他凭什么断定突然降落的大火球不是陨石，而且还存在危险呢？

或许是撤退的心情过于急迫，邵平的恐高症不是那么明显，对于深不见底的地裂也不再害怕。少了邵平的惊叫，整个队伍死气沉沉。

博士不说话，他用手捂住被注射了神农架二号生物制剂的胳膊，还不断去摩挲被神农击穿胳膊的贯穿孔，神色紧张，一言不发。邵平见状，也知趣地不再言说，一行人只顾向前走，以极快的速度和迫切的心情，撤出千奇百怪的神农架。

除去对不明火球的疑惑，还有对神农架二号生物制剂的恐惧。说不定等不到明了不明火球的来龙去脉，自己就先葬身于神农架二号的毒针之下了。

撤出神农架没那么顺利，神农架对他们的任性行为由衷地感到愤怒。前行的路上，他们明显感觉到这一可怕的结论。

丛林深处交织的枝枝丫丫，以及突然奔跑而出的小兔子，有时候会令人心惊肉跳。这几天经历心惊肉跳的事情真是太多、也太刺激了。只有经历过苦难、挫折，经过千锤百炼，一个人才能成熟和坚强。见过很多奇异事件，他们也都见怪不怪了。

驴形狼，是神农架原始森林中传说中的传奇，名声自然比不上人狼，但它更加隐蔽和凶狠。

当走在前面的邵平发现不远处的树叶"哗啦啦"地响，不由停住了脚步。手举起来一挥，"嘘，有情况！"

正被疲劳感袭击的众人，闻听邵平的警示，都停下脚步侧耳倾听。

森林中只有阳光透过树叶的缝隙落在地上，安静、平静，一如深林凝固的古朴和沉寂。

"邵平，你神经过敏吧！"

"除了碰到蜘蛛蚂蚁，还没有碰到过活物呢，有点不符神农架的脾气。"

"怎么，想念大灰狼了？"

"碰不见野人也就算了，怎么着也得遇上一头野猪吧，要不怎么对得起神农架呢！"

人们肆无忌惮地开着玩笑，丝毫没有意识到哗啦作响的树叶后面有一双绿得发亮的眼睛。

"别吵，我真的感觉前面有不明动物。"邵平还在仔细研究传出声响的地方。

可是，一如死水的沉寂。

"走吧，我看没有什么惊奇的事情发生。"

"别胡思乱想了，走！"博士最后下了命令，人们再次迈动双腿朝前走去，只不过比刚才多了一分谨慎。

走不多远，又在左侧传来树叶"哗啦啦"的声响。这次，所有的人们都听得一清二楚。

人们立时停下脚步，扭过身子朝左边望去，只有高大挺拔的云杉树，低矮的杜鹃花，缠绕不休的树藤。

"什么东西？"

"不知道，该不会是野人吧！"

"邵平，带人去看看。"博士眯着眼睛对邵平说。

"又是我。"邵平小声嘟囔，没敢让博士听到，博士还是听到了，却装作什么也听不到的样子，把眼光投向发出声响的地方。那里，树叶正在摇晃。

邵平和几个人蹑手蹑脚地朝前走去，一直走到发出声响的地方。他们用长刀撩开树枝藤蔓，一无所有。邵平俯身查看地面，地面上也无任何可疑动物留下的脚印，只有一股腥臊恶臭之味，若有若无地侵入鼻腔。但是没有人去怀疑这股难闻的味道，因为它太淡了，淡到只有嗅觉灵敏的人才能闻到。

"奇怪，到底是啥东西？"

"我们一来它就走了？"

邵平几个人没有什么特别发现，而博士那边却发现新情况，"在这儿，好大一个家伙！"说这话的是那个温和的国字脸，声音里满含惊疑。

邵平和众人连忙回身看过去，只见一头高大的狼，有黑驴般高大，狼的模样，驴的身子，眼睛贼绿，正趾高气扬地站在博士面前。

"驴形狼！"邵平认得，博士更是清楚，他曾经在松山口遭遇过驴形狼，但那时候他的注意力放在狼王身上，并没有理会驴形狼。相比人狼，驴形狼不过就是长相特殊罢了，应该不会产生巨大的威胁。博士等人没想到，人狼被消灭之后，驴形狼又出现了。

博士仔细观察，发现驴形狼的长相确实和驴有些相似，近乎与和驴一样的高大身材，粗壮有力的长腿，比狼更具攻击力。再怎么凶恶，不过狼而已，人狼都被消灭了，还怕一只似驴非驴、似狼非狼的怪物吗？只是，它究竟是怎样一个物种？这是一件值得好奇和研究的事情。

"好男不与狼斗，撤！"博士盯着眼前的怪物对大家说。大家看了一眼博士，心里煞是奇怪，博士平时不是这样的，今天怎么了？

众人持枪弯腰准备后撤，当后面的人转身的时候，他们突然发现，在他们的前后左右不知何时涌现出几十头驴形狼，睁大一双双绿眼睛，贪婪地望着他们，似乎是在看着一堆即将到口的食物。

邵平在队伍的后面，悄声说："我们被狼包围了！"

"我们没被陨石砸死，难道要葬身狼腹吗？"

"那样更好，就和狼二合一了。"

"都什么时候了，还开玩笑。狼脖子下面和前腿之间有白毛的地方……"博士紧盯着那群怪物说。它们有的把头放低低吼，有的高昂着狼头嚎叫，有的踢腾着前腿刨着地面。

"那个长白毛的地方，是狼的薄弱部位，大约是心脏位置，朝准那个方向，争取一枪毙命。"博士低声说。

驴形狼做好了进攻的准备，狼与人对峙着，互相揣测对方的意图，寻找对方的弱点，选择最佳的进攻时机和方向。

狼讲究四面合围和速度，它们不给人以太多的时间思考。不知哪一位是狼王，只听得狼群中一声高亢的狼嚎，叫声与狼无异，于是众狼呼啸着，龇牙咧嘴，喷发出一股腥臭之气，腾开粗壮有力的大腿，恶狠狠地冲过来。

那种腥臭之气闻之欲呕，博士忙掩鼻而战，"开枪！"几声脆亮的枪响在森林中拉开了人狼大战的序幕。

博士不是军人出身，射击还是刚刚学的，更甭说瞄准了。邵平也是马马虎虎，枪击没有打中一头狼。冲上来的狼，都长着四只驴蹄子，蹄子腾空而来，纷乱如雹。

混战厮杀开始，场面极其血腥，狭路相逢勇者胜，彼此都拼了性命作战，上天从不袒护没有能力的人，在这里就遵从自然法则，强者生、弱者死。驴形狼体形巨大，略占优势；博士众人手里的枪和刀更是胜利的保障。

一时间，鬼哭狼嚎，血肉纷飞，子弹如雨，刀光剑影，人与狼直杀得天昏地暗，尸横陈野，惨不忍睹。

……

半个时辰过后，几头驴形狼拖着血淋淋的残肢哀号撤退，而那些与它们作战的人类呢？只见博士气喘吁吁手握利剑倒在血泊之中，艰难地望望四野，横七竖八躺着的都是衣衫不整的尸体。

博士的裤腿和灰色上衣被狼撕裂得一条一条，犹如乞丐服；腿上的肉翻开，鲜红如夕阳；胳膊、脸上血迹斑斑，像是从死人堆里刚爬出来。

"哈哈哈……"博士突然大笑，凄厉的笑声似哭，撕心裂肺，"神农架不容我，哈哈哈……"

"博士，你还活着？"一个悲喜交加的声音从狼与人交叉的尸体堆里传来。

停止笑声，博士循声找过去。只见一个满身血污的人从尸体中摇摇晃晃地站起身，他的衣服也都被撕裂成条纹状。

博士慢慢站起身，朝那人挪过去。每走一步，身上的肌肉都撕裂般的疼痛。拖着伤痛，他一步一步走过去。

那个人晃晃悠悠地站起，也一瘸一拐地朝博士走来。

两个人越走越近，走到跟前，博士仔细分辨那张血污的脸，那双明亮的大眼睛，不错，正是助手邵平。

"博士！""邵平！"他们在生死劫难中逃过一劫，不禁欣喜万分，邵平一下子抱住博士狂哭。博士也不禁悲痛万分，流下眼泪。

经过多少劫难，这一次竟是如此艰难，九死一生。他认为神农架实在不欢迎他，从此要逃离神农架，再也不踏入这块神秘之地。

"邵平，我们还活着，我们走吧，走了再也不要回来！"博士一字一顿地说。

"我们回家，我想家。"邵平的眼泪把污血冲得干干净净，露出白净的脸。

"我们就这样走吗，死去的战友怎么办？"邵平回身望着一地的尸体，他真的要疯了，要崩溃。

"没有办法，我们要活下去！"博士拉起邵平的手，两个人相互搀扶着走向神农架的边缘。

他们的背影，矮小颤抖。

第五十六章　在医院里的日子

静红陪着丈夫姜博士在医院住了一个多月，病房的条件真不错，单间还配备了电视。

斜倚在病床上，透明的液体一滴一滴均匀地滴入博士体内。博士歪着头看着电视画面，嘴角是一丝平和的微笑。静红手里用小刀正削着一个红苹果。

"湖北省神农架近日出现不明动物袭击人和家畜的情况，地方警力已经介入调查，请看来自现场的报道……"一条新闻忽地抓住博士的眼球，他顿时紧张起来，打吊瓶的手背颤抖了一下。正削苹果的静红一听到神农架三个字，马上神经质地跳起来从博士手中夺过遥控器，"啪"换了一个台，文艺频道正在唱歌跳舞，"看这个台，听听音乐。"

"放心，我不会再去神农架！"博士把头扭向静红，温和地笑着。

"再去，你就没命了，你忘了你是怎么从神农架回来的？"

"呵呵"，博士讪讪地笑着，不再应答。

"我看到你的样子，活像木乃伊，全身裹着白纱布，没把我吓死！"静红生气地说。

他怎么能忘记，怎么能忘记那段奇险的经历，由于上天的厚爱，他和邵平才得以逃出神农架。他知道神农架想惩罚的不是那些死去的战友，他们是无辜的，最想惩罚得就是他，一个钻牛角尖、研究神农架野人的博士。

几进神农架探寻野人密踪，除了找到最后一个野人噜噜，还因为植入人体芯片而意外死亡，他其实什么都没得到。红豆就是一个介于人与野人之间的生物，虽然更有研究价值，可是一系列的变故，导致她生死不明，更谈不上研究。神农架究竟有没有野人，依然没有定论，依然是一个谜。

几进神农架，没有正面遭遇野人，只了解到神农架奇特的地理状况，比如神奇的"石竹园"，那是一个奇妙的地方；还有一些奇怪的物种比如人狼、驴形狼、水怪，这些都构成了神农架的神秘性。位于北纬38°，本身就具有不可思议的神奇力量，百慕大、金字塔不都是在北纬38°上吗？神奇的大自然，像一块巨大的磁石，把每一个人的好奇心吊得足足的。包括他这位上知天文下知地理的博士。

那天，逃出神农架，他和邵平精疲力竭，昏厥在地。悠悠醒来的时候，已经躺在医院的病房里，似乎重回人间。他的腿上、胳膊上、脸上、腹部不是结了疤的伤痕，就是缠着白色的绷带。乔大夫、黄大夫、静红、黎黎、韩晖、山城子这些追随他出入神农架历经生死的队友们，都神色凝重地看着他。

　　"你终于醒了，整整睡了十天，吓死人了！"静红的眼睛红红地，脸色憔悴。

　　"邵平呢？他怎样？"博士醒来的第一句话就是问邵平。"他已经醒过来了，比你早两天。"黎黎告诉他。

　　"博士，你终于醒了，你再不醒来，我们就要去阎王爷那里告状了。"

　　哈哈哈……

　　"我带来的陨石石块送去检验了吗？我和邵平身上被注射的神农架二号是哪几类？"

　　"行了，刚刚醒过来，就惦记工作。先休息，休息好了再告诉你！"静红有些生气。

　　"就是，身体是革命的本钱，养好身体再说。"

　　"你放心，博士，针对神农架二号，我们研制了对应的药物，你不用担心。"乔大夫安慰博士。

　　在静心休养的日子里，博士不愿意再去回忆神农架的一切，他无意识地屏蔽与神农架有关的事情，但是身体上的伤痛还是明确地提醒他，他曾经经历了什么。

　　送去检验的天降陨石石块，经过检测，确实是天外来客，一个不被记录在案的小行星，不知何故闯入地球，令人奇怪的是竟然还存在核辐射物质。核辐射，令人恐惧。那天博士等人在陨石坑周围探查，他忽然意识到有核辐射，于是才急急地叫人离开。乔大夫告诉他，核辐射对他和邵平造成一定的伤害，是无法逆转的。

　　伤害，是自然的，踏入神农架深处就是一场生死战，是一条不归路。还好，竟然活着回来了。能活着最好，得病算什么？那一剂"神农架二号"是Q，是从大面积雾霾地区的空气中提取的，它拥有的物质是空气离子的一万倍，注入人体内，首先破坏的是人的肺部。许飞语就是因为"Q"而死去。博士明白，自己的时日不多了。

　　但是乔大夫告诉他，针对"Q"正在研制对应的药物，况且注射的"Q"药量很小，其状况比许飞语好得多，让他不要担心。

那么邵平呢？邵平被注射的又是什么呢？是"T"，是从土壤中提取的有害物质，邵平的肝脏已经受到损害。

或许，他们再也不敢触碰心中的伤痕。关于神农架、野人，他们想把那段惨痛的经历统统封存在回忆里。只是偶尔午夜梦回，原始森林的恐惧感会让他们惊醒，一时间恍惚，他们究竟在哪里？

拥有的经历怎么能封存？不会的，该来的还会来。

第五十七章　神农架再现神秘异人

漆黑如墨的原始森林，善于昼伏夜出的夜行者都蛰伏于暮色中。山脚下的村庄在黑夜中安睡。村西头的老穆一家四口人正沉睡在美梦之中。一只发情的黑猫，"喵呜"一声敏捷地蹿上墙头，碰得树枝"哗啦啦"作响。卧在墙角的狗抬头望望黑猫，又低下头闭上眼睛。

矗立在墙头上的黑猫，突然发出一声惊恐的叫声，倏地跳下墙头朝着村里逃窜。听到黑猫的惊叫，那只准备睡去的狗，一下子站起来，四处扫描，捕捉到空气中有一丝丝不安的气息。紧接着一道黑影，摇晃着步伐，走到老穆家门口。一人多高的墙头只到他的肩膀，他抬腿一个翻越，轻松地进入老穆家中。睡梦中的老穆一家丝毫不知道有一个怪物在深夜越墙而入。

黄狗一个猛子从斜刺里朝黑影扑去，随即发出报警的犬吠。

"黄仔大半夜的傻叫什么，还让不让人睡觉！"老穆媳妇翻了一个身，嘴里嘟囔着，又沉沉地睡去。

黑影举起蒲扇般大小的手，轻轻一挡，黄狗"扑通"落地，没等它翻身，黑影一把抓起黄狗两条后腿，两手使劲一撕，只听黄狗惨叫一声身子分裂成血淋淋的两半，随即被扔到墙外。

黑影摇摇晃晃朝着羊圈走去，胳膊粗的木栅栏被它拔起扔到一边，羊圈里的羊惊恐地乱叫拥挤起来。

只见黑影俯身一手提起一只羊，把两只蹬腿乱叫的羊头碰在一起，然后都扔出去。惨叫的羊顿时摔在地上没有了呼吸。黑影再次抓起一只羊，两只大手握住羊头一拧，只听"咔吧"一声脆响，羊便没有了气息。

睡梦中的老穆被狗和羊的惨叫惊醒，急忙翻身坐起拉亮电灯。

"怎么了？"老穆媳妇睁开眼睛。

老穆光着身子趴在窗台上，窗台凉凉的。他就着光亮朝窗外看去，模模糊糊地看到一个巨大的黑影正挥舞着大手。

"看不清楚是什么东西。"老穆小声说。

"快出去看看，要不咱家的羊都没了！"老穆媳妇在被窝里着急地说。

老穆赶紧搭上一件外衣，到厨房拎起一把菜刀，把房门打开一条缝。

从屋门的缝隙中望去，老穆不禁生出一身冷汗，黑影高大无比，浑身长满毛发，在有限的光亮中，老穆确定这既不是黑熊也不是传说中的野人。它的头上探出两个角，背对着老穆，身形魁伟像一座黑塔。手撕羊的情景，老穆还是第一次见，可怜的羊，孩子的书费，一家人的生活费，就这样被黑影撕掉了。

老穆愤怒，拉开房门高举菜刀冲了出去。

老穆媳妇只听得老穆"啊"一声惨叫，连忙从窗户向外望去，只见黑影双手把老穆举得高高的，一个投掷的动作，老穆就像一只离弦的箭，从黑影的手中飞出去，一直飞出墙外。

老穆媳妇吓得大气不敢出，悄悄下床，哆哆嗦嗦小心翼翼走到内屋，两个女儿也被惊醒。她紧紧抱住两个女儿，让她们别出声。她们三个人搂在一起，听着院中羊的惨叫，一声声穿透黑夜。

村里的狗都开始狂吠，一家家的灯开始稀稀拉拉的亮了，又灭了。不久，整个村庄恢复如水的平静。

天还未亮，一声凄厉的哭声"老穆"，一声声撕心裂肺的哭喊"爸爸"把晨曦中的村庄唤醒。人们忙不迭地穿上衣服，甚至有人把背心穿反了，急匆匆地赶到老穆家。

老穆家门口聚集了很多人。老穆媳妇披头散发眼神呆滞，两行清泪凝固在脸颊上。她坐在地上，怀里是老穆带血的头颅，睁着一双惊恐的眼睛，张着大嘴巴。老穆的两个女儿趴在老穆身上号哭。老穆光着上身，下身只穿了一条裤子。

旁边不远处的柴堆上扔着一条狗的两个半身，内脏流了一地，一片血污，惨不忍睹。

老穆家的院内，更是血流成河，横七竖八全部是死去的羊，墙上、树上、地上都是羊血。羊的死法很奇葩，有的被撕裂，有的被咬死，有的被摔死，扔得满院子都是。见了的人双腿都战栗不能前行，女人更是捂住脸躲得远远地，偷偷地好奇地看着老穆一家的惨剧。

血腥味、惊慌的不安在全村蔓延。

警车呼啸前来，全副武装的警察神情严肃，一道红色的警戒线在老穆家拉起来。

各种揣测、想象纷沓至来。

"老穆一家人老实本分，怎么会得罪人，下场这么悲惨。"

"不像是人干的，如果是人也太没人性了。"

"说不定是黑熊，也有可能是野人。"

"就算是野人，也不会有这么大的力气，对人没这么残忍。"

"晚上还会不会来呢？"

整个村庄蔓延着无边的恐慌。黑夜里的暗影，力大无穷、手段残忍，人们在担心，担心晚上会不会遭到袭击。

当地警方根据在场信息初步判断，"是人类，不是一般的人，高二米五左右，直立行走，身上有毛发，力大无穷。"

晚上，警方组织力量布控，加强巡逻。

神秘异人袭击老穆一家造成一人死亡、数十头羊惨死的消息，迅速在神农架传播。一时间，众说纷纭，恐怖的气氛密布在上空。

事情远远没有结束，继老穆一家惨遭杀害之后，邻村相继又有两户人家遭遇了同老穆一家一样的悲剧。

在监控录像中，人们奇怪地发现，影影绰绰中那个制造事端的就是一个人，相貌轮廓还算英俊，身上有毛发、短不紧密，身穿大裤衩，个子出奇地高，额头上突出两个角。

正当当地警方准备组织力量进行抓捕的时候，神秘异人又消失在人们视野之中。尽管白天夜间加强巡逻，却再也没有发现任何可疑的影子。渐渐地，人们丧失了警惕。

老穆媳妇疯了，逢人就指着自己说："我是野人，我是野人……"哈哈大笑，疯疯癫癫的到处跑。她的两个女儿每日痛哭流涕。

半年之后，消失不见的神秘异人忽地又在神农架出现。平息下去的风波再次被掀起来……

第五十八章　暗夜里的桥头

经过化疗，博士头顶上本来就稀少的头发越发贫瘠。历经生死磨难，他已把生死看淡，所钟爱的事业，也已置之度外。神农架，是一个久远的名字，仿佛与他从没有任何交集。

当韩晖在电话里小心翼翼地说出"神农架再次出现野人"的时候，博士本能地颤抖了一下，仿佛隔了一个世纪一般，他才淡淡地说："找黎黎吧，你知道她升职了，她现在主攻探究野人这一课题。"

"博士，这次神农架出现的野人非同凡响，其破坏力远远超出我们的想象，难道你不想出山吗？"

"不要再说了，韩晖，我说过，神农架与我无关！"博士挂断电话，不自觉地把手放到头顶。

……

黎黎，坐在姜博士的办公室，现在这间办公室不再姓姜而是姓黎。她把办公室按照自己的意愿，好好地收拾了一番。换了一把米色坐垫的木椅，桌上摆上两盆花，雅致有文艺气息的文竹种植在暗红色的瓦盆里；错落有致的小叶发财树点缀在电脑旁，是黄大夫送她的晋升礼物。闲暇时间，她总爱拿着一把喷壶看水花喷洒在叶面上。

她不喜欢发财树，嫌它太俗气。她不知道该不该放弃黄大夫，因为他是一个有老婆孩子的男人，他的心思大部分放在家里，她只不过是他人生的一个点缀。

"叮铃铃"，韩晖的电话把她从无绪的思维中拉出来。黎黎轻声叹了一口气，接着就听到韩晖急火火的声音，"神农架又出现野人了，而且不同以往……"

"怎么可能，神农架的野人已经消失，噜噜死了，红豆不知去向，怎么可能？"黎黎提出质疑。

"我把图像发过去，你仔细辨认一下。"韩晖原来不是这等急脾气。

黎黎坐在电脑前，打开韩晖传来的图像，红外相机拍摄到的图像因为是在夜间，不很清晰。那是一个背影，他身材挺拔高大，上身有毛发，短而稀少，身穿大裤衩，额头上突出两个角。

传过来的图片还有被他破坏的玉米地、被撕杀的羊、猪、狗。一张张惨不忍睹，让黎黎感到无比震惊。

如果说，半年前仅仅是猜测，而现在有图有真相，黎黎不能否认神农架的确存在野人。

"我马上过去！"黎黎坚定地说，顺手理了一下额头上栗色卷发。

……

黎黎在路上耳根就一直没有清净，"黎黎，野人开始进攻乡镇！"

"黎黎，野人出现在城郊。"

十万火急！

……

林山镇位于神农架东南方向，是离神农架最近的一个城镇。夜幕降临，熙熙攘攘的街上变得寂静无声。多日传说的野人，让每一个人都胆战心惊，觉得只有待在家里最安全。

特警车，忽闪着红灯，在路上一遍一遍地巡查，守卫着这座城市。

接近半夜，神秘异人登场了。

坐在监控室里的韩晖、黎黎还有当地警方的王队长，他们都屏住呼吸。"他来了！"

"向二号街集结，目标在桥头出现。"王队长开始发布命令。

"尽可能不要伤他。"黎黎盯着屏幕说。

王队长细细的小眼睛看了一眼黎黎，不悦地说："那要看什么情况"。

"他好像比以前长高了，样子看上去很痛苦。"韩晖盯着屏幕里的野人说。

桥头出现的神秘异人，脸部扭曲，龇牙咧嘴，表现出痛苦的样子。他头上的角比以前大了许多。他双手拍打胸部，嘴巴里发出"嗷嗷"的叫声。

"把脸部拉近了看。"黎黎说。

"是一张人脸，你们看眼眉高挑，眼睛大但不凹陷，嘴巴不突出，脸上有人的黑痣，真要命！"黎黎点评道。韩晖和王队长点点头。

"不是野人吗？"韩晖疑惑地问。

"再看他的身子……"

镜头转向神秘异人的胸和四肢。

"奇怪，有毛却不紧密，手脚上毛发短，和人一模一样。还穿着大裤衩。"黎黎笑了。

"你还有心情笑，这到底是个什么东西？四不像的。"

"韩晖，你不觉得他面熟吗？"黎黎说。

"面熟，当然面熟，我跟踪他这么长时间了，能不面熟吗？"

"我不是这个意思，你看他的长相，不是很像一个人吗？"

"特别像人，除了头上那对角。"

"哎呀，怎么和你说不通呢？"黎黎嗔怪地看了一眼韩晖，韩晖眼睛依然紧盯屏幕。

"不得了，他要疯了！"王队长脸色大变失声喊道。

只见屏幕上的野人拍着胸膛嗷嗷大叫，一脚踩在护桥栏杆上，栏杆顿时断成两截，"哗啦啦"掉入桥下。紧接着用一只手把剩余的栏杆轻松地拽下来，朝河里扔过去。

他大踏步朝城内走来，警车闪着红灯呼啸着停在野人面前。

还未见警车有什么动静，野人迅速地飞奔过来，"嗷呜"一脚就踩在警车前盖上，前车盖顿时凹陷下去，他一手将闪烁的警灯拽下来，然后把脚从车盖上拿下，双手一抬车盖，整个车身便翻过去，"骨碌碌"撞到周围的车上。

野人举车像拿玩具一样轻松，这让盯着屏幕的黎黎、韩晖大吃一惊。

"这不是一般的人，也不是野人。"黎黎断定地说。

"难道是一种新生物种？不可能，怎么还穿着人的大裤衩呢？"韩晖很是奇怪。

"不错，就是一个新物种，我们从没有见过的异类。"黎黎心情沉重。

王队长不以为然地说："什么异类，我看就一怪物，看我不削了他。"说着就气呼呼地往外走。

"千万不要伤害他，我们也去。"黎黎站起身，拉起韩晖紧紧跟上王队长。

第五十九章　与野人交锋

桥头一片凌乱和恐慌。

身形高大的野人动动手指，就像是玩玩具汽车一样，三下五除二就把五辆警车轻巧地弄翻在地。身穿制服的警员惊恐地从车里狼狈地爬出来，朝天上开枪。他们被吓坏了！从来没在现实生活中见过如此雄壮的怪物，以前不过是在电影中看到，那是人们想象力的再创造，如今是怪物真实地出现，还真的无法接受。

枪声在暗夜里，异常地响亮。进入睡梦中的人们，突然被枪声惊醒，不知道发生了什么事情，纷纷拉亮灯，一盏又一盏，窗帘也纷纷拉开，人们揣测着到底发生了什么。枪击案件，不多见，这毕竟是和平盛世。

一个社区的居民楼，整栋楼都亮起来。窗户上探出无数个脑袋，但没有人敢下楼。

黎黎、韩晖和王队长坐着警车呼啸而至，野人咧开大嘴笑着，露出一排洁白的牙齿。如果仔细看，脸颊上闪现出一对浅浅的酒窝。地上都是破损的汽车，有的侧躺，有的干脆翻转过来。警员们躲在车后或者树后，向野人鸣枪示警。如果不是事先形成偏见，怎么看，野人都是长着一张人的脸，而且眉眼还很英俊。

熟悉的面容，再次掠过黎黎的脑海，她又一次感到震撼。她觉得面前的野人特别像某一个熟悉的人。

王队长下车，朝着野人扣动扳机。

黎黎急忙伸手挡了王队长的手臂一下，子弹飞出去，跑偏了，没有打中野人。

"黎黎，怎么啦？难道你糊涂了吗？"王队长很是恼怒。

"相信我，他不会待很久的。"黎黎望着灯光中高大无比的野人说道。

正在对峙期间，忽然远处响起一阵笛声，笛声清越高亢，在暗夜里感觉分明就响在耳边。

听到笛声，那正在大笑的野人停下来，脸上呈现平和之色。他回头朝着笛声的方向，将双手慢慢放下，停顿许久才回头望望满地狼藉。他的脸上浮现出婴儿般纯真的微笑，这与刚才的野蛮行径相去甚远。他淡定地转身向桥头走去。

他走得平稳，淡定，留下背后的人们疑惑和惊慌。

黎黎、韩晖和警员们就这样怔怔地望着野人一步一步消失在夜色中。

　　等回过神来，人们开始收拾残局，受伤的警员也被及时送往医院进行救治。

　　一幢幢骚动不安的居民楼，逐渐平静下来。

　　第二天一早，野人袭击林山镇的消息，飞快地传遍县市城镇。街头巷尾的人们聚在一起纷纷议论昨晚出现的野人。经过各色人等的想象力加工，竟然被传成另外一个版本。

　　"听说了吗，那个野人七八米高，一脚能把汽车踩扁，一只手能把汽车扔到天上。"

　　"听说了，那个野人头上长了一尺长的角，跟梅花鹿似的，用角能挑起一个人。"

　　"那个野人太奇怪了，子弹绕着他走，怎么打都打不中。"

　　"天呐，太可怕了，比恐龙复活还可怕！"

　　……

　　黎黎一夜没能安睡，脑海里乱糟糟地，一会儿是野人作战的场面，一会儿是舟江幽怨的眼神，一会儿又是小鸽子灿烂的笑容。翻来覆去，辗转反侧，折腾大半宿，接近黎明时分，才昏昏沉沉地小睡了一会儿。

　　醒来时，窗外已艳阳高照。黎黎急忙梳洗一番，顾不得吃饭就去了野人临时指挥部。

　　走进办公室，韩晖、王队长早就进入讨论之中，眼中都布满血丝，可见他们也没睡好。

　　"黎黎，县委书记要求我们在最短时间内拿下野人，他已经给人民生活带来了严重影响。"韩晖神情凝重。

　　"是枪杀他吗？"黎黎的卷发有点凌乱。

　　"是，必要的时候，就要枪杀。"王队长坚定地说，"上面就是这么要求的。"

　　"要用麻醉枪，抓活的。他是进行野人科考的重要考证。"黎黎口气很硬，带着不可反驳的声调。

　　"对不起黎主任，我们没接到这样温和的命令。"王队长说完甩手走出去，留下一个令人尴尬的背影。

　　黎黎没有生气，看着王队长的背影陷入沉思。

　　"黎姐，不要和他一般见识，他就是一个不会拐弯的人。"韩晖讪讪地笑着。

　　"我们必须赶在王队长前面拿下野人。"黎黎的俏脸上，眼角的皱纹悄悄地露出来，暴露了她三十多岁的年龄。

"怎么拿下？用麻醉枪？"韩晖疑惑地问。

"这个，我自有办法。"黎黎眼角的皱纹忽地展开，只留下浅浅的痕迹。

……

林山镇，王队长布下天罗地网，守株待兔，只等野人走进来。

黎黎驱车把林山镇周边地形摸了一个清楚，又到临近县市进行细致的考察。虽然没有得到有价值的线索，但是得知野人的活动范围很大，具有不固定性、随意性。这令黎黎费解。

黎黎的脑海中，无论何时何地，都会无缘无故闪现野人的模样，有时候莫名其妙地联想到舟江，她不知为什么要把这两个无关的人关联在一起。还有那天夜里的莫名笛声，那分明是对野人的召唤，是谁在召唤一个野人呢？

也不知道舟江在哪里，过着怎样的生活？更不知道红豆的生死。期间，黄大夫多次打来关切的电话，她便一股脑地把自己的疑惑和想法，都倒出来。电话那头的黄大夫，几乎成为她情感上的依靠。她不知道这样做，是不是玩火自焚。现在的她顾不得那么多。

似乎预知林山镇的严密布控，野人没来，整整一周，林山镇都是安安静静地。

第六十章　盘山路上遇毛巨人

　　野人似乎是在和人们捉迷藏，林山镇警民严守以待，没等着野人，却等来了盘树开发区遭遇野人的消息。

　　盘树开发区距离林山镇大约有四十里的路程，山路蜿蜒，林木浓茂。适逢一个周末下午，三三两两的学子们陆陆续续从家返校，山路上骑车的大多数是学生。

　　在通往盘树城区的山路上，有两个女孩子和一个男生骑车回校。出于本能的保护意识，男生在两个女孩外侧，他说话的声音已经变粗，粗声粗气。两个女孩扎着马尾辫，一个娇小可爱，一个身材高挑。在距城区大约有一里地的时候，那个娇小的女生突然尖叫一声，"有怪物！"她大大的圆眼睛睁得更大更圆。

　　这一声尖叫吓坏了三个人，都吱嘎停下车。男孩比较利落，两脚"唰"地叉在地上，女孩比较慌乱，车子都没停稳。他们都瞪着惊恐的眼睛，向山林望去。

　　山路之下的密林中，树影晃动，枝干被折断，树叶"哗啦啦"作响，隐隐约约地看见一个巨大的东西不停地冲撞树林。

　　"是黑熊，快跑！"男生及时反应过来，冲着两个呆若木鸡的女孩喊道。

　　三个人慌张地上车。其中娇小的女孩由于惊慌，还差一点摔倒。三个人使出吃奶的劲头拼命地向前骑。弯弯山路似乎故意和他们作对，路上坑洼不平，颠簸不已。

　　男孩在前，女孩在后。冲在前面的男孩顾及后面的女孩，不由得回头朝女孩喊道："快点！"这一回头不要紧，他看到身后跟着一个巨人，浑身上下都是毛。心里一慌，车把一扭突地摔倒在地。后面跟上来的女孩猝不及防，"噼里啪啦"不分轻重地撞上去。

　　三个人惨叫一团。他们同时看到了那个巨人……

　　看着那个巨人一步一步走近，他们忘记了疼，忘记了应该站起来逃走。

　　那个巨人，穿着深灰色大裤衩，茂密的毛发长满全身，一双大脚丫踩在地上啪啪地。惊疑的是那张脸，脸上肌肤光滑，张着大嘴傻笑，一对浅浅的酒窝，头上一对肉色的长角随着步伐不停地颤动。

　　毛巨人冲他们走来，三人害怕地相互偎依在一起，怔怔地看着走过来的毛巨人。

"这是什么东西？看着不像人！"女孩声音发抖。

"是不是林山镇传说的野人？"

"别害怕，有我！"男孩让两个女孩躲在身后，用手挡着她们。

"喂，别过来！"男孩大声喊道。

毛巨人一怔，本来傻笑的脸忽然凝住，脚步停下来。他慢慢地伸出一只手，胳膊上密密麻麻都是毛发，手上倒是很光滑，纹络清晰。

"这是友好的意思吗？"高挑女孩疑惑地问。

"不像有恶意！"男孩小声答道。

毛巨人伸出手朝他们走过来。这一次，男孩没有拒绝，怔怔地看着他。

毛巨人弯下腰，他毛茸茸的大手抓住男孩的胳膊，轻轻一使劲，男孩就觉得轻飘飘地似乎要飞起来。毛巨人提起男孩放在一边，又先后把后面两个女孩提起来放在地上。女孩没有感到害怕，反而觉得毛巨人很细心。

于是，他们看到毛巨人脸上阳光一般的微笑。三人紧张的情绪放松下来，他们能感觉到眼前的毛巨人没有恶意。

"你是谁？"女孩大着胆子问。

"dan sheng"，毛巨人从嘴里艰难地发出声音。三人脑海中马上涌出了"诞生、蛋生、单生"，不知道到底是哪个名词。

"你怎么长这么高？"三人中身高最高的男生也仅仅到了毛巨人的腰部，如果不仰起头绝不会看到他的脸。

毛巨人没说话，只是皱皱眉头。

三个人你看看我，我看看你，然后小心翼翼地问："你从哪里来？"

毛巨人没有搭话，就在这时，一辆桑塔纳飞驰而来，停在他们身边。

三人和毛巨人一起把目光转向突然而至的汽车。

车门打开，从里面走下一个中年男子，头顶光光，大腹便便，西装革履。

"怎么回事？"他一脸的横肉随着说话而轻微地颤动。他走到三个人面前，对着毛巨人上下打量。

"从哪儿来的怪人？身上有毛，头上有角？"说着，那个人便哈哈大笑起来，似乎发现了新大陆。

毛巨人的微笑随之不见。

这时候，从车上又下来一个女人，身着花格过膝长裙，白色短衫，身材妖娆，一头卷发。她手里拿着手机，一步一扭地走到毛巨人面前，"哎呦呦，好奇怪的人呢！"说着就兴奋地冲着毛巨人肆无忌惮地拍照。"我要发到朋友圈，肯定火一把！"

"妮子，不要离他太近，别伤了你！"中年男子饶有兴趣地看着。

"这一辈子我也没见过这么高的人，这恐怕是世界第一高！是吧，老板！"那女人涂抹着红嘴唇，兴奋地对中年男子说道。

毛巨人眉头紧皱。

"我要和他合影。"女人把手机往中年男子手里一塞，扭到毛巨人身边，摆出一个与毛巨人亲密的姿势，眼眉飞起来，媚笑着。

"嗯。"男子应了一声，但还未等男子拍照，就见毛巨人一挥手，就把那个女人推开，女人呼地飞出去，重重地摔在两米开外的山路上。"啊，疼死我了！"

"竟敢动我的女人，看我不灭了你！"男人怒气冲冲，冲上前两步却又退回来，"回头再收拾你！"转身跑向躺在地上"哎呦呦"的女人。

毛巨人发怒了。

三个学生吓得跑到路边，紧张地看着眼前的一切。

只见他双手拍打胸膛，仰天长啸，一个飞跃就跃上桑塔纳车顶，他站在那里，在西斜的阳光中，显得高大无比，像是一个绝世英雄。

这一幕，惊呆了所有在场的人。

桑塔纳的左车门被打开，从驾驶室里跌落一个男人，他连滚带爬跑到路边。

毛巨人站在车顶上，两脚一跺，车身便凹进去，他再抬脚从车身里迈出来，弯下腰，两只大手抓住车尾，向山路上抛去。

被砸瘪了的桑塔纳在空中打着旋，翻着跟头，呼啸着奔着山路下面的密林而去。只听得"轰隆隆"一阵乱响，桑塔纳落在树林中，顿时火光冲天。

第六十一章　与毛巨人对峙

"有人报警，盘树山路上遭遇体形巨大的毛巨人，现在正向盘树开发区行进……"

一则内部消息悄然传播，尽管官方试图封锁，将毛巨人造成的恐慌控制在最小范围之内，但是，那些不被官方认可的小道消息还是迅速地扩散，盘树城内已经有人在策划弃城逃走，不过更多胆大的人，对从未见过的毛巨人充满了好奇，再加上林山镇野人的传说，新鲜刺激、好奇、恐惧，各种情绪纷乱地占据头脑，一个个像是打了鸡血一样兴奋，尤其刚刚成人的愣头小伙，不顾父母劝阻，相邀前去一睹毛巨人的风采，其实不过为了满足好奇心。

当黎黎和韩晖赶到盘树开发区的时候，聚拢的人群围在广场的外围，黑压压的一大片。在广场中间的一座石雕上，端坐着毛巨人。黎黎和韩晖扒拉开众人，从人群中一直挤到广场中心，一群荷枪实弹的警察摆开战斗的姿态。还有警察、便衣不断劝阻闯入警戒线的毛头小伙。

那是一个奔牛的石雕，牛角高耸，牛头抵地，牛身如石拱桥，三蹄着地，一蹄飞扬，似是斗牛的牛气冲天，又似耕牛的奋进。这座奔牛石雕出自本市一个著名的石雕大师之手。毛巨人盘腿高高坐在牛身之上，犹如一个胜利的斗牛士，以嘲讽的眼光看着脚底下芸芸众生。

"我觉得毛巨人一点都不可怕，不过就是一个高大帅嘛！有必要舞枪动棍的吗？"黎黎听到一个女孩小声地说，她望过去，那是一个被男友紧紧搂住的长发女孩，眼神中满是不解。

"谁家的高大帅满身是长毛，力大无穷？咱们看看再走。"搂住女孩的男人一直注视着前方。

黎黎和韩晖挤到王队长身边，他是被临时借调过来的，站在他身边的是刘大队长，身材魁伟，目光炯炯有神，双手掐腰正和王队长商量着如何将奔牛身上的毛巨人捉拿归案。

"刘队长，这位是北京研究古人类的专家，黎主任。"王队长向刘大队长介绍黎黎，黎黎把手伸过来，"您好"。

刘队长目光扫射黎黎，不过是一个卷发的小妮子，温婉的气质，让他觉得奇怪，古人类学家，是一个女人，掺和到一场野人战斗中来，岂不是看他们男人的笑话。

"黎主任，这里不安全，你还是回去吧！"刘队长说完，又把头扭向毛巨人。

黎黎的手伸在半空中，有些尴尬，心中不由怒火中烧。一张俏脸上生出一点愠怒之气。

"刘队长，我们是奉命而来，要保证毛巨人的安全，它对我们研究古人类具有很大的科学价值。"韩晖急忙岔开尴尬的气氛。

"对不起，我们只保证老百姓的生命安全。"刘队长没有回头。

韩晖刚想开口说话，黎黎冲他摆摆手，韩晖看着黎黎，又把张开的嘴巴合上，扭头向毛巨人望去。此时的毛巨人在牛身上站起来，伸伸懒腰，仰天长舒一口气，似是很享受的样子。

毛巨人的这一个动作，反而吓坏了警备中的警察。"开枪！"刘队长向后退一步，发出了命令。

"啪啪啪"，枪声大作。

正在观望的人群听到骇人的枪声，纷乱惊恐地抱头后退，有人跌倒，有人狂奔，有人惊呼，盘树广场乱成一锅粥。

"不要开枪！"黎黎高呼，但是子弹已经出膛。

黎黎担心毛巨人能否躲过子弹，心中不由替毛巨人捏了一把汗。

只见毛巨人一个前空翻，漂亮、潇洒，在空中划出一道优美的弧线，轻盈落地，稳稳地立在奔牛石雕旁边。他身上的毛发随风晃动，他的眼睛里没有恼怒。

"好险！"黎黎心中惊呼。

惊慌失措的人群纷乱如蚁，一场不可避免的踩踏在人群中上演。维持秩序的警察竭力地维护现场，在忙乱中，他们看到落地的毛巨人和奔牛石雕持平。他正在抬起右脚伸向奔牛石雕……

如果毛巨人推到奔牛石雕，然后再举起石雕，哦，想想都那么可怕。

"不要！"黎黎清脆的声音，响彻在纷乱的人群中。

毛巨人听到黎黎的呼喊，伸向石雕的右脚停在半空中，眼睛开始向黎黎的方向扫来。

可就在这当儿，刘队长的枪声也响了，子弹呼啸着越过头顶直冲毛巨人……

"快躲开……"黎黎冲毛巨人喊道。

毛巨人迟疑了一下，伸向石雕的右脚重新抬起来，石牛眼看着斜斜地倒下去，"轰隆隆"，顿时尘埃飞扬上天，模糊了人们的视线，碎石迸发，"噼里啪啦"。紧接着，毛巨人一只手抓住石牛一只脚，高高举过头顶，像是举重的大力士。

子弹打在石牛身上，一个深深的弹孔赫然出现。

"快跑……"刘队长大喊。

韩晖一把拽住黎黎转身就跑，在韩晖的带动之下，黎黎也惊慌地跑开，只听得身后又是一阵"哗啦啦、轰隆隆"的声音。黎黎顾不得回身，只觉得有石头落在身上，砸得生疼。

黎黎回过头，毛巨人高举的奔牛石雕已被摔落在地，四分五裂、满地碎石。牛角、牛头、牛腿已看不出模样，碎裂一地。只听得毛巨人长啸呼喊，怪异的声音充斥在身体后方。

黎黎其实也害怕毛巨人追过来，但还是希望毛巨人能追上来，与他进行一次面对面地交流。

想到这里，黎黎站住，停下奔跑的脚步。

"怎么啦，黎黎？"韩晖见黎黎停下来，很不解地问。

黎黎没有回答，而是转身，向毛巨人走去。

她看到毛巨人高大的身影，立在碎石堆中，像一个绝世英雄，傲然独立。

黎黎向他走过去，一步一步，脚步带着坚定。她逆着人流向毛巨人走去，有人惶恐地看着她，"这女人疯了！"

黎黎不理会韩晖，也不理会任何人，在她的眼里，只有那个毛巨人。

毛巨人迈开大长腿，一个步伐相当于两个人的步子，只消两步便与黎黎迎面相对。

黎黎看到毛巨人眼神里的疑惑与一抹纯真，她的脑海中不由得闪过一张熟悉的脸庞，正是舟江。

面对黎黎，毛巨人没有再向前走一步，他疑惑地看着眼前这个矮小女人，一个对他并不害怕的女人。

"舟江，他还好吗？"黎黎轻声问道。

在她身后的韩晖突然听到这样一句摸不着头脑的话，韩晖的惊疑不亚于毛巨人。毛巨人、舟江，这是哪跟哪儿呀？

毛巨人怔了怔，半天没说话。只是瞪着一双大眼睛疑惑地看着小女人。

"舟江，他还好吗？"黎黎重复了一遍。

"你认识我爸爸？"毛巨人开口了，说话声音很慢，就像是一个正在学舌的三四岁孩童，说得还不利落。

　　天哪，眼前这个毛巨人竟然是舟江的孩子，那个与红豆生的野孩子！韩晖大张着嘴巴，一时间，他的世界错乱了。

　　黎黎嫣然一笑，脸上刚才还紧张的表情忽地放松下来，"我是你爸爸的好朋友！"

　　"朋友，朋友是什么？"毛巨人问。

　　"他竟然不知道什么是朋友……"韩晖指着毛巨人说。

　　毛巨人的脸色大变，他开始紧握拳头。

　　黎黎拽了一把韩晖，"一边去，别给我搞砸了！"韩晖知趣地退到黎黎身后。

　　"你妈妈，红豆她还好吗？"黎黎依然轻声微笑地问。

　　"妈妈，妈妈……"毛巨人忽然大笑起来，胸前的毛发随着肌肉发狂地抖动。

　　黎黎听见毛巨人毛骨悚然的大笑，不由得向后退一步，就在这当儿，一声枪响扰乱黎黎的思想，一颗子弹从耳边飞过，直冲毛巨人而去……

第六十二章　战争废墟

黎黎惊疑地眼见毛巨人伸手向空中做出一个"抓"的动作，那颗飞扬跋扈的子弹，便轻易地被毛巨人抓在手中。

"哈哈，子弹，我最不怕的就是子弹。"说着，毛巨人摊开手掌，带着热度的两颗子弹乖巧地躺在毛巨人的手中。

这一幕，让在场的每一个人都惊呆了，当然包括刘队长。那颗出其不意的子弹正是刘队长趁着黎黎和毛巨人对话的机会而发射的。他以为这一次一定能中，却不承想被毛巨人抓在手里。太不可思议了。

毛巨人轻轻一甩手，那两颗带着温度的子弹在空中划出一道优美的弧线，直击不远处的高楼，楼上的玻璃哗啦啦被击碎，一个女人的尖叫声从楼上传来。

黎黎有些恼怒，回头朝着不远处的刘队长大声喊道："不要射击，你把事情搞砸了！"

但已经晚了。

被袭击的毛巨人，刚刚被安抚的情绪现在又被两颗子弹激发起来。

他愤怒了，怒气冲天。夕阳暖色的余晖环绕在他周围，为他罩上一层神秘的色彩。

一个生气的毛巨人，其爆发的能量非常可怕。

毛巨人呼啸着朝广场上鸟兽散的人群发起进攻。他抬起双手，深深地吸一口气，随之向外猛地一推，一股强大的气流不知从何处而来，以排山倒海之势压向人群。

黎黎感到强劲的气流犹如一阵狂风吹来，她几乎不能站立。韩晖一把搂住黎黎，才使得两个人没有倒下。而更多的人，则因为恐慌和劲风跌倒踩踏。

毛巨人没有停下报复，他腾空跃起，几个漂亮轻盈的鱼跃便轻而易举地奔到广场周边的商业楼前。商业楼五颜六色的广告牌、华丽的墙体、耀眼的霓虹灯一同昭示着都市繁华。还在做生意的老板，毅然坚守阵地。当广场上发生混乱的时候，他们不曾意识到已发生危险。依然在震耳欲聋的音乐中，一如既往地等待客人的到来。

"不好，野人来了！"店铺外惊慌失措的人们像潮水一样在街道上退去，他们这才注意到一个高大的身影从空中跳跃而来。像一只灵巧的猿猴，又像传说中的蜘蛛侠。

毛巨人立在高高的楼宇之上，身后的夕阳仰视着他。他发疯般的狂跳，楼宇开始不安地震动。

"地震了……"店铺里的人们惶恐地冲出来。

毛巨人挥舞手臂在楼宇之上疯狂踩踏，楼层的瓷砖瓦块雨点般砸下来，广告牌"噼里啪啦"掉下来，一座楼开始倾斜，尘埃四散，升腾起灰色烟尘。

断裂的钢筋石灰发出恐怖的声音，楼层的窗户开始变形，碎裂的玻璃闪耀着太阳的余光，蜘蛛网一样的电线、网线缠绕在一起，就像一部恐怖片在现实生活中上演，人们看到了一座六层商业楼轰隆隆地塌陷。

高大的毛巨人站在楼层的废墟上，不断地狂舞呼啸，向远处奔去。

他所到之处，汽车均被捣毁，一辆辆价值不菲的汽车拥挤在一起，车窗变形、车轮四散，车主心疼地哀号。房屋破裂，砖头瓦块到处都是，电动车、自行车仰面朝天。一片狼藉，一片废墟，街上、胡同里凌乱不堪。受伤的人躺倒在地，有的已经死去，一场都市浩劫就这样毫无预兆地发生了。

这是一场战争，是发生在人类和毛巨人之间的战争。虽然不是炮火连天、硝烟弥漫，可却同战火掠过一样残酷。先前还是祥和世界，一眨眼就变成地狱。

战争扭曲了城市的安定繁华，制造了无比的恐慌。

这只不过是来自一个野人的徒手袭击，却同样制造了战争一般的混乱。

第六十三章　黎黎的情感

争取用最短的时间抓获毛巨人成为立即执行的命令。刘队长临危受命，当上了逮捕毛巨人的总队长，王队长协助。一场抓捕毛巨人的行动就此大规模展开，坚持活捉毛巨人的黎黎经过竭力争取，也参与到这场战争中。

二三百人的队伍携带先进武器装备，浩浩荡荡地向神农架出发了。

毛巨人会住在神农架的原始森林吗？在毛巨人袭击盘树开发区事件之后，再没传出毛巨人的新闻，大多数人纠结于见与不见野人的情绪中，见总是危险的，不见却总被一股好奇的力量牵引，为了安全起见，还是不相遇的好。

自从黎黎对毛巨人喊出那一句"舟江，他还好吧！"韩晖就不停地在黎黎身后追问，"毛巨人真是舟江的孩子吗？"

"我确定是！"黎黎回答。

"你是怎么确定的？"韩晖不解。

"从看到毛巨人的第一眼，我就感觉他和舟江有几分相似，尤其是他们都有浅浅的酒窝，但是我不敢确认。后来我反复地把舟江的照片和毛巨人进行比对，发现他们相似的地方太多，况且神农架已经没有了野人，毛巨人的出现，不可能排除与舟江和红豆的关系。"黎黎分析道。

"从时间上推算，即使毛巨人是舟江的孩子，也不过五六个月大，怎么可能五六月的时间他就长成巨人呢？"韩晖提出疑问。

"这也正是我疑惑的地方，所以，我不能十分确定他是舟江的孩子。当我面对面问他的时候，我看到他眼里的疑惑，这说明他与舟江一定存在某种关系。"黎黎感慨。

"舟江是百分之一百的人，红豆则有百分之五十的可能，那么他们的孩子最少有一半的人类基因，不可能全部是野人的基因，那么毛巨人怎么可能具有超能力呢？我觉得毛巨人不一定是舟江和红豆的孩子，说不定是外星人的孩子。"说到这里，韩晖自己哈哈大笑起来。

"韩晖，你还记得毛巨人第一次在林山镇出现的时候吗？有笛子的声音从某个地方传过来，像是一种呼唤。毛巨人在听到笛声之后，变得比较温和，很快离开。你知道吗，舟江会吹笛子。"黎黎回忆。

"你是说，舟江在呼唤毛巨人。"韩晖疑惑地问。

"对，是舟江在阻止他。"

"可是，为什么在盘树却没有听到笛子？"

"是呀，为什么呢？如果毛巨人是舟江的孩子，那么红豆怎样了呢？她的腹部挨了一枪，不知能不能活下来？"黎黎望着远方若有所思。

"其实，我最不能理解的是毛巨人的超能力，他已经不是野人那么简单了。"诸多疑问就像是解不开的死结，盘绕在他们心里。

"所以，我一直坚持要活捉毛巨人，只要能抓到他，就能明白一切。"

"不大可能！"

"只要有一线可能，我们就不能放弃。"黎黎坚定地说。

"呵呵，我就佩服黎黎姐这股子劲头。"

"我已经打电话向舟江父母确认了，舟江自从参与神农架野人考察后，就回去过一趟，后来再也没与父母联系，他们对舟江的近况一无所知。"黎黎说。

"所以，舟江还有可能在神农架？"韩晖的眉头拧成一个疙瘩。

"对，这也是我必须要参加这次搜捕行动的原因。他们对舟江、对野人了解得太少，我怕他们对舟江不利，况且我也想知道红豆的女儿小鸽子和人狼的孩子杜鹃怎样了，这些都隐藏在神农架的原始森林中……"黎黎的俏脸上，表现出重重疑问，看着黎黎的脸，韩晖似乎明白了什么。

"不知道姜博士知道这一切会怎样？"

"他已经不过问神农架了，心都皈依了佛门，呵呵。"黎黎笑了。

"黎姐，黄大夫给你电话了吗？"韩晖坏坏地问。

"男人没一个好东西。在北京的时候，天天煲电话粥，我一来神农架，他就变成三天两头了。"黎黎说到黄大夫有些生气。

"不是，不知道有些话该不该说……"韩晖顿了顿，观察黎黎的神色。

"你说吧，我不计较。"

"黄大夫毕竟有家庭，你们能有什么结果？"

"我以为遇到了真爱，他会为我放弃家庭，其实他不会。"黎黎很是忧郁。

"没有哪一个男人会轻易放弃家庭，哪怕是糟糠之妻，除非是女人出轨。"

"在来神农架之前，我坚定地认为他会，现在我觉得我错了。"黎黎低下头。

"黎姐，你会分手吗？"韩晖试探着问。

"不知道。"黎黎的眼角有些潮湿，"算了，不讨论这些恼人的问题了，还是准备着手找舟江吧！"

　　"对，找到舟江，就有可能找到毛巨人！"韩晖也把话锋转到了毛巨人身上。

第六十四章　苹果有毒

比起原先的神农架原始森林，黎黎总感觉有些异样，究竟是哪里不一样，她又说不出。在神农架发生的事情太多了，神农架有些变化也理所当然。她看到遍地的野草有些枯萎迹象，珙桐、云杉树的叶尖泛黄，树丛中乱跑的野生动物们瞪着一双双仇恨的目光，就连那些近人的猕猴，也都远远瞧着，看上去很陌生。

女人的直觉告诉她，神农架发生了异常。黎黎告诉韩晖，一定要小心，主要是不要让刘队长轻举妄动。

去哪里找毛巨人和舟江？当然是石竹园，那里是舟江和红豆栖身的世外桃源，也应该是毛巨人诞生之地。

随着向石竹园深入，黎黎越发觉得异常，就连韩晖和刘队长等人也注意到了。天上偶尔飞过一只大鸟，哀哀地嘶鸣，那鸣叫声奇异，不像是鸟鸣，倒像一匹马的哀鸣，诉说内心的悲伤。听得人不由得泛起一身鸡皮疙瘩。"这是什么怪鸟？叫得如此瘆人。"刘队长问黎黎。

"我从来没有听到过，有些奇怪。"黎黎的心里闪过一丝不安。

路边有一棵茂盛的果树，叶子像蒲扇，把阳光遮得严严实实，连风都挤不进去。上面结了很多红彤彤的果子，鲜亮诱人，看起来像苹果。

"这是苹果吗？怎么这么大，像哈密瓜。"人们围在树下新奇地讨论。

"从没见过这么大的苹果，一定好吃。"说这话的人，口水都快流下来了。

在丛林中主要吃压缩饼干和罐头，如果能遇上一些水果，那可是天赐的口福。人们第一次见到如此鲜艳的苹果，都毫不犹豫地摘下来，你一个我一个，还递给黎黎一个。他们用衣袖迫不及待地蹭蹭苹果皮，就大口大口吃起来，"哇，好新鲜！"

"嗯，真甜！"一个个都像是猪八戒吃人参果似的，来不及品尝什么滋味，就囫囵吞枣地咽下去。

黎黎迟疑地看着手中的苹果，又看看其他人狼吞虎咽地，也想吃掉手中的苹果，但是过多的疑虑还是让她忍住馋虫的躁动。

韩晖吃了一小口，"黎姐，苹果味道不错，吃吧！"

黎黎摆弄着苹果，"留着以后吃吧！你不要吃太多，这么大的苹果，一个就够了。"

"我肚子怎么疼起来了？"有人喊道。黎黎循声望过去，原来是第一个摘苹果的人，他双手捂着肚子，额头上沁出汗珠，咬了多半个的苹果被扔在地上。

"不好，苹果有毒，别吃了！"黎黎大喊，一手打掉韩晖手中的苹果，苹果被韩晖刚刚咬了两口。

听到黎黎的提醒，有人开玩笑，"黎姐担忧过了头！"依然自顾自地吃苹果，还表现出沉醉的模样。

韩晖被黎黎搞蒙，一时缓不过神来，黎黎和刘队长已经朝肚子疼的人奔过去。

"卫生员呢？"

"来了！"一个小个子喊道，宽大的衣服遮住瘦小的身子。他提着药箱跑过来。

"郎坤，看看他是怎么回事。"

郎坤对躺在地上的病人进行简单的询问和检查，"脉象很乱，不像肠炎那么简单，是食物中毒。"

"赶快下药！"

郎坤摇摇头，"没用了，毒已经进入五脏六腑。"

"都把苹果扔了！"刘队长回头朝人们大声喊，直到此时，人们才意识到看似鲜艳无比的苹果其实有毒。

"怪不得连一个小虫子都没有，鸟也不吃，原来有毒！"人们恍然大悟，纷纷将手中的苹果狠狠地扔到很远的地方。

紧接着又有几个人喊肚子疼。

郎坤手忙脚乱地拿出一些药，"每人两粒，马上吃了。"人们犹豫着把药生吞下去。

躺在地上的那个人，已经陷入昏迷，脸色发紫黑，眼睛上翻，口吐鲜血，不久死去。

黎黎大惊，"原先苹果没毒，我们都吃过，怎么现在的苹果有毒了呢？"

刘队长默然地吩咐众人将死去的弟兄就地掩埋。那些肚子疼的人，也都吓得相互留下遗嘱，嘱咐"如果你活着，请替我看望老娘"。

悲伤的气氛笼罩在每个人心头，一片乌云笼罩在神农架的上空。

还好，在郎坤的及时救治之下，剩下的人胜利地熬过了一夜，当朝阳照耀神农架的时候，人们发现又见到了第二天的太阳。

经过毒苹果事件，刘队长命令所有人员不要对神农架的任何食物，包括鲜嫩野菜、到处奔跑的野兔，怀有一丝侥幸心理，只能吃自己带来的食物。

可是，为什么原先的苹果是正常的、无毒的，现在的苹果有毒呢？黎黎想到了石竹园那次可怕的陨石降落事件，说不定还与毛巨人有一定的关联。

第六十五章　再遇陨石坑

越是接近石竹园，越是显得怪异。越来越多的植物发黄枯败，杂草纷乱，在草丛里歇息的蚂蚱长相奇怪无比，有的头特别大，有的身子特别大，都像是吃了膨大剂似的，一个个像发酵了的面包，笨拙地停歇在草尖上。

黎黎轻易抓住一只呆笨的蚂蚱，放在手心，它慢条斯理地理着长长的触角。蚂蚱六条腿粗壮发达，个子很高，比一般蚂蚱高出两倍，通体绿色。它的特别之处就在于六条腿，身子陷在六条腿中间，像一颗绿豆。黎黎把其中一条腿拉直，足足有四厘米长，可以称得上蚂蚱王国里的大长腿了。翅膀薄如蝉翼，纹路清晰，有强烈的质感。若用它的材质和颜色作一条绿色长裙，必定艳压群芳。

黎黎想到这里，扑哧笑了。这一笑倒把身边紧张兮兮的韩晖笑蒙了。"黎姐，你还有心思笑，想到什么好事了？"

"没什么，只是觉得这只蚂蚱很可爱。"

"可爱，我一点都不觉得可爱，我觉得可怕。"韩晖从鼻子里哼了一声。

黎黎用手指轻轻弹了弹蚂蚱的小腿，蚂蚱警觉地向前一跳，消失在草丛中。

"黎姐，姜博士遭遇的陨石，科学考察队寻到了吗？"

"没有，它神奇的来，又神奇的消失。"

"我觉得不是神奇，是诡秘。"

"此前，姜博士对我说，天降陨石是对他的惩罚，不一定见到真物。"

"用一种奇异的天象，来解释上天对他的惩罚吗？笑话，如果他知错了，何苦还让我们继续探寻神农架，寻找野人。"

"我们不是来找野人的，如果说刘队长他们来捕杀野人，而我们两个……"黎黎向四周看看，正在休憩中的人有的打盹，有的聊着野人，有的擦拭手中枪，刘队长正在喷云吐雾，看着烟圈在空气中弥散。

韩晖看黎黎警觉的样子，顿时明白了，小声说："我们是暗中保护，对不对。"

"笨得不厉害。"黎黎收回目光看着韩晖笑了。

"而且还要找到舟江……"韩晖继续说。

黎黎只是笑笑，不置可否。"有一件事情你要做好准备，会有危险。"

"什么事情？"

"陨石降落的周围，可能会遭遇核辐射。"黎黎悠悠地说。

"怎么可能，陨石本身没有核辐射，既然是陨石，就不该有辐射。"

"我说不清楚，你没注意到周围的花草枯萎，蚂蚱基因突变，就连天上飞的鸟也奇形怪状吗？原先的神农架没有这些奇异的东西，自从陨石降下来之后，就慢慢地出现了。我记得姜博士说过，他当时之所以快速离开陨石坑，就是感觉到异样，后来他带回的陨石碎块，经过检测，里面含有核辐射因子。"

韩晖此时恍然大悟，"哦，毛巨人说不定就是因为核辐射才发生基因突变，变成一个怪人！"

"孺子可教也！"黎黎抚摸了一下韩晖的头发，韩晖不好意思笑了。

"我们有可能遭遇核辐射？那么姜博士遭受核辐射了吗？"韩晖突然紧张起来。

"不用害怕，即使有，也是小剂量的。但是，陨石降落的时候核辐射非常厉害，所以姜博士已经受到了惩罚。"

韩晖担心地看着黎黎没再说话，心里可就嘀咕开了："我还没结婚，没孩子呢，要是遭到核辐射，再生出一个怪人，那可就惨了。"

一行人再次启程，不久来到陨石坑附近。陨石坑依然旧模样，不见绿草生长，没有一棵活着的绿色植物，参天的大树只剩下枯枝败叶，一片萧条。

黎黎没有携带核辐射探测仪，无法探知核辐射对人的伤害程度。但是通过对周围的观察，她估计核辐射依然对人和生物有伤害。她警告刘队长，队伍不能在陨石坑过多停留。他们简单察看了一下继续向石竹园前行。

韩晖，连陨石坑都不去。远远地注视众人对着一个陨石坑感兴趣。黎黎不在乎，她身上那种认真严谨的态度，促使她仔细观察陨石坑内外，连一颗石子都不放过。

很遗憾，没发现什么有价值的东西。黎黎扫兴地随着队伍快速撤离陨石坑。

陨石坑，被人们丢弃在身后。

陨石，去哪儿了？

第六十六章　男中音是谁

前往石竹园的路上，石柱林立，喀斯特溶洞一个接着一个。独特的喀斯特地貌，人们无心欣赏。黎黎倒是饶有兴趣地看看这儿瞧瞧那儿，有时候表现出一个女人的童心，韩晖觉得黎黎有可爱的一面，与她严谨的工作态度截然相反。人，是有两面性的，大多数情况下是为他人而表演的假象，只有在放松平静状态下，展现的才是自己。韩晖问黎黎："你会不会偶尔想念黄大夫？"

"会，"黎黎没有回避，"在我低头看到一朵小花的时候，常常想，如果他在我身边，一定会摘一朵插在我的头发上。"

韩晖笑了，"我没有你那么细腻，我顶多会想念玉荣给我做的红烧牛肉面。"

"小馋虫，玉荣非得把你喂成一个胖子。"

"可不是，要想拴住男人，首先要拴住他的胃。我算是让玉荣给拴住了。"韩晖露出不好意思的笑容。

"没出息。"黎黎笑话他。在去往石竹园的路上，黎黎和韩晖结伴行进，聊着各自的心思。刘队长走在前面，无心听他们儿女情长，找到毛巨人，才是他最重要的任务，为此，他着急上火的。

到达石竹园的乾坤界，已然没有了从前的神秘感，一眼望过去不过就是一道高大平直的石崖，再也不是一道不能跨越的屏障。这里不像陨石坑周围落叶枯败萧瑟一片，依然鸟语花香。

从踏入石竹园的那一刻起，黎黎的思维被调动起来，尤其当她站在乾坤界的石崖下，有似曾相识的感觉。她记得和玉荣失踪的那一次，在神农架的深林里睡了一觉，醒来的地方，就是乾坤界，当时舟江、红豆都在。

黎黎给韩晖、刘队长讲述舟江、红豆还有姜博士的故事。"原来还有这等神奇，我真是白活了！"听完之后刘队长感慨万分。

"若不是天降陨石将这道屏障打破，我们就无法踏入神农架的世外桃源。"黎黎颇感遗憾。

"世间有这么神奇的地方，舟江这小子可真有艳福。"

"我若是能在世外桃源活一天，这辈子让我做啥都不冤。"众人你一言我一语地想象世外桃源的美好，那是希冀中的神仙居所，神圣得让人顶礼膜拜。

"可惜呀，不存在了！"

"不知道舟江还在不在这里？"

"一定会！"黎黎坚定地说，"毛巨人也在，你们不要轻举妄动，不要再次打击他们。"

"哼！"刘队长从鼻子里发出一种反抗的声音，心里的如意算盘打得噼啪响。黎黎看了一眼刘队长，心中自是明白，可她没有说破，转而望一眼韩晖，韩晖会意。

走过乾坤界，就到了舟江和红豆的住所。青石小路，花满径，香气袭人，蝴蝶翩翩起舞，蜜蜂绕枝飞，一派祥和气氛。

"闲人不得入内"，一个浑厚的男中音，不知道从什么地方传过来，利用很强的穿透力传送到耳边。人们被这个声音一下子吸引，"是谁？"

人们循声用眼睛四处寻找，寻找这个奇怪的声音。只有鲜花，只有绿树，潺潺流水声，不见有人。

众人心下正奇怪。

"这个声音好熟悉！"黎黎突然说，她眉头紧皱，掩饰不住的兴奋和激动。

"是谁的声音？"韩晖问道，刘队长的眼光也唰地扫过来，"是谁？"

"这个声音模拟的一位主持人，经过精致加工，是一个合成声音。"黎黎似乎看到自己曾经在办公室针对著名主持人不同的声音进行分析比对，最后合成一个最具有磁性最有杀伤力的男中音。

"声音还能合成？在说什么呢？"刘队长很是急躁。

"神农，神农，是你吗？"黎黎突然向前跑去，双手合拢成喇叭形放在嘴边，对着乾坤界大声地呼喊。她的脸上洋溢着激动、兴奋。

"是神农！"韩晖突然间明白了，脸上逐渐有了笑意。

可是刘队长等人都糊涂了，"神农，难道是尝遍百草的神农氏？这也太离谱了，先不说有没有这么个神人，就算是有，也都死了四千多年了。黎黎是不是疯了？"刘队长睁大怀疑的眼睛，诧异地问。

"神农，你在哪儿？"黎黎还在冲着树林、天空高喊。

"神经病！"刘队长狠狠地骂了一句。

"神农，是一个机器人，姜博士和黎黎他们研制的。"韩晖解释道。

"你是谁，怎么知道我的名字？"那个浑厚具有杀伤力的男中音再次从空气中传来，却让人分不清传来的方向。

"我是黎黎，黎黎，你不记得了？"黎黎大声喊道。

"黎黎，我不认识。等一等……"男中音开始沉默。

"呵呵，他是在搜索记忆。"韩晖笑了。刘队长经过韩晖的解释有些明白了，"但愿他还认得黎黎。"

"对不起，我不认识你。"

"看来舟江对你动了手脚。"黎黎很沮丧。

"不要揣测我的主人。"

"舟江果然在这里。"黎黎大笑，"你让舟江出来见我，你不认得我，舟江认得。"

"对不起，我的主人谁都不见，请你们离开。"男中音毫不让步。

"这个机器人不简单！"刘队长听着他们的谈话不由感叹。

"那是，那可是姜博士和黎黎的心血！"韩晖自豪地说。

"我们要是不离开呢？"刘队长挑衅地说。

他们无从知道神农的确切位置，只能对着周围的空气猜测和喊话。突然不知从什么地方冒出一个烟雾弹落在地上，然后一声轰响，只见一阵蓝色烟雾在地面升腾而起，一股刺鼻的味道开始弥漫。

人们急忙弯腰后退，一手捂住鼻子，一手胡乱地挥散周围的烟雾。烟雾弥漫，周围的花草风景慢慢模糊起来。

"不知趣。再不走，你们遇到的就不是蓝色烟雾了。蓝色烟雾没毒，不会给你们造成伤害，如果是其他颜色的烟雾，就不好说了。"男中音慢条斯理地说。

第六十七章　双人行进石竹园

退回石竹园的乾坤界，刘队长一行人决定驻营扎寨暂时安顿下来，然后再想办法。

期间，他们并没有接到毛巨人在其他任何地方出现的报告。或许是舟江把毛巨人控制在石竹园了！黎黎这样推测，这极有可能，毛巨人每一次出现，都是一场灾难，舟江不可能放任不管，除非，毛巨人不是舟江的孩子，如果不是，毛巨人就有可能在其他地方出现。

刘队长对黎黎的看法表示赞同，"不愧是专家，分析得靠谱。"刘队长难得流露出一丝笑容，他是一个极其严肃的人。

"别小看了美女，这可是和我们在神农架出生入死的女汉子一枚！"韩晖的赞美，黎黎听得那么酸。

"我不想当什么女汉子，宁可做小家碧玉，嫁一个如意郎君，卿卿我我，相夫教子多好，跑到深山老林找野人多没女人味！"黎黎自我解嘲。

"一群男人堆里，若是没有黎黎姐，那才是真没趣呢！"韩晖调笑。

黎黎瞥了一眼韩晖，"不让玉荣来，真后悔！"

"明天，你和韩晖去找舟江，有问题吗？"刘队长岔开话题，转到中心主题上来。

"我没问题，恐怕韩晖胆小不敢去。"黎黎瞅着韩晖调侃。

"是呀，我胆子太小了，你还是让黎姐一个人去吧！"韩晖坏笑着打趣。

"正经一点，你和黎黎一块去！"刘队长声色俱厉，他看不惯韩晖嬉皮笑脸的熊样。

"遵命，长官！保证完成任务。"韩晖恢复了一本正经的样子，反倒有些可爱。

第二天一早，黎黎和韩晖稍稍做准备就出发了。刘队长等人留在驻地，静候消息，只要黎黎一发出信号，他们马上出发。

背负重任，黎黎觉得自己的肩膀有些稚嫩，好在有闯原始森林的经验和胆量，黎黎一点不敢松懈。幸好有韩晖在身边幽默地说笑，一路上减轻了黎黎的焦虑。

其实，还是韩晖这个大男孩更沉稳。

"小鸽子，一定长高了！"韩晖憧憬着见到舟江一家人的情景。"红豆，还是那么漂亮，不知道杜鹃会在夜晚变成狼吗？"

"第一步是要经过神农那一关，这家伙神着呢！我当初就不该把他设计得那么完美。"黎黎说。

"这一切的关键都在舟江身上，只要他不反对，我们就能有机会进入石竹园。"韩晖说。

将近中午的时候，黎黎又饿又累，"差不多快到了！我们先休息，吃点东西补充体力！"

"好。"韩晖答应着，把背包放在一块平整的石头上，先让黎黎坐下来，然后自己打开背包。

坐了一会儿，黎黎说："你先等一会儿，我去方便一下。"

"好的，快去快回。"

黎黎独自一人向前面深林走去，没走多远，前面隐约有一个亭子。虽然不是雕梁画栋，却也精致。黎黎看见有一个人坐在亭子中间的石凳上，后背对着她。

那背影宽厚，身着黑色风衣。"他是谁？谁会孤身一人在石竹园？"黎黎好奇地走过去。

此处地界鲜有人来，是不为人所知的世外桃源，能在这里碰到的人，不是野人就是舟江。黎黎心下想到，不由得兴奋起来，加快了脚步。

那身影一动不动，像是一座雕像。

黎黎故意弄出一些声响，比如走路声音很大，还把树枝打得"噼里啪啦"响。但是，那身影一动不动。

"是死人？"黎黎想到这个问题，心中有些害怕，不敢向前走，"回去找韩晖，一块来吧！"

黎黎想到这儿就回转身子，朝来路走去。

"怎么还没见面就走？"是那个身影在冲她说话，黎黎停下脚步，细细回味那声音，不熟悉，不像是舟江，可又是谁呢？黎黎再次回过头。

那身影还是没转来，依然雕塑一般。

"你是谁？"黎黎大声问道。

"不要问我是谁，你只要知道舟江让我来的就行。"那人还是不回身。

"舟江！"黎黎大惊，"你说是舟江让你来的？"

"是的。"

难道舟江的队伍里添新成员了？黎黎心中疑惑。

"舟江让你来干什么？"黎黎直接问道。

"你先告诉我你来干什么？"

黎黎觉得那人没有恶意，也想看看是谁，于是小心翼翼地走过去，一直走到亭子边上。

"我有很多事情要跟舟江谈，我要见舟江！"

"他生病了，不能来！"此时，那个身影终于回过头来。

他生得浓眉大眼，方脸，黑头发长得快到肩上，胡子又硬又长，脸上一道伤疤，满脸的严肃。

黎黎急速地在脑海中搜索相关信息，终于有一个名字跳出来，她迟疑了一下终于说出："你是绿果？"

"是怎样，不是又怎样？"那个人不否认。

"你是舟江的朋友，我也是，我们好好谈谈。"

"对待你们这样擅自闯入禁地的人，没什么好谈的。"绿果扭过头不看黎黎。

"我是舟江的朋友……"黎黎的话还没说完，就被绿果愤怒地打断，"别跟我提朋友，你不配！"绿果的声调提高了几分贝，这让黎黎感到害怕。

"我不跟你谈，一个没见过世面的野人！"黎黎转身就走。

那人像一阵风窜到了黎黎眼前，黎黎这才发觉，他海拔好高，比舟江要高，比毛巨人矮。绿果一把抓住黎黎的下巴颏，"不知天高地厚的小娘们，小心我捏碎了你的下巴。"

黎黎惊愕地望着绿果带一点邪恶的眼睛，"你想干什么？"

"干什么，要不是你们这些混蛋，舟江他们，还有神农架能变成今天这个样子吗？"绿果的脸上有愤怒、有仇恨。

"舟江他怎么了？神农架又怎么了？"黎黎小声说。

"舟江病了，病得很严重，我却无法救他。弹生被锁在密室，我也没办法救他。石竹园不再是平和之地，到处都是瘟疫。"绿果愤怒的脸上还有伤心。

"我们有医生，我们来救他们！"黎黎试探地说道。

"不用了，舟江让我告诉你，弹生不会出去害人了，你们放心地回去！"绿果撒开手，黎黎觉得有点手疼心痛。

"弹生是谁？"

"是你们要找的高个子野人！"绿果生气地走回亭子。

"你是说毛巨人？"

绿果没有说话，不说是，也不否认。

黎黎明白了绿果的意思，但是她担心舟江的病情。"绿果，或许我们有办法救舟江和神农架……"

"没办法。"没等黎黎说完，绿果就生气地喊道，"你走，走慢了，小心我改变主意。"

黎黎看了一眼绿果，很快地逃走了。

第六十八章　终于见到了舟江

韩晖一见到黎黎满脸大汗地回来，急吼吼地大嚷，"跑哪儿去了，我还以为你被黑熊吃了！"韩晖一脸的怒气。

"我遇到绿果了！"黎黎一屁股坐在大石头上，"给我来点水，渴死我了。"

韩晖递过水杯子，水杯是携带方便的保温杯，外面罩了一个粉色毛线套，一看就知道是黎黎的。"就不该给你水喝，渴死你算了！"韩晖还在生气，"你知道我找你找了几遍吗？就差挖地球了！"

黎黎咕咚咕咚喝了几大口水，喝水的样子一点都不淑女。"别生气，我这不回来了吗！"

"你说，你遇到了谁？"韩晖这才想起黎黎好像刚才提到的一个名字。

"绿果。"黎黎抹了一下嘴唇。

"哦，他没对你怎么着吧？"韩晖坐在黎黎身边关切地问。

"一个野人，他敢！"黎黎又喝了几口，感觉顺畅多了。

"我们马上走，去找舟江，他生病了！"黎黎说着就要起身。

"你先吃饭再走，你不是又累又饿吗？"韩晖拿出一盒牛肉干和饼干，递给黎黎。

黎黎接过来，一边吃一边把刚才的遭遇告诉韩晖。

韩晖为黎黎的遭遇捏了一把汗，"以后你要是再去方便，不能走远。"

"嘀，还把我当作小孩子了。"黎黎能感觉到韩晖不一样的关切，暖暖地。

韩晖挥了一把手，"走"，自顾自朝前走了。黎黎只好在后面跟着。

转过一道瀑布，经过几处亭台楼阁，舟江的世外桃源就到了。

"看上去没那么神秘，也没什么特别之处。"韩晖打量着周边风景。

"因为石竹园被破坏了！"黎黎长叹一声。

"你们是谁？"一处花藤的后面走过来两个小姑娘，其中一人个子看上去很高，约有一米六左右，身着橘黄色花裙，裸露在外面的胳膊和小腿上有毛发，细细地；V字脸、眼神忧郁，稚气未脱的样子。黎黎觉得面熟，但一时间想不起来是谁。

另一个女孩个子较矮，稍胖，扎着马尾辫，身着碎花绿地长裙，细细地眼睛迸发出一种威严，黎黎也见过。

"我们是舟江的朋友！"黎黎微笑。

"朋友？爸爸没有朋友。你们是哪来的？"V字脸警惕地问。

黎黎一听到女孩称呼舟江为爸爸，顿时豁然开朗，"你是小鸽子，长这么大了，我都没认出来！"黎黎欣喜道。

"你是……"V字脸的小姑娘疑惑。

"我是黎黎，我们原先见过面。"黎黎走上来要拉小鸽子的手。

小鸽子后退一步，"你是黎黎阿姨？"

"是呀，你不认识我了？"

"黎黎阿姨，你救救我爸爸！"小鸽子声音悲痛。

"你爸爸怎么啦？"

"我不知道，他天天咳嗽，还吐血！"

"都是你们害的，不是你们，我们还落不到这个地步！"小鸽子身边的姑娘愤怒地说道。

"我想起来了，你是杜鹃！"黎黎说道，那个叫杜鹃的姑娘不回答，一扭头走了。

跟在小鸽子身后，黎黎和韩晖拐弯抹角到了一座庭院。庭院干净利落，花草树木葳蕤，一片生机盎然。

还未进屋，就听到几声咳嗽从屋里传出来。

"主人，你把药喝了吧，要不绿果会生气的。"黎黎听到了那个男中音，不错，他是神农。

"不喝，不要劝我。"又是一阵猛烈的咳嗽声。

"小鸽子，你爸爸这样子有多长时间了？"

"五六天了，自从弟弟回来以后，爸爸就是这个样子。"

"弟弟，你还有弟弟？"

"嗯，弟弟疯了。"小鸽子满脸的忧郁，与她的年龄一点都不相符。

黎黎和韩晖带着满肚子的疑问踏进了舟江的卧室。

靠近窗台一张宽大的床上，舟江闭着眼睛休息。神农在一旁无趣地立着，他不知道接下来该怎么办。当他看到小鸽子带着黎黎走进来，就用迷死人的男中音说道："小鸽子，你怎么把他们带来了？主人不喜欢他们，让他们出去。"

"他们来救爸爸！"小鸽子愤怒地说。

躺在床上的舟江睁开眼睛，定定地望着走进来的人。

黎黎快步走过来，一把抓住舟江的手。她看到英俊的舟江苍老了许多，一点都不像二十多岁的壮小伙。头发长长的，乱糟糟的，胡子也老长，眼神悲伤，眼睛浑浊。这还是舟江吗？还是那个生龙活虎的大学生吗？

黎黎的眼泪一下子倾泻出来，百感交集，"舟江，你怎么变成这个样子？"

"黎黎，你来了。"舟江张开干裂的唇，吐出几个字。

"舟江，跟我们走，去治病。"黎黎擦了擦眼泪。

"我想念你们，也想秋水和妈妈！"舟江的脸上绽开笑容，淡淡的，一朵小花。

"那你为什么还要赶我们走？"韩晖在床边坐下来。

"这里不安全了，随时都有可能发生瘟疫。你们来了，就有可能被传染。"

"什么瘟疫？"

"不清楚，我们豢养的所有野鸡、野兔，还有没有圈养的，在外奔跑的一些动物，都会莫名其妙地死去。原先我们这里有一个聋哑人，也得了一样的病，发烧、身上出红豆、溃烂，最后心衰而死。"舟江话说得很慢。

"我们来的路上，看到一些变异的奇怪的蚂蚱、天上飞的鸟，地上跑的猫、兔子，连猴子也都看不到，这是怎么回事？"

舟江惨烈地笑笑，"天意啊，天意！"

黎黎和韩晖对望一眼，心中有了答案。

"姜博士他没事吗？和他一起来的那些人都没事吗？"舟江转移了话题。

"由于被注射了神农架二号，姜博士得了肺癌，再加上核辐射的影响，情况不乐观。他现在只能化疗、服中药维持生命。其他人都死了。"

"他命还真大！"舟江顿了顿接着说："我当初没能拦住红豆疯狂发射神农架二号，她充满了仇恨，想置他们于死地。可是后来，天上无缘无故掉下一块石头……"说到这里，舟江的眼里满是悲伤，竟不能说下去。

黎黎沉默了一会儿，"红豆呢，她还好吗？"

提到红豆，旁边的小鸽子突然大哭，然后跑出屋子，杜鹃也跟着跑了。

第六十九章　石竹园之夜

"我妈妈死了！"小鸽子大叫着哭喊着奔出房门，舟江低头沉默不语。

黎黎和韩晖大吃一惊，他们没想到具有隐形超能量的红豆也会死，怎么说在她的身上有着人与野人都不具备的能量，是她把舟江带到世外桃源，是她挟持了神农机器人，是她研制出"神农架二号"，是她在大学校园迷惑舟江，她怎么会死呢？

"主人很伤心。"神农是一个机器人，却很懂人心，这是黎黎不曾设计的。

"别伤心了，舟江。你跟我们回去，带上小鸽子、杜鹃、神农，回到人类的现实社会中去！"黎黎柔声对舟江说。

"你知道红豆是怎样死的吗？"舟江抬起头，眼里含着泪。这是一个曾经刚健的男子，如今眼里含着泪水，他到底和红豆经历了怎样悲伤的往事？

随着舟江的讲述，黎黎和韩晖被带回了那个悲喜交加的石竹园之夜。

那夜漫长而又温馨。红豆在绿果的帮助下成功分娩出一个男孩，因为他携弹而生，所以取名"弹生"。红豆筋疲力尽地睡去，消瘦的弹生安静地躺在红豆身边，闭着眼睛享受来自妈妈的温暖，体味这个新生世界的冷暖。小鸽子和杜鹃懂事地在一边照顾红豆，直到累得睡去。

在另一个房间里，绿果正在为舟江取子弹。等绿果取出子弹，他迷迷糊糊地醒来，似乎从一个未知世界里来的，睁开眼看到绿果，不记得绿果是在为他取子弹，还惊醒地问绿果，"你在干什么？"

"你受了枪伤，我把子弹拿出来了。"绿果端起一个铜盘，上面躺着两颗带血的子弹。

"好像做了一个梦，不知道自己在哪儿！"舟江挣扎着起身，发觉身体木木的，肩头隐隐作痛。

"去看看红豆和孩子吧！"绿果拍了拍舟江，"我也累了，要睡一会儿！"

想到红豆为他生下一个孩子，舟江马上兴奋起来，一跃而起，顾不得肩头疼痛，顾不得和绿果道谢，三步并作两步愉快地朝红豆房间跑去。绿果望着舟江开心的背影，理解地笑了笑，然后洗洗手躺在床上睡去。

夜深沉，星光灿烂，石竹园安静。舟江轻快地走在石板路上，心底唱响一首歌，他哼着小曲，轻快地走来。

轻轻推开房门，房门"吱"的一声，舟江蹑手蹑脚走进来。

小鸽子斜躺在床沿边上睡得很香，杜鹃趴在床边睡着了。床上的红豆发出酣甜、满足的呼吸声。在她的身边，熟睡着一个婴儿，那就是他们爱的结晶。

桌上的烛光慈爱地挥洒着光明。

悄悄带上门，舟江小心翼翼地把小鸽子抱到另一个房间，那是小鸽子和杜鹃的卧室。杜鹃在舟江进来的时候就醒了，在她的血液里有狼的基因，狼的机警让她在熟睡状态下也能时刻感觉到危险。在安全的环境中，她也不会在夜晚变成狼身。杜鹃见舟江来了，就主动回到卧室去睡。

房间里只剩下红豆、舟江和他们的孩子——弹生。

直到此时，舟江才静下心来仔细看看孩子。

弹生因为不足月，有些消瘦，皱皱巴巴地。舟江以为刚出生的孩子不好看，可现在他觉得孩子还挺漂亮。小肉眼闭着、小鼻子上翘，一呼一吸地显示顽强的生命力。舟江看呀看，怎么也看不够。小婴儿有些调皮，一会儿张张小嘴，似乎在寻找奶头；一会儿翘翘小鼻子；一会儿还半睁着眼。太可爱了，舟江专注地看着他，摸摸他的小鼻子、小耳朵、小脸蛋。舟江的心里洋溢着幸福，他当爸爸了。

可是，看得久了，他觉得有些不对劲。弹生的额头两侧，鼓出两个肉包，用手摸摸，还挺硬，似乎是骨头。他把弹生的小手从被窝里抽出来，发现胳膊上有一层细细的茸毛。他心下生疑，又仔细察看婴儿的腿、肚子，都有一层细细的茸毛。

就算是个小野人，舟江也认了。敢于和红豆在一起，就敢于接受一个小野人。

当然，真的是一个小野人，心里还是不舒服。

红豆被腹部的伤口疼醒了，她有气无力，脸色苍白。舟江为她端上一碗红糖小米粥，红豆疲乏地微笑。因为孩子的降临，他们已经把白天里发生的不快都抛到脑后去了。

温热的小米粥，给予红豆新的能量。她感觉好多了。

小婴儿伸了伸小胳膊，裂开小嘴"啊啊"地叫起来。"弹生睡醒了！"红豆斜倚在床边幸福地看着舟江和孩子。

"我来看看"舟江打开襁褓，露出弹生的小肚子和小腿。"嘀，小家伙尿了！"

舟江喜不自胜。

小家伙有力地蹬蹬小腿，伸伸腰。"我怎么觉得他又长了呢？"舟江又觉得不对劲。

"瞎说，刚生下来就疯长啊！"红豆嗔怪地说。

被小家伙折腾了半宿，舟江和红豆沉沉地睡去。

烛光暗下去，夜漫漫，黎明在黑暗中孕育。

早晨，红豆被婴儿的哭声叫醒，她探起身子慈爱地看望孩子，这一看她有些惊呆了。弹生不知什么时候挣开褓褓，光溜溜的小身子裸露在还不是很暖和的空气中。他有力地挥着小胳膊，蹬着小腿，睁着大眼睛哇哇地大哭。红豆尤其惊讶的是，弹生的胳膊腿上那一层茸毛有生长的趋势。红豆最不希望生下一个小野人，但现在无力回天。

沮丧的情绪开始蔓延。

孩子的哭声也把舟江唤醒，他赶紧把孩子重新包裹起来，放在红豆怀中。那孩子拼命地吸吮奶水，红豆有些疼，额头上沁出了汗珠。舟江心疼地为她轻轻拭去。

舟江和红豆同时发觉孩子在疯狂地生长，三天脖颈就会挺立，六天就能端坐，八天就能到处爬了。而且，头上鼓起的硬包突破头皮长成一对角状，身上的毛发越来越长，不到十天工夫，那个孩子长满牙，竟然能够站立行走，成为一个地地道道的小野人。

疯狂的生长速度，让石竹园的每一个人都觉得奇怪，甚至恐惧。孩子从红豆身体吮吸能量，红豆已经远远不能供应，短短十天工夫，红豆瘦得皮包骨头，伤口出现化脓现象。舟江果断地给弹生断奶，开始喂养小孩子的食物。

弹生食量惊人，一顿饭能喝下一大碗粥，吃两个鸡蛋，还有一个馒头。看着弹生狼吞虎咽的样子，每个人都呆呆地，"弹生，才生下十天，不寻常啊！"

绿果行走神农架二十多年，见过无数奇异之事，唯独没见过见风就长的孩子。他为弹生把过脉、检查过身体，除了额头上多了一对角，弹生身体一切正常。舟江也为此消瘦了许多，神农在网上搜索，竟不能查出一个案例。

"莫非，弹生变异了？"红豆恐惧地想到一个可怕的答案。

第七十章　红豆的孩子是变异人吗

在红豆没有走出大山之前，她是一个生活在丛林深处的人，一个畅怀大笑、飞奔跳跃的粗野山人。她的生命属于原始森林。或许，在睡梦中，那个手拿霸王龙的男孩，会向她走来，拉着她的手，走向一个未知的世界。同样在梦里，她驱赶那个男孩不要进入原始森林，不要打搅她平静的生活。

他，不属于原始森林，更不属于她。可是，冥冥之中，她似乎渴望那个男孩子的再次出现，有一种神秘的力量牵引她。就这样浑浑噩噩地在森林中攀缘树木，吸朝露、吮果汁，夜宿山崖，过着野人一般自由自在的生活。

自从舟江再次出现在神农架，红豆的心完全乱了，从没有过的情感体验，让她在舟江的背后追寻他的身影。舟江，已经不是那个小男孩了，岁月将他打磨成一个结实健壮帅气迷人的青年。她爱上了他，或者说，爱就从来没有离开过，一直在原地，等待舟江的出现。

千古一遇，不忘初心，一个丛林野女人爱上玉树临风博学多识的大学生。

这种爱，不被世人所接受，不能坦呈于阳光之下，它只能深藏在内心深处。

变异，从一块芯片开始。

当一群陌生人，来自丛林之外的世界，把一块芯片植入她的体内，她的世界从此颠覆。

噜噜死后的每一个夜晚，她都在梦中痛苦地挣扎。从来没见过的高楼大厦在梦里向她压迫而来；疾驰而来的汽车向她飞过来；一趟趟的列车像苍龙一样缠住她的躯体；拥堵的人群蜂拥而至……每一次，她都大喊"救命"惊恐醒来，一身的冷汗，浸透了衣服。睁开眼，那些从没见过的东西又都消失。她不敢睡，只要睡去，她就会在梦里去一个人类的现实世界。在那里，她看到一个完全不一样的世界。

坐在教室里，明亮的玻璃外面是喧嚣的世界，教师把一堆堆符号输进她的大脑，她在英语符号、数学符号、计算机符号的世界里艰难跋涉。在梦里，她残酷地掌握了人类文明的精华。醒来，头疼，胳膊上的芯片在跳跃地痛。那些对于她来说稀奇古怪的知识，冲撞着她的视觉、味觉和触觉。

乱了，全部乱套了。剪不断、理还乱，她的世界乱作一团解不开的麻线团。她要疯掉了，撕扯自己的头发，在丛林里高声长啸，疯狂地奔跑。

为了给噜噜报仇、为了能找到舟江，为了摆脱这种不明原因的状态，她在极为混乱的状态下，请求青蔓的帮助。

青蔓，这个古藤幻化的女子，历经千年风雨雷电，集天地日月精华，在藤龙阁为一个近乎疯狂状态的女子疗伤。她不属于人类，她的根扎在大地深处，但她却有人的思维情感，天人合一，她具备了不同凡响的灵气。她不仅仅是为红豆疗伤，也是为神农架的安宁而疗伤，是为了自己的灵魂能有个出处。

青蔓用自己的千年功力，平定红豆的烦躁，将一团乱麻梳理成柔顺的情丝。外在，红豆具备了隐形、飞跃的神化能力；内在，红豆上知天文下知地理。

红豆，内外兼修，浴火重生，褪去山野的粗犷，蜕变成一位形神俱佳的神女。

某种程度上，她是异化的人类。在来自人类一块科学芯片和青蔓的双重合力之下，她成功变异。

她悄然来到人类世界，站在灯光璀璨的街头，融入匆忙的人流，无人能察觉她的变异。只是，气质高雅的她赢得了高度回头率。她能感受到，某些男人眼里不仅有爱慕，还有隐藏很深的邪恶。

她毫无心机地回眸一笑，有个很年轻的小伙一走神差一点儿撞到了电线杆上。她扑哧一笑，那个阳光的小伙也尴尬地回报一笑。

红豆来到繁华都市，就连她自己也奇怪，为什么可以遥控电梯运行，干扰任何频率的电磁波。当她走过，每个人身上携带的手机就无缘无故地接收不到任何信息，或者陡然能量增加，自己就把电话打出去。

红豆的变异，很大程度上带有正能量，而她的儿子弹生怎么就朝另一个方向发展呢？

于是，红豆联想到她生产的那天，强光闪过，陨石暴降，地动山摇，姜博士抬手就是一枪，然后击中她的腹部，疼痛袭来，和舟江仓促逃回石竹园之后，就有生产的迹象。在绿果的帮助之下，孩子携弹而生。也就是在陨石落地之后，石竹园的屏障被炸毁，不再是世外桃源，还出现草木枯黄的现象。

种种迹象预示弹生降生的不寻常，弹生发生变异一点都不可疑。

"这孩子变异是好还是坏呢？"红豆把自己的猜疑和推测向舟江和盘托出。

"变异，弹生是变异人！"

"是，我也是变异人，你知道的！"

舟江眉头紧皱，英俊的脸上浮现出担忧的神色。他向外面望去，弹生正和小鸽子玩得不亦乐乎。

"我们园子里确实出现一些难以解释的现象，有些草木枯黄不奇怪，可是我发现有的鸟嘴巴变大、变长，有的鸟儿翅膀肥大，都跟吃了膨大剂似的。"

"如果我没猜错，这些都与辐射有关。"

"辐射？"

"对，X射线、γ射线剂量很大都可以产生基因突变。我们的园子，有可能遭受了核辐射。"

"这怎么可能？"

"应该与天降陨石有关。"

"弹生有生命危险吗？"舟江的脑海中出现西方电影中的变异人种，"太可怕了！"

"陨石不含这种射线，不应该是核辐射。"

"难说。"

舟江和红豆正为弹生担忧的时候，在院外玩耍的小鸽子突然大喊一声，"放我下来！"

舟江听到小鸽子求救马上跑出去。弹生站在一米多高的石头上，两手高举着小鸽子，小鸽子的身子在弹生的手上发抖，裙子斜下来，露出两条长满毛发的腿。她恐慌地大叫："放下我，放下我！"而弹生咧开大嘴笑着，一副天真无邪的样子。他高大粗壮的身子和天真无邪的笑容不匹配，很难想象，这是一个出生仅十天的婴儿，长有少年儿童的体魄，智力却是婴儿般的无知。

舟江几乎崩溃。

"快放姐姐下来，你会把她摔死的。"舟江气愤地上前，要抓弹生。

弹生还傻乎乎地笑，看见舟江生气地走来，害怕地一撒手，小鸽子就落下来，那裙子立刻飘荡起来。"啊！"舟江一个飞跃，上前一把抱住掉下来的小鸽子。小鸽子掉进舟江的怀里，她抱住舟江呜呜地哭起来。

"啪！"舟江一记响亮的耳光，抽在弹生的脸上。不知道闯祸的弹生怔怔地看着舟江，然后"哇"地大哭，转身跑回了屋。由于跑得急，一头撞在了门框上。

"舟江，你怎么打孩子？"屋里传出红豆微弱而又生气的声音。

第七十一章　红豆归天

"吓坏了吧！"舟江抱住小鸽子颤抖的身子。

"他怎么这样？他是我弟弟吗？"小鸽子在舟江的怀里抽泣。

"别怪他，他不是一个正常人！"舟江多日来郁积的愁苦和担忧终于变为现实。弹生，不仅不是一个正常孩子，而且还向一个可怕的方向发展。他不知道，弹生究竟会变成一个怎样可怕的东西，或者新生物种。照目前的发展速度，不出几个月，弹生就从外表形体上远远超出人类，还可能具备不可言说的能量，这种能量可能是毁灭性的。

舟江懊恼，或许与秋水结合，他就不会像今天一样遇到天大的麻烦。如今，他还能承受，可红豆怎么办，让一个女人怎么办？

屋内，弹生跪在地上，把头拱进红豆的怀里呜呜地哭。"妈妈，妈妈……"他说话还不利落，外在的形体接近成年人，但智力停留在两三岁孩童的水平上，也就是说，弹生的智力没有跟着生理上的成长而成熟。但相较于同龄孩子来说，他也是火箭般的速度。

红豆心里明白，自己身上的特异和一定量的核辐射，才造成了弹生的奇异。"孩子，没事。"抚摸着弹生硕大的头颅，红豆流下痛楚的眼泪。或者，她不该为舟江生下这个孩子。不知道，随着弹生日新月异的发展，他还会带来多少麻烦。

"弹生，小鸽子是你姐姐，你要保护她，不能欺负她。"红豆慈爱地抚摸弹生的头发，他的头发该理了，太长了。

"嗯，我不知道。"弹生话说得很含糊。他自己都不知道该怎样表达。

"弹生，记住，舟江是你爸爸，你的力气大，不要伤害他。你要用自己的能量保护家人，保护石竹园。"

"嗯。"弹生在红豆的怀里喏喏地答应。他不懂，他的智力和见识让他不懂这个世界。

"哎呦"，红豆小声呻吟。弹生在红豆的怀里趴了一小会儿，就把红豆的肚子弄疼了，疼的是伤口，那个姜博士最后的一枪，致命的一枪。

"妈妈，妈妈？"弹生听到红豆痛苦的呻吟，马上从红豆的怀里起身，他站起来就如同舟江一般高大，这孩子又长个了。

"没关系，伤口疼。"

"我长大了，一定要找他们算账。"弹生含糊不清地说。

红豆脸色苍白，"不要，孩子，你要在石竹园待着，哪儿也不能去。"红豆额头上的汗珠沁出来。

屋外的舟江听到红豆的呻吟，放下小鸽子，一个箭步就冲进来。他看到弹生立在红豆身边，红豆则痛苦万分。

"啪！"舟江不由分说不问缘由又抽了弹生一巴掌，"不孝子，对你妈干什么了？"

弹生哇哇地大哭，一个人高马大的孩子哭成泪人。

"你，你怎么这样？"红豆双手捂住伤口，透过指缝，有鲜血渗透被子，沾染在手指上。

"红豆！你怎么啦？"舟江惊慌又心疼，"都是这孽子干的好事！"

或许是多日积累的怨气太多，舟江回身又冲弹生打了一巴掌。弹生怔怔地望着舟江，那眼神里冒出愤怒的火焰，要把舟江点燃。他一个转身，哇哇大哭着跑出去。那哭声悲凉、委屈、愤怒。

他还是一个孩子。

"你，不怪孩子！"红豆艰难地喊出一句不完整的话，随之一口鲜血从口中喷出，喷了舟江一脸。红豆用尽最后的力气抬起右手指指舟江，想说却无力，张张嘴……

"红豆，你怎么啦？"舟江只觉眼前一片血红，红豆脸色如灰。他抱住红豆，"你别吓唬我！"

红豆的右胳膊上，曾经植入芯片的地方，突出来一片血红，舟江吓呆了。

"啊……"随着红豆一声凄厉的叫声，那块改变红豆命运的芯片从她的胳膊上划出，一道血红的弧线直飞窗外，落在窗台上，像一朵梅花。她的胳膊上有一道两寸长的血口子，汩汩地冒出鲜血。

"你怎么啦？"舟江惊恐地大喊，红豆的身子在舟江怀里软下去，逐渐没了气息，任凭舟江大喊，红豆不再答应。

红豆的眼睛瞪得溜圆，大而空洞，几乎要崩裂。在那一刻，她似乎看到母亲，那个有点耳聋却很秀气的女人；她还看到父亲，一个地地道道的丛林野人。她知道自己的身体一半的血液来自野人，野人不能走出原始森林，也不能爱上人的。但是，她违背了母亲的意愿，气疯了母亲，母亲在一个下雨的日子里，从山崖上很美地跳下，像一道彩虹。

她看到了舟江，这个令她魂牵梦萦的男子，她的爱人，她不该爱上的人类。她的血液不纯净，怎么能给爱人一个纯洁的孩子呢？她错了，错就错在侥幸，错在以为爱情伟大的力量能还她一个人的清白。

她在最后一刻，看到了噜噜，他冲她温暖地笑。噜噜，她的丈夫，是一个地地道道的野人，神农架最后一个野人。没有人比她更清楚，盛传的神农架，已经没有野人生存的生态环境，他们所渴望的世外桃源被人类打破了。最后一个野人，被人类当作了试验品。

还有她的孩子，和噜噜的孩子——小鸽子，那么天真可爱的女孩，一半是野人，一半是人。她将来会在丛林平淡地过一生吗？弹生，这个让她觉得不可思议的孩子，完全充满野性，还有未知的变异。没了她的母爱和牵绊，不知道将给神农架，给舟江带来多么大的灾难……

管不了，疼痛已经席卷全身，力气随着最后的血液而流失，淡绿色的床单渲染成刺目的鲜红。那块改变命运的芯片也终于完成使命，回归世界。红豆睁着眼睛死去，死不瞑目，这个世界，她还有很多事情没做，很多很多，却做不了……

第七十二章　爱相随、长相守已不能

一抔黄土掩风流，多少恩爱付东流。爱已凋零，天地无语，心碎一地不能捡拾。

风戚戚，雨泠泠，万物恸哭。山也悲咽，水也哭断肠。

舟江独自守着爱妻坟茔，一株青松风中摇曳。七天七夜不曾米水粘牙，苍白的唇上几个白泡。闭上眼睛是红豆的微笑，睁开眼是冰冷的黄土。无泪，泪水已经干涸。爱的人走了，舟江一个冲动要撞上石头随红豆而去。是小鸽子和弹生凄苦的哭声，留住他的人，而心，早已追随亡妻而去。

他恨，恨城市里的陌生人夺走爱妻；恨自己，无能保护爱妻幼儿，还有青蔓；恨人生的选择，他不过是对神农架的好奇，却选择与神农架的长守，选择了一个住在心里的女孩。

后悔吗？不，既然勇敢地选择，就没有后悔。城里女孩哪一个不比森林中的野人文明有气质，爱上一个野人，是对世俗的挑战，还是自己神经了？都不是，是为了遵从内心的真实感觉。秋水，那个水一样柔顺的女孩，美丽而忧郁，那又如何？爱的感觉就是不如红豆强烈。他爱上了一个野人，就想在世外桃源度过平淡的一生。许仙可以爱上白蛇，演绎一场千古传颂的人蛇恋；七仙女爱上人间董郎、织女爱上牛郎，不顾世俗，违背天规，生发一场仙人之恋。为什么他不可以爱上深林中的红豆？

爱情，来的时候挡都挡不住。五百年的回眸换来瞬间的擦肩而过，他们的爱情竟是千年的回望。

爱相随、长相守，如此简单的愿望，远离尘世是非，还是不能实现。桃花源，不存在。逃避，永远解决不了问题，只能迎难而上。

他明白得太晚，以为躲在石竹园，就可以安逸一生，错了，躲得了一时，躲不了一世，该来的迟早要来。

七天里，在离他不远处，机器人神农忠诚地守候着。他专注地凝视着舟江，保护舟江。一个没有感情没有思维的机器人，在人类注入一定的程序之后，拥有了行动能力和搜索、判断、分析能力，但终归是机器人，是一堆没有情感的冰冷金属器具。可是，此时脆弱的舟江，竟然那么依赖一个机器人，不需要它说话，只要在身边就好。

后来，他一阵一阵地眩晕，现实和梦境重叠颠倒，终于在七天后晕过去了。迷迷糊糊中，他再次来到梦中，梦中的红豆是一个小女孩，身着小碎花裙子，手里拿着他送给她的玩具霸王龙，对他微笑，向他诉说，告诉他永远不要到神农架来。

再次醒来，已经躺在和红豆曾经居住的卧室。并不明亮的窗户，阳光无法照进来。那是和红豆共同的家，是和爱妻缠绵的温柔乡。床边立着嘤嘤哭泣的小鸽子、杜鹃、神农。舟江似乎瞧见神农的眼角也挂着泪珠，一定是幻觉，一个没有情感的机器人怎么可能流泪？唯独不见弹生。"我这是怎么了？"声音弱弱的，舟江干裂的唇，像干枯的河床，裂开一道道深不见底的沟壑。

"爸爸，你晕过去了！神农把你背回来的。"晶莹的泪珠挂在小鸽子清秀的脸庞上，她还是一个没有长大的孩子。

"叔叔，你不要死，你死了我们怎么办？"杜鹃没有眼泪，她的爸爸妈妈在狼堡已经被姜博士杀害，她不再有眼泪。眼泪虽然能倾泻心中的愤懑，却也是软弱的代名词。

"弹生呢？他干什么去了？"舟江已经有七天没有见到他了，不知道他又变成什么样子？

"妈妈死了以后，弹生就跑了，没有回来！"小鸽子说着又哭了。

"你们找过他吗？"

"我们一直找他，他跑得太快，我们追不上。"杜鹃说。

"他把自己吊在树上，脚朝上、头朝下。让他下来，他一下子飞走了。"小鸽子补充道。

"他把一片树林点着了，两个手使劲对着搓就出火。"杜鹃和小鸽子你一言我一语描述弹生的特异之处。"他还把一头野猪撕烂了！四条腿和脑袋分了家。"

"弹生不是人！"许久不说话的神农突然爆出一个新闻。

舟江、小鸽子和杜鹃一起扭头朝向神农异口同声地问，"不是人，是什么？"

"经过我的分析判断，他是变异人，一个新生物种，迄今为止，地球上从没真正出现奇异功能的人，那是文学作品中的假想。而弹生确确实实是一个真正的变异人。"神农一字一句地说。

"据你推断，这是什么原因造成的？"

"如果单纯的核辐射，婴儿在母亲体内是畸形，即使生下来也是怪胎。但红豆本身具有不同凡响的能量，促使弹生在遭遇核辐射后，产生能量的变异。"神农不紧不慢地说。

舟江闭上眼睛，无奈地点点头。

"我们怎样对付他？"小鸽子和杜鹃惊愕地看着神农，听不懂神农机械式的语言。

"只有一样，亲情，靠亲情打动感化他。否则，随着时间推移，他心里的恶魔会吞噬他的一点良知，就会变成人见人怕的怪兽。"

"我看他已经变成怪兽了！"杜鹃愤怒地说道。

"你怎么能这么说？"舟江无力地睁开眼睛。

"他窜进一个村庄，把一家圈养的羊、猪，看家的狗都撕烂了，地上、墙上都是血。还有那一家的男人也被打死了，他的老婆疯了，光着身子到处跑。"杜鹃的小脸都被气歪了，"说不定哪天也把我们撕了！"

"不要害怕，有我呢！"舟江轻轻地安慰杜鹃和小鸽子，"给我倒杯水。"舟江感觉又累又渴。为了神农架的安稳，为了弹生，为了红豆，他要活下去。

"你光知道在坟上哭，给你说弹生的事也听不进去，现在好了，谁也治不了他了。"

"妈妈死了，你可不能也死啊！"小鸽子痛声大哭。小鸽子在痛失母亲之后，把全部的希望都寄托在舟江身上。虽然舟江不是亲生父亲，却胜似亲生父亲。噜噜，脑海中早就不存在了。

"不会，我一定要照顾好你们！"舟江起身接过神农递过来的杯子，质地细腻的骨瓷，上面飘着一朵兰花。他喝了一小口，水滋润了干裂的唇，也激活了体内醋睡的生命力。

"舟江，你要振作起来，为了神农架，为了我们每一个人。"神农说得有些动情。舟江盯着神农的眼睛，那里分明有一颗泪珠，不可能，神农是不可能流泪的。他一定是出现了幻觉，他有些头疼。

"绿果他来过吗？"

"没有。"

"小鸽子，你把我的笛子拿来。"

"笛子？你不是早就扔了吗？"

"没有，那是我从老家带来的唯一的东西。你妈妈不喜欢，我把它藏起来，说是扔了。"

小鸽子会意地出去了，不一会儿拿了一支笛子进来。

"好了，你们都出去吧！我睡上一觉就去找弹生。"

"爸爸，你先把饭吃了。你已经好多天没吃饭了。"小鸽子指着桌子上的一碗米粥对舟江说。"杜鹃姐姐给你熬的，熬了一个钟头！"

自从红豆死后，他都不知道米饭是什么滋味。

"谢谢小鸽子！谢谢杜鹃！"舟江的脸上浮出一丝微笑，"还是女儿懂事。"

第七十三章　父亲和变异人

一曲悠扬的笛声，几分哀怨、几分凄楚，时而高亢、时而低沉，在石竹园的丛林中悠悠地传出来。

好久没有手握清笛，吹奏来自心底的乐曲了，竟然有些陌生。有多久了，舟江算不清时日，只觉得有一个世纪那么漫长。

清越的笛声，只为呼唤弹生。

他明白，只要是他的孩子，哪怕远隔千山万水，那个奇异的孩子就能听到来自他的呼唤。因为，他非同一般。

几近疯狂的野孩子弹生在丛林、在山间、在人类居住的村庄，残忍地发泄体内不受控制的能量。那一股股由下而上、左奔右突企图狂泻而出的能量，像燃烧的岩浆，从地壳里郁积很久，找寻一条出路喷薄而出。于是，他不可遏制地攀折树林，闯入村庄血洗老穆一家。他没有选择，随性而为。只该老穆一家倒霉，他家怎么就偏偏住在村西头呢？

弹生的体内，正邪两股力量不断地较劲。红豆的死，激发了他对人类的恨，潜意识中觉醒的认识，就是一群来自神农架之外的人，杀死了他妈妈。他要为妈妈复仇，强烈的复仇感，吞噬着他不成熟的心灵。

然而，妈妈临终前温柔地劝告和抚慰，姐姐小鸽子的宠爱，又让他对这个世界充满温馨和温暖的企望。

有时候他就是一个杀人不眨眼的恶魔，有时候是一个受伤的婴儿，急需亲情的呵护和拥抱。

他在山间瀑布狂暴地冲洗自己的时候，听到了若有若无的笛声，时远时近，时有时无，丝丝缕缕，缠缠绵绵。他停下把自己胸脯拍红的双手，矗立在冰凉的水中，任由瀑布溅起的水花冲刷他的肌肤。

他的头疼了一下。

他缓缓地从水中走出，水，顺着胸脯、胳膊、大腿上密集的毛发流下，冲出一道道条纹状的小沟。胳膊垂立身体两侧，他凝视远方，笛声的方向。狂躁的内心逐渐平静下来，百爪挠心的无数个小手也退了回去。

他安静地坐在一块大岩石上，赤身裸体。双手抱头，双眼紧闭，脸色趋于平和。

呆坐了很久，那笛声也响了很久，轻轻地抚摸他的心。笛声渐远，趋于沉寂，弹生站起身，身上的毛发干透了，阳光吸走了他身上的水分。他笨拙地穿上一件大裤衩，不，是一件最大号的裤子，在他身上就是一个裤衩，那还是从村子里偷来的。遮羞，他明白。

撩开长腿，挥动手臂，从枝枝丫丫间穿行。他走过，就是一片被折断的残枝败叶。

循着笛声呼唤，弹生回到了石竹园。

父亲舟江正坐在一个石洞前面，那石洞有两扇石门，石门之上各写一个字"神""龙"，合起来便是"神龙"。神龙洞，就是红豆研制"神农架二号"的实验室。一般人进不去，连舟江也不可以。直到红豆生下弹生之后，她才将"神龙"洞的钥匙和秘诀交给舟江，"不到万不得已，千万不要打开；不到万不得已，千万不要使用神农架二号。"红豆的叮嘱，舟江一直记得。

如今，他坐在神龙洞前，怀想往事。

"弹生，你回来了。"舟江听到身后枝叶摇动的声响，地动山摇的震动，就知道弹生回来了。

"是，爸爸！"弹生回了一句，那声音敦厚、粗重，弹生的眼睛明亮有神。

舟江转过头，他看到了他的孩子——弹生，不错，他又长高了，足有两三米，像一个巨人站在他面前，阻挡了夕阳温和的目光。他不敢承认这是他的孩子，和姜博士追寻的野人有什么两样？他苦笑，野人科考，考来考去，考到自己头上来了。

"你长高了！"舟江温和地对弹生说。

"我不知道为什么会长得这么高？我和其他孩子不一样。"弹生还是立在原地。

"哪里不一样？"

"我长得太高，心里一点也不高兴，觉得自己是异类。"弹生的眼里空洞，"我一抬脚能飞起来，双手一搓就冒火，一跺脚地也响。身体里就像两条火龙，把我烧得要爆炸。"

"没事，孩子！你妈妈就很不一般，你继承了她的一些与众不同的能量，所以你和普通人不一样。不要紧，你只要多听听笛声、水流声、鸟鸣声，让自己安静下来，你就很好。"舟江就像对待朋友一样，对弹生和颜悦色，而以前不是这样的。

"爸爸……"弹生欲言又止。

舟江站起身，他一米八的个头也只到弹生的腰部。这还是他的孩子吗？舟江真有些不自信。

舟江朝弹生伸出双手，弹生迟疑了一下，忽地一把抱起舟江，喜笑颜开。舟江先是吃惊后来高兴地大笑起来。爷儿俩放肆地在神龙洞前戏耍起来。舟江蓦然感到一种难得的天伦之乐，他也是当爹的人了，只有今天才真正体会到为人父的快乐、责任。

"我要教给你唱歌、写字、吹笛子！"舟江兴奋地策划对弹生的培育。这是自红豆死后，舟江第一次开心的笑，对生活重新燃起的希望。

玩够了，弹生好奇地指着"神龙"洞门上的字问舟江，"爸爸，这是什么？"

"这个字读'神'，意思是'不可思议的、超能力的'，就像弹生很'神'啊！"舟江指着洞门左首的字说，"这个字读'龙'，龙是一种传说中的神异动物，也好厉害呢！"

"我要做神龙！"弹生看起来几分稚气。

"你就是一条神龙，能上天能入地，神通广大。但是不要杀人、毁坏森林，那就不是神龙了。"舟江语重心长地说。

弹生回来了，小鸽子和杜鹃既兴奋又不敢上前。当发现弹生没有像她们想象的那么暴戾，两个小姑娘高兴地跳起来。

石竹园，恢复了平静。往日里的温馨幸福，又一一回来了，只是红豆没有回来，舟江依旧伤心，可是看到三个孩子快乐地玩耍长大，他又由衷地感到欣慰。这是红豆留给他无价的财富。

然而有一天，石竹园还是出事了！

那天，绿果毫无预兆地出现。

"红豆怎么死的？"绿果的眼里喷射出愤怒的火焰，几乎要把舟江烧掉。

"枪伤，伤口崩裂，吐血而亡。"舟江掩饰不住的悲伤。

"不可能，我处理过的伤口不会致命，只有一种可能，那就是有人惹怒了她，怒气冲击伤口导致破裂。"

"是弹生！"杜鹃大喊。

"什么，那个出生不几天的小不点？开玩笑！"绿果朝舟江愤怒地说，"到底怎么回事？"

舟江从怀里掏出一块鲜红的丝绸，叠得整整齐齐。绿果疑惑地问，"什么？"

舟江不搭话，把丝绸一点点打开，最后有一块金属片，上面布满绛红色的血迹。"这是一块芯片，我们科考队最初来神农架，给红豆和噜噜在胳膊上植入芯片。上面有很多信息，通过一定的技术手段，我们就能掌握野人的行踪，从而了解野人的生活。可是，事与愿违，噜噜因为不能忍受芯片，自己强行取出导致大出血，血尽而亡。而红豆，芯片上的信息让她蜕变成一个拥有人类文明的高端人士，我们却无法搜索到她的信息。她窃取了人类的信息，却成功阻碍了我们了解她的信息通道。临终前，芯片崩裂而出，红豆气绝身亡。"

　　"什么，就是这么个小玩意害了她？"绿果大大地不解。

　　"是弹生，弹生把她气死的。"杜鹃愤愤地大喊。

　　"弹生在哪里？"

　　"他去冲澡了，马上就回来！"小鸽子说。

　　"冲澡，一个吃奶的孩子自己会冲澡？"绿果大惑不解。

　　"他来了！"杜鹃话音刚落，地面"咚咚"的声响引起了绿果的注意。

　　行走森林多年，每一种动物的脚步声、吼叫声，他都能毫厘不差地分辨，可是这种脚步声，他没听过。通过对声音的判断，向他走来的绝不是大狗熊一般的动物，要比大狗熊大两倍，难道他就是弹生？

第七十四章　复仇的火焰再次点燃

刚刚沐浴过的弹生，头上两只挺拔的淡黄色肉角，上尖下圆，隐秘在黑色的长发里，随着身体左右抖动。脸盘宽大如盆，眼睛如铃铛，张大的嘴巴像碗口。

绿果吃惊地张大嘴巴，在丛林中见过多少奇异的动物，唯独没有见过头上长角的野人。除去那条紧身的大裤衩不协调地遮住隐私，胳膊、腿上密密麻麻长着毛发，毛发下面是发达的肌肉。他的海拔超过两米，一步一晃地走来。这明明是一个超越人类的巨人，怎么能说是刚刚出生一个多月的婴儿？

"这就是弹生？"

"是。"

绿果一阵眩晕，大脑一片空白，眼前一黑，赶紧用手捂住双眼，腿脚一软，浑身没了力气，他一下子晕过去了，重重地摔倒下去。

"绿果，怎么啦？"杜鹃首先吃惊地大喊道。其他人也都注意到了绿果的异样，马上围过去。舟江懂得一点急救措施，在来神农架之前的培训课上，老师教给他们遇到类似情况，要马上用大拇指找准"人中穴"——位于鼻子和嘴唇之间的中间部位，使劲摁下去，或者掐下去，直到苏醒。如果是心脏病，那就要进行心脏复苏。此时，绿果应该是惊吓过度，或者极度紧张导致的昏厥。

直到人中穴被舟江掐出了红肿，绿果才悠悠地醒来。他再次看到聚在周围的舟江、小鸽子、杜鹃、神农，还有离他最远的那个让他昏过去的弹生。

有过一次惊吓，绿果也便接受了弹生是变异人的事实。但是，绿果的心里隐隐地感觉到，弹生远非变异人那么简单，他不但害死了红豆，而且他身上的怪异能力和不可捉磨的情绪变化，极有可能是神农架的祸根。

作为神农架的守林人，绿果有义务保护神农架的安全，以前是，现在也是。

于是，在一个无月的深夜，护林人出动了。丛林的黑暗足以掩盖所有的罪恶和不安分。

弹生的卧室，门虚掩着。在石竹园，夜不闭户是常态。里面传来弹生均匀有力的呼吸声。

一个黑影悄然来到弹生门前，小心翼翼地推开房门，像猫一样快速闪进去。

这一切，只有天上的星星知道。星光璀璨，却也太遥远，微弱的星光起不到任何的照明作用。

夜行动物自顾自地在夜间寻找快乐，丝毫没有注意到弹生的房间发生了一场血案。

"啊，疼！"一声尖利的喊叫，从弹生的房间里传出，划破黑暗，划破舟江的梦。

一个黑影从弹生房内被甩出，他爬起身极快地向后院飞奔。前后只有几秒钟的工夫。

舟江披衣而起，"怎么啦？谁？"

"爸爸，疼！"喊叫声是从弹生的卧室里传来。舟江心里一紧，迅速跑过去，连鞋也顾不得穿。

灯，亮了。舟江看到站在床边的弹生，痛苦地呻吟着，双手捂住右腿，腿上渗出鲜红的血。

"孩子，怎么了？"舟江心疼地看着弹生的伤口。伤口呈现锯齿状，似乎是什么动物用牙齿咬的。

"不知道。我睡得正香，就觉得一股冷风直冲我脖子，我用手一挡，一个冰冷的东西被我打飞，然后看见一个身影朝我扑过来。忽然腿一疼，我一脚就踢过去，那个人被我踢出门外。"弹生疼得龇牙咧嘴。

此时，小鸽子、杜鹃也赶过来，最后到的是绿果。

绿果和舟江察看弹生的伤势，舟江看不明白是被怎样的生物偷袭，就转向绿果。绿果沉吟半天，"我不知道该不该说"。

"怎么了？"

"不像人所为，也不像是野猪疯咬的，更不像是狗熊。"

"我们这里一直很平和，不可能有不明动物的偷袭。那是什么东西？"

"或许……"绿果欲言又止。

"疼死我了！"弹生在绿果清洗伤口的时候大叫，他的一双眼睛直盯着绿果看，绿果不理他，专心致志地处理弹生的伤口。

"或许，弹生触怒了神农架的神灵……"

"开什么玩笑？神灵，我才不相信世界上有什么神灵！"舟江冷笑，他似乎嗅到了某种危险的因素。

"你相信弹生是变异人吗？"绿果也不看舟江，自顾自地说。

"我相信弹生变异，但不相信神农架有神灵。"舟江很是气愤。

绿果哈哈大笑起来。"那么青蔓、荣光算什么？"

青蔓，那个千年古藤变身的精灵古怪的女妖；荣光，那个集人性和狼性于一身的狼王。舟江心中一凛，他似乎明白了什么。

"我不相信什么神灵，袭击我的是一个人！"弹生直视着绿果，眼里喷射出愤怒的烈火，大声吼道："他要杀我！"

弹生回头凝视着舟江，"爸爸，有人要杀我！"说完，顾不得疼痛，弹生呼号着闯出家门，他的一只脚跨过门槛，另一只脚已经到了门外。

"弹生，回来！"舟江呼喊着冲出去，想阻拦弹生，弹生却早已消失在茫茫夜色中。

舟江回过身来，神情凝重，"绿果，是你吗？"

绿果坐在床边，一丝冷笑，"不错，是我。"

"为什么？"舟江冷峻的眼神足以让任何一个人心生恐惧，但对绿果不管用。

"弹生这孩子不能要，它对神农架有危险。"绿果很冷静。

"你没有权利这么做！"

"我是森林守护者，有这个权利。我就是后悔心太软，没能一刀杀了他！"

"你太小看他了……"舟江大笑。

被绿果击伤的弹生，内心完全被愤怒、复仇、焦躁的情绪填满，堵在心窝，不能呼吸，喊不出，无法宣泄心中的压抑感。于是，他一路狂奔，甚至说是狂飞。越过黑色的岩石、山洞，跨过冰冷的河流。身上被树枝划破，树枝也被他折断。

黑暗中的神农架，被弹生搅得不得安宁。在草窝中熟睡的雏鸟吱吱惊叫，鸟父母飞离了家，警惕地看着丛林中的不安。蝙蝠也被惊吓得四处乱飞。

没有目的，没有目标，狂乱地飞奔了一夜，弹生体内烦躁的情绪逐渐平息。再强大的体魄，也无法支撑超强的体力消耗。太阳在东方笑嘻嘻地看着神农架时，弹生筋疲力尽，耗尽了体内仅存的能量，他窝在一处山崖底下睡去了，冰冷的岩石地面接纳了一个饥寒交迫的浪子。

紧身的大裤衩，被枝叶花草染成五颜六色，被撕裂成一条一条，身上的刮伤，到处都是。

他如同一个乞丐，一个叫花子，一个丛林中的幽灵，一个不被丛林接纳的叛逆者。

弹生再次醒来已经是下午。经过休整，体内的能量又回来了，他满血复活了。

弹生精神抖擞地走在丛林中，他不知道来到了什么地方，只看到一条宽阔、齐整、不长草的柏油马路。这里正是通往林山镇的公路。

公路两侧，丛林越来越整齐，零星地出现村庄的身影，参差不齐的在丛林中时隐时现。

弹生知道，他来到了人类世界。他闯进了人类社会，突然，脑子中出现妈妈红豆的画面，还有那一块来自人类的芯片。妈妈是被他们害死的，这种想法始终跳跃在脑子里，有时候明显，有时候隐蔽。

我要为妈妈报仇。弹生的眼里，重新冒出复仇的火焰。于是，在林山镇，就上演了一出"野人大闹林山镇"的惨剧。被撕烂的猪、牛、羊这些家畜不算，被毁坏的房屋不计其数，还有被打伤吓坏的大人孩子。一时间，林山镇成了野人出没的地狱。

黎黎就是在这个时候来到林山镇的，就在林山镇桥头，目睹了弹生如何报复人类社会。

……

当舟江讲到弹生大闹林山镇的时候，黎黎眼里含着泪花。为什么那天夜晚看着恼怒的弹生那么熟悉，因为他是舟江的孩子；为什么那天晚上弹生残忍地对人类发动进攻，因为绿果点燃了他内心复仇的烈火；为什么那天夜晚笛声响起来的时候，弹生能停止进攻转而离去，是因为舟江一直寻找弹生，用笛声呼唤爱子。

黎黎手中，一块鲜红如血的绸布，上面躺着一块血迹斑斑的芯片。这是她亲手将芯片植入红豆体内的，是她改变了红豆的命运。如果时间能倒转，黎黎宁可放弃科考，也不会去改变一个野人的命运。

舟江不断地咳嗽，他的脸上没有忧伤。忧伤已经将他割裂得千疮百孔，他不再有感觉。

"后来，弹生跟着你的笛声回去了吗？"黎黎眼睛深切地望着眼前受伤的男人，他曾是文明社会的天之骄子，如今在原始森林中苍老衰弱。

"没有。"舟江惨笑。

"弹生没有跟着我的笛声回来。是他自己隐藏起来了，不再制造麻烦了。我知道，他体内的邪恶力量会在某个时候重新窜出来，不受控制。"

"于是，后来就发生了盘树开发区被袭击事件。那一次损失更加严重！"

"不错，不知为什么，弹生又再次袭击盘树区。我意识到，弹生无可救药了！"

忧伤写在舟江脸上，写在额头那两道眉峰上。

"所以，你对弹生，自己的孩子下手了？"

"对，我开始疯狂地在神农架寻找弹生，直到找到他，将他骗回石竹园！"舟江的眼前出现弹生被带回的画面。在舟江的安抚之下，弹生充满幸福地回到爸爸身边，回到石竹园。而舟江，一步一迟疑，将弹生带到了"神龙"洞门前。

"神龙洞？那不是神农架二号的实验室吗？你带他到那里做什么？"黎黎满心疑虑，但是心中已经猜出几分。

第七十五章　毒杀亲子

　　舟江满身疲惫地站在神龙洞前，万箭穿心的伤痛，让他像一个得了重病的人，毫无生机。满脸胡子拉碴，已经看不出年轻英俊的模样。

　　"神龙，爸爸，我认得这两个字！"弹生笑嘻嘻地用手指着石门上的两个字纯真地说。

　　"好孩子，你都识字了！"舟江内心如同烈火焚烧。

　　"你带我进去看看好吗？这里面有什么？"弹生用手敲打着神龙洞的石门，石门发出沉闷的声响。

　　"孩子，你在城里闯祸了吗？"舟江颤抖的手，拿着一把钥匙，却怎么也插不到钥匙孔里去。

　　"闯祸？不是，那些人看起来一点都不友善，还拿枪打我，我就是从他们的街上走了一圈，那些汽车什么的就都碎了！"

　　"你恨他们吗？"舟江终于打开了神龙洞门，洞门厚重有力，他用力推了推，洞门只开了一点缝隙。他从来没有像现在一样，无力把一扇石洞门打开。他觉得洞门比平时重千斤。

　　弹生从后面伸过一只手，搭在洞门上，只轻轻一用力，洞门就倏地开了。"其实，不用钥匙，我也能进来！"弹生很得意。

　　舟江回望了弹生一眼，他只能看到他的腰部，他若不是低下头来，舟江根本看不到他的头。"你恨那些人吗？"

　　"恨一点，恨他们对我不好，恨他们害死了妈妈！"

　　"给你说过多少次，那些人没有害死你妈妈！"

　　弹生弯下腰、低下头，从舟江身边挤过去，他看到里面是宽敞的石洞，有一条走廊。里面阴冷潮湿。他高兴地说："夏天，住这里多好！"

　　舟江看着他一步一步好奇地往里面走去，悲伤不已，迟迟不愿意迈动脚步。

　　"爸爸，快来看，这是什么？"弹生两步穿过洞中走廊走到石洞里面了，也就是研制神农架二号的实验室。那是红豆为对付神农架外面的人而研制的。

　　舟江回身关上洞门，大踏步向里面走去。上天已经安排了一切，他没有退路，是弹生自己走到实验室里去的。

实验室的洞壁上镶嵌着长明灯，它通过实验室中的设备，不停地为其供给能量才保持常年光明。洞中有四张大桌子排在一起，上面摆满了瓶瓶罐罐。尽管学过化学，但是他也仅仅认得烧杯、试管等器具，至于神农架二号是怎样研制出来的，他确实不知道，红豆没有告诉过他，他也不想问。红豆只告诉他，在洞壁开凿的石洞中，冷藏了神农架二号。

"这是你妈妈的实验室，你妈妈很伟大！"舟江对好奇的弹生说。

"我将来也是一个很伟大的人，就像妈妈一样！"弹生忍不住这瞧瞧，那碰碰。

听到这句话，舟江禁不住要落泪。

"嗯，好孩子。"舟江闭上眼睛拼命抑制自己的情绪，"孩子，你跟我来！"

弹生跟随舟江来到神农架二号的冷藏洞前，"你个子高，把里面的东西拿出来！"

弹生一伸手从洞中掏出两个小玻璃瓶，一个里面是明晃晃的红色液体，另一个是绿幽幽的绿色液体。

"这就是你妈妈研制的试验品。"

"这怎么玩？"弹生依然很好奇，"妈妈真伟大！"

"来，我教给你！"接过弹生递过来的两瓶液体，舟江坐在方桌前。"这个东西，打进身体以后，会产生很大的变化，比如你不会再长高了！"

"真的吗？"

"真的，你不是不喜欢长这么高吗？"

"是，我长这么高大，觉得不是人！心里很难受！"

"好，咱们一人一个，你选哪个颜色？"

"我喜欢绿色，要绿色的！"弹生很兴奋，没发现舟江痛苦的神色。

"好吧！你先看着我是怎样把它打进身体的。"舟江说着从抽屉里取出一剂真空针管，去掉塑料包装，然后把针管插入红色的液体瓶中。红色一点点把针管染红，就像舟江的血液一样鲜红。

"看好了！"舟江闭上眼睛，针管扎在手腕上，疼在心里。他一只手把红色的液体缓缓地推进胳膊，胳膊没有变成红色，可是舟江的心已经滴血了。

"太简单了！"弹生急不可耐地学着舟江的样子，用针管把绿色的液体推进胳膊里。"爸爸，还有吗？给姐姐带一支！"

舟江看着绿色的液体在针管中一点点消失，他有一种冲动，真想一把把针管拔下来，可是，如果拔下来，弹生依然会对神农架不利，这个孩子不能留下。红豆若是地下有知，会不会怪他？怪他杀害了自己的孩子，而且还是用神农架二号。

他怎么能杀死自己的孩子呢？而且还要用红豆的药剂？他真浑，虎毒尚能不食子，更何况他是一个人呢？

就在绿色液体快要消失的时候，舟江猛地出手拔下插在弹生胳膊上的针管。

"疼，"弹生哎呦了一声，"爸爸，你怎么了？"

"我差点忘了，快过期了。过期的药剂不能用。"舟江说着把剩余的绿色液体甩在地上，地上泛起绿色的泡沫。

……

"什么，你把神农架二号注射进你的身体，还有弹生？"黎黎大惊失色，"你不想活了？难道你不知道那是要死的？"

舟江惨白的脸上，裂开一道无奈的微笑"我何尝不知，可是为了神农架，为了弹生不再祸害人间，我只能这样做！"

"你这个笨蛋，你个懦夫，除了寻死，你就没有其他办法吗？"从来没有见过一个受过高等教育的优雅女人会如此大呼小叫，像一个坊间泼妇，完全失去一个女人应有的矜持。黎黎冷眉横对，嘴角上挑。

"你这样的女人倒也有几分野性，不如和我一起老死在神农架！"舟江依然微笑，似乎对黎黎的反应很感兴趣。

"你知道许飞语和梅辛村怎么死的吗？他们都是被注射了神农架二号生物制剂，飞语患上肺癌，不到一个月就死了；梅辛村得了白血病，也没撑过三个月；就连姜博士也得了胃癌，还在坚持化疗。你却自己也注射了……"黎黎生气地转过头不理会舟江。

"我害死自己的孩子，良心能饶过自己吗？红豆她能放过我吗？"

"你怎么就不想依靠我们，还有我呢？你个笨蛋！"黎黎气得脸颊绯红。

"我已经不是一个真正的科考人员了……我爱上了一个山中野人……还生了一个变异人……哈哈哈，你觉得我还能回去吗？"舟江大笑，笑声中不是愉悦的情绪，是悲凉。

"弹生，他现在怎样？"

"他被我一直关在实验室……"舟江低下头。

"神龙洞？怎么可能关住他呢？"

"他说他喜欢那个地方，我就顺势把他关在那儿了，后来他明白的时候，肝癌已经发作，我用铁链拴住了他……"

"多长时间了？"

"两天。"

"好，舟江，从现在起你要听我的，为了神农架，也为了你和孩子！"

"你想怎样？"

"你马上给我回京进行科学的医治，弹生也一样！"

"不，晚了……还有瘟疫……"

"瘟疫，什么瘟疫？"

"确切地说，不完全等同于瘟疫。来的路上你也感觉到了石竹园的异样，有的小动物离奇死亡，长相狰狞，有的植物莫名其妙地落叶死亡……石竹园正面临灭顶之灾……"

"没关系，我们采集标本回去研究，拿出方案。舟江，你不能如此颓废，亏你还是经过严格筛选的科考战士！"

"黎黎，答应我一件事情。"

"你说！"

"把小鸽子和杜鹃照顾好，她们都没有了妈妈；还有青蔓……"

"青蔓，她不是死了吗？"

"不，她没有死。在藤龙阁，她种下一颗青豆，经过我细心浇水，她已经发芽了，有时间你替我去看看她；最后一件事，如果我死了，请你……请你把我和红豆埋在一起……"一阵猛烈的咳嗽，让舟江说不出话。

"不要说了，我们马上走！"黎黎冲韩晖喊道，"韩晖，马上通知刘队长，带舟江回京。"

韩晖应声。

"爸爸，不好了！"小鸽子大喊着冲进来，"弹生跑了，他头上的肉角流血了……"

舟江闻听，心中犹如刀绞一般，一下子昏死过去。

第七十六章　重回人间，博士去世

舟江醒来的时候，已经三天以后了。

白色的墙壁，白色的窗帘，白色的被单，透明的液体一滴一滴不紧不慢地在输液管里流动。

恍惚，舟江一时间觉得是在天堂。是的，终于到天堂了，可以见到日思夜想的红豆。舟江动了动嘴唇，想努力地做出一个微笑的动作，不能让红豆看见他愁苦的模样，那样子，红豆会担心。

"你醒了！"一个温柔似水的女孩声音在右侧传过来，这个声音很陌生。

舟江费力地扭过头，他看到一张稚气的脸庞，一双美丽的大眼睛，含着动人的微笑，白色的护士帽遮住她黝黑的头发，白色的护士服刺激他的双眼。

"这是在天堂吗？"

"是，是天堂。"那女孩俏皮地笑着。

"能让我见一见红豆吗？"

"红豆是谁？"

"我的妻子。"

"哦，不可以，这要经过批准的！"那女孩咯咯地笑着，笑得舟江心里发毛，这好像不是天堂，那是什么地方？

"舟江，你醒了？"门开了，一个熟悉的声音伴随着开门的声音，一同传入舟江的耳朵中。也许真的是迟钝了，熟悉的声音，却忘记了是谁。

头戴灰色旅行帽，眼神犀利，精神抖擞，脸色却蜡黄。他走进来的时候，腰有些许弯曲。

"怎么是你，姜博士？"舟江挣扎着起身，旁边的护士将他扶起来，倚在病床的扶手上。

"同病相怜，彼此彼此！"姜博士坐在舟江的床边，一把握住舟江的手，紧紧地，舟江能感受到姜博士的温暖有力。

一时间，舟江终于苏醒，这不是在天堂，这是在医院，是黎黎把他带回来的。

舟江百感交集，双手紧握姜博士的手，两个人望着彼此，不说一句话。千言万语，却不知如何开口；千般爱恨幽怨，却不知如何表达。

三天以前，舟江还生活在远离尘世的森林，过着隐居幽谧的生活，为弹生苦恼，为自己的绝望而苦苦挣扎。而今天，时间偷走了他三天的时光，他重回人间，回到了灯光璀璨的城市，回到了喧嚣的文明世界。两个世界的天上人间，冰火两重天，舟江被巨大的落差重重地打击，他不能自己，趴在姜博士的手上，两滴热泪滚落。他强忍心中万般思绪，仇恨、悔恨、遗憾和伤痛，用一个男人的力量，生生地将热泪咽回肚里。

"想哭就哭吧！"

"一笑泯恩仇，我怎么能哭呢！"舟江抬起头努力地微笑，心口却堵了一块大石头。

"还是这么倔！"姜博士平和地看着他，舟江的记忆中，姜博士很少笑的。

"黎黎呢？我的孩子弹生怎样了？还有小鸽子和杜鹃呢？神农他又在哪里？"苏醒的记忆终于让他重回现实，那些他一直关爱的人，都在哪里？

"你若活下去，就必须像我一样，将所有的一切都放下，不再过问，自有人去管，好好地在医院安心养病。"姜博士一直带着微笑，这是舟江不曾见到的，他的神色平和。

"不，我要知道这一切！"舟江撒开紧握姜博士的手，起身想下床。

"你不能出去！"那个小护士命令他，一股子不置可否的语气。"你想知道答案吗？"小护士挑衅地望着他。

"我想出去，你们谁也挡不住我！"

小护士用纤细的玉手摁开了床头上的一个按钮，于是，里面传出一个女人的声音，那是黎黎的。

"舟江，你不用担心，小鸽子和杜鹃我们已经带回科研室，根据她们的要求，我们进行新的安排；青蔓，我去看过了，她很好，已经长到二十米高了；神农，我们也带回了实验室；绿果，他愿意留在神农架。弹生，你放心，我们会继续关注和医治。我们绝不让神农架再次遭受创伤。舟江，你要好好配合治疗，给我活下去！"

舟江俯下身子双手抱头，低头不语。离开尘世太久，他已经忘记了人间模样，不知道该如何对待这一切，心里只有神农架，那片原始森林。

姜博士温和地用双手去抚摸舟江的头发，就像对待自己的孩子。"我们都错了，应该是我错了，是我的一意孤行和任意妄为，毁了红豆，毁了最后一个野人，害得你……"

"不，不关博士你的事。即使不参加科考，我也会爱上红豆，这是命中注定的，是前世的缘，我逃不掉。"舟江双手抱头。"博士，只是我不明白，为什么红豆植入芯片以后会发生变异？她不但掌握了人类高度文明，而且还能变化成另外一个人？"

博士沉吟道："这也是我想知道的。这大概源于红豆本身的体质和基因。当然，也有芯片的作用。给红豆的芯片经过特殊处理，不是一般的集成芯片。我有一个私心，就是通过植入芯片，看看野人能否掌握现代社会人类的文明。本来是要植入噜噜体内的，没想到黄大夫提前拿走了。"

"正是这块集成芯片，改变了红豆的一生。她不但在短时间内掌握了高度文明，而且还在青蔓藤妖的助力之下，成就了变换美貌及其他人类不能拥有的超能力。"舟江抬起头，"不错，林芝云就是红豆，她是为了接近我和博士你，换了一个身份，进入到人类社会中，盗走了机器人'神农'。"

"我知道了！"

"芯片已经和红豆连为一体，本身不会置红豆于死地，从某种程度上讲，还对红豆有利。若不是这块特殊的芯片，我和红豆也不可能再次相见。"舟江从怀里掏出一块红布，展开，里面躺着一块带血的芯片。

"对，芯片不会害死红豆。没有我那致命的一枪，红豆不会死。"博士自责道。

"你不也被红豆注射了'神农架二号'嘛……彼此伤害……谁也不欠谁。"舟江惨笑。

"我不怪红豆。红豆研制出'神农架二号'是给人类一个警示，'神农架二号'浓缩了人类污染土地、空气、河水、食物产生的危害，其实是做了一件好事。人类开始反思如何善待所依赖的生存基础。"博士神情严肃。

"博士，'神农架二号'有解药吗？"

"无解，这是一道无解的难题。唉！"博士深深地叹息，"我不该干扰神农架的安静，违背大自然的规律，是我罪有应得！"博士叹了一口气，"我心已皈依佛门，但愿赎回罪恶。"

舟江抬起头，"什么意思？"

博士笑了，笑得很平和，"没什么，事业、功名我不再计较，神农架我也不再过问，一川烟雨任平生。"

舟江陷入沉思。

"舟江，人生不过百年，好自为之！"博士站起身向舟江告辞。博士的微笑，不带任何哀怨愁苦，犹如一杯白水，留在舟江心间。

三天以后，姜博士在家中去世。妻子静红发现他的时候，他静静地睡去，脸上挂着淡淡的微笑，只是再也没能醒来。静红哭得双眼通红，大骂姜博士是一个不负责任的混蛋，留下她一人孤独在世，还有未成家立业的孩子。

舟江挣扎着要到姜博士墓前吊唁，黎黎陪他前来。

陵园肃穆，松柏常青，寒风凛凛。此时的舟江一身黑色西装，遮住瘦削的身体；一副墨镜，遮住大而悲伤的双眼；看身影，不胜悲凉。黎黎也是一身黑色小西装配一条黑色西裤，越发英姿飒爽。

"姜平生"墓碑上刻着博士的名号，舟江始终不知道博士的真名，原来他也有名号，只是他从来不想去知道。"一川烟雨任平生"这是博士送给他最后的话，不就是说的是他自己吗？博士一生学习刻苦，勤学奋进，古板苛刻，不苟言笑，取得诸多成就，发表过数篇有价值的论文。无数次深入神农架，对野人进行密踪，始终坚持野人真实存在的科学理论，论述野人与人类之间的亲缘关系。也正因任性甚至有些残忍的考察，置神农架、也置自己于万劫不复之地。

舟江还记得博士翘着二郎腿，吐着烟圈的志得意满；带着他们勇闯原始森林的大无畏……

一切烟消云散，不过化作黄土一抔……

人生不过百年，不该执着得便放下；已经失去的，不该再次追回，追回也枉然。

离开姜平生墓地之后，舟江语气平静地问黎黎："弹生他怎样了？"

"他头上的肉角不再恶化，开始趋于好转。只是，脾气更加恶劣。我们很难捕捉到他的信息，也很少听到毁坏城镇的消息。我们在等待他的出现，你放心，我们会善待他。"

"好。"舟江把眼光投向远方，那里是神农架的方向……

第七十七章　毛巨人得救

弹生逃在注射神农架二号之后，被舟江用一条胳膊粗的铁链子将他锁在神龙洞，铁链子从巨石中伸出来，将他的双脚锁住。起初，父亲舟江在和他玩一个游戏，说谁能将铁链子打开谁就是英雄，弹生依仗着一身的蛮力，毫不在乎地说："我是英雄。"舟江先是做了一个示范动作，他将铁链子缠绕在双脚上，然后用一把大锁锁住了铁链子。"你看，我动不了吧？"

弹生还饶有兴趣地前后察看一番，啧啧称奇，还傻乎乎地说："我也试一试。"舟江用一把钥匙，"咔"轻易地打开了锁，将缠绕的铁链一圈圈打开，舟江恢复了自由身。而弹生急不可耐地学着舟江的模样，自己用铁链子把双脚锁住，还得意地说："你瞧，我也行的。"

舟江竖起大拇指，"孩子，你真聪明，是个善于学习的孩子。"舟江说这话的时候，声音有些哽咽，弹生却丝毫没有察觉到，他的兴奋点都集中在铁锁链上。

弹生玩够了，正想用钥匙打开锁链，舟江却说："孩子，你不是喜欢这里吗？你能不能，敢不敢一个人在这里待一晚上？明天我再来。"

弹生高兴地笑开来，"好啊，好啊，我好想待在这里，也许妈妈会来看我的。"说着，还做出一个要睡觉的样子。那副纯真无邪，真叫舟江心碎。舟江眼睛一酸，差点掉下眼泪，他忙转身掩饰自己的悲伤，朝着身后的弹生挥挥手，"爸爸走了，明天来看你，你是个英雄。"

舟江回转身的那一刹那，弹生似乎觉得有些不对劲，是哪里不对劲，他一时也没弄明白。

石门沉重地被舟江关上。神龙洞中，幽暗、死一般的寂静，只剩下弹生一人，还有那些瓶瓶罐罐，缠绕不清的线路。弹生想象红豆在这里做实验的情景，他有些想妈妈了。他出生不过十余天，妈妈就去世。他还没来得及享受妈妈的爱，还没来得及为妈妈摘一朵花，她就去世了。多么希望，能在这里，遇见妈妈。

或许，是在阴暗的洞穴中待的时间长了些，他蓦然感到身上一冷，皮毛一紧，不由得打出一个喷嚏，浑身冒出了鸡皮疙瘩。他动了动身子，锁链锁住了双脚，也锁住了自由。他想在洞中找找妈妈留下来的东西，他却发现，锁链限制了他的行动，他有些后悔，不该和爸爸玩这个游戏。不过，锁链能锁住他的自由吗？不，当然不会。弹生用双手用力扯开铁链，他却发现双手没了力气，似乎冰冷的铁链把他的力气吸走了，试了几次，依然不能扯开铁链，而且有些气喘。

或许，睡一觉就好了，说不定还能梦见妈妈。这样想着，弹生便窝在巨石旁边昏昏沉沉地睡去。

弹生不知道，父亲舟江给他注射的神农架二号，是致命的生物制剂；他也不知道，父亲要用一条铁链锁住他的自由，直至死去。尽管能长成两三米的高海拔个头，却无法拥有成人的心智，更不能玩弄人类思维的阴谋。他还是一个孩子，被父亲舟江欺骗了，却无从知晓。

当第二天的太阳升起，他正发高烧，一阵阵寒战袭来，头昏脑涨，身体软弱无力。他依旧未能摆脱铁链，也未能梦见妈妈，更没有遇见妈妈。而且，爸爸舟江失信了，他没有来，没能来看他，也未能为他解开锁链。

弹生，就这样似醒非醒又昏睡一天。第二个夜晚来临，又渴又饿又难受，忍受着无边的孤独寂寞，弹生几乎要疯了，原先被控制的正邪两股力量，似乎要喷薄而出。弹生急躁地用头撞击巨石，额头疼痛红肿；用双脚摔打铁链，铁链在地上石块上迸出火花；他用双手撕扯铁链，铁链哗啦啦作响；他嗷嗷地叫着，宽大的脸已经扭曲，像一头困兽。

弹生夜里的狂叫，通过石洞的缝隙，传到外面，在寂静的夜里，只有尖耳朵的老鼠、猫头鹰一类的夜行动物勉强听得见。它们习惯于夜里的一切不安定的因素，对于弹生的号叫，根本不在意，甚至有些漠然。但是，弹生的号叫，还是惊醒了一个人，她是杜鹃。不要忘了，杜鹃是一头人狼，她的血液中有狼的野性和机敏。只要在安定的环境中，她不会化作一头狼，她是一个人。但是她骨子里的机警，让她在万籁俱寂的夜里，捕捉到了弹生痛苦、求救的叫声。

杜鹃在夜色的隐蔽下，悄然走出卧室，连脚下的一只甲虫她都不敢惊动，辗转来到神龙洞前。不错，里面号叫的正是弹生，她判断弹生就被关在里面。

杜鹃知道神龙洞的钥匙只有舟江有，而且不让任何人碰。神龙洞对于他们是一个不能踏入的禁地。杜鹃用手触摸厚重冰冷的石门，听着弹生低吼，那声音凄惨悲凉。

就在杜鹃站在神龙洞前思忖如何解救弹生的时候，她突然感觉不远处有一个暗影一闪而过，没有声息。她敏捷地跳开，躲在一块巨石之后，巨石犹如一头昂头而立的奔马，在夜色中仅剩一个轮廓。

杜鹃的心快要蹦出来，手心攥出汗，极度紧张，她几乎要变形，要变作一匹野狼。此时，若变成狼还是不合时宜，她忍耐着。确实，有一个身影向神龙洞踯躅地走近，走走停停，犹豫着不肯上前，最后一转身离开了。

杜鹃仔细观察那身影，似乎是舟江，又似乎是绿果。舟江和绿果同样身材高大魁伟，在黑暗的夜里不能分清。

那身影离开，神龙洞的低吼逐渐变成低吟，若不仔细听，一点都不能听到。

杜鹃不再上前，而是悄然走开，她不是回卧室，而是径直朝舟江的卧室走去。舟江的卧房在东侧的大院中，杜鹃轻巧翻过院墙，没一点声息。墙头上有一只猫咪窜过，吓得杜鹃猫下身子，躲在一丛灌木之后。舟江的卧房里，传来舟江均匀的呼吸声。"还是当爹的吗？儿子在洞里受罪，他却睡得跟死猪一样。"杜鹃鄙夷地想。

杜鹃蹲的脚有些麻木，见没有任何可疑动静，开始蹑手蹑脚朝房门走去。奇怪，舟江的房门没关，留着一道缝，好像留给某人似的。杜鹃没多想，轻轻挤进门缝。

舟江向里侧躺着睡得正香。桌子上，影影绰绰地摆着一些物品。凭感觉，杜鹃发现两枚钥匙乖乖地躺在桌子上，她心中一阵惊喜，舟江平时从不将钥匙带在身上，也不会放在显眼的地方。杜鹃小心翼翼地拿过钥匙，一个翻身，又轻巧地挤出门缝，朝神龙洞奔去。

杜鹃不知道，她偷钥匙的经过，舟江一清二楚。杜鹃走后，舟江从被窝中坐起身，眼睛望着黑夜里的窗户，深深地叹了口气。

钥匙一旦得手，杜鹃便加快脚步。毫不犹豫地打开神龙洞的大门，但是神龙洞门太沉重了，她试了几次，才打开了一道缝。

"弹生，弹生……"杜鹃低低地呼唤着弹生。

迷迷糊糊中，弹生听到呼唤，禁不住叫了一声，"妈妈，你可来了！"

"是我，杜鹃。"

弹生明白过来，"你怎么来了，杜鹃！"

"我来救你，爸爸为什么把你锁起来？"

"我不知道，我们在做游戏，他走了就不来了。"

"什么游戏，你真傻，他是想把你锁在这里，不让你出去。"杜鹃说着，就着洞内的灯光，打开弹生脚上的锁链，锁链已经被弹生拧成了麻花。

"你走吧，别再回来了。"

弹生踢开锁链，站起身，头有些晕。

"你怎么啦？你身上很烫。"杜鹃惊奇地问道，"其实，爸爸锁不住你……"

"我头晕，没力气，浑身酸痛。"

"可能冻感冒了，你赶快走！"杜鹃扶着弹生走出神龙洞。杜鹃重新锁上门，"弹生，你留在这里很危险，还是找个地方安顿自己，我有空就去找你。"弹生拖着病弱的身子歪歪斜斜地离开了。

杜鹃拿着钥匙轻手轻脚地回到舟江卧房，嘿，舟江还在熟睡，并且还打呼噜。

第二天，舟江开始不断地咳嗽发烧，浑身无力。他明白，神农架二号已经起作用了，他就要不久于人世，但是弹生走了，能否生存下来，只能看他的运气了。他其实是借杜鹃的手，释放了弹生，弹生毕竟是自己的亲骨肉，在他注射神农架二号的时候，舟江就后悔了。他把希望寄托于老天爷，寄托于弹生的命运。

第七十八章　紫藤花开

弹生在杜鹃的帮助下逃离了神龙洞。

经过这一番经历，弹生成熟了不少，原来人世间不仅有亲情，还有罪恶的阴谋。他始终不明白父亲舟江为什么将他锁起来，他恨他，若不是自己的父亲，也许他会将他碎尸万段，但那是他的父亲，他已经没有了妈妈，不能再失去父亲，尽管父亲想锁住他。

弹生，孤独一人在无边的黑夜中乱闯一气。腿脚沉重，虚弱无力，体内还有两股力量，搅乱心智。

终于，在快接近黎明的时候，他闯到一处花草丛生的地方，低矮的杜鹃花，参天的白杨，还有缠绕的藤林。弹生把自己放倒在一片花丛中，吮吸露水，闻香睡去。

梦中，一个青衣女子飘然而至。紫发飘肩，一圈紫藤花扎成花环戴在头上。皮肤白皙，美丽的大眼睛忽闪忽闪，暗香环绕，翠玉玲珑，袅袅婷婷，无限妖娆。

青衣拂过弹生脸颊，痒痒的，弹生几乎笑出声。那青衣女子围着弹生俏皮地绕了一圈，咯咯地笑开来，笑得弹生心里痒痒的。

是梦，非也。

弹生睁开眼睛，那青衣女子笑着转身而去。飘飘然，犹如仙女一般轻盈。弹生看得呆了，"别走。"

那女子不答话，只是笑着。

弹生抓了一把，女子轻纱般的衣服滑溜溜地从手里溜掉，飘然而去，随着空气一起消失，只剩下银铃般清脆的笑声。"你是舟江的孩子，我赠你一枚青果，你把它吃掉，它会救你。"那声音在弹生听来犹如仙乐一般。

弹生的手中，一颗晶莹如玉的绿色果子，像枣一样大小，青翠欲滴。弹生忽觉口中生津，肚中咕咕叫起来。心里想着那奇妙女子的话，弹生毫不犹豫地咬开青果，一汪绿色果汁流出来，香甜可口，口舌生津，胃口大开，情绪也变得饱满。转眼间，弹生便把一枚青果吃进肚里，他觉得不再头晕虚弱无力。

"你是谁？"弹生站起身环顾四周，还在回忆那美妙的青衣女子，只见杜鹃花儿开满山坡，娇艳的花儿都露出笑脸，一棵巨大的树藤从地面生发而起，分成三股相互缠绕伸向天空伸向远方，绿色青藤上，密密麻麻长满了叶子，极富生命力。

弹生忽然觉得，这里好像是他的家，亲切、温馨，他喜欢这里，于是他把自己安顿下来。

经过几天的休养生息，弹生的身体好多了，发烧的状况好转，只是脸色有些苍白。

有一天，弹生发现藤林里来了两个陌生人，不，有一点面熟。一个女人梳着短发，干练中透着威严；一个男人胖乎乎地，幽默可爱。躲在藤林中的弹生，忽然想起来了，那女人是黎黎，是舟江爸爸的朋友，他曾经见过的；另外那个男人，他不认识。

"这就是青蔓，"黎黎指着那棵高大的青藤说，"说是青蔓，其实是一棵古老的紫藤，紫藤花开起来就像是一片紫色的云，非常漂亮！"

"还好，青蔓没有死，反而长得更漂亮了！"

"可是，她不可能再有转化为人的能力了！"

"这样也好，她属于藤龙阁，属于神农架，走出去必然就是死亡。"

"看她这么健康，我们也好告诉舟江不要再牵挂青蔓了！"

"对，舟江就可以安心在北京养病了！"

那个叫作黎黎的女人开心地围着青藤扭动腰肢，那个男人傻傻地笑着，忽然一把抱起黎黎，"你真漂亮！"

"放我下来，让青蔓看到会忌妒的！"黎黎娇笑。

躲在暗处的弹生，心中莫名的羞怯，低下头不敢看却又想看，用一只手捂住脸，让眼睛从指缝中偷窥。

那男人放下黎黎，"我就想让青蔓忌妒，这样她才会出来。"

"青蔓，青蔓……"黎黎巧笑嫣然，冲着那棵青藤大声呼唤。

"青藤便是青蔓，送我青果的青衣女子就是青蔓！"弹生忽然间想起身穿轻纱的女子，蓦然明白，是青蔓救了他。

黎黎呼唤青蔓的声音在藤林中此起彼伏，青蔓却没有像他们想的那样飘然而出，只是那青藤随风摇动，呼啦啦作响，转眼间一粒粒饱满的紫色花苞忽地在青藤上拱出来，眼花缭乱，紧接着一批一群的花苞绽开笑脸，紫藤花开，紫色的瀑布"哗"地垂下来，像垂下一道美丽的挂毯。花香环绕，紫云绕翠，一幅绝美的花开美图。

黎黎、韩晖还有躲藏的弹生，都被眼前奇美景色惊呆了，一时间都大张着嘴巴，不能言语。

　　"青蔓，是青蔓！"黎黎高兴地大叫着，扑向韩晖，傻傻的韩晖愣了一下神，"她真的没死，真的很美！"说着一把抱起黎黎，两个人撒着欢地转起了圈。

　　体内的冲动，犹如一股不能掌控的力量，急需爆发，弹生忽地从灌木丛中一跃而起，狂乱地向后奔去。

　　地面上的震动和草丛的声响惊动了正高兴的黎黎和韩晖，"是谁？"两个人向弹生的方向警觉地望过去，他们看到一个飞奔的高大身影，不容怀疑，那就是弹生。

　　"是弹生，追！"黎黎大喊，韩晖急忙放下黎黎，两个人追了过去。

　　弹生再一次逃离，这次逃离的不是神龙洞，而是青蔓的藤龙阁。他不知道青蔓是一个如此美丽的女人，是那样让他魂不守舍。父亲舟江没有讲青蔓的故事，但他知道那是一个可以住在心里的妖精。他把自己放倒在峡谷的溪水里，一任冰凉的水漫过他的胸，似乎只有这样才能浇灭心中燃起来的欲望。

　　父亲在北京养病，北京在哪里？那是一个怎样的地方，那是一个怎样的世界？他能找到那个枪杀妈妈的罪恶杀手吗？

第七十九章　单身黄金女人

以弹生在森林中狂奔的速度，黎黎和韩晖是万万追不上的。两个普通人怎么能和一个巨人相比，岂不是把兔子和猎豹放在一起赛跑。

黎黎和韩晖把弹生追丢了，于是在神农架周围紧密布控，一旦弹生的身影出现在城镇边缘，坐在监控室里的人们就会发现他的行踪。弹生，无处可逃。他不知道神农架之外有多少双眼睛盯着他。

监控画面上，始终没有出现弹生高大的身影。韩晖觉得奇怪，难道弹生地遁了不成，还是从天上飞走了，要么病死在大森林里？

在弹生没出现之前，先交代一下关于韩晖和玉荣，黎黎和黄大夫之间的感情纠葛。

俗话说"日久生情"，韩晖和玉荣、黎黎和黄大夫的感情都是在科考神农架的过程中培养出的爱情。玉荣个子矮胖，身体粗壮，胆子却很小，在原始森林中，在黑夜里的任何一点动静，哪怕是风吹动树叶，她都会感到恐惧害怕，尤其是在被红豆掳走之后，她内心的恐惧和不安全感达到极点，她恨不得马上逃离，逃离这个本不属于她的世界。韩晖的出现，点燃了她内心的光明。韩晖虽不是高富帅，但他厚实的胸脯能给她一种安全感。当她不由自主地抱住韩晖的那一刻，呼吸着属于男人的气息，她觉得自己爱上他了。而韩晖，却对美女黎黎一见钟情，只是黎黎高冷，他不敢妄想，面对玉荣可怜娇弱，一种男人保护女人的本能，让他接受了玉荣的爱情。

黎黎知道，自己不应该爱上黄大夫，因为他有家庭，有老婆孩子。作为一个受过高等教育的女人，她不容许自己做一个第三者。在原始森林，遇到现实生活中不可预测的诸多困难，当她们遭遇野狼袭击的时候，黄大夫挺身而出保护自己的那一刻，她隐藏起来的感情崩溃了。从来没有一个男人用父亲般的胸怀和温暖爱她、保护她，她的心融化了。她不知道对黄大夫的感情，究竟是不是爱情。而黄大夫，首先是一个男人，而且是一个喜欢美女的男人，对所有美丽的女人，他都无法抗拒。只因为家庭的存在，他才不敢肆意妄为，更不敢掂花惹草，要是被家里的母老虎抓住把柄，他就只能喝西北风了。

第三次去神农架，老婆死活不答应，两个人冷战了一个星期，最后约法三章：一就是死了也要回来；二不准碰女人；三买一颗钻戒作为补偿。黄大夫才得以脱身，一身自由地去了神农架。黎黎，对他来说是一朵带刺的玫瑰，想摘却又怕刺疼。最后还是感谢恶劣的环境，上天把黎黎送进了他的手心。偷吃的感觉太妙了，而且一发不可收拾。电话里情话绵绵，一日不见如隔三秋的痴念，让他一个接近四十岁的男人重新找回了爱情的感觉。放弃黎黎，他舍不得。

若想人不知，除非己莫为。老婆一双犀利的眼睛，还是在他掩藏的蛛丝马迹中，嗅到了偷腥的味道。后果可想而知母老虎发威，不但把家里的茶杯、茶壶、锅碗瓢盆都摔了一个遍，满地碎片，还把他的手机扔进了下水道。耳朵也被母老虎揪出血印，还扬言，"你要是再和狐狸精睡一块，我就抱着你儿子跳楼！"

母老虎虽然厉害，但却和他白手起家同甘共苦，风风雨雨十几年，她若是跳楼也就算了，可连儿子一起跳，那岂不要了他黄大夫的命。迫于老婆的淫威，他忍痛割爱，主动掐断了和黎黎的联系。

黎黎也不想让黄大夫为难，爱就爱过了，不属于你，也不勉强。黎黎抹掉眼泪，也干脆地断了和黄大夫的关系。

她没想到，和韩晖一起在神农架追逐弹生的过程中，韩晖含情脉脉，一双眼睛里说不出的情意。

男人们都三心二意，韩晖已经有了玉荣，还暗地里给黎黎送秋波。黎黎只当看不见。

然而，毕竟在原始森林中，二人独处的时候，你未婚我未嫁，虽然心中都有所属，但在特定的环境里，二人的感情，有一丝奇妙的变化。在紫藤花开的藤龙阁，他们共同见证了一树繁花像动漫一样在眼前绽开，美丽的景色，诱惑了春心，多看一分就多一分欢喜，一直看下去，心里也就开出了美丽的花。那样美丽的景色中，只有两个人的存在，那花开就是毒药，他们禁不住诱惑，韩晖的眼里闪烁着欲望的光芒，黎黎脸颊发烫，韩晖抱着黎黎的身体，喘息粗重，几乎要冲破底线。是弹生的出现，才让他们回归现实。

黎黎不想充当任何人的第三者，即使韩晖浓情蜜意的告白，因为中间还有玉荣，从神农架回来之后，她就立马回了北京，几乎是逃离。她明确地告诉韩晖，"我期待出现的人，不是你！"

韩晖沮丧，回来后，细细整理了自己的情感。他承认喜欢黎黎，但黎黎却不是他要结婚的对象。每一个人心里都有一座城，里面都住着一个永不出现的人，他就把黎黎放在那个城堡里，雕成一座塑像。

对黎黎敞开的心门，关上了。神农架的原始森林，他不想再去。那里，有他不想触摸的记忆。

有一段时间冷落了玉荣，玉荣很不高兴，拉着一张脸，给韩晖脸色。但清纯的姑娘对韩晖的爱抱有百分之百的信任，她不会相信韩晖会对一个比自己大四岁的老姑娘产生爱情，即使有，那又怎样，自己这朵娇嫩的小花，还比不过一个老姑娘吗？而韩晖自知理亏，理清了和黎黎的感情，决定好好对待玉荣。手机里，他把黎黎拉黑了。那些黎黎和他在森林里的照片，一张也没有留下，删除的时候，他流下了眼泪。不狠心又能怎样，那岂不是害了黎黎，也害了玉荣。

黎黎走得决然，义无反顾。对于爱情，她不敢奢望。

做一个黄金单身女人，用半卷短发宣示干练的职场白领，用一副浅紫色墨镜掩盖些许寂寞，这样也挺好。

她不穿尖刻的高跟鞋，却喜爱各种长短不一的裙子，她把梦想依然放在对枯燥的古人类研究专业上。

目前，她要做的就是继续追寻弹生，那个世间奇人，他的身上有着太多的秘密，还有野人和人类基因密码，许多秘密等待解开。

弹生究竟在哪里呢？

第八十章　巨人肆虐城镇

　　莫名镇，是千城一面中的一个小城。和所有的六线城市一样，在没有城墙的城中，四通八达的公路连接高档的富人小区、中等阶层的普通社区，还有部分没有被拆除的贫民棚户区。酒店、商场、沿街商铺等服务性场所遍地横生，学校、医院、广场也都一样不缺。

　　城市，是一个完整的科学系统，按部就班地运转。

　　除了一些明星八卦等众人津津乐道的故事之外，人们最喜欢讨论和关注的就是位于网络上的新闻头条。

　　谁也不曾想到，莫名镇会一夜成名上了头条。有一天清晨，早起晨练的大爷大妈们在护城河边的公路上，发现了一个高大的巨人，神色惊慌地站在桥上，无助地望着来往的车辆。

　　于是，这个高大的巨人马上遭到人们的围观和惊疑讨论。

　　围观的人越来越多，大姑娘小媳妇，白发老太太和老头逐渐把巨人围成一个圆圈。巨人手足无措地站在那里，不知如何是好。远远地望去，才知道什么是鹤立鸡群。

　　巨人，实在是高，估摸着有三米多高。人们需要仰视才能看到他的脸。他的脸上有毛发，除了鼻子、眼睛、嘴巴，细细密密的毛发遍布脸上的每一个部位；他的头发长至肩膀，脖子上的毛发稀少；胳膊、胸部、腿上也长满了密密的毛发，还穿一条大裤衩，像是超人外穿的内裤，滑稽、可怕。

　　更奇怪的是，额头上两个肉角一晃一晃地，像是牛角，只不过他的肉角是直的。

　　人们站在他面前，顿时变成小矮人。

　　"天呐，这是一个什么怪物？"仰视的人们，都张着惊愕的嘴巴，嘴巴咧成 O 形，眼睛突出来，望着眼前的巨人，"还满身都是毛？"

　　"这是不是神农架传说中的野人？"七嘴八舌的讨论和惊奇的目光让巨人浑身不自在。

　　一个男人，有些驼背，倒背着双手低着头从人群里挤出来，挤到巨人身边，他瘦小的身子才到巨人的腰部。他费力地直起腰抬起头，"嘿，吃错药了吧，长成这么个怪物！"他还把一只手从背后抽出来，摸了摸巨人的膝盖，"嗬，好长的毛，上等的皮毛！"

"哈哈……"围观的人们笑成一片。

巨人更慌了，他低下头看着眼前一群小人，至少在他看来就是一群小矮人。

那个男人用手拽了拽巨人的裤子，"怎么穿个裤头就出来了？"

又是一群哄笑声，人们笑得前仰后合。

这一下可把巨人激怒了，只见他低腰一伸手，那只蒲扇般的大手，一把就抓住了那个人的腰。人们被巨人的动作吓住了，忍不住一阵惊呼。还未来得及呼喊，巨人手中的那个男人，像一块石头一样被抛了出去，从人们头顶上飞过，在空中打了一个滚，然后重重地摔在地上。那人尖叫几声，躺在地上一动也不动。头上、嘴巴里的血浸湿了地面。

"巨人杀人了！"缓过神来的人们立即惊恐地四散逃走。姑娘拉着大妈，小媳妇拉着婆婆，男人拉着女人，跌跌撞撞拼了命地奔跑，只恨爹妈没多生出两条腿。有一个婆婆跑得慢，腰身似水桶，没跑两步就气喘吁吁地停下来，回过头一看，"妈呀"顿时坐在地上昏死过去。

原来那巨人已经站在她身后，正把一只手，像渔网一样向她伸过来。见婆婆倒在地上死过去，巨人才停下手。

晨练中有一个甩鞭子的老头，长得五大三粗，一身蛮力气，毫不迟疑地朝巨人走过来，"看我不抽死你！"然后"啪"的一声脆响，冲着巨人甩开了鞭子。两米多长的皮鞭打着呼哨卷过来，这要是一鞭子抽在人身上，还不抽得皮开肉绽。那巨人只不过轻巧地一伸手就抓住鞭子，然后轻轻一拉，那人就两脚扑通倒地。巨人一个弯腰，抓住男人两只脚，朝空中甩了出去。老头也未能幸免于难，一命呜呼。

巨人甩开长腿，摆开双臂，卷起一阵风，在莫名镇上开始乱闯。

路中间的护栏，被他一脚踹开，掀翻在地；上班骑车、开车的人们全部慌做一团；停在路边的汽车，不是被踩烂就是被扔到绿地里；四五米高的路灯被他扯得到处都是；店铺的广告牌被他抓下来；路边的柳树、玉兰被他拔下来……只见他吹了一口气，冒出一团火，四处着火。

乱了，莫名镇被巨人搞乱了。

……

这个巨人不是别人，正是弹生！他再次闯到人类的世界，引起人类世界的恐慌。

黎黎火速到达现场，弹生正坐在莫名镇最高的楼顶上。高楼有二十六层，几近八九十米，是一座商业楼，还未开盘。楼顶是尖塔造型，直冲蓝天，弹生就坐在旁边。远远地看去，高达三米的弹生也不过就像一个小人一样。

楼下，是围得水泄不通的警车和警备人员，还有警戒线之外的各大媒体记者，扛着长枪短炮抢第一手信息。蓝色警灯紧急地呼叫，加剧了紧张的气氛。

一个女人披头散发坐在地上，一个男人搂住她，两个人哭得上不来气。

原来，弹生在袭击人群、捣毁店铺街道之后，路上偶遇一辆婴儿车，照顾婴儿的小姑娘早吓得回家找妈妈了。粉色的婴儿车里，躺着一个正咬手指的四个月大女婴，粉嘟嘟的，天使般的面孔，一双清澈的黑眼睛纯洁无邪，白底粉花的连体裤。女婴哼哼唧唧地唱着属于她的歌谣，丝毫不知道这个世界乱了。

弹生被眼前这个小生命惊醒，他蹲下身子，蹲下的身子也有一米多高。他瞧着可爱的小宝贝，脸上露出久违的微笑。奇怪的是，那女婴也朝他露出友好的微笑，还伸出小手要摸一摸弹生脸上的毛发。

弹生看着眼前的小宝贝，不由自主地把手伸出去，他的大手太大了，大得几乎伸不到婴儿车里。他费了九牛二虎之力，才小心翼翼把宝宝拿出来。小宝贝躺在他的手心里，温热。

弹生轻轻地拿着婴儿，就像拿着一个鸡蛋，使劲大了生怕捏碎，使劲小了，又生怕掉出来。他欢喜地拿着这个小宝贝，不再闯祸，而是朝莫名镇最高楼走去。

这一幕正被赶来的宝贝妈妈看到，看到巨人拿走了她的宝宝，她不顾生命危险，朝巨人狂奔，歇斯底里地挥着手大喊："还给我的孩子，放下我的孩子！"

弹生毫不理会，其实他是听不见，他的心思都放在那个宝宝身上了。

只见他船一样大的脚板，踩着乱石几步就到了高楼前面。那里的人们早就逃得无影无踪。

女人看到弹生像一个蜘蛛侠，徒手攀缘高楼，只是很小心，还不时低头看看手里的婴儿。

女人崩溃了，随后赶到的丈夫把她搂进怀里。

……

第八十一章　踏入人类世界

　　通过望远镜，黎黎看到弹生摆弄手中的婴儿，神色平淡。黎黎便放下心，弹生还是有爱心的，不是一个传说中的恶魔，他的平和淡定暴露了他的心态。只是，黎黎很惊愕，此时的弹生，不过是十几天不见，他又变化了样子，让她几乎认不出这就是以前的弹生。不错，弹生发生了巨大的变化，长长的毛发遍布全身，甚至脸上，这让他看起来更像一个毛人，更像一个怪物。多毛症，多发于青春期的女孩身上、脸上、腋下、腹部、四肢等多处，汗毛疯狂的生长，从外表上看去的确像一个怪物。有时候也发生在男孩身上，这都是荷尔蒙激素增多惹的祸。弹生，正处于青春期的发育阶段。

　　弹生的第二个变化，个头又蹿高了，通过见过他的人们的描述，弹生的身高已经超过三米。他这样的巨人，心脏、骨骼的承受能力都异于常人。

　　不变的是他头上的肉角，还是那般大小，有些角质化。人类是不长角的，曾经有过一个老人头上长犄角的案例，四个月疯长了五厘米，犄角顶部还呈钩状，从医学的角度，那是皮层角质化增厚引起的，甚至会产生癌变。牛、羊、鹿的头上当然是要长犄角的，那是有搏斗、吸引异性的功用。可是，弹生的头上为什么长出一对犄角，就像是西游记中的牛魔王。

　　的的确确，弹生对所有人来说，就是一个浑身长毛的怪物，而对黎黎来说，他是一个因遭受核辐射的变异人、一个被注射神农架二号的病人，一个基因异于人类又与人类相似的物种。

　　他究竟是一个什么东西，黎黎现在不敢妄论，但有一点是肯定的，弹生对人类世界造成了恐慌，人类世界不能接纳这样一个怪物。可是世界之大无奇不有，什么奇葩的人或者物，不是都有过吗？《山海经》中的巨人国和小人国，也不都是神话，没有一定的生活基础，就不会产生想象。据说，清朝时期就出现过一个身高三米多的巨人，即使是误传，也不会低于三米。而且更奇葩的是他们一家人个子都是出奇的高，哥哥超过两米，父亲超过一米八。

　　这样的弹生，就没有什么奇怪的了。当然，他还有飞檐走壁、口吐火焰、力拔山兮的绝活，更不可小觑。

不过，此时的弹生，境地很危险。已经有人荷枪实弹从楼内向楼顶出发了。

　　弹生手掌上挟持的婴儿，同样危险。若是一时冲动，张开嘴把婴儿吞进肚子里都有可能。

　　黎黎看着地上号啕大哭的夫妇俩，听着警车的鸣叫，心中不是滋味。

　　接到黎黎的电话，舟江正往莫名镇火速赶来，同来的还有小鸽子。杜鹃没能来。毕竟她还是一个人狼，存在潜在的危险。小鸽子对弹生来说，还有一定的亲情，弹生此时最缺乏的是父爱和亲情。

　　舟江的心情糟透了，不到一个疗程的化疗，使他的脸色更加苍白，头发一把一把地掉，翻江倒海地呕吐，让他一个健壮如牛的大小伙子变得衰弱不堪。衣服穿在他身上有些宽大，跨在鼻梁上的墨镜，也似乎变得大了。弹生，是他的一块心病，一个不能愈合的伤口。除非万不得已，天下有哪一个父亲愿意对自己的亲生儿子下毒手。弹生，不是常人，它的存在，对他来说就是一个灾星，长相奇特也就罢了，偏偏还有超能力，对这个世界具有摧毁性，难道他和红豆的结合是错误的吗？

　　小鸽子在随行的车里兴奋地说着她来到城市的所有见闻。踏出神农架的原始森林，一下子跌进一个多彩的神奇的世界窗口。犹如从远古穿越到现代来的所有人一样，奔跑的汽车、璀璨的灯光、挺立的高楼大厦像一块磁铁把她紧紧吸引住。在森林里的时候，她缠着舟江爸爸讲城里的故事，可他就是不说，还告诉她不要胡思乱想，森林才是她的家。在进入城市里的十几天里，她兴奋得几乎夜夜失眠，像一块海绵一样大量吸收所见所闻，新鲜的知识、景物、器物在脑海中极速膨胀。她毫不在乎别人看她的异样眼光，也不理会别人对她的指指点点，有人说她，"哪来的小猴子？"还有人指着她问，"你是一个小野人吧！"

　　小猴子、小野人又怎样？不就是和他们长的不一样嘛，只要不妨碍说话交流就行。小鸽子和照顾她们的阿姨打成一片，每天叽叽喳喳的，热乎得不得了。那些阿姨也乐得和这个奇怪的小家伙在一起，时间长了，见怪不怪，就觉得小鸽子和普通人没什么区别。

　　只是杜鹃不一样，她的境地和小鸽子有着天壤之别。黎黎一开始把她们两个安排在科学研究所，有阿姨专门照料，同时进行科学系统的查体，带她们学习适应城市生活。可是，杜鹃很抵触。她是一个人狼，血液里流着狼的高度警惕性和对人的不信任感。当她来到陌生奇异的人类世界，她很紧张，紧张得毛发竖立，尤其在夜晚，她痛苦地压抑自己，不要变身为狼。可是，没有了森林自由的呼吸，在人类异样的目光中，在一个夜晚，一个有月的深夜，她终于变身了。

躺在柔软的床上，她万分难受，辗转反侧。来到阳台上，柔和的月光勾起了她对森林的渴望，一行热泪悄然而下。不知不觉中，她开始变身，没多久，她就变成了一个拥有尖耳朵，浑身长毛的野狼，瞪着绿幽幽的眼睛，仰天嚎叫。

灯光璀璨的城市，在有灯光的深夜，一声声惊惧的狼嚎把所有人惊醒。小鸽子也醒了，她一点都不害怕，还走到阳台上去，企图安慰杜鹃，杜鹃对着小鸽子露出尖利的牙齿，瞪出可怕的目光。小鸽子一身睡衣，蒙蒙眬眬地说："别怕，杜鹃，离开森林我们一样能活下去，他们不会害我们。"

杜鹃依然龇牙咧嘴，露出一副凶恶的狼像，间歇地从喉咙中发出惊骇的低吼。她向后退去，一点一点，碰到阳台上的栏杆，她惊惧地回头望了望，看到窗外迷离的灯光，她再也没有退路。

"小鸽子，快过来！"一直照顾她们的林阿姨站在房门口小声呼唤。

"没事，是杜鹃，你别怕！"小鸽子转身朝林阿姨走来。

林阿姨一把抓住小鸽子，拽出房门，然后咣当关上防盗门。"你黎黎姐姐说，如果杜鹃有危险，就让我把你带出来，让她一个人待一会儿就好了。"

"杜鹃真可怜！"小鸽子揉着惺忪的眼睛说。

"吓死人了，杜鹃是一头野狼，真看不出来。黎黎说过，我还不信，这次真见着了，吓得我血压都升高了。"

保安人员也都赶过来，他们也都被狼嚎吓着了，听小鸽子说没事，也就放下一半的心。可是，他们依然在门前守着，万一有意外情况，就马上采取措施。

黎黎也知道了，深夜赶过来的时候，杜鹃独自蜷缩在阳台的角落里，望着月亮思念家乡，嚎叫声逐渐稀少直至消失。

第二天黎明，杜鹃又恢复人样，只是更加憔悴，眼睛里满含血丝。林阿姨端着一碗粥战战兢兢地走近杜鹃，好奇地看着她，心里想象着杜鹃变成狼的可怕模样。忙把碗往桌子上一丢，赶紧跑开，小米迸溅出来，洒在桌子上。杜鹃敏感地看着平日里温和的林阿姨，心中落泪。从那天起，黎黎为杜鹃请了心理医生进行心理疏导，并把杜鹃和小鸽子分开，还将杜鹃的卧室进行加固，实际上就是软禁。

来到人类世界，小鸽子和杜鹃朝着两个不同的方向发展。

当小鸽子听说要去看弟弟弹生，高兴地又是蹦又是跳，还把林阿姨送给她的高跟鞋蹦出两米远。在见到爸爸舟江的时候，给了舟江一个温暖的拥抱，舟江心里感到无比的欣慰。这个女儿比起自己的儿子强百倍。

第八十二章　楼顶之上险象环生

千回百转，惆怅满心，越野车一路狂奔，舟江就要见到自己的儿子了。小鸽子也就要看见自己的弟弟了。

穿过被好奇心塞得满满的人墙，穿过层层护卫的警备人员，舟江和小鸽子终于到达现场。

黎黎正焦灼地踱着步伐，韩晖在一边看着，无奈地看看黎黎，望望百尺高的楼上，那里有一个人的影子。

弹生已经不坐在楼上了，而是在楼顶上四处溜达。荷枪实弹的特警已经在通往楼顶的门口等候。铝合金门虚掩，门的另一侧，正传来弹生咚咚的脚步声。每走一步，高楼都要几乎晃一晃，谁也不敢轻举妄动。

黎黎把望远镜递给舟江，"你看看，该怎么办？"

舟江眼睛深陷进去，拿过望远镜，放在鼻梁之上。

望远镜中，把楼顶上的塔尖、顶棚、避雷针看得清清楚楚，唯独没有看到弹生。舟江挪了挪步子，换一个角度，再次望过去。这次，弹生出现在望远镜中。弹生已经完全变成一个毛巨人！

"作孽啊，弹生怎么会变成这个样子？！"舟江气愤恼怒。

黎黎用同情的眼光看了看舟江，"不是你的缘故，你还记得弹生降生那天发生的不明火球吗？"

"记得，那是上天对我们的惩罚。"舟江眼前再次出现那天的图像：一个大火球从天而降，人们吓得四处逃散，他拉着红豆的手狂奔，以免被火球砸死或者烧死。

"从博士带回的火球碎片来看，那是一颗来自太空的陨石。"

"陨石？不可能，如果仅仅是陨石，核辐射是从哪里来的？没有核辐射，弹生怎么会变成这个怪物？"舟江愤恨。

"陨石不假，核辐射也不假，真相却是这块陨石在降落的过程中，碰上了带有核辐射的太空垃圾，从而携带一定剂量的核辐射来到地面。恰巧红豆有身孕，在红豆狂奔和撞击的作用下，对胎儿的保护力度降低，即使小剂量的核辐射也足以让红豆的胎儿发生变异。"黎黎耐心地讲解，希望能降低舟江的愤恨。"就连石竹园附近动植物的异常，还有你所说的瘟疫，其实都是核辐射产生的危害。"

舟江望了一眼黎黎，"某种程度，是我们自己害了自己！"于是他再次拿起望远镜。

镜中，弹生的手里有一个婴儿，正张着大嘴哇哇大哭。舟江几乎能听到哭声。弹生被婴儿的哭声搅得非常不安，他不但来回走动，还把婴儿放在楼顶上的一个台子上。那婴儿似乎哭得更厉害了，弹生急躁地一把抓起婴儿，高高地举过头顶。

"不要！"舟江情不自禁高喊。弹生哪里能听得到？

"怎么啦？"黎黎失声问道。"我也要看！"小鸽子好奇地看着爸爸手里的望远镜，说着就要伸手去抢。

"我的孩子，她怎么啦？"地上枯坐的夫妇两个突然爬起来也要去抢望远镜，却被旁边一直看管守护的警察拉住了。

舟江一把把望远镜塞进黎黎手里，飞快地朝高楼的楼道跑去。黎黎和小鸽子、韩晖在身后紧紧跟上。他们意识到情况不妙。

只有电梯井，还没有安装电梯。楼道也没有铺地板砖，不被装饰的高楼，到处是粗糙的墙面、瓦砾、石灰、沙子。舟江身体虚弱，刚刚爬上十层，就累得喘不上气来，而黎黎更跟不上。倒是小鸽子身轻如燕，没几分钟就赶上并超过了舟江。

"你要拦住弟弟……"舟江一个字一个字地说。

"交给我吧！"小鸽子回头一笑，一步两个台阶，急速向楼顶赶去。

特警守护在楼顶门口，见一个花枝招展的小姑娘跑上来，小姑娘和弹生一样，也是浑身长了毛发，只是要少得多。他们已经得知这是毛巨人的姐姐小鸽子。他们闪出一条路，让小鸽子走向楼门口。

"小心！"特警小声嘱咐道。小鸽子看过去，说话的男人瘦高的个子，眼神冷峻。

铝合金的楼门轻轻打开，光线把黑咕隆咚的楼道照亮。小鸽子一脚迈了出去。有人看见远处有一只大脚，像是大脚怪。

小鸽子把门关上，顺着声音向弹生走去。转过一道墙，小鸽子看到了弹生，他正坐在一个石头砌成的台子上。

"弹生……"小鸽子轻声喊道。

弹生转过脸来，小鸽子看到弹生满脸都是细密的毛发，头上的一对肉角像是收音机上的天线。他又长又宽的脸，又长又密的毛发，小鸽子几乎不认得了。"弹生，是你吗？"

"小鸽子，谁让你来的？"弹生脸上毫无表情，又把脸转过去。"你不要过来，赶快走开。"

弹生的嘴里喷出一团火，喷向台子上的一个身穿连体裤的婴儿，他正用小手乱抓。

"不要！"小鸽子这才明白舟江为什么要喊出这句话，原来弹生要伤害这个婴儿。

但是已经晚了，一团火扑向婴儿，那婴儿瞬时着起了火，发出一声声惨叫。

说时迟那时快，小鸽子猛地朝婴儿扑过去。弹生只用手轻轻一挡，小鸽子就被挡住，小鸽子眼睁睁地看着婴儿变成一个火球。

此时，楼顶的门再次被打开，黎黎搀着舟江走上来，两个人都大口大口喘着粗气。

"弹生，你这个混蛋，你怎么把小孩子烧了？"小鸽子气得揪住弹生胳膊上的毛发。

"不要惹我……"弹生一扒拉小鸽子，小鸽子一个趔趄，后退几步"扑通"坐在地上。

可怜的婴儿化作熊熊燃烧的火球，发出棉花被燃烧的味道，同时还有被烧煳的味道。眨眼间一个旺盛的生命化为烟火，升入天堂。弹生没等化为灰烬，就用大蒲扇手轻轻扑了扑，火苗熄灭，婴儿被烧得面目全非。

小鸽子气得浑身发抖。

舟江和黎黎也看到了那团火焰，顿时明白，他们来晚了。

舟江捂住胸口，朝弹生一步一步走过去。

弹生低头吹了吹那个已经烧得面目全非的婴儿，然后立起身。弹生高达三米多的个头，让舟江不得不扬起头才能看到他的脸。舟江站在儿子弹生面前，感到前所未有的压抑。

"孩子，跟我回神农架吧！"

楼顶上的风，掀起弹生身上的细长毛发，给人一种很酷的感觉。"爸爸，你是想再一次杀掉我吗？"

"孩子，你怎么能这样说？"

"我这样说，有错吗？"弹生回过头，冷漠地看着舟江。"你骗我注射了神农架二号，让我得上不治之症，把我困在神龙洞，不就是想置于我死地吗？"

舟江明白，此时的弹生绝非一个孩子那么简单，他缓缓地解释道："孩子，天下哪有父亲想害死自己儿子的，即使你是一个变异人，我从来没有排斥过你，我依然爱你。"

"成为一个变异人，是我愿意的吗？这是上天给我的命运，我无从选择。"

"可是，你残忍地杀害了老穆一家。你知道吗，老穆死了，老穆媳妇疯了，她们一家因为你家破人亡。还有，盘树区有多少汽车被毁坏，神农架的多少古木被你烧毁，如今你又到了莫名镇，杀害了十多人，还有刚才这个不满一周岁的婴儿。你，你这样不就是一个恶魔吗？"

"我不愿意再看到你对神农架造成危害，对人类社会是魔鬼，我才这么做的，我和你一样，同时注射了神农架二号。"

"我是魔鬼吗？你没有看到他们看我的眼神，你没有体会到他们对我的歧视。你配做一个父亲吗？当你的孩子对社会产生危害的时候，你不是及时阻止化解，却想杀害他，你不配做一个父亲！"弹生冷冷地说。

舟江心中酸楚，万千语言涌在胸口，却一句话也说不出。

黎黎在旁边听到弹生这句话，很是震惊，弹生不仅仅是一个巨大的毛人，而且还是一个有思想的人。

"我错了，孩子，爸爸对不起你！"舟江向弹生道歉。

弹生没有说话，他高高地立在那里，就像是一个雕塑。

"弟弟，我们一起回神农架吧！这里不适合我们！"小鸽子走到弹生身边，温和地说。

"我要为妈妈报仇！"弹生还是立在那里。

"我说过，你妈妈不是被他们害死的。你这样做，你妈妈在天之灵也不会安息。"舟江劝说弹生。

"难道是我害死了妈妈吗？不，不是，是那些妄图破坏神农架的人。我来到这个世界，就注定要为妈妈报仇！"弹生回头扔下一句非常有重量的话，迈开大长腿向前走去。

前面是一个还未搭建好的机房，几块楼板立在楼顶的墙边。弹生一伸手拿起一块重达四百多公斤的楼板，一扬手，楼板就朝楼下飞去，像一个铁块。

抬头仰望的人们，发现有楼板降落，纷纷躲开。楼板从高空中砸下来，顿时粉碎。

"不要，会砸死人的！"黎黎惊呼。

弹生不理会，一抬手又扔下去一块，顺势把未建好的机房一脚就踹塌了，粉尘直呛得人咳嗽。轰隆隆的声音似乎从地下传来，楼顶战栗着。

这个时候，一个瘦高个特警持枪悄然登上楼顶，在一个天台的隐蔽处，向弹生伏击。

一颗子弹无声地飞出，直冲弹生的后脑勺。

弹生头上的肉角忽然闪动了几下，弹生立即站住脚步，一个缩身，子弹从弹生头顶呼啸而过。紧接着又有几颗子弹像长了眼睛一样，朝着弹生的脑袋、胸口飞来。

不愧是弹生，只见他左抵右挡，最后向空中伸手一抓，一颗子弹被他稳稳地抓在手里，只是有些滚烫。

舟江见此情况，转身向特警吼道："不要射击！"

那特警不听他的，又有一个特警上来开始瞄准了弹生。

弹生是不能激怒的。一头野兽被激怒，其后果非常可怕。但是他已经被激怒了。

第八十三章　大结局

被激怒的弹生，这个高大的毛巨人，发出黄河咆哮一般的吼声，一个飞身，就落到了两个特警藏身之处。高大的身影顿时遮住了半个天台。他一只大脚踩在了特警的身上，然后像踩死蚂蚁一样，就把嗷嗷叫唤的那个瘦高个碾死了，地上躺着他扭曲的身体和一摊鲜血。另外一个一看情况不好，转身想逃，却被弹生一勾腿绊倒在地。"求求你，放了我吧！"那人躺在地上惊恐地求救。

"弹生，不要！"舟江、黎黎、小鸽子同时喊道。

弹生怔了一下，有几秒钟的停顿。那人在弹生脚下疯狂地扭动身体，企图拼尽全身力气逃走。弹生忽地一手提起那人，在半空中打了一个旋。

"啊啊啊……"那个人惊恐地大喊，楼下的人流、车海在眼前旋转。

弹生使劲丢了出去，那个人就从楼顶上飞了出去。然后摔在地上，地上的碎石嵌入了他的后腰，整个人顿时被鲜血染红。

"弹生，你太可怕了！"舟江实在是气愤之极，摘下墨镜，甩开膀子冲了上去。想当年行走丛林，那也是徒手撕狗熊、飞身攀崖、空手接子弹的响当当好汉一枚。

一阵劲风，舟江的拳脚就到了弹生的腰部肚脐。弹生回身一躲，舟江打了一空，差一点摔倒，但是他立马稳住身子。

"不要逼我出手！"弹生厉声喝道，"看在你还是我的父亲面子上，你带人赶快走！"

"除非你答应我回神农架！"舟江丝毫不让步，并做出了冲上去的架势。

"不可能！"弹生回答得干脆。

"我生了你，也可以灭了你！"舟江狠狠地说。

"你不是我的父亲！"弹生定定地看着他，一字一字地说出来，似乎每一个字都有千斤重。他说完不再理会舟江，转身朝楼顶的栏杆走去。

"弹生，你回来！"舟江大喊。

"你不是要我死吗？今天，我就成全你。把我自己还给你！"弹生高声说道，一个飞跃，稳稳地站在楼顶的栏杆之上，傲视天下。

在楼下围观警戒的人们，突然发现毛巨人立在楼顶的栏杆上，他站成一个大大的"人"字，威风凛凛。人们立时惊叫声一片，"天呐，他想跳楼！"

"孩子，你不属于这里，你属于神农架，跟我回去吧！"舟江的声音颤抖。

"弟弟，你不要这样，咱们一起回家吧！"小鸽子哭了。

"不，不能为妈妈报仇，我就没有存在这个世界的理由！"弹生的脸上凸显一片难得的平和之色。毛发在风的作用下，轻抚着他的脸。额头上一对肉角在风中时隐时现。

"不，弹生，你是一个有科学价值的人！"黎黎说道。

"哼，妈妈说过'神农架没有野人'，你们还不相信，对妈妈进行所谓的科学研究。现在还想拿我当作一个物种进行研究吗？"弹生哈哈大笑。风把他的头发、身上的毛发吹乱了。

他张开双手，这个时候人们看见他已经写作一个"大"字。高楼之上，一个人用自己的身子书写成一个字，这样的情景……忽然"大"字有些歪，他身子一个倾斜，向楼下飞去……

从携弹而生，以一个异于常人的生长速度，在几个月的时间里迅速长成一个三米多高的毛巨人，他经历了人、野人、变异人的转变，历经了痛苦、喜悦、幸福、自卑等各种人类所拥有的情感，更是拥有了常人所不能及的超能力，也为他带来了灾难。

没有什么应该，也没有什么不应该，他就是在一个不恰当的时间，来到了一个不属于他的世界，因为这个世界的不包容，就像他生长的速度一样，他死亡的速度也同样快速。

"弹生……"舟江一个趔趄冲到栏杆边上，趴在地上，两行热泪迅速地流下来，"我的孩子……"声音颤抖。

目睹眼前不可思议的一切，黎黎大脑一片空白，当弹生跳下楼顶的那一刻，她似乎才明白过来，急忙跑到舟江身边。

楼高百尺，弹生巨大的身影垂直而下，重重地落在地上，鲜血迸溅。

舟江眼前一黑，"弹生，我来了！"用尽最后的力气，抓住栏杆也一跃而下。黎黎伸手一抓，但没能抓住。

在空气中飞翔的感觉真是妙极了，风在耳边呼啸，吹得眼睛有些疼痛，睁不开。眯成一条缝，他看到地面上的人影越来越清晰。似乎有一个身穿橘色衣裙的姑娘，那是他的爱——红豆……

楼高百尺，舟江瘦小的身影垂直而下，重重地落在弹生身边，鲜血迸溅……

地面上，一个是毛巨人弹生；另一个是舟江。他们平躺在一起，似乎在仰视苍天……

　　……

　　荒郊野外，杂草丛生。平添两处新坟，没有碑刻，只有刺目的白花，风中哀啼。

　　米荷趴在坟头呜呜哭泣，老伴头发花白拉着她的胳膊，"米荷，儿子这次真的走了！"

　　黎黎一袭黑衣，衬得她脸色更加苍白，经历了舟江和弹生的生死，她苍老了许多，卷发被她剪掉了，黑色的短发衬托出她的干练。她似乎明白，姜博士为什么最后皈依佛门，净海莲花，也已经在她心中盛开。她不再想念黄大夫，也不再关心韩晖，那些男人，让她感觉很累。

　　她出奇地平静，沉静如水，没有一丝波澜。在本就优雅的气质中又平添一份叫作成熟的暗香，这让她的身上散发出一种韵味，一种岁月沉淀的韵味。

　　黎黎平静地处理了舟江和弹生所有后事。她把舟江和弹生运回了他的老家，把舟江和弹生，还有红豆一起还给米荷。

　　米荷和老伴不知道，儿子舟江已经有了妻儿。黎黎告诉她，红豆很漂亮，是一个女神；孙子弹生是一个英俊的小伙。遗憾的是，他们都没有留下照片，不过他们都很幸福。

　　黎黎走了，带着小鸽子和杜鹃，她们一同去了神农架。杜鹃的眼神一直忧郁，或许只有郁郁葱葱的丛林才能唤回她的快乐；小鸽子似乎一夜之间长大了，她不再好奇地叽叽喳喳，而是跟在黎黎身后，为她捶捶酸疼的肩膀，或者拿一本书坐在树荫里。

　　神农架，在那里还有一处坟茔，里面埋藏了红豆、舟江、弹生的衣冠，还有一块带血的芯片。

后记

　　我的小说终于结尾了，从开始酝酿，到写成文字，一章又一章，一天又一天，大约两年光景，终于可以让我小说中的主人公安静下来。

　　神农架，对于我来说，是一个奇异的地方，那里不但是神秘的原始森林，而且还有野人的传说。我没有去过神农架，却写了一部关于神农架的小说。这样是不是很奇葩，或许是闭门造车吧！这又怎样，关键在于心中可以创设架构一个奇异的世界，里面的主人公是另一个自己，通过笔下的文字，通过天马行空的想象，去一个从来没有去过的地方，经历一件从来没有经历的事情，完成一次心灵的旅行，这不是很奇妙吗？不是说，"脚无法到达的地方，心可以到达"嘛。

　　我是一个对什么都很好奇的人，读书也最喜欢读神话、童话故事，科学探秘的书籍，就连看电视也喜欢动物世界里的那些奇异动物，比如野人、大脚怪、尼斯湖水怪。如果是历史书籍，就对楼兰、埃及金字塔、空中花园、史前文明感兴趣。关于外星人、飞碟之类的秘密，也是好奇得不得了。记得高中时代，在上晚自习之前，因为一本飞碟大科幻书看得太入迷了，上课铃叮铃铃铃响的时候，我一抬头，天呢，我竟然看到窗户外面有一个飞碟飞过去，我想大概是外星人来接我了。

　　超过 20 万字的小说，对于我来讲难度不亚于"蜀道难"，但还是坚持完成了。期间，有过文思喷涌，想停都停不下来，那些奇妙的想象在脑海中不断延伸，噼里啪啦地敲出一千字又一千字；也遭遇文思干涸、枯竭断流的状况，面对电脑屏幕，不知道该敲出哪一个字，索性关掉电脑，放空自己。未完成的作品，心理总是有缺憾的。再次回到电脑旁，打开最后一页，在空白处又开始了疯狂地叙写。

　　为了塑造一位性格鲜明的英雄，小说中就必须让主人公历经各种非人的事件，或恐怖、或遇见爱情、或面临死亡、或消失不见，总之一部小说的主人公，不经九九八十一难，难以修成正果。

　　不论何种题材的小说，爱情是其中的一条线，或隐蔽或张扬。我没有刻意去写爱情，对待爱情，我也不知如何安排。世间各色物种，凡是雌雄之间，就有一种天然的吸引力，与年龄、身份、地位无关，只要满足异性这个条件，爱情就有可能发生。一次偶然相遇，就有可能成就爱情，但是相守却是一辈子的事情。男女主人公在相同基因的前提下，跨越物种的区别，成就了非世俗的爱情。这种爱情在现实生活中是脆弱的，一碰就碎。同样，爱上已婚男，本就是一个错误，可是就那么很自然地发生了，也注定没有结局。

　　浑身长毛的巨人，在现实中不存在，在神农架也不存在，但是可以出现在小说中，因为在虚幻世界什么都有可能。

　　小说以悲剧收尾，我也很悲伤，不过还是有一点欣慰的，小毛人和小人狼最后安全回归神农架，回归自然，这是一种尊重自然的态度。

　　接下来，我要给小说做一番修饰，该补的补一补，多余的就去掉，找出隐藏的错别字、标点，尽量修饰得完美一些。然后，我要写下一部小说了，那是一部都市情感小说，饮食男女最爱的情感剧……